譚國根、梁慕靈、黃自鴻——主編

數碼時代的中國人文學科研究

鳴謝

本書能夠成功出版，獲得中國香港特別行政區政府研究資助局（項目編號：UGC/IDS16/14）撥款資助，香港公開大學人文社會科學院前任院長譚國根教授（2007-2018）、現任院長鄺志良教授、數碼文化與人文學科研究所首任所長譚國根教授（2015-2017）、現任所長曹穎寶博士，以及林萃光博士、丘曉艷女士、林瑋琪女士、張愛倫女士鼎力協助，共襄盛舉，謹在此致以十二萬分謝意。

# 序言　為什麼要研究數碼文化和數碼人文學科？

　　與人文學科的古老傳統相比，數碼文化和數碼人文學科的歷史相當短暫。近幾十年來，數碼文化的興起可歸因於數碼技術在文化生產中的成熟和更為廣泛的應用。雖然這是技術轉移和應用的典型案例，可是，從目前的情況來看，無論是數碼通訊、廣告、公共展覽、展覽投影、影像、互動遊戲、數碼電影、電子音樂、流行文化、漫畫、動畫、流行歌曲、虛擬現實還是其他形式的大眾消費，其主要的內容都源自人文學科中的傳統故事、歷史故事、戲劇、文學、繪畫和音樂。另一方面，由於越來越多領域應用了數碼技術，新型文化形式的消費和表達行為亦隨之誕生。

　　數碼文化改變了我們的流行文化想像，挑戰傳統的思維方式。互動遊戲系統可用於教學歷史。數碼化數據庫和檔案提供新的方法，展示嶄新的社會關係，從而向人文學者提供批判分析和解釋方面的新見解。這些新猷無法以傳統方式進行，因為傳統方式是以勞動密集的個人化工作進行。數碼檔案和數據庫幫助人文學者為以前無法想像的新研究方式產生數據，數碼平台可以在設計和藝術的各種文化和風格之間搭建一座虛擬橋樑，以便人們可以體驗和理解世界各地創意作品中的地域關係。簡而言之，數碼技術的應用將以無法想像的方式革新人文學科研究。

　　我們生活在一個以數碼連接為基礎的世界中。我們的電腦、智能手機和娛樂設備都是數碼產品，它們塑造了我們的生活方式，因此也影響了我們的文化生活。我們是用戶，我們的消費推動下一代應用程序和工具的開發。我們創造了一種文化，反過來這種文化也正在塑造我們。我們的審美意識和情感依戀是藝術和設計的產物，已經成為數碼文化的一部分。

　　在2010年的上海世博會上，數碼技術開始廣泛用於藝術和文化的展示。《清明上河圖》的數碼化是人文轉向數碼化、以動畫形式進行公眾展示的佳例。在人文學科研究方面，數碼技術也引發了新的形式。香港幾所大學的圖書館和研究中心都有相關研究項目，例如香港浸會大學圖書館推出了數碼人文項目，特別是在創建信息檢索系統和互動平台方面：這些平台與之前的印刷版書目存儲全然不同。香港中文大學設有人文學科計算項目，重點是為人文學科研究建立書目檔案。從上述的例子可見，數碼技術除了產生新的科技文化之外，也將徹底改變人文學科的傳統形式。

　　數碼化除了可以處理大量數據，使研究能夠從新的角度看到宏觀的問題和關係，還可以用動畫的表達形式，把不會動而又充滿動感的東西影像化，變成動畫。在文化史、地理史、戲劇史、人類學的研究中，傳統的文字記錄，便可以化成動畫的表達。另一方面，由於數碼化地圖的應用，地理的視覺表達也可以用於歷史和文化的研究，使文字表達顯現為視覺表達，這些都是數碼化帶來新的表達形式。

　　在英國、美國、加拿大和澳大利亞，從愈來愈多的教學項目中可以看到，公眾對數碼文化的興趣近年來顯著增長。牛津大學、倫敦國王學院、倫敦大學學院、利茲大學、蘇塞克大學、約克大學、英格蘭西部大學、格拉斯哥大學、加州大學洛杉磯分校、馬里蘭州大學、麥吉爾大學、英屬哥倫比亞大學、悉尼大學、西悉尼大學和弗林德斯大學都有提供數碼文化和數碼人文學科。在過去幾年中，世界各地舉辦了許多關於數碼文化的會議。在香港，西九龍文化計畫將為創意藝術及相關行業進一步發展創造新的機會。數碼文化就是這個發展的背後驅動力，而社會需求將成為科技文化的驅動力。如果我們有足夠的前瞻性，我們一定不會錯過這個重要的研究領域。

　　數碼文化關注科技文化的形式和效果。與香港有關的領域是數碼藝術、文化和傳播，主要分為兩個範疇：（a）數碼化文本及形式；（b）以批判的視角評估科技如何影響社會。對這些領域的研究將闡明實用技術如何在人文環境中得到應用。以下是數碼人文科學研究中的一些問題：

（1）數碼技術的使用如何影響歷史文物的重新塑造？

（2）數碼技術的使用如何創造了新的文化形式？

（3）數碼技術在通信和娛樂領域的廣泛使用如何改變了人類的感知和行為？

（4）計算機數據庫等數碼技術如何影響新的人文學習和研究方式？

（5）創意產業的發展如何促進數碼文化的興起？

（6）數碼技術在日常生活中的廣泛應用，產生了哪些教育機會或問題？

（7）在過去的五十年中，哪些文化政策導致了全球數碼文化的興起？

（8）文化政治在數碼文化的興起中扮演什麼的角色？

（9）數碼文化的興起帶來了什麼商機？

這個非常簡短的闡述，除了描繪數碼技術在藝術和文化生產以及人文學科研究中使用所帶來的問題，亦指出數碼文化研究的可行方向，並展示數碼技術可以產生新知識和多種教學機會的無限可能性，相信新技術必能為創意產業發展培養新的人才。

這裡收集的文章代表部分中國數碼人文學科研究的成果。謹以此書獻給我們的研究工作者和我們的下一代。

譚國根

序於

德國埃爾朗根 - 紐倫堡大學

2018年6月18日

 **內容簡介**

　　數碼文化在現今社會扮演愈加重要的角色。香港公開大學人文社會科學院獲香港研究資助局撥款支持，於2015年成立數碼文化與人文學科研究所（The Research Institute for Digital Culture and Humanities, RIDCH），為本港第一所專注於這個新興學術領域的研究機構。研究所下設數碼人文學科研究中心（Digital Humanities Research Centre），探索數碼文化怎樣使人文學科獲得革命性的改變。

　　電腦及數碼科技的普及，對我們的日常生活影響深遠。從現當代文學的研究角度來看，作家或以網路為媒介，或以之為寫作對象和內容，創作大量文學作品，蔚然成風。從文學與讀者的角度看，網路文學易於流通的特性，理應視之為當代最受注目的文學類型，或者說是最重要的文學傳播方式。同時，不限於科幻文學——另一個主要的流行文學類型，網路成為我們日常的主要生活形態，文學創作必然藉此發掘人的喜怒哀樂與生老病死等命題。

　　此外，立足於古典文學的視野，數碼科技容許研究者有系統地整理典籍，並利用最新科技重塑經典，大大促進學術發展。浩如煙海的歷代文獻本非人力可以窮盡的龐大資料，獲益於數碼科技的創新，在彈指之間，研究者可以採用更多元化的角度審視古典文學，進行更有新意巧思的探索。

　　職是之故，本書嘗試回顧數碼化中國文學（及研究）的現狀，探討兩岸三地文學作品對數碼科技的運用與描寫，以及電子資料庫對中國人文學科研究的優勢與局限，俾便研究者繼續深入相關議題。

　　目前有關中國人文學科與數碼文化的研究，其中以網路小說的研究較為豐富。這些書籍包括中國作家協會創作研究部所編《網絡文學評價

體系虛談》[1]、李玉萍的《網絡穿越小說概論》[2]、周志雄編《網絡文學的興起——中國網絡文學發展文獻史料輯》[3]、楊若慈的《那些年，我們愛的步步驚心——臺灣言情小說浪潮中的性別政治》[4]、歐陽友權主編《網絡文學評論100》[5]、《網絡文學關鍵詞100》[6]及《網絡文學五年普查（2009-2013）》等[7]。在中國文獻數位化研究方面，研究多集中在古籍整理和數位化，相關書籍有王立清《中文古籍數字化研究》[8]、王蕾、蕭禹《漢語文古籍全文文本化研究》[9]、許逸民《古籍整理釋例》[10]和張三夕、毛建軍《漢語古籍電子文獻知見錄》等[11]。另一方面，現有書籍亦有以文化角度討論數碼時代下的人文情懷，例如黃欽勇《數碼行腳：人文浪漫與數碼理性交錯的東方紅》[12]。

　　本書擬從宏觀角度，全面討論數碼時代下的中國古典文學和文獻、當代文學和古今文化，冀望能提供嶄新的角度和深入的學術成果。有見及此，數碼文化與人文學科研究所定期舉辦研討會及學術會議，徵集有關學術論文付梓出版，其中包括：

---

[1]　中國作家協會創作研究部編：《網絡文學評價體系虛談》（北京：作家出版社，2014年）。

[2]　李玉萍：《網絡穿越小説概論》（天津：南開大學出版社，2011年）。

[3]　周志雄編：《網絡文學的興起——中國網絡文學發展文獻史料輯》（北京：人民出版社，2014年）。

[4]　楊若慈：《那些年，我們愛的步步驚心——臺灣言情小説浪潮中的性別政治》（臺北：秀威資訊科技股份有限公司，2015年）。

[5]　歐陽友權主編：《網絡文學評論100》（北京：中央編譯出版社，2014年）。

[6]　歐陽友權：《網絡文學評論100》（北京：中央編譯出版社，2014年）。

[7]　歐陽友權主編：《網絡文學五年普查（2009-2013）》（北京：中央編譯出版社，2014年）。

[8]　王立清：《中文古籍數字化研究》（北京：國家圖書館出版社，2011年）。

[9]　王蕾、蕭禹：《漢語文古籍全文文本化研究》（上海：中西書局，2012年）。

[10]　許逸民：《古籍整理釋例》（北京：中華書局，2014年）。

[11]　張三夕、毛建軍：《漢語古籍電子文獻知見錄》（北京：世界圖書出版公司，2015年）。

[12]　黃欽勇：《數碼行腳：人文浪漫與數碼理性交錯的東方紅》（北京：中國海關出版社，2014年）。

輯壹　古典文學與文獻研究

第一章　論六朝文獻裡之孔門十哲（潘銘基）

　　孔子為萬世師表，後世有所謂「弟子三千」，以言學生之多。孔門弟子之中又有「七十二賢」與「十哲」之說，當中尤以孔門四科十哲事蹟眾多，最為後世傳誦。此十哲者，包括顏回、閔損、冉耕、冉雍、宰我、端木賜、冉求、仲由、言偃、卜商等十人。此十人追隨孔子既久，師生情誼亦多，是以在唐開元八年（720）即塑像於孔廟之內，配享先聖。

　　孔門十哲在先秦以後之古籍文獻裡，記載頗多，且不一定出自儒家，亦有見於其他思想學派之典籍裡。六朝為中國古代思想文化轉折之重要時期，各家思想已告重組，並互相融合、吸收、變化，何晏《論語集解》、王弼《周易注》都是援道入儒之重要著述。在六朝各類型的著述之中，孔門十哲又在兩漢時期之基礎上，得到了發展和改造。這不單是孔門十哲形象上的變化，更可由此得見各思想學派、文學潮流等之發展。

　　本篇之撰，以《論語》和《史記・仲尼弟子列傳》所載為基礎，利用古文獻電子資料庫（包括「漢達文庫」、「漢籍電子文獻」、「中國基本古籍庫」等），稽查和討論孔門十哲在六朝文獻裡的發展和變化。

第二章　「漢達文庫」與古籍研究（梁德華）

　　現今數碼技術發展一日千里，不少研究機構、公司都相繼開發中國古籍數位化系統，以輔助古代文獻之研究。古籍數位化，不單便於保存及傳播文獻，有的系統甚至提供精密的檢索功能，讓學者能迅速尋找所需的資料。關於古籍數位化的進程，不少學者已經做出專門討論，本文旨在以「漢達文庫・先秦兩漢一切存世文獻」資料庫為例，嘗試指出如何利用檢索功能進行學術研究，以反映古籍數位化對古籍研究之影響，進而探討現代科技與中國傳統文化之關係，略補前人研究之未足。

第三章　詞彙資料數據化與古文獻之研究（李洛旻）

　　香港中文大學劉殿爵中國古籍研究中心於近年開拓新研究領域，先後展開第一及第二期古代詞彙研究計畫。透過重新整理古籍所見詞彙，中心人員將古書詞彙資料全面數據化，並配合資料編寫電腦程式，建立「中國古代詞彙」電子資料庫。電子資料庫之建立，冀可以啟發學者開展不同範疇之研究，俾使對古文獻及古書詞彙有更深之認識。以電子資料庫的方式全面網羅古書詞彙，不但便於統計，對古文獻之研究亦不無裨益：（1）補足以往辭書。由於資料庫收錄先秦兩漢古籍的所有詞彙資料，有利於詞彙溯源之工作，追溯最早出處，因而能補充以往辭書未收之詞彙、辭書未收之文例及辭書未收之義項。凡此種種，均可補足以往辭書內容，讓學者能把握先秦兩漢語料全貌。（2）重考古書之成書時間。古書成書或成篇年代，向為古籍研究者所措意。透過全面整理詞彙，蒐集古書中具時代標誌的用語，無疑亦是考證古書年代的佐證。（3）重探古書關係。先秦時代百家爭鳴，漢初雖然獨尊儒術，但究其各家思想吸收諸子精華甚多。古書用語，代表了撰作者立論的基調；若比對各家相近用語，亦可求索其學術淵源。這些詞彙資料，正是考論學說之間關係的重要參考。

第四章　論「漢達文庫——中國古代詞彙資料庫」之價值及局限：以《孔叢子》研究為例（伍亭因）

　　香港中文大學中國文化研究所劉殿爵中國古籍研究中心自2006年起開展「先秦兩漢詞彙綜合研究——古代漢語多功能網絡詞典之構建」研究計畫。此計畫旨在全面整理及研究先秦兩漢詞彙，為先秦兩漢詞彙發展的研究提供數據資料，並編纂及出版各種「先秦兩漢文獻詞彙資料彙編」與專門詞典，以及建立先秦兩漢傳世文獻及出土文獻多功能網路詞典「中國古代詞彙資料庫」。本文即以《孔叢子》研究為例，親身利用上述資料庫及工具書搜證分類，從「〈詰墨〉與兩漢傳世文獻詞彙相合例證舉隅」及「〈公孫龍〉與兩漢六朝傳世文獻措詞相合例證舉隅」兩方面，推敲今本〈詰墨〉與〈公孫龍〉曾經漢代或六朝人之手潤飾其文。其中發現「中國古代詞彙資料庫」尚有不足之處，因而建議學者因

應研究需要，善用「漢達文庫」內不同類型之電子文獻資料庫如「先秦兩漢資料庫」、「魏晉南北朝資料庫」等，互為補足。無論於每個資料庫之檢索方法及技巧，抑或於文本細讀、歸納推論等治學工夫，學者仍須以人腦善用電腦，研究方能事半功倍。

第五章　資訊科技與中國古代文論研究試論（曾智聰）

隨電腦科技發展及互聯網流行，借助資訊科技進行中國語言及文學研究成為新趨勢，綜觀近年相關研究，其主要成果有：成立網站平臺，協助教學及交流；建設資料庫，幫助典籍編校與傳播；設計程式進行計量統計，輔助分析研究等。這些研究主要應用於古籍校讎或文學賞析的研究上，中國古代文論研究的應用則相對較少。以資料庫建設為例，雖然不同學術機構已建設多種古籍資料庫，但所收錄的多屬經史一類，鮮見以中國文論為主題的資料庫。中國文論一向予人「很少受到有系統的闡述或明確的描述，通常是簡略而隱約地暗示在零散的著作中」[13]的印象，近世學者因而致力對中國傳統文論作「更有系統、更完整的分析，將隱含在中國批評家著作中的文學理論抽提出來」[14]，在積累已豐的成果中，可見文論研究的一些特色與局限。本文參考近年資訊科技於古籍校讎、文學賞析等方面的研究經驗，嘗試反思中國古代文論的研究方法，並思考資訊科技對中國古代文論研究發展的影響。

第六章　唐代人物大數據：中國歷代人物傳記資料庫（CBDB）和數位史學（徐力恆）

本文章分析了「中國歷代人物傳記資料庫」（CBDB）計畫對歷史人物資料進行數據化的工作情況和學術價值。CBDB是由哈佛大學、北京大學和中央研究院共同主持的大型資料庫，計畫目標在於收錄中國歷史上所有重要的傳記資料，目前已有超過41萬人的傳記數據。CBDB中不同欄目的資料相互關聯，這些資料來自學者對史料進行的「數據化」。文章集中介紹CBDB團隊2015年以來對唐代人物資料的數據化處

---

[13] 劉若愚著、杜國清譯：《中國文學理論》（臺北：聯經出版事業公司，1981年），頁6。
[14] 同前註。

理，包括如何利用半自動化模式處理各個文史專家的唐史研究成果，以及如何運用「碼庫思」（MARKUS）等數碼人文工具標記和記錄一手史料中的人物資料等。通過探討這些最新的研究和整理工作，論文展示了CBDB的數據化工作不只仰賴電腦科技，也是充分地建立在人文學界研究和素養的基礎之上，體現了數碼人文的內涵。總而言之，該文章總結了對中國歷史人物資料進行數碼化處理的經驗和最優方案，點明了利用歷史人物大數據做研究的路向，並從人文學科的角度做出務實的反思。

第七章　從異文看古籍校勘——以《韓詩外傳》為例（王利）

　　古籍異文可大致分為兩種：版本異文與重見異文。版本異文較為常見，即同一種文獻不同版本之間存在的異文。重見異文，則是不同文獻相同內容之中的異文。陳士珂纂《韓詩外傳疏證》，發現是書290餘條，十之七八見於其他古籍，而重見部分存在諸多異文，對於校勘、理解《外傳》意義深遠。於校勘四法之中，重見異文可歸入他校，即以他書校本書。要點大致有二：第一，異中求「同」，即重見部分或《外傳》引自他書，或有相同材料來源，或後世引《外傳》，然多同事而異詞，共理而相貫，故可互相參證；第二，同中存「異」，即《外傳》作為一獨立典籍，自有其特殊之處，不可處處以他書改本文，否則便失去其之所以為《外傳》之特質。

輯貳　當代文學、數碼文化與電子媒介

第八章　從中國言情小說傳統看大陸網路小說特色——以桐華《步步驚心》及其電視劇改編為例（梁慕靈）

　　中國言情小說傳統歷史悠久，由唐傳奇到晚清狹邪小說，已自成一個影響龐大的文學系統。至20世紀網路發展日益迅速，中國讀者對網路小說的追捧成為熱潮。例如桐華於2005年在晉江原創網上連載的穿越小說《步步驚心》，受到網路讀者的廣泛歡迎。隨後《步步驚心》於2011年經李國立改編為電視劇，這一改編舉動更把這部小說的受歡迎程度推

向高峰。然而，在中國大陸對網路小說及其影視改編實行限制起，穿越小說／穿越劇成為了被禁制的創作或改編類型。隨著穿越劇帶來的影響廣及社會、文化及政治層面，本文因此關注這種在近年興起的閱讀及改編文化與中國言情小說傳統的關係，探討《步步驚心》小說和電視劇具有的文化意義，並分析其與網路文化的關係和形態上的發展情況。

第九章　虛擬與身體：閱讀賀景濱《去年在阿魯吧》（黃自鴻）

賀景濱的《去年在阿魯吧》，延續科幻經典《神經漫遊者》（*Neuromancer*）的網路空間主題，獲得注目。本文嘗試以「虛擬」與「身體」兩方面考察，欲指出《去年在阿魯吧》以各式虛擬和虛構為書寫主體，卻有著身心二元的經典論述。此外，電腦叛客的創作類型，促使讀者反思科技與人性之間的糾葛。

第十章　八十年代的現代性想像——論劉慈欣《中國2185》（郁旭映）

中國科幻作家劉慈欣在2015年以小說《三體》獲得雨果獎，被認為是「單槍匹馬將中國科幻文學提高到世界級水平」。其完成於1989年的《中國2185》可能是中國最早的「賽博朋克」（cyberpunk）。彼時的中國尚未出現互聯網，也無計算機仿真技術，劉慈欣以超凡的想像力製造出以數據形式永生的「人類」。它們是保存著人類個體記憶的電子幽靈，以自我複製的方式在網路繁衍、擴張，直至建立國家——「華夏共和國」。這個與現實中國具有「文化同源性」的「華夏共和國」力圖證明和確保華夏文化的「永生」，並為此而與現實中熱衷於革新的中國展開了殊死之戰。有論者指出《中國2185》超越了「民族寓言」，因為其預言的信息技術的發展所帶來的失控危險是世界性的議題。本文試圖指出小說表面上的後人類（post-human）與人類、網路世界與現實世界之間的爭戰，其實質是民族主義與民主、現代民族主義與傳統文化主義（culturalism）之間的矛盾。這兩組矛盾說明《中國2185》的後現代外衣之下潛藏的正是對中國現代性烏托邦的想像，而並非批判現代性或反烏托邦立場。

第十一章　論香港網路小說的佔位與區隔：以《壹獄壹世界》為例（鄺梓桓）

近年，網路小說對香港文學與文化場域的影響日益增加，網路文學的社群生態亦漸具規模。不少網路作品陸續由發表於個別網上論壇的小眾平臺，進佔電影舞臺的大眾娛樂層面。這種「佔位」（position taking）的過程顯示文學場域的結構變動，也標示嶄新的創作秩序正在誕生。本文選取最近期改編為電影的小說作品《壹獄壹世界》做個案分析，藉發掘其特殊「區隔」（distinction）來揭示網路創作在香港文學場域中的潛在能量。

本文的關注範疇有二：（1）網路小說社群的生產與流布；（2）網路小說與電影的互動與美學特質。因此，本文將探討《壹獄壹世界》文字與電影文本的美學特質，創作者與讀者社群的互動關係，以及網路論壇文化如何帶動文學生產的機制，用以窺探網路作品的獨特形態，證明網路小說在香港文學發展脈絡上的佔位意義。

第十二章　陳果《那夜凌晨，我坐上了旺角開往大埔的紅VAN》電影改編在香港的接受情況（葉嘉詠）

本文以陳果改編的《紅VAN》為討論重點，從網路影評加以分析，探討《紅VAN》在香港的接受情況，從中發現《紅VAN》之所以受到多方注意，與導演陳果以及電影中呈現的「本土」特色息息相關。因此，本文嘗試集中在這兩項線索，分析《紅VAN》如何為香港觀眾接受。本文分別從兩部分討論：一是《紅VAN》導演陳果，二是《紅VAN》的本土香港元素，而兩者又互有關聯。

第十三章　早期語料庫分析在當代詞典編纂的應用——以粵語「埋」的歷時演變及現代釋義為例（何丹鵬）

「埋」在漢語中一般理解為埋葬、隱藏的意思，並引申為覆蓋，在多種漢語方言中都有如此用法。如粵語「埋死人」、「夾生埋活埋」屬「埋葬」，「埋伏」、「匿埋」、「收埋收藏起來」、「執埋收拾並安放好」屬「隱藏」義，「埋沒」、「壅埋頭睏覺蒙頭大睡」、「埋頭讀書」

屬「掩蓋」義。除此以外，「埋」在粵語的用法還相當豐富，從詞性的角度看，虛實並有，可以是動詞、形容詞、動詞後綴（或稱謂詞詞尾）；從句法的角度看，可以做謂語或謂語中心、定語、補語。今天通行中國各地的「埋單」一詞也源於粵語，其意義如何理解？又怎樣從埋藏演變到結賬，甚至十分常見的虛詞用法？也有人認為作為後綴表示趨向、完成、總結等義的「埋」，跟一般的埋藏義沒有聯繫，可能是從少數民族語借用而來的。

　　過去涉及粵語「埋」的研究不少，如詹伯慧（1958）、林蓮仙（1963）、張洪年（1972[2007]）、羅偉豪（1990）、莫華（1993）、植符蘭（1994）等。陸鏡光（2005）對其語義討論較為深入全面，總結了前人的成果，對「埋」進行義項歸納，並據「由實體的移動過程變為視覺、心理以及其他比較抽象的過程」和「由表示在空間裡發生的活動變為表示跟空間沒有直接關係的事件」兩個原則分析各義項的衍生過程。江藍生（2010）根據漢語類化構詞和類同引申規律，考證「埋單」一詞以及由「埋」組合的一系列合成詞的意義來源及引申脈絡。

　　前人研究較少關注早期文獻中的粵語使用情況，以致一些對「埋」意義的闡釋和演變過程的分析有所偏頗，也未能掌握「埋」的幾個核心語義及其間的關係，使編纂粵語詞典時顯得凌亂和不夠概括。本文利用以傳教士整理的早期粵語文獻製作的語料庫，概括「埋」的用法和語義，分析它的核心意義及其引申過程，並聯繫現代粵語的用法，重新整理「埋」的義項，從而更好地理解某些特別用法的釋義和來源，以便準確地編纂方言詞典。

　　簡言之，我們可以總結出粵語「埋」的四個主要義項：①埋藏、②聚合、③接近、④連帶，其核心義項是收藏，並經歷了「收藏→聚合→接近→連帶」這一個語義引申過程，可以統轄早期及現代粵語中的用法。我們在歸納方言詞的義項時，不能只根據翻譯成普通話的相應成分來分類，否則就會產生許多不必要的義項。其次，前三個義項可以充當多種句法功能，而最後一義（即連帶義）只有虛詞的用法，充當補語。但根據歷史語料，「埋」表連帶義並非一早如此，而是經過一個逐漸形成的階段，大約在19世紀中期至20世紀初期產生。因而「埋」做動詞後

綴表連帶義來自壯侗語的說法難以成立，因為在其產生的時間，粵語區的主體居民大概跟少數民族沒有什麼接觸，也無從借用。

第十四章　農場類遊戲：消費社會中的鄉村懷舊與都市焦慮（孫靜）

中國大眾媒體中的「鄉村」意象往往是一種想像性的敘述。自2009年至今，農場養成類遊戲一直頗受中國玩家追捧，有很強的遊戲粘性。本文以當前比較受玩家歡迎的《卡通農場》遊戲為個案，分析農場遊戲如何表徵「鄉村」，並提出農場遊戲的悖論，即一方面，農場遊戲中的「鄉村」意象體現出玩家對「黃金時代」的懷舊與守望；另一方面，這一意象卻是經過都市符號和消費文化改寫後的產物。也就是說，玩家們試圖通過田園生活來治癒自己的都市焦慮，卻在無意識層面遵循了消費社會的資本邏輯。

第十五章　應用景觀資源分類理論於魚路古道人文地理資訊系統之建置（吳佩玲，孫劍秋，陳國淨）

臺灣眾多的古道中保存了本土文化與先民生活之遺跡史料。早期古道發展因人民生活需要、伐採林木或戰爭討伐而修建，在社會形態及生活環境已逐漸改變的今天，許多古道已經轉型成休閒旅遊之用，除了自然生態與保育的觀念不斷在加強外，人文史蹟方面的巡禮也將成為旅遊的重點項目。然而，這些珍貴的資料在保存、更新、取用、分析、展示、再創造等工作上，並未建構便利且具延伸性的平臺，且目前管理單位所蒐集與展示的資訊多偏重在自然資源方面，例如動物、植物、地形、水文和氣候等，較少人文方面的資訊。因此，本研究採用田野調查與深入訪談的方式，蒐集魚路古道上的第一手人文資源資訊，並輔以文獻和舊照片，再運用地理資訊系統對影像和資料處理上的強大能力，依據景觀資源分類系統將經數位化處理後的圖資建構至平臺中。所以，將人文史料運用數位化方式管理與創新，建構一古道數位人文地理資訊系統平臺，是本論文的研究目的，而此平臺將有助於管理單位掌握古道動態資訊並提升管理效益，進而提供遊客更豐富的古道人文史料資訊，進行深度旅遊體驗。

第十六章　從香港文學改編建立的「華語科幻片」類型：以《秦俑》、《餃子》、《枕妖》為例（吳子瑜）

香港電影自發展以來，都創作了多齣深入民心的科幻電影，但對比於其他出色的電影類型來說，科幻片始終頗受忽略，原因可能香港的科幻片歸根究柢都是挪用西方科幻片的科學觀為主，而未有真正發展出一套可以容納中國科學觀的科幻片類型。由此，為了建立「華語科幻片」的電影類型，作者會先釐清兩地「科幻電影」的不同，並嘗試以三套有關傳統中國醫學的電影為例，解構香港電影如何以中國科學觀創作電影，藉此綜合出「華語科幻片」的類型特徵。

 **作者簡介**

*按照姓氏筆劃排序

王利

　　男，香港中文大學哲學博士，現任香港中文大學中國文化研究所劉殿爵中國古籍研究中心研究助理。研究方向主要為中國古典文獻學、經學、清代學術史。近著有〈王鳴盛《尚書後案》引清人說舉例〉（《中國文哲研究通訊》第27卷第4期，2017年12月）、〈鄭玄稱引《爾雅》考〉（《中國經學》第21輯，2017年11月）、〈淺論周予同的中國經學史研究〉（《經學研究論叢》第23輯，2017年10月）、〈顧、劉本《尚書後案》點校舉誤〉（《書目季刊》50卷3期，2016年12月）、〈戴震〈與王內翰鳳喈書〉真偽考〉（《明清研究論叢》第2輯，上海古籍出版社，2015年11月）等。

伍亭因

　　現為香港中文大學中國語言及文學系博士生，曾任劉殿爵中國古籍研究中心研究助理，參與「先秦兩漢詞彙綜合研究」計畫。研究興趣為中國古代文獻及中國學術史，他先後發表〈從華中師範大學歷史系課程說起──論述張舜徽先生構建「歷史文獻學」學科的歷程與貢獻〉、〈荀卿論說源出莊周補證〉、〈論梁啟雄《荀子簡釋》與楊樹達之關係〉等學術論文。

何丹鵬

　　畢業於香港中文大學中國語言及文學系，先後獲文學士（甲等榮

譽）、哲學碩士及哲學博士學位，現職香港浸會大學語文中心講師，主要研究興趣包括語音學、方言學、語言接觸、應用語言學、粵語研究與教學等，並已發表〈普通話輕聲的感知差別及其對教學的啟示〉、〈普粵介詞短語差異的韻律語法分析〉、〈王炳耀《拼音字譜》與《粵東正音拼切分韻》──兼談清末粵語的正音與方音以及音系研究的完善〉、〈從馬禮遜語言著作三種看十九世紀初粵語的*ɐ*y*ɵy〉、"On integrating database resources and blended learning activities: The development of an innovative and interactive Online Assessment Tool cum Personalized Learning Platform for Cantonese acquisition"等多篇學術論文及報告。嘗多次擔任考試及評核局普通話科口語主考、「粵音水平測試」測試員、「學界粵語正音大賽」評判，並由2012年起為教育局之中、小學及幼稚園教師專業發展計畫主講粵語正音課程。業餘愛好詩文朗誦，以往於公開朗誦、演講等多項比賽獲得冠軍，曾應邀為教育局主辦之「標情結響──詩文朗誦分享會」擔任表演嘉賓，亦常出任大專辯論賽、普通話演講大賽、學界朗誦節等活動的評判。

吳子瑜

現任香港公開大學人文社會科學院講師。香港公開大學創意寫作與電影藝術（榮譽）文學士、香港中文大學文化研究文學碩士。研究興趣包括流行文化、音樂、明星和電影理論，著作有《紫色的秘密：楊千嬅歌影二十年》（香港三聯，2016）。

吳佩玲

東海大學創意設計暨藝術學院景觀學系所助理教授，並擔任清水眷村文化園區駐地工作站協同主持人，在美國University of Colorado at Denver獲得景觀與建築雙碩士學位後，便在美國與臺灣大型建築師事務所與工程顧問公司從事專業規劃設計。之後又在臺灣交通大學建築研究所完成博士學位，研究專長以「電腦輔助設計與模擬」、「地理資訊系統與空間變遷分析」、「設計思考與方法」、「綠色基盤與低衝擊開發」為四大主軸，部分研究成果已發表於相關研討會議與期刊中。吳教

授也致力於從事產學合作，努力將理論與實務結合，近年來尤其將焦點集中在城鄉地區的地景變遷與發展。曾經擔任東海大學副總務長、東海大學「創意媒體實驗室」顧問、臺中市都市發展局「都市設計審議委員會」委員、「臺灣美術館」前綠園道景觀顧問、彰化「田尾公路花園發展協會」顧問、臺中市「文心森林公園公共藝術競圖規劃小組」委員、亞洲大學「安藤忠雄亞洲現代藝術館」工程顧問等。

李洛旻

畢業於香港嶺南大學中文系（2009），並於同系獲得哲學碩士學位（2011），及後在北京清華大學歷史系獲得博士（2016）。現職香港中文大學中國文化研究所劉殿爵中國古籍研究中心副研究員，另為清華大學中國禮學研究中心骨幹研究人員。著有《賈公彥《儀禮疏》研究》，並編有《唐宋類書徵引《荀子》資料彙編》、《唐宋類書徵引《戰國策》資料彙編》等。另發表學術論文多篇，包括：〈論《儀禮》「墮祭」及其禮意〉、〈清代以至近代學者引用馬宗璉《春秋左傳補注》的若干考察〉、〈重合與異文：《墨子》分篇問題重探〉等。

郁旭映

香港大學比較文學系哲學博士，現為香港公開大學人文社會科學院助理教授。研究興趣包括中國現當代思想史和學術史、中國現當代文學、中國當代科幻小說、中國獨立紀錄片、性別與劇場、數碼人文等。

孫劍秋

國立政治大學中國文學研究所碩士及博士，現職國立臺北教育大學語文與創作學系教授、中華文化教育學會理事長、中國語文月刊社副社長及中華民國修辭學會理事長。近幾年主要編著書籍包括《閱讀策略與寫作教學》（2010）、《國語文教學理論與實務的多元探索》（2012）、《創新教學與課室觀察》（2012）、《閱讀理解與兩岸課程教學》（2012）、《國中識字學習寶典》（2013）、《國民中小學書法教學》（2013）、《碰撞下的震撼與火花──兩岸中學名師教學觀摩與

評課專輯》（2014）、《文法與修辭》（2014）、《多元新文化跨域創新機》（2016）及《語文教育瞭望臺——當前課程檢討省思與策略運用》（2016）。

孫靜

　　南開大學文學博士，現為社會科學文獻出版社與吉林大學聯合培養博士後，研究興趣為文化研究、遊戲文化、新媒體及批判理論。她曾多次在國際學術會議中宣讀中英文論文，所發表的主要學術論文包括〈越軌者寓言與性別異托邦：「橙光遊戲」中的角色政治〉，《文化研究》（2017），第30輯；〈西學東漸：中國遊戲研究元年已經到來了嗎？〉，《中國圖書評論》2016年第10期；〈互動電影：電影與電子遊戲的跨媒介融合〉，《教育傳媒研究》2016年第5期等。同時，她亦曾為《環球時報》（英文版）、《澎湃新聞》及《第六聲》（Sixthtone）等媒體撰寫多篇中英文文化批評及遊戲評論文章。

徐力恆

　　哈佛大學「中國歷代人物傳記資料庫」（CBDB）研究計畫博士後研究員。自北京大學歷史系畢業後，獲羅德獎學金資助，負笈牛津大學研究中國歷史。攻讀博士期間，參與中央研究院歷史語言研究所的博士候選人培育計畫，以專研宋代書信文化的論文獲牛津大學博士學位，該論文曾獲國際亞洲研究學者大會（ICAS）博士論文獎。徐力恆曾任牛津大學中國研究所講師，近年曾至北京大學和德國馬克思普朗克科學史研究所訪問研究，並獲英國皇家亞洲學會選為院士。其研究專長包括唐宋史、中國書信文化、城市史、數碼人文等。徐力恆近年參與多項數碼人文研究，並籌辦不少數碼人文學術活動，亦曾獲邀主持深圳大學城圖書館「數字人文學術研究計畫」。徐力恆也是微信公眾號「零壹Lab」的創辦人和主編之一。其論文見於A History of Chinese Letters and Epistolary Culture、What is a Letter?、《大數據時代的歷史研究》等書籍及Journal of Chinese History、《北大史學》、《唐宋歷史評論》、《中國計算機學會通訊》等期刊。

梁德華

畢業於香港中文大學中國語言及文學系（一級榮譽，2005），隨後在中文大學繼續進修，並先後取得哲學碩士（2007）及哲學博士（2010）。現職香港中文大學中國語言及文學系講師，兼任中大中國文化研究所劉殿爵中國古籍研究中心名譽副研究員，主要任教中國古代文獻科目，如《古籍導讀》、《荀子》、《古代文獻經典選讀》等，專著有《荀悅《漢紀》新探》，並發表學術論文多篇。

梁慕靈

現為香港公開大學人文社會科學院副教授、創意藝術學部主任及田家炳中華文化中心主任。香港中文大學中國語言及文學系哲學博士、哲學碩士及榮譽文學士，並修畢香港大學學位教師證書。曾任恒生管理學院中文系助理教授及副系主任，同時兼任中國語言及文化研習所副所長。研究興趣為中國現當代文學、文化和電影理論及創意寫作教育，論文見於《清華學報》、《政大中文學報》、《中國現代文學》等學術期刊，並將出版論著《視覺、性別與權力：由劉吶鷗、穆時英到張愛玲的小說想像》。她曾以〈故事的碎片〉獲臺灣《聯合文學》第十六屆小說新人獎短篇小說首獎，並入選臺灣九歌出版社《九十一年小說選》。作品散見香港和臺灣的文學雜誌和報章。

陳國淨

畢業於臺灣東海大學創意設計暨藝術學院景觀學研究所，目前擔任漢鑫技術顧問有限公司總監。陳總監以規劃符合人性，以設計配合自然，以監造提高品質，達成完善的目標。展望未來，由於氣候的變遷，工程的技術亦須不斷提升，因此技術顧問責任愈加重大，陳總監將以最優化的設計及最嚴謹的態度完成工程使命。

曾智聰

香港中文大學本科及哲學碩士、北京清華大學博士，中國古典文學專業，現職香港公開大學人文社會科學院助理教授，研究興趣為包括：

中國古典文學、文學批評、詞學等。

黃自鴻

香港大學文學士（一等榮譽）、哲學博士，現職香港公開大學人文社會科學院副教授，研究興趣包括文學批評、中國現當代文學、杜甫研究和中國古典傳記，著有《小說空間與臺灣都市文學》、學術論文及古文導讀多篇。

葉嘉詠

畢業於香港中文大學中國語言及文學系，現於同校擔任講師，開設「中國現代文學導論」、「文藝創作」、「香港文學欣賞」、「臺灣文學欣賞」等課程。研究範圍包括臺灣文學、香港文學及電影研究。近期發表的論文有〈文學地景中的「香港仔」〉、〈《中國學生周報》的臺灣女作家及其作品〉、〈陳映真與香港文藝刊物（1960-1970年代）〉等。

潘銘基

香港中文大學中國語言及文學系副教授、博士生導師、中國文化研究所劉殿爵中國古籍研究中心名譽副研究員、伍宜孫書院副輔導長。在校任教《論語》、《孟子》、《禮記》、《漢書》、《互見文獻與古籍研究》等科目。學術興趣在儒家文獻、唐代經學、歷代避諱、博物學、工具書與研究方法等。著有《賈誼新書論稿》（2010）、《孔子的生活智慧》（2011）、《顏師古經史注釋論叢》（2016）、《孟子的人生智慧》（2017）、《賈誼及其新書研究》（2017）等。獲香港研究資助局優配研究金撥款主持「顏師古經學考」（2014）、「清代避諱學研究」（2017）等研究項目。發表論文超過五十篇。

鄺梓桓

香港中文大學中國語言及文學系學士、哲學碩士、哲學博士。曾任教於恒生商學書院、恒生管理學院，現為中大中文系講師。學術興趣為

港、臺現當代文學，專注研究解嚴後的文學現象，以及當代作家如張大春、駱以軍、舞鶴、賀景濱等人的作品。另曾擔任第六屆全球青年文學獎籌委會成員、文學創作教學研討會主持等。

目次

輯壹　古典文學與文獻研究

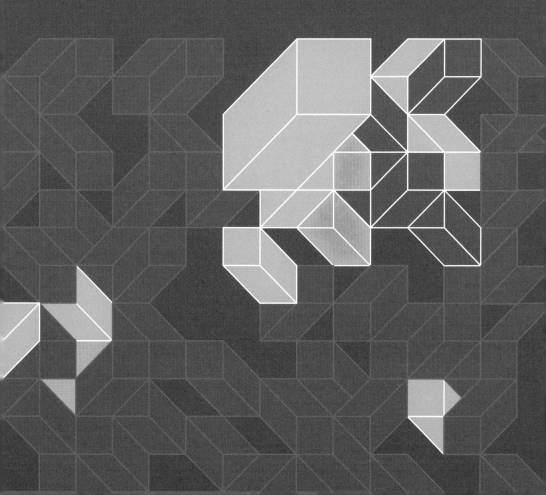

第一章
論六朝文獻裡之孔門十哲

潘銘基

香港中文大學中國語言及文學系副教授

一、孔子與孔門十哲

　　孔子弟子眾多，據《史記・孔子世家》載：「孔子以詩書禮樂教，弟子蓋三千焉，身通六藝者七十有二人。」[1] 孔門弟子之數，未必有三千之多，錢穆云：「則孔子門人，固僅有七十之數。烏得三千哉？」[2]「三千」之數，當與戰國四公子養士之風合看，顧立雅云：「弟子三千人的說法已是過分的誇大了。可是《孟子》及若干其他典籍都說弟子七十人，也許這個就是最高的人數。」[3] 大抵弟子三千之說並不可信。上引史遷謂孔門「身通六藝者七十有二人」，此「七十二」者亦未必實指。就《論語》所見，此中七十二者，只有二十多人事蹟可考。此等弟子之中，又以孔門十哲事蹟較詳，後世作品以其人其事入文亦多。孔門

[1]　司馬遷：《史記》（北京：中華書局，1982年，第2版），卷47，頁1938。
[2]　錢穆：《先秦諸子繫年》（北京：商務印書館，2001年），頁71。
[3]　顧立雅（H.G.Creel）著、王正義譯：《孔子與中國之道》（臺北：韋伯文化國際出版有限公司，2003年），頁63。

十哲之名字，首見《論語‧先進》，其曰：「德行：顏淵、閔子騫、冉伯牛、仲弓。言語：宰我、子貢。政事：冉有、季路。文學：子游、子夏。」（11.3）[4] 此中「德行」、「言語」、「政事」、「文學」者，即後人所謂孔門四科，當中又以「德行」為先，故十位弟子之中以顏淵居首。

孔門四科十哲，以德行科顏淵居首。

(1) 顏回，字子淵，少孔子三十歲。劉殿爵云："If Confucius looked upon Yen Yuan as a son, he must have looked upon Tzu-lu as a friend."[5] 孔子與顏回關係密切，亦師亦父，循循善誘。可惜顏回三十三歲[6]而髮盡白，早死，孔子悲慟不已。在孔門弟子之中，唯顏淵可稱仁，其「簞食瓢飲」之事，雖貧窮而不改其樂道之心，最受後世學者歌頌。《論語》提及顏淵24次。

(2) 閔損，字子騫，少孔子十五歲。《論語》提及閔損5次。閔損位次孔門德行之科，以孝行著稱於世。

(3) 冉耕，字伯牛，少孔子七歲。《論語》提及冉耕2次。冉耕亦次德行之科，孟子以其人為「善言德行」[7]。

(4) 冉雍，字仲弓，少孔子二十九歲。冉雍亦以德行著稱，且其器量寬弘，孔子以為可使南面。《論語》提及冉雍7次。

(5) 冉求，字子有，少孔子二十九歲。冉求博藝善政，並熟習於

---

[4]　案：本文所用《論語》文本悉據北京大學出版社2000年《論語注疏》繁體校點本，不另出註。又《論語》章節編號則據楊伯峻《論語譯注》。

[5]　D. C. Lau, "The Disciples as They Appear in the Analects," in *The Analects*, trans. D. C. Lau (Hong Kong: The Chinese University Press, 1992), p. 256.

[6]　有關顏淵之卒年，前賢頗有爭論。據《顏子評傳》所載，「有顏子享年十八歲（《淮南子‧精神訓》注、《列子‧力命篇》），二十九歲（蔣伯潛《諸子通考‧孔子弟子》），三十一歲（《孔子家語》卷九），三十二歲（《文選‧辨命論》引《家語》），三十九歲（張劍光《顏子卒年小考》），四十一歲（《論語正義‧雍也》注引李氏鍇《尚史》）等幾種主要說法。」（顏景琴、張宗舜：《顏子評傳》（濟南：山東友誼出版社，1994年），頁55）又，《顏子評傳》云：「對顏子生卒年的眾多說法經過詳細考查後，我們認為，李氏鍇《尚史》與江氏永《鄉黨圖考》的說法：『顏子卒伯魚之後，按《譜》，孔子七十而伯魚卒，是顏子卒當在孔子七十一之年。顏子少孔子三十歲，是享年四十有一矣。』是可信的。」（《顏子評傳》，頁57）

[7]　《孟子注疏》，載《十三經注疏（整理本）》，卷3上，頁93。

軍旅之事。《論語》提及冉求16次。

（6）仲由，字子路，少孔子九歲。仲由與孔子關係密切，亦師亦友，其為人忠信勇決，質樸率真。《論語》提及仲由38次。

（7）宰予，字子我，年歲無考。宰予位列孔門「言語」之科，孟子以為宰予「善為說辭」[8]，「智足以知聖人」[9]。《論語》提及宰予5次。

（8）端木賜，字子貢，少孔子三十一歲。端木賜天資敏達，能言善道，善於學習。《論語》提及端木賜38次。

（9）言偃，字子游，少孔子四十五歲。言偃與卜商並列孔門「文學」之科，王夫之以其為「傳禮樂之遺文，集《詩》《書》之實學」[10]。《論語》提及言偃8次。

（10）卜商，字子夏，少孔子四十四歲。子夏尤長於《詩》，據《史記》所載：「孔子既沒，子夏居西河教授，為魏文侯師。」[11]《論語》提及卜商19次。

　　本篇之撰，以《論語》和《史記·仲尼弟子列傳》所載孔門弟子事蹟為基礎，輔以古文獻電子數據庫（包括「漢達文庫」、「漢籍電子文獻」、「中國基本古籍庫」等）和《孔子弟子資料匯編》（山東友誼書社1991年版）等，稽查和討論六朝文獻裡孔門十哲事蹟的發展和變化。所謂「六朝」者[12]，人言人殊，文中以香港中文大學中國文化研究所劉殿爵中國古籍研究中心「魏晉南北朝」資料庫所載典籍為本。

8　同前註，卷3上，頁93。
9　同前註，卷3上，頁95。
10　王夫之：《四書訓義》（清光緒潞河啖柘山房刻本），卷13，頁4a。
11　《史記》，卷67，頁2203。
12　有關「六朝」所指，眾說紛紜，莫衷一是。唐人許嵩《建安實錄》以東吳、東晉，以及南朝之宋、齊、梁、陳等建都建康之六個朝代命名為「六朝」。宋人司馬光《資治通鑑》則以曹魏、兩晉，以及南朝之宋、齊、梁、陳等有繼承關係之六個朝代命名為「六朝」。至於清人嚴可均輯《全上古三代秦漢三國六朝文》，其中「六朝文」之部，兼包《全後魏文》、《全北齊文》、《全後周文》以及《全隋文》。然則其所謂「六朝」者，泛指後漢以後至隋統一天下以前之時期。本文所謂「六朝」，亦以三國兩晉南北朝為限，蓋取其廣義也。

二、六朝文獻裡之四科十哲

（一）以孔門四科連言孔門弟子

孔門弟子眾多，《論語・先進》德行：顏淵、閔子騫、冉伯牛、仲弓。言語：宰我、子貢。政事：冉有、季路。文學：子游、子夏。（11.3）此中「德行」、「言語」、「政事」、「文學」即被稱為孔門四科[13]。四科之十位孔門高弟，即「孔門十哲」。在唐代之時，已有孔門十哲之稱號，詳見《舊唐書・禮儀志》所載[14]。又《舊唐書・玄宗本紀》開元二十七年八月云：「甲申，制追贈孔宣父為文宣王，顏回為兗國公，餘十哲皆為侯，夾坐。後嗣褒聖侯改封為文宣公。」[15]此所謂「十哲」者，即孔門四科十位高弟也。

在六朝文獻裡，孔門四科十哲多有按類並稱，可知後世學者援筆之時，多有參考《論語》之說。此中並稱者，又有數類，一為顏淵、閔損並稱，以頌揚其德行：

> 1.阮籍〈詠懷詩〉：「被褐懷珠玉，顏、閔相與期。」[16]
> 2.《三國志・吳書・韋曜傳》：「假令世士移博弈之力而用之於詩書，是有顏、閔之志也。〔……〕如此則功名立而鄙賤遠矣。」[17]
> 3.《高士傳》卷下贊恂：「行侔顏閔，學擬仲舒，文參長卿，才

---

[13] 司馬遷《史記・仲尼弟子列傳》具載此文，其序次則為「德行」、「政事」、「言語」、「文學」。其中「政事」、「言語」之序與《論語・先進》相異。司馬貞《索隱》云：「今此文政事在言語上，是其記有異也。」（《史記》，卷67，頁2185）觀乎史遷自云：「余以弟子名姓文字悉取《論語》弟子問並次為編」（《史記》，卷67，頁2226），是知其所見《論語》或與今傳本不盡相同。案：班固《漢書・古今人表》歷評古代人物，觀其序中所言，其標準則為孔子之論述。十哲於〈古今人表〉之排列次序，亦是先「言語」而後「政事」，與今傳本《論語》相同。

[14] 詳參劉昫：《舊唐書》（北京：中華書局，1975年），卷24，頁919-921。

[15] 同前註，卷9，頁211。

[16] 蕭統編、李善注：《文選》（上海：上海古籍出版社，1986年），卷23〈詠懷詩〉，頁1072-1073。

[17] 陳壽：《三國志》（北京：中華書局，1982年第2版），卷65，頁1461。

　　同賈誼，實瑚璉器也。」[18]

　　4.《後漢書・郎顗傳》載其舉薦李固云：「年四十，通游、夏之藝，履顏、閔之仁。」[19]

　　此皆以顏、閔並稱，以見德行之高，以為楷模。阮籍〈詠懷詩〉其十五指出顏淵、閔損二人雖貧窮而懷有才德，故可為自己的目標。韋昭[20]則以為世人只用力於博弈之賤事，卻沒有追求功名；遂以顏淵、閔損為楷模，以為能用力於《詩》《書》，則功名得立而賤事遠矣。《高士傳》載錄歷代高節之士，其中贄恂為後漢人，時人舉薦贄氏，以其人有嘉行，同於顏淵、閔損。至乎《後漢書》郎顗舉薦李固，亦以為其人能踐行顏淵、閔損之德。又德行科既列四科之首，自為重中之重，故有以顏淵與冉耕並稱其德者：

　　1.嵇康〈黃門郎向子期難養生論一首〉：「周、孔以之窮神，顏、冉以之樹德。」[21]
　　2.《後漢書・文苑列傳》：「則顏、冉之亞。」[22]
　　3.《弘明集》鄭道子〈神不滅論〉：「顏、冉德行，早夭無聞。」[23]
　　4.《弘明集》釋道恆〈釋駁論〉：「味玄旨則顏、冉無以參其風。」[24]
　　5.《弘明集》卷十三郗超〈奉法要〉：「顏、冉靡顯報於後昆。」[25]
　　6.李蕭遠〈運命論〉：「雖仲尼至聖，顏、冉大賢，揖讓於規矩

---

18 皇甫謐：《高士傳》（上海：商務印書館據涵芬樓藏明刻本影印，1937年），卷下，頁8b-9a。
19 范曄：《後漢書》（北京：中華書局，1965年），卷30下，頁1070。
20 案：韋昭，因晉代魏以後，司馬炎追尊司馬昭為晉文帝，故改「昭」為「曜」。《三國志》裴注：「曜本名昭，史為晉諱，改之。」（《三國志》，卷65，頁1460）
21 戴明揚：《嵇康集校注》（北京：人民文學出版社，1962年），卷4〈黃門郎向子期難養生論一首〉，頁163。
22 《後漢書》，卷80下，頁2646。
23 僧祐：《弘明集》（上海涵芬樓影印明汪道昆本），卷5〈神不滅論〉，頁7a。
24 同前註，卷6〈釋駁論〉，頁1b。
25 同前註，卷13〈奉法要〉，頁5b。

　　之內，闇闇於洙、泗之上，不能過其端。」[26]

　　考之顏、冉並稱，又因二人或皆早亡，不幸短命而死，未能傳授孔門之教。據《孔子家語・七十二弟子解》云：「年二十九而髮白，三十一，早死。」《論語・雍也》哀公問：「弟子孰為好學？」孔子對曰：「有顏回者好學，不遷怒，不貳過。不幸短命死矣，今也則亡，未聞好學者也。」（6.3）是孔子以為顏回早夭，不得永年矣。至於冉耕，《論語》伯牛有疾，子問之，自牖執其手，曰：「亡之，命矣夫！斯人也而有斯疾也！斯人也而有斯疾也！」（6.10）冉耕身患何疾，是否早夭，史無明文，唯《史記》作「有惡疾」，蓋為疾之惡者也。舊說以為冉耕患癩，然此為高度傳染之疾，孔子不當執其手，故程樹德以「癩」為熱病，冉耕乃冬癩也。程說可參。總之，顏淵早夭、冉耕得惡疾，皆不幸之事，故後人多並稱二人以論仁者不必壽。此待下文詳論。

　　至於「言語」科，其中宰我、子貢於此科特別出色，蓋二人皆口才出眾，能言善道。六朝文獻亦有以宰我、子貢並稱。例如《三國志・魏書・方技傳》裴注引《傅子》：「以言取之者，以變辯是非，言語宰我、子貢是也。」又「政事」科，冉求、季路皆為治國之材，乃輔弼股肱之臣。《三國志・魏書・方技傳》裴注續言：「若政事冉有、季路，[……]雖聖人之明盡物，如有所用，必有所試，然則試冉、季以政。」[27]又《三國志・蜀書・郤正傳》：「侃侃庶政，冉、季之治也。」[28]是皆以二人有治國之材，故並稱之。

　　六朝是文學自覺的年代。20世紀初期，鈴木虎雄《中國詩論史》提出魏代是「中國文學的自覺期」[29]，魯迅〈魏晉風度及文章與藥及酒之關係〉謂「曹丕的一個時代可說是『文學的自覺時代』，或如近代所說

[26]　《文選》，卷53〈運命論〉，頁2299。案：李善注「冉」為「冉求」，《孔子弟子資料匯編》以為誤，此「冉」當指冉伯牛。此說是也。

[27]　《三國志》，卷29，頁807。

[28]　同前註，卷42，頁1037。

[29]　鈴木虎雄此文，其後收入1924年所出版《中國詩論史》。鈴木虎雄著、許總譯：《中國詩論史》（南寧：廣西人民出版社，1989年），頁37。

是『為藝術而藝術』的一派」[30]。孔門四科之「文學」科，其意義雖與後世之文學不盡相同，乃指「古代文獻」[31]。可是，六朝文獻裡每多以子游、子夏並稱，比附文人。今舉例如下：

> 1. 曹植〈與楊德祖書〉：「昔尼父之文辭，與人通流，至於制《春秋》，游、夏之徒乃不能措一辭。過此而言不病者，吾未之見也。」[32]
> 2. 《抱朴子外篇·崇教》：「若使素士則晝躬耕以糊口，夜薪火以修業；在位則以酣宴之餘暇，時遊觀於勸誡，則世無視內，游、夏不乏矣。」[33]
> 3. 《拾遺記·魏》：「今子所說，非聖人之言不談，子游、子夏之儔，不能過也。」[34]

子游、子夏以「文學」科著稱，是以後世文人著書立說者，多以二人為論，如上文《抱朴子外篇·崇教》所言，即以為寒素士人如能努力學習，使學有所成，便如同游、夏再生，更可與之匹敵。曹植所言，蓋本《史記·孔子世家》「至於為《春秋》，筆則筆，削則削，子夏之徒不能贊一辭」[35]。以為子游、子夏雖以「文學」著稱，仍不能在《春秋》裡妄加一筆。至於《拾遺記》所載，則為曹丕之言。時薛夏博學絕倫，曹丕與之講論，對答如流，曹丕因此稱譽薛夏「非聖人之言不談，子游、子夏之儔，不能過也」。此可見游、夏並非指修習「古代文獻」之人，而是如游、夏口才出眾而已，或非「文學」科之本真。

---

[30] 魯迅演講紀錄稿原發表於《國民日報》副刊〈現代青年〉，改定稿 1927年11月發表於《北新》半月刊第2卷第2號。收入《魯迅全集》（北京：人民文學出版社，1981年），卷3，頁501-529。

[31] 此楊伯峻語。楊氏云：「文學──指古代文獻，即孔子所傳的《詩》、《書》、《易》等。皇侃《義疏》引范寧說如此。《後漢書·徐防傳》說：『防上疏云：經書禮樂，定自孔子；發明章旨，始於子夏。』似亦可為證。」（楊伯峻：《論語譯注》（北京：中華書局，1980年，第2版），頁110）

[32] 《文選》，卷42，頁1902。

[33] 楊明照：《抱朴子外篇校箋》（北京：中華書局，1991年），卷4，頁146。

[34] 王嘉：《拾遺記》（北京：中華書局，1981年），卷7，頁171。

[35] 《史記》，卷47，頁1944。

（二）仁德與壽考並不兩存

　　《左傳・襄公二十四年》載叔孫豹論「三不朽」，其言曰：「大上有立德，其次有立功，其次有立言。」[36] 三者尤以「立德」為尚，此可見古人之所重。然而，有德者未必壽考，孔門之顏回、冉耕雖以「德行」見稱而短壽，便是顯例。司馬遷《史記・伯夷列傳》對此感慨萬分，其曰：「七十子之徒，仲尼獨薦顏淵為好學。然回也屢空，糟糠不厭，而卒蚤夭。天之報施善人，其如何哉？盜蹠日殺不辜，肝人之肉，暴戾恣睢，聚黨數千人橫行天下，竟以壽終。是遵何德哉？」[37] 以為有德之顏淵不當早卒，無道之盜跖不應長壽。自東漢以後，國家分裂，戰爭頻繁，生靈塗炭，〈古詩十九首〉已有時人對「生年不滿百，常懷千歲憂」的慨歎。由於年壽有時而盡，因此而有「仙人王子喬，難可與等期」[38] 之想法，以為應當及時行樂。因此，對於顏淵、冉耕等有德者之早夭，六朝時人多所感歎。

　　據《論語》所載，顏淵「聞一知十」（5.9）、「三月不違仁」（6.7）、「簞食瓢飲」（6.11）、「語之而不惰」（9.20），乃孔子最痛愛的弟子。劉殿爵云："If Confucius looked upon Yen Yuan as a son, he must have looked upon Tzu-lu as a friend."[39] 孔子與顏回關係密切，亦師亦父，循循善誘。可惜顏淵早卒，孔子更有「天喪予」（11.9）之悲慟！又冉耕身患重疾（6.10），皆可見有德未必壽考，仁人而不得善終。六朝文人雅士對此深表惋惜。舉例如下：

>　　1.《抱朴子內篇・微旨》：「然善事難為，惡事易作，而愚人復以項託、伯牛輩，謂天地之不能辨臧否，而不知彼有外名者，未必有內行，有陽譽者不能解陰罪，若以薺麥之生死，而疑陰陽之大氣，亦不足以致遠也。」[40]

---

[36] 《春秋左氏傳》，載《十三經注疏（整理本）》，卷35，頁1152。
[37] 《史記》，卷61，頁2124-2125。
[38] 《文選》，卷29，頁1349。
[39] D. C. Lau, "The Disciples as They Appear in the Analects," p. 256.
[40] 王明：《抱朴子內篇校釋》（北京：中華書局，1985年），卷6，頁127。

2. 《抱朴子內篇・塞難》：「賢不必壽，愚不必夭，善無近福，惡無近禍，生無定年，死無常分，盛德哲人，秀而不實，竇公庸夫，年幾二百，伯牛廢疾，子夏喪明，盜跖窮凶而白首，莊蹻極惡而黃髮，天之無為，於此明矣。」[41]

3. 《弘明集》載宗炳〈明佛論〉：「今世之所以慢禍福於天道者，類若史遷感伯夷而慨者也。夫孔聖豈妄說也哉？稱『積善餘慶，積惡餘殃』，而顏、冉夭疾，厥胤蔑聞；商臣考終，而莊則賢霸。」[42]

4. 《弘明集》載宗炳〈答何衡陽書〉：「七十二子雖復升堂入室，年五十者，曾無數人。顏夭、冉疾、由醢、予族，賜減其鬚。匡陳之苦，豈可勝言。忍饑弘道，諸國亂流，竟何所救。以佛法觀之，唯見其哀，豈非世物宿緣所萃邪？若所被之實理，於斯猶未為深弘。若使外率禮樂，內修無生，澄神於泥洹之境，以億劫為當年，豈不誠弘哉。」[43]

5. 《弘明集》載鄭道子〈神不滅論〉：「〈洪範〉說生之本，與佛同矣。至乎佛之所演，則多河漢，此溺於日用矣。商臣極逆，後嗣隆業；顏、冉德行，早夭無聞。」[44]

6. 《金樓子・立言篇九上》：「顏回希舜，所以早亡。[……]生也有涯，智也無涯，以有涯之生，逐無涯之智，余將養性養神，獲麟於金樓之制也。」[45]

7. 《顏氏家訓・歸心》：「釋二曰：夫信謗之徵，有如影響；耳聞眼見，其事已多，或乃精誠不深，業緣未感，時儻差闌，終當獲報耳。善惡之行，禍福所歸。九流百氏，皆同此論，豈獨釋典為虛妄乎？項橐、顏回之短折，原憲、伯夷之凍餒，盜跖、莊蹻之福壽，齊景、桓魋之富強，若引之先業，冀以後生，更為通耳。如以行善而偶鍾禍報，為惡而儻值福徵，便可

41　同前註，卷7，頁138。
42　《弘明集》，卷2〈明佛論〉，頁20b-21a。
43　同前註，卷3〈答何衡陽書〉，頁13a。
44　同前註，卷5〈神不滅論〉，頁7a。
45　許逸民：《金樓子校箋》（北京：中華書局，2011年），卷4〈立言篇九上〉，頁857。

　　怨尤，即為欺詭；則亦堯、舜之云虛，周、孔之不實也，又欲
　　安所依信而立身乎？」

　　葛洪《抱朴子內篇》乃道教典籍[46]，據其中〈微旨〉所言，以為好
事難做，壞事易行，只有愚笨之人才會取項託和顏淵之早夭以證天地未
能明確褒貶，卻不知項、顏之徒或許只具外表，未必有內德，有表面讚
譽之人不能解脫陰私之罪孽。如果用薺麥反常之生死來懷疑陰陽大氣之
規律，自不可以此運用到遠大之事情上。此處葛洪以項託和顏淵為喻，
其中項託七歲而為孔子師，卻於十歲而早夭。顏淵大德，位居孔門四科
十哲之首，後世儒者無異議。唯葛洪此文則以為顏淵未必真有德行，此
借孔門弟子為論而以為儒家不如道家也。

　　至於同書之〈塞難〉，則論述了儒道二家之難易差異，以善人不
得善終以見不必有德，天無意志。此處指出賢者不必長壽，愚者不必早
夭，善行既無眼前之福佑，惡德亦無就近之災禍。即使有盛德之哲人，
卻只有開花而不結果；竇公只是一介凡夫，年壽接近二百。冉耕患有痼
疾，子夏失去視力；盜跖極為凶險卻活到白頭，莊蹻極為邪惡亦得長
壽。準此，天之無為可以考知。

　　又《弘明集》載有宗炳〈明佛論〉，其中亦借儒家人物以明佛理。
世人每多因一時之禍福而慨歎天道不公，如司馬遷之感歎伯夷行善事而
惡報即為一例。《周易‧坤‧文言》亦指出：「積善之家，必有餘慶。
積不善之家，必有餘殃。」[47]相傳孔子作〈文言〉，因此孔子似乎亦強
調善惡有報。可是，顏淵與冉耕夭疾，沒有子嗣；反之，楚成王太子商
臣篡逆卻能壽終，至其子莊王有賢德而終成霸業。此等例子，〈明佛
論〉以為儒家之因果關係似有不通。此處借顏、冉為說，其為人也仁德
而未能壽考，因果雖然未報，只是遲速而已。

---

[46] 葛洪《抱朴子》分為「內篇」和「外篇」，據其〈自敘〉所言：「其《內篇》言神僊、方
　　藥、鬼怪、變化、養生、延年、禳邪、卻禍之事，屬道家；其《外篇》言人間得失，世事
　　臧否，屬儒家。」（《抱朴子外篇校箋》，卷50，頁698）
[47] 《周易正義》，載《十三經注疏（整理本）》，卷2，頁36。

又同書之〈答何衡陽書〉，宗炳以為孔門七十二賢年壽能過五十者，寥寥可數。其中顏淵早逝，冉耕得病，仲由死於衛國內亂，宰予因作亂而遭滅族，端木賜滅鬚而為婦人。孔子及其弟子亦有匡地之厄，凡此種種，可見賢人之落難多不勝數。孔門師弟子周遊列國，欲救禮崩樂壞之世，卻皆逢不幸。宗炳以為倘以佛理觀之，只能得見彼等之哀，然則其遭際蓋亦前世宿緣所致。孔門弟子所行之道實未深弘，只能外修禮樂，在內未有修及無生，以致滅盡煩惱和度脫生死之泥洹之境（即涅槃，又作「泥曰」、「般泥洹」等）。因此，其屢遭厄難，乃學道不深所致。準此，宗炳此文取顏淵、冉耕為說者，只為說明二人之仁德未能弘深，儒家之學並不能使之超脫。

至〈神不滅論〉所言者，亦謂顏淵、冉耕早夭；至若楚成王太子商臣篡逆卻能壽終，其子莊王更有賢德而終成霸業。此文引用顏、冉之事，亦旨在說明佛家之因果報應而已。

及至梁元帝蕭繹《金樓子》，其〈立言〉亦有引及顏淵早亡之事。此中所指「顏回希舜」，意謂顏淵取法乎舜。有關顏淵「希舜」之事，《金樓子》所言乃據《孔子家語‧顏回》。可是，以舜為取法對象，目標似過於遠大，《金樓子》遂以此為顏淵「早亡」之因由。此後《金樓子》以道家「生也有涯，智也無涯」之理為論，以為顏淵做法實不可取。準此，《金樓子》借顏淵之早亡，說明不當「逐無涯之智」。

又顏之推《顏氏家訓‧歸心》亦以推崇佛教為務，以為佛家博大精深，非儒家所能及。上文所引主在討論因果報應之問題。有時報應未現，顏之推以為乃當事者精誠不足所致，是以「業」與「果」尚未發生感應故也。顏氏謂因果報應為佛家重要概念，不可以此為虛妄。否則，項託、顏淵短命而死，伯夷、原憲挨餓受凍；盜跖、莊蹻卻是有福長壽，齊景公、桓魋又是富足強大。如果將這些因果關係看成為此等人物之先世所作所為之報應，那便非常合理。反之，如果因為有人行善而偶然遭禍，為惡卻意外得福，由是而以為佛教之因果報應為欺詐，則如同以堯、舜、周公、孔子之事皆不可信。如此，則無事可足稱信，何以

立足於世。顏之推為當世大儒，此以孔門弟子（顏淵、原憲[48]）事蹟為說，結合儒、佛思想，析說佛家之因果報應。

（三）據《論語》所載事蹟以說理

漢代立國以後，儒家經典愈趨重要，漢文帝時有一經博士之立，至漢武帝時已具立五經博士矣。《論語》雖不在五經之列，唯據王國維考證：「孝文時置《爾雅》、《孝經》、《論語》博士，至孝武廢之者，非廢其書，乃因此三書人人當讀，又人人自幼已受之，故博士但限五經。」[49]「是通經之前，皆先通《論語》、《孝經》。」[50]是《論語》之重要性可見一斑。有關孔門師弟子之事蹟，《論語》無疑是最重要之依據。李零云：「前人辨偽，於各書的可信度向有成說，如研究孔子生平，學者習慣上認為，只有《論語》是真孔子言，《左傳》、《孟子》、大小戴《記》次之，諸子皆可疑，《史記》等漢代人的說法又等而下之。」[51]李氏言是。由是觀之，六朝文獻採用孔門十哲之事蹟，亦多以《論語》所載為據，以闡析一己之道理。今舉例如下：

> 1.《後漢書·肅宗孝章帝紀》載建初元年三月詔：「昔仲弓季氏之家臣，子游武城之小宰，孔子猶誨以賢才，問以得人。明政無大小，以得人為本。」[52]

案：冉雍，字仲弓。此詔言仲弓為「季氏之家臣」，事見《論語·

---

[48] 原憲雖非孔門十哲，然其安貧樂道之事，亦廣為後世稱頌。據《史記·仲尼弟子列傳》所載：「孔子卒，原憲遂亡在草澤中。子貢相衛，而結駟連騎，排藜藿入窮閻，過謝原憲。憲攝敝衣冠見子貢。子貢恥之，曰：『夫子豈病乎？』原憲曰：『吾聞之，無財者謂之貧，學道而不能行者謂之病。若憲，貧也，非病也。』子貢慚，不懌而去，終身恥其言之過也。」（《史記》，卷47，頁2208。）又《莊子·讓王》、《韓詩外傳》卷1、《新序·節士》、《高士傳》等皆有相類記載。

[49] 房鑫亮主編：《王國維全集》（杭州：浙江教育出版社，2009年），第15冊《書信》，〈致羅振玉〉1916年8月15日，頁183。

[50] 王國維：〈漢魏博士考〉，載《王國維全集》，第8冊《觀堂集林》，頁110。

[51] 李零：《喪家狗——我讀《論語》》（太原：山西人民出版社，2007年），導讀一，頁1，注2。

[52] 《後漢書》，卷3，頁133。

子路》：

> 仲弓為季氏宰，問政。子曰：「先有司，赦小過，舉賢才。」
> 曰：「焉知賢才而舉之？」子曰：「舉爾所知；爾所不知，人其
> 舍諸？」（13.2）

　　宰為總管之意。此言冉雍為季氏總管，向孔子問政之道。孔子以為
應由負責官員帶頭，不計較別人的小錯誤，並向主人提拔優秀人才。冉
雍不解，不知怎去識別並提拔優秀人才。孔子以為應當提拔自己所了解
的；至於自己並不了解的人才，也自然會有人能了解他，加以舉薦。此
為孔子向冉雍「誨以賢才」之事。又，言偃字子游，此詔所言「子游武
城之小宰」事，見《論語‧雍也》：

> 子游為武城宰。子曰：「女得人焉耳乎？」曰：「有澹臺滅明
> 者，行不由徑，非公事，未嘗至於偃之室也。」（6.14）

　　武城為魯國之小邑，在今山東費縣西南，子游為武城縣長。此邑雖
小，可是孔子仍問子游有否獲得賢才。子游在武城找得澹臺滅明[53]，子
游以為此人走路不插小道，如非公事，絕不會到子游之府第。可見澹臺
滅明為人正直，不做徇私枉法之事，故子游以其為人才。漢章帝此詔以
冉雍、言偃之事入文，自是希望錄用人才，願大臣可加以引薦。

> 2.《宋書‧傅亮傳》：「初，亮見世路屯險，著論名曰〈演
> 慎〉，[……]仲由好勇，馮河貽其苦箴。[……]因斯以談，所
> 以保身全德，其莫尚於慎乎。」[54]

---

[53] 澹臺滅明，字子羽，據《史記‧仲尼弟子列傳》所載，乃孔子學生。楊伯峻云：「從這裡
子游的答話語氣來看，說這話時（筆者案：澹臺滅明）還沒有向孔子受業。因為『有……
者』的提法，是表示這人是聽者以前所不知道的。若果如《史記》所記，澹臺滅明在此以
前便已經是孔子學生，那子游這時的語氣應該與此不同。」（《論語譯注》，頁60）

[54] 沈約：《宋書》（北京：中華書局，1974年），卷43，頁1338。

案：傅亮，字季友，西晉文學家傅咸玄孫。劉宋時官至左光祿大夫、中書監、尚書令。傅亮因見世途艱險，故撰寫〈演慎〉一文。此中以為如能像起始般謹慎對待事情之終結，事無不成。傅亮引仲由之事，以為其人只能好勇，逆耳勸誡。傅亮於文中遍舉例證，以為保全自身使德行完美，當以謹慎為上。考此言「仲由好勇，馮河貽其苦蔵」，事見《論語》，其文如下：

> 子謂顏淵曰：「用之則行，舍之則藏，唯我與爾有是夫！」子路曰：「子行三軍，則誰與？」子曰：「暴虎馮河，死而無悔者，吾不與也。必也臨事而懼，好謀而成者也。」（7.11）

在孔門弟子當中，仲由每有兼人之勇，故孔子每抑之。此處孔子與顏淵討論用行舍藏，孔子以為唯有顏淵與自己相似，可以收放自如。仲由大抵心有不甘，遂問夫子如欲領兵打仗，則與誰人同行。孔子欲抑仲由，因言赤手空拳和老虎搏鬥，不用船隻去渡河，以身犯險而毫無悔意之徒，孔子絕不與之同行。能與夫子同行者，必然是面臨任務便戒慎戒懼，善於謀略而能完成任務之人。此處以為行事當應謹慎，遂以仲由故事作為反證。及後仲由果死於衛之內亂，孔子悲痛不已，亦證明其「暴虎馮河」之憂慮不無道理。

3. 《弘明集》釋道恆〈釋駁論〉：「古人每歎才之為難，信矣。[……]孔門三千，並海內翹秀，簡充四科，數不盈十。於中伯牛廢疾，回也六極，商也慳恪，賜也貨殖，予也難雕，由也凶愎，求也聚斂，任不稱職；仲弓雖騂，出於犁色。而舉世推德，為人倫之宗。欽尚高軌，為搢紳之表。百代詠其遺風，千載仰其景行。」[55]

案：〈釋駁論〉引孔門弟子事蹟以明人才難得之理。此處所言，

---

[55] 《弘明集》，卷6〈釋駁論〉，頁3b-4a。

大多化用《論語》之文。「簡充四科」，用〈先進〉11.3；「伯牛廢疾」，用〈雍也〉6.10；「回也六極」，用〈雍也〉6.3[56]；「商也慳悋」，用〈子路〉13.17[57]；「賜也貨殖」，用〈先進〉11.19；「予也難雕」，用〈公冶長〉5.10。「由也凶愎」，則化用多章《論語》，如〈公冶長〉5.7孔子以為仲由「好勇過我，無所取材」，〈述而〉7.11謂其「暴虎馮河，死而無悔」，〈先進〉11.13載仲由「行行如也」，孔子以為「不得其死然」。「求也聚斂」，用〈先進〉11.17，以為冉有助紂為虐；「仲弓雖騂，出於犁色」，用〈雍也〉6.6。此等皆孔門十哲，而〈釋駁論〉引之以明人才之難得。

　　4.曹植〈學官頌〉：「宰予晝寢，糞土作誡。」[58]

　　案：曹植此處以宰我晝寢之事為說，以為為學貴乎勤勉。誡是警告之義，即以晝寢之事為誡。考宰我晝寢之事，見《論語・公冶長》，其文如下：

　　　宰予晝寢。子曰：「朽木不可雕也，糞土之牆不可杇也；於予與何誅？」子曰：「始吾於人也，聽其言而信其行；今吾於人也，聽其言而觀其行。於予與改是。」（5.10）

　　白天本是為學求道之時，然宰我卻於此時睡覺。孔子知之，遂以為腐爛之木頭不得雕刻，糞土似的牆壁粉刷不得。宰予在白天睡覺，自是可堪責備。孔子又以為曾聽人說聽其言而信其行，可是在宰我晝寢之事

---

[56] 案：「六極」一詞，典出《尚書・洪範》：「六極。一曰凶短折，二曰疾，三曰憂，四曰貧，五曰惡，六曰弱。」（《尚書正義》，載《十三經注疏（整理本）》，卷12，頁383）據《論語・雍也》哀公問：「弟子孰為好學？」孔子對曰：「有顏回者好學，不遷怒，不貳過。不幸短命死矣，今也則亡，未聞好學者也。」（6.3）是知顏淵短命早夭，故〈釋駁論〉謂其「六極」。

[57] 子夏以慳吝著稱。《論語・子路》子夏為莒父宰，問政。子曰：「無欲速，無見小利。欲速，則不達；見小利，則大事不成。」（13.17）夫子既訓子夏以莫貪小利，則其人蓋即好於此矣。

[58] 趙幼文：《曹植集校注》（北京：人民文學出版社，1998年），卷1，頁115。

以後，孔子以為可以改為在聽到別人之說話後，必要考察其行徑。宰我位列孔門言語之科，能言善道，故孔子有此慨歎。

5. 《三國志・魏書・荀彧傳》裴注引孫盛《晉陽秋》：「顗弟粲，字奉倩。何劭為粲傳曰：粲字奉倩。粲諸兄並以儒術論議，而粲獨好言道，常以為子貢稱夫子之言性與天道，不可得聞，然則六籍雖存，固聖人之糠秕。」[59]

案：荀粲乃荀彧之子，字奉倩，魏晉玄學代表人物。其父兄家族俱好以儒術議論，唯荀粲獨好道家，以為《詩》、《書》、《禮》、《易》等經典皆為聖人通往大道時所遺下之糟粕。此處引子貢所言，以為夫子所言性與天道，不可得聞，今所得聞者，只為六經之糟粕而已。考子貢所言，典出《論語・公冶長》，其文如下：

子貢曰：「夫子之文章，可得而聞也；夫子之言性與天道，不可得而聞也。」（5.13）

此處「文章」二字，皇侃云：「文章者，六籍也。」[60]上引《晉陽秋》謂「六籍雖存」云云，可知《晉陽秋》釋「文章」之義與《義疏》相同。《晉陽秋》此文引子貢所言，指出孔子所重者並非可以得見之六經，而是不可得見之「性與天道」。此又可參看另一章《論語》：

子曰：「予欲無言。」子貢曰：「子如不言，則小子何述焉？」子曰：「天何言哉？四時行焉，百物生焉，天何言哉？」（17.19）

弟子只是唯言是求，實則孔子之行藏語默，全是教材，弟子當細心體察之，方能稱是。

---

[59] 《三國志》，卷10，頁319，裴松之注。
[60] 皇侃：《論語義疏》（北京：中華書局，2013年），卷3，頁110。

6.《劉子・均任第二十九》：「子游治武城，夫子發割雞之嘆。
　　［……］德小而任大，謂之濫也。德大而任小，謂之降也。而其
　　失也，寧降無濫。是以君子量才而授任，量任而授爵，則君無
　　虛授，臣無虛任。故無負山之累，折足之憂也。」[61]

　　案：《劉子・均任》所引「子游治武城」之事，見於《論語・陽
貨》，其文如下：

子之武城，聞弦歌之聲。夫子莞爾而笑，曰：「割雞焉用牛
刀？」子游對曰：「昔者偃也聞諸夫子曰：『君子學道則愛人，
小人學道則易使也。』」子曰：「二三子！偃之言是也。前言戲
之耳。」（17.4）

　　據上文所引，子游當時乃武城之縣長。時孔子剛巧到武城，聽到彈
琴瑟唱詩歌之聲。孔子以為割雞不必用牛刀，武城只一小邑，不必以禮
樂教化，所謂「治小用大」是也。子游不以為然，援引從前夫子教誨，
禮樂教化可令人和而易使。孔子聞子游所答，深以為然，以為自己前言
有失，故告誡弟子為戲言之矣。《劉子》此篇名為「均任」，篇中所述
亦以才華與職任相匹為尚，故以子游之材而治武城，實非量才而授任，
而是大材小用。唯《劉子》所欲申論者，與《論語》原意稍有不同。
《論語》原為子游之「治小用大」，與在上位者本無關係；至於《劉
子・均任》，通篇以國君如何量任而任人著眼，故二者析述之角度不盡
相同。

（四）佛典裡之孔門弟子

　　佛教自西漢末年傳入中國後[62]，西域僧侶如安士高等佛教翻譯家已

---

[61] 傅亞庶：《劉子校釋》（北京：中華書局，1998年），卷6，頁301。
[62] 案：《魏書・釋老志》：「哀帝元壽元年，博士弟子秦景憲受大月氏王使伊存口授浮屠
經。中土聞之，未之信了也。」（魏收：《魏書》（北京：中華書局，1974年），卷
114，頁3025）據此而知佛教於西漢末年已傳入中國。

經開始將佛典翻譯引入中國。至南北朝時期，鳩摩羅什、佛陀跋陀羅等佛教翻譯家來華傳教，弘揚佛法。佛教東傳，為了爭取信眾，多借孔門儒家人物以附會佛事，或說明佛理。其中尤以梁武帝時僧祐所編之《弘明集》，最多借用孔門弟子之事蹟以說理。劉立夫、胡勇指出，《弘明集》「從不同角度反映了此一時期佛教的基本教義、傳播狀況以及佛教與儒家、道教等本土思潮的相互關係」[63]。「從思想史的角度看，儒佛道三教論爭是《弘明集》涉及最多的問題，許多文章常常提及『周孔與佛』或『孔老與佛』，其中的周孔就代表儒家，孔老代表儒、道二教，佛即代表佛教。以此而言，《弘明集》也就是一部以佛教為主體的反映漢魏兩晉南北朝時期的三教關係的文集。」[64]此可見《弘明集》闡析佛教教義之方法與取向。

1. 《弘明集》卷二宗炳〈明佛論〉：「佛經所謂變易離散之法，法識之性空，夢幻、影響、泡沫、水月，豈不然哉？顏子知其如此，故處有若無，撫實若虛，不見有犯而不校也。今觀顏子之屢虛，則知其有之實無也。」[65]

2. 《弘明集》卷三宗炳〈答何衡陽書〉：「自古千變萬化之有，俄然皆已空矣。當其盛有之時，豈不常有也，必空之實，故俄而得以空邪。[……]故顏子庶乎屢空，有若無，實若虛也。自顏已下，則各隨深淺而味其虛矣。」[66]

　　案：此處〈明佛論〉乃言佛經中所謂佛身變易離散之神通，以及法識之緣起性空，世間之一切皆有夢幻、影響、泡沫、水月。〈明佛論〉借顏淵為喻，以為顏子能夠明白事物如此之理，故能雖處實有，卻如同身處虛無，縱被欺侮，亦不計較。世人以此考察顏淵之貧困生活，自能知悉其以實有為虛無之理。考諸〈明佛論〉所言，實出兩章《論語》。

---

[63] 僧祐編撰，劉立夫、胡勇譯注：《弘明集》（北京：中華書局，2011年），前言，頁1。

[64] 同前註，前言，頁7-8。

[65] 同前註，卷2〈明佛論〉，頁7b。

[66] 同前註，卷3〈答何衡陽書〉，頁2a-2b。

其文如下：

> a.曾子曰：「以能問於不能，以多問於寡；有若無，實若虛，犯
> 　而不校──昔者吾友嘗從事於斯矣。」（8.5）
> b.子曰：「回也其庶乎，屢空。賜不受命，而貨殖焉，億則屢
> 　中。」（11.19）

　　上引「曾子曰」云云，其稱「吾友」也者，舊注多以為即顏淵
也[67]。顏淵求道矢志不渝，雖簞食瓢飲仍不改其樂道之心。《論語》所
言，可參皇侃《義疏》，其言曰：「時多誇競，無而為有，虛而為盈，
唯顏淵謙而反之也。顏淵實有才能，而恆如己不能，故見雖不能者猶諮
問衷求也。」[68] 由是觀之，《論語》此文原本針對顏淵求學之態度，其
意乃是有學問恍如沒有學問，學問充實又像學問空虛，並非生活上之實
有與虛無，與〈明佛論〉所謂「變易離散之法」有所不同，實佛家取諸
儒家人和事加以引申發揮而已。至於〈明佛論〉「屢虛」也者，當出
《論語・先進》「回也其無乎，屢空」句。孔子以為弟子「過猶不及」
（11.16），是以顏回雖云近道，卻經常匱乏；子貢則是富有得很，投
資有道。孔門弟子眾多，只有顏淵是「其心三月不違仁」（6.7），可
是顏淵的生活畢竟過於艱苦[69]，以至「二十九歲而髮盡白」[70]，英年早
逝。〈明佛論〉化用《論語》之「屢空」，以為顏淵實能明道，生活則
為虛無。至於宗炳〈答何衡陽書〉同樣亦引用顏淵「屢空」（11.19）
之文，以說明佛家虛實之理。

---

[67] 案：何晏《論語集解》引馬融曰：「友，謂顏淵。」（《論語注疏》，載《十三經注疏
（整理本）》，卷8，頁114）又，戴望《論語注》云：「友謂顏淵。子貢語曾子之行於衛
將軍文子曰：『滿而不滿，實如虛，過之如不及。』然則曾子、顏淵其道同。」（戴望：
《論語注》（清同治十年刻本），卷8，頁1b）據戴氏注而知曾參亦能「有若無，實若
虛」。

[68] 《論語義疏》，卷4，頁190。

[69] 楊伯峻注釋「屢空」之「空」字，其云：「世俗把『空』字讀去聲，不但無根據，也無此
必要。『貧』和『窮』兩字在古代有時有些區別，財貨的缺少叫貧；生活無着落，前途無
出路叫窮。『空』字卻兼有這兩方面的意思，所以用『窮得沒有辦法』來譯它。」（《論
語譯注》，頁116）

[70] 《史記》，卷67，頁2188。

　　3.《弘明集》卷二宗炳〈明佛論〉：「今世之所以慢禍福於天道
　　　者，類若史遷感伯夷而慨者也。夫孔聖豈妄說也哉？稱『積善
　　　餘慶，積惡餘殃』，而顏、冉夭疾，厥胤蔑聞；商臣考終，而
　　　莊則賢霸。凡若此類，皆理不可通。然理豈有無通者乎？則納
　　　慶後身，受殃三塗之說，不得不信矣。雖形有存亡，而精神必
　　　應，與見世而報，夫何異哉？但因緣有先後，故對至有遲速，
　　　猶一生禍福之早晚者耳。然則孔氏之訓，資釋氏而通，可不曰
　　　玄極不易之道哉。」[71]

　　案：《弘明集》載有宗炳〈明佛論〉，其中亦借儒家人物以明佛
理。世人每多因一時之禍福而慨歎天道不公，如司馬遷之感歎伯夷行善
事而惡報即為一例。此外，顏淵與冉耕夭疾，沒有子嗣；商臣篡逆卻能
壽終，至其子莊王有賢德而終成霸業。〈明佛論〉以為似乎於理不通。
此皆具見前文論述。此後〈明佛論〉復以遲速之報為說，以為報應未
顯，即如人一生之禍福有早晚之分，而報應亦終會彰顯。最後，〈明佛
論〉更指出可以用「孔氏之訓，資釋氏而通」，即利用佛理輔助對孔門
師弟子事蹟之理解。此實《弘明集》採用儒家人事入文時之基調。

（五）六朝文獻新增之孔門十哲事蹟

　　在文獻流傳之過程中，往往有後出者比前事更為豐富之情況。一般
而言，時代較早之文獻應能就事情有更準確和詳盡之記載，可是由於說
理或敘事之需要，後世文人多對前事加以改造與增益，致使後出者每比
原事豐贍。舉例而言，商末君主紂王之事，據顧頡剛考證，最初只有酗
酒、不用貴戚舊臣、登用小人、聽信婦言、信大命在天、不留心祭祀等
六事。時代愈後，紂王之「罪惡的條款因年代的更久遠而積疊得更豐富
了」[72]。至於孔門弟子之事蹟亦然，六朝本應距春秋戰國時代已遠，可
是卻仍有新增之事，其中尤以小說所載為主。今舉例如下：

---

[71]　《弘明集》，卷2〈明佛論〉，頁20b-21a。
[72]　顧頡剛：〈紂惡七十事的發生次第〉，《古史辨》第2冊上編（北京：樸社，1930年），
　　　頁88。

1.張華《博物志・人名考》：「仲尼四友，顏淵、子貢、子路、
子張。」[73]

案：有關「仲尼四友」之說，雖非始自《博物志》，然諸家所言「四
友」或有差異，或其序次亦有所不同。范寧云：「《孔叢子》及《聖賢群
輔錄》同此。惟陶淵明〈與子儼等疏〉云『子夏有言：「死生有命，富貴
在天。」四友之人，親受音旨』云云，與此異辭。」[74]是范氏謂《孔叢
子》、《聖賢群輔錄》、陶淵明文皆有「仲尼四友」之說，分見如下：

A.《孔叢子・論書》

懿子曰：「夫子亦有四鄰乎？」孔子曰：「吾有四友焉。自吾得
回也，門人加親，是非胥附乎？自吾得賜也，遠方之士日至，是
非奔輳乎？自吾得師也，前有光，後有輝，是非先後乎？自吾得
由也，惡言不至於門，是非禦侮乎？」[75]

案：據《孔叢子》所載，四友當指顏淵、端木賜（子貢）、顓
孫師（子張）、仲由（子路）。《孔叢子》雖題作孔子八世孫孔鮒所
作，唯梁啟超云：「其材料像很豐富，卻完全是魏晉人偽作，萬不可輕
信。」[76]《漢書・藝文志》並無《孔叢子》之著錄，是書最早見於曹魏
時期，其著錄則始見於《隋書・經籍志》[77]，故亦可視之為六朝文獻。

B.《聖賢群輔錄》

「閎夭、太公望、南宮适、散宜生」條，云：「右文王四友。

---

[73] 范寧：《博物志校證》（北京：中華書局，1980年），卷6〈人名考〉，頁71。
[74] 同前註，卷6，頁76。
[75] 傅亞庶：《孔叢子校釋》（北京：中華書局，2011年），卷1，頁20-21。
[76] 梁啟超：《梁啟超論儒家哲學》（北京：商務印書館，2012年），頁128。
[77] 《隋書》：「《孔叢》七卷。」注：「陳勝博士孔鮒撰。」（魏徵、令狐德棻：《隋書》
（北京：中華書局，1973年），卷32，頁937）。

《尚書大傳》云：『閎天、南宮适、散宜生三子，學於太公望，望曰：「嗟乎！西伯，賢君也。」四子遂見西伯於羑里。』孔子曰：『文王有四臣，丘亦得四友。』此四人則文王四鄰也。」[78]

案：此處謂「四友」者，未有明指。此文所重似乎在於「文王四友」，而「仲尼四友」則未加討論，亦未知其所指「四友」誰孰。

C.陶淵明〈與子儼等疏〉

「子夏有言曰：『死生有命，富貴在天。』四友之人，親受音旨。」[79]

案：此處「四友」包括子夏，與《孔叢子》所載不同。袁行霈云：「《孔叢子》所謂『四友』無子夏。或淵明另有所據，四友包括子夏；或意謂子夏與四友同列。」[80]至於子夏以外之三人誰孰，亦未加指明。

準上所說，諸家就「仲尼四友」眾說紛紜，四人所指未明，甚或未加解說。且《博物志》所列四友之序次為顏淵、子貢、子路、子張，與《孔叢子》之顏淵、子貢、子張、子路亦有差異。《歷代名人並稱詞典》只據上引《孔叢子・論書》立說[81]，未有臚列《博物志》等之說解，失諸簡略，應可稍作補充。

2.張華《博物志・史補》：「子路與子貢過鄭神社，社樹有鳥，神牽率子路，子貢說之乃止。」[82]

---

[78] 袁行霈：《陶淵明集箋注》（北京：中華書局，2003年），外集《集聖賢群輔錄上》，頁576。
[79] 同前註，卷7，頁529。
[80] 同前註，卷7，頁534，注5。
[81] 龍潛庵、李小松、黃昏編：《歷代名人並稱辭典》（上海：上海辭書出版社，2001年），頁209。
[82] 《博物志校證》，卷8，頁95。案：范寧注「神牽率子路」句云：「『神』上《藝文類聚》卷九十引作『子路捕鳥社』五字。『率』作『摯』，《漢魏》本亦作『摯』，其作『攣』是也。《易中孚》：『有孚攣如。』疏云：『攣，相牽繫不絕也。』故攣有牽義，

案：神社即土地廟。此載子路與子貢過鄭國之土地廟，二人見社樹有鳥在上，子路為人衝動，即往捕之。然社樹乃神社之標誌，子路此舉惹怒社神，社神拉住子路。在孔門十哲中，子貢以口才見稱，是以子貢勸說社神，方把子路放走。就此事而言，「社神」云云語涉虛妄，王嘉謂《博物志》乃「考驗神怪」[83]之作，信哉是言也！然此神怪之事，《博物志》仍按照子路與子貢之性格特點以潤飾，即子路性衝，而子貢口才絕佳也。

> 3. 張華《博物志・史補》：「趙襄子率徒十萬狩於中山，籍芳燔林，扇赫百里。有人從石壁中出，隨煙上下，若無所之經涉者。襄子以為物，徐察之，乃人也。問其奚道而處石，奚道而入火，其人曰：『奚物為火？』其人曰：『不知也。』魏文侯聞之，問於子夏曰：『彼何人哉？』子夏曰：『以商所聞於夫子，和者同於物，物無得而傷，閒者遊金石之間及蹈於水火皆可也。』文侯曰：『吾子奚不為之？』子夏曰：『剟心去智，商未能也。雖試語之，而即暇矣。』文侯曰：『夫子奚不為之？』子夏曰：『夫子能而不為。』文侯不悅。」[84]

案：子夏為魏文侯師[85]，此事在先秦兩漢典籍多有記載。此記趙襄子遇見一人，此人能夠處石而涉火。魏文侯知此事，遂問子夏。子夏以為因此人可保存純和之氣，身心與外物相應合，故能在金石間和水火中跳躍。魏文侯問子夏何以不能這樣做，子夏以為要剔除思欲、摒棄智慧方能趨此，自己尚未能做到。魏文侯再追問孔子能否做到，子夏以為孔子可以做到，只是不欲如此而已。魏文侯知悉後感到不悅。其實，「剟心去智」自是道家語，不當出自孔門師弟子口中，《博物志》所言自是出於依託。

當據正。」（《博物志校證》，卷8，頁100，注24）
[83] 王嘉：《拾遺記》（北京：中華書局，1981年），卷9，〈晉時事〉，頁211。
[84] 《博物志校證》，卷8，頁96。案：《宋書・符瑞上》亦載此事，文句與此相近。
[85] 案：《史記・仲尼弟子列傳》：「孔子既沒，子夏居西河教授，為魏文侯師。」（《史記》，卷67，頁2203）

4.干寶《搜神記‧五酉》：「孔子厄於陳，弦歌於館，中夜，有一人長九尺餘，著皂衣，高冠，大咤，聲動左右。子貢進問：『何人耶？』便提子貢而挾之。子路引出與戰於庭，有頃，未勝，孔子察之，見其甲車間時時開如掌，孔子曰：『何不探其甲車，引而奮登？』子路引之，沒手仆於地。乃是大鯷魚也。長九尺餘。孔子曰：『此物也，何為來哉？吾聞物老。則群精依之。因衰而至此。其來也，豈以吾遇厄，絕糧，從者病乎！夫六畜之物，及龜蛇魚鱉草木之屬，久者神皆憑依，能為妖怪，故謂之『五酉』。『五酉』者，五行之方，皆有其物，酉者，老也，物老則為怪，殺之則已，夫何患焉。或者天之未喪斯文，以是繫予之命乎！不然，何為至於斯也。』弦歌不輟。子路烹之，其味滋。病者興，明日，遂行。」[86]

案：孔子周遊列國，困於陳、蔡，絕糧，從者病，莫能興，事見《史記‧孔子世家》。《搜神記》就孔子困於陳、蔡之事加以改造。此記孔子厄於陳，在住處彈琴唱歌。至晚上有一九尺高之黑衣人突然來臨，並大聲吼叫。子貢問此人從何而來，即被其挾走。子路將黑衣人引出房間，與之大戰，頃之而未勝。孔子在旁觀察，及見黑衣人之衣甲與兩腮之間常如手掌般張開，以為此乃其弱點，可向彼處加強攻擊。子路知悉，遂擊退之，竟見黑衣人實一大鯷魚也。孔子以為遇此怪物，乃因其時困於陳、蔡，從者絕糧，神靈遂依附在六畜動物之上，變成妖怪而來襲。孔子博學多材，以為五方之物，老而成為妖怪，謂之「五酉」。把「五酉」殺死了，便沒有值得擔憂之事。是以孔子弦歌不衰，不受打擾。子路把鯷魚妖怪殺死後，取之烹煮，味道鮮甜，病者吃後皆得好轉，第二天便可繼續上路。考鯷魚變成妖怪之事，自是虛妄而不可能，唯干寶編纂此書，其目的本為「撰記古今怪異非常之事」[87]，故亦不足為奇。在此事中，展示了孔子之博學、子路之勇武，此皆按照前世有關孔子、子路之性格特點發展而來。陳、蔡絕糧之事，見於《論語》、

---

[86] 李劍國：《新輯搜神記》（北京：中華書局，2007年），卷18〈五酉〉，頁295。
[87] 同前註，干寶〈撰搜神記請紙表〉，頁17。

《史記》、《孔子家語》等，如《論語‧衛靈公》載此事云：

> 在陳絕糧，從者病，莫能興。子路慍見曰：「君子亦有窮乎？」子曰：「君子固窮，小人窮斯濫矣。」（15.2）

可見《論語》載孔門弟子因絕糧之故，莫之能起。《史記》載孔子「使子貢至楚。楚昭王興師迎孔子，然後得免。」[88] 孔子派遣子貢出使，然後楚兵迎之，解孔子之圍。這是陳、蔡之圍之結局。可是，「從者病，莫能興」如何解決呢？史無明文。因此，《搜神記》便來了斬殺鯷魚吃之的神筆。鯷魚「味滋」，吃後遂使「病者興」，結果翌日便可起行。《晉書》評論《搜神記》時指出干寶「博採異同，遂混虛實」[89]，今就子路大戰鯷魚一事觀之，即可知悉此混合虛實之意。

5. 干寶《搜神記‧麟書》：「魯哀公十四年，孔子夜夢三槐之間，豐、沛之邦，有赤氤氣起，乃呼顏回、子夏同往觀之。驅車到楚西北范氏街，見芻兒打麟，傷其左前足，束薪而覆之。孔子曰：『兒來！汝姓為誰？』兒曰：『吾姓為赤松，名時喬，字受紀。』孔子曰：『汝豈有所見乎？』兒曰：『吾所見一禽，如麕，羊頭，頭上有角，其末有肉。方以是西走。』孔子曰：『天下已有主也。為赤劉。陳、項為輔。五星入井，從歲星。』兒發薪下麟，示孔子。孔子趨而往，麟向孔子蒙其耳，吐三卷圖，廣三寸，長八寸，每卷二十四子。其言赤劉當起日周亡，赤氣起，火耀興，玄丘制命，帝卯金。」[90]

案：此篇乃以孔子所言論述漢高祖劉邦之興起。魯哀公十四年，孔

---

[88]　《史記》，卷47，頁1932。

[89]　《晉書》，卷82，頁2150。

[90]　《新輯搜神記》，卷4〈麟書〉，頁78。案：此事亦見《宋書》卷27〈符瑞志上〉。又案：《初學記》卷29、《六帖》卷95、百卷本《記纂淵海》卷4、《山堂肆考》卷217引，出《搜神記》。《太平御覽》卷889引有「《孝經右契》」數字在此篇之首，《古今合璧事類備要》亦然。說參《新輯搜神記》，卷4，頁78-79。

子夜夢於豐、沛一帶，有赤氣升起，遂喚顏淵、子夏同往觀之。及至楚地，見一小兒打傷了麒麟之左前腳，卻又以柴火為之覆蓋。孔子怪之，遂問小兒姓名。小兒自言姓赤松，名時喬，字受紀。小兒言有一獸，其狀如麕，頭如羊，頭上有角，角之末端有肉，自此向西走。孔子聽小兒此話，便知將有新君，乃赤帝子劉，有陳、項二人為其輔。代表有帝王之象的五星入於東井快將出現。小兒取開柴火讓孔子看清楚麒麟，麒麟面對孔子，蒙上耳朵，吐出三卷圖，寬三寸，長八寸，每卷圖有二十四個字。其意是赤帝子劉邦將要興起，並由孔兵頒布天命，皇帝將會姓劉。在這個故事裡，顏淵、子夏只是孔子之隨從，並無實際上之重要性。孔子生活於春秋末年，其時要預測劉姓之興起，自是虛妄。除劉邦外，這裡也預測了陳勝和項籍是輔佐劉邦得天下之關鍵。陳勝首先揭竿起義，項籍則瓦解了秦軍之主力部隊，其重要性自可見一斑。可是要預測這些人之出現，亦是不可思議。

> 6.任昉《述異記》卷下：「曲阜縣南十里，有孔子春秋臺。曲阜古城有顏回墓，墓上有石楠樹二株，可三四十圍。土人云：顏回手植。」[91]

案：此處指出顏淵墳墓之所在。今考顏子墓位於山東曲阜城東南十一公里、程莊東北一公里處。墓區佔地一百八十多畝，栽種古樹二百九十餘株。顏淵墓設有林門、林道，內有顏淵及其子孫墳墓多座。《述異記》此文特別指出墓上有兩棵石楠樹乃由顏淵親手所種。對於考察顏淵事蹟而言，此段資料頗有幫助。據《顏子評傳》所載，西元前481年，顏淵卒，年四十一。該年8月23日，顏淵葬於曲阜城東防山之陽[92]。《山東通志》「復聖顏子墓」條注云：「在魯城東二十里防山之陽。」[93]皆可參顏淵墓處。

---

[91]　任昉：《述異記》（上海：商務印書館，1935年），卷下，頁22。

[92]　《顏子評傳》，頁248。

[93]　岳濬：《山東通志》（上海：上海古籍出版社據文淵閣《四庫全書》本影印，1987年），卷61之六，頁41b。

三、結語

　　據本文所考，六朝文獻裡記載孔門十哲頗多，其中有與前代所言相近相合者，亦有借孔門十哲事蹟以說理者，甚或增潤事蹟，使之豐贍多變。究其要者，可總之如下：

1. 多據前代典籍所載為文立說。自漢武帝罷黜百家，獨尊儒術以後，儒家對中國文化傳統之影響愈來愈重要。因此，六朝文獻敘事說理之時，每多援引孔門十哲為例，加以說理。先秦兩漢文獻載有不少孔門弟子事蹟，皆為六朝文獻所資取，其中尤以《論語》與《史記・孔子世家》、〈仲尼弟子列傳〉等為多。

2. 四科十哲之分類對後世文獻影響深遠。孔門四科自是孔門教育之所重，古今無異議。至於十哲是否孔門最重要之弟子，抑或是孔子某時期之弟子，時有聚訟。今以六朝文獻所載為例，可見多有以四科弟子並稱者，如德行之顏冉（顏淵、冉耕）或顏閔（顏淵、閔損）、言語之宰我子貢、政事之冉季（冉有、季路）、文學之游夏（子游、子夏）。且四科之中以德行居首，是以六朝文獻言及孔門教學，必多舉「德行」為例，佛、道文獻要說理時，亦多以「德行」作為儒家教化之關鍵。

3. 六朝乃文學自覺之時代，孔門師弟子或以著述等身，是以文人如有下筆為文之時，每多以孔門「文學」科之子游、子夏加以比附。曹丕《典論・論文》云：「蓋文章經國之大業，不朽之盛事。年壽有時而盡，榮樂止乎其身。二者必至之常期，未若文章之無窮。」[94] 時人多寄身於翰墨，正是六朝文人每以游、夏為喻之因由。

4. 道家與佛家文獻裡之孔門十哲。儒術既為學術思想之主導，則其他學派欲改變時人之思想，亦必以儒家之人物和事情為論述

94　《文選》，卷52《典論・論文》，頁2271。

對象。舉例而言，葛洪《抱朴子‧內篇》乃道家典籍，其〈自敘〉謂篇中「言神僊、方藥、鬼怪、變化、養生、延年、禳邪、卻禍之事」[95]。書中便有借儒家之人和事以論道。又如《弘明集》一書，乃僧祐欲以弘道明教之書。其書諸篇多有借儒家之人和事做論述，以見佛理和傳統儒家思想有一脈象承之處。

5.六朝文獻每據《論語》等典籍所載，為孔門弟子增加新事蹟。然而，在變化的同時，保留人物之精神面貌至為重要。後世文獻每在改造時根據原有性格特點而為之，如子路性格衝動、子貢口才絕佳等。

---

[95]　《抱朴子外篇校箋》，卷50，頁698。

第二章
「漢達文庫」與古籍研究

梁德華

香港中文大學中國語言及文學系講師

一、中國古籍數位化趨勢

現今數碼技術發展一日千里，不少研究機構、公司都相繼開發中國古籍數位化系統，以輔助古代文獻之研究。古籍數位化，不單便於保存及傳播文獻，有的系統甚至提供精密的檢索功能，讓學者能迅速尋找所需的資料。隨著研究愈趨精密，各種專門的資料庫亦應運而生，如「敦煌遺書庫」、「歷代書法碑帖集成」等，對於研究敦煌文獻及中國歷代書法的演變幫助極大。可以說，學習使用古籍數據庫已經成為研讀古代文獻的必備知識，如香港中文大學中國語言及文學系學士課程就設有「古代文獻與資訊科技」科目，讓學生熟知中國古籍的知識與不同古代文獻資料庫的使用方法，為日後研究打下基礎。

關於古籍數位化的進程，不少學者已經做出專門討論，諸如何志華、潘銘基〈資料庫之利用與學術研究〉[1]、王文濤〈古籍數字資料應

---

[1] 何志華、潘銘基：〈資料庫之利用與學術研究〉，《國文天地》第25卷第4期（2009年9月），頁49-56。

用與史學研究〉[2]、鄭永曉〈加快「數字化」向「數據化」轉變——「大數據」、「雲計算」理論與古典文學研究〉[3]、及雷勵〈古籍數字化過程中字樣的提取與整理——以《集韻》數據庫為例〉等[4]，從數據庫的應用、建立數據庫所遇到的問題，以及從數據理論分析古典文學的研究方法等角度，分析各種古籍數位化的論題。而香港中文大學中國文化研究所劉殿爵中國古籍研究中心所推出的「漢達文庫」為本港最大型的古代文獻資料庫，其中包括甲骨文、金文、先秦兩漢一切存世文獻、魏晉南北朝一切存世文獻、唐宋類書等多種數據庫，並提供不同的檢索及瀏覽功能，以供學者進行各種與古代文獻相關的研究工作。本文旨在以「漢達文庫·先秦兩漢一切存世文獻」資料庫為例，嘗試指出如何利用檢索功能進行學術研究，以反映古籍數位化對古籍研究之影響，進而探討現代科技與中國傳統文化之關係，略補前人研究之未足。

二、劉殿爵中國古籍研究中心與「漢達文庫」

　　「漢達文庫」，由「劉殿爵中國古籍研究中心」建立及營運，現任中心主任為香港中文大學中國語言及文學系何志華教授。該研究中心隸屬於香港中文大學中國文化研究所，前身為「漢達古文獻資料庫」，當時由劉殿爵教授所領導。劉教授自1989年於中文大學中文系榮休後，立即著手建立「漢達文庫」，並編纂《香港中文大學中國文化研究所古籍逐字索引叢刊》，為學界提供適切的古籍工具書，於古籍研究，意義重大。「漢達文庫」在已有的基礎上繼續發展，於2005年4月1日獲校方批准正式成立為「中國古籍研究中心」。及後，劉教授於2010年4月不幸離世，將畢生積蓄合共港幣二千一百三十六萬及其英譯所得版稅悉數捐予中心，而大學為紀念劉教授對中國古籍研究中心之貢獻，予以冠名[5]。中

2　王文濤：〈古籍數字資料應用與史學研究〉，《史學月刊》2009年第1期，頁119-125。

3　鄭永曉：〈加快「數字化」向「數據化」轉變——「大數據」、「雲計算」理論與古典文學研究〉，《文學遺產》2014年第6期，頁141-148。

4　雷勵：〈古籍數字化過程中字樣的提取與整理——以《集韻》數據庫為例〉，《興義民族師範學院學報》2015年第1期，頁38-42。

5　參考自劉殿爵中國古籍研究中心網頁，詳見：http://www.cuhk.edu.hk/ics/rccat/

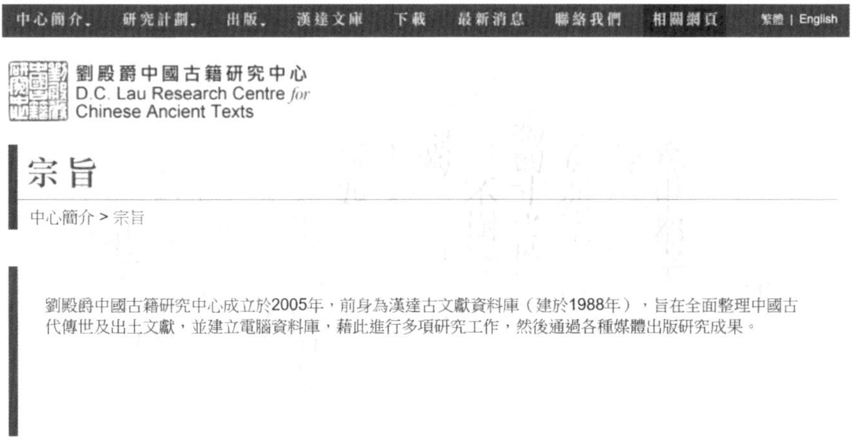

◎ 圖1　香港中文大學中國文化研究所劉殿爵中國古籍研究中心

◎ 圖2　「漢達文庫」數據庫

心所營運的「漢達文庫」迄今已提供七個中國古代傳世文獻及出土文獻資料庫，共收錄約八千萬字，年代由商周以至魏晉南北朝，包括甲骨文資料

establish.html。

庫、竹簡帛書資料庫、金文資料庫、先秦兩漢資料庫、魏晉南北朝資料
庫、中國傳統類書資料庫、中國古代詞彙資料庫[6]，為古籍研究帶來極大
的方便，下文將以實例，說明「漢達文庫」輔助古籍研究的具體方法。

三、「漢達文庫」對古籍研究之作用

（一）有助探討典籍引用經籍的情形

　　自漢武帝（157-87 B.C.）罷絕百家、獨尊儒術後，儒家成為中國正
統學派，不少儒家典籍都被尊為「經」。自此之後，儒家文獻的地位大
為提升，形成了「經學」的學術範疇。由此，歷代學者、文人的經學傳
授淵源成為了經學研究中的重要問題。要確定歷史人物的經學源流，除
了根據文獻記載其師承流傳外，另一種研究方法，就是全面考察該人物
著作中所引錄經典的情形，以見該著作與各種經典的關係。中國古代文
獻引錄經籍的方法，主要有「明引」及「暗引」兩種方式，所謂「明
引」，是指直接引錄經文，在引錄之前多有說明出處；所謂「暗引」，
則指古籍以節錄、概括、改寫等法引用經文[7]。

　　要探討先秦兩漢古籍「明引」經典的情況，就可以借助「漢達文
庫·先秦兩漢一切傳世文獻資料庫」的檢索功能，以輕易地查找相關資
料。如東漢學者荀悅（148-209 A.D.），為荀子十三世孫，因得到漢獻帝的
賞識而獲重用，現存《漢紀》及《申鑒》兩種著作，其事蹟詳見於《後
漢書·荀悅傳》。唐晏《兩漢三代學案》曾以《後漢書》及《申鑒》兩
書為據，列荀悅於《易》及《春秋》兩類，顯示荀氏的學術背景[8]。唐
氏的著作以經學為主，其說有據，然而未有注意荀氏其他思想淵源[9]。

　　考荀悅《漢紀》的內容主要因襲班固《漢書》而來，然書中荀氏
亦以「荀悅曰」的形式評論史事，在評史的過程中，荀悅又多引儒家經
典作為評論的根據，故此這些材料可以用來探討荀悅的經學背景。我們

---

[6]　同前註。
[7]　同前註。
[8]　唐晏：《兩漢三國學案》（臺北：世界書局，1967年），頁80及頁481。
[9]　梁德華：《荀悅《漢紀》新探》（香港：香港中文大學中國文化研究所中國古籍研究中
　　心，2011年），頁240-257。

利用「漢達文庫・先秦兩漢一切傳世文獻資料庫」，於「前漢紀」中以「詩」、「書」作為檢索關鍵詞，立即可找到「前漢紀」明引《詩》、《書》兩經的用例，如〈漢孝惠皇帝紀卷第五〉：「荀悅曰：『夫婦之際，人道之大倫也。《詩》稱：「刑于寡妻，至于兄弟，以御于家邦。」《易》稱：「正家道。」家道正而天下大定矣。姊子而為后，昏於禮而黷於人情，非所以示天下，作民則也。群臣莫敢諫過哉！』」荀悅並引《詩・大雅・思齊》及《周易・家人・彖傳》之文字，以批評呂后立魯元公主女為惠帝后之事[10]。

又〈漢孝文皇帝紀下卷第八〉：「荀悅曰：『《書》云：「高宗諒闇，三年不言。」孔子曰：「古之人皆然。」三年之喪，天下之通喪，由來者尚矣。今而廢之，以虧大化，非禮也。雖然，以國家之重，慎其權柄。雖不諒闇，存其大體可也。』」文中所引《尚書》，與《禮記・喪服四制》引《尚書》同，並作「高宗諒闇，三年不言」。考《尚書・無逸》作「乃或亮陰，三年不言」，文字與《漢紀》、《禮記》不同。又《論語・憲問》第十四章云：「子張曰：『《書》云：「高宗諒陰，三年不言。」何謂也？』子曰：『何必高宗，古之人皆然。君薨，百官總己以聽於塚宰三年。』」與「荀悅曰」所引《尚書》及孔子的言論相合，當為荀氏所本，即荀悅轉引《論語》所引的《尚書》，作為其主張「三年之喪」的論據。可見荀悅之思想淵源，除唐晏所列的《春秋》、《周易》外，其他經籍如《尚書》、《詩經》、《論語》等，都為荀悅所資取，故荀氏的學術思想淵源多方，不限於《易》與《春秋》兩種典籍[11]。由此而觀，利用「漢達文庫」的檢索系統，可以輕易找到先秦兩漢文獻明引經籍的用例，並可據以論證該作者的學術背景，以補充前人的觀點。

另外，「漢達文庫・先秦兩漢一切傳世文獻資料庫」的檢索功能亦可輔助學者探討先秦兩漢典籍引用經典的具體情況。如荀子極重學習，《荀子・勸學》篇曾討論為學的範圍，云：「學惡乎始？惡乎終？曰：

---

[10] 同前註。
[11] 關於荀悅的學術背景，及「荀悅曰」與儒家典籍之關係，可參考梁德華：《荀悅《漢紀》新探》，頁240-257。

◎ 圖3　「漢達文庫」的檢索功能

其數則始乎誦經，終乎讀禮；其義則始乎為士，終乎為聖人。真積力久則入，學至乎沒而後止也，故學數有終，若其義則不可須臾舍也。為之，人也；舍之，禽獸也。故《書》者、政事之紀也，《詩》者、中聲之所止也，《禮》者、法之大分，（群）類之綱紀也，故學至乎《禮》而止矣。夫是之謂道德之極。《禮》之敬文也，《樂》之中和也，《詩》、《書》之博也，《春秋》之微也，在天地之閒者畢矣。」[12] 可見荀子以為學習的次序當以《詩》、《書》等儒家文獻為先，後再以《禮》為終，故此，荀子極重詩教，而在《荀子》書中亦多引《詩》以作為立論的根本。如想探討《荀子》引《詩》用《詩》的情況，即可以運用「漢達文庫‧先秦兩漢一切傳世文獻資料庫」的檢索功能去查找，只要進入文庫中的「荀子」部分，再在「檢索」一項中輸入關鍵詞「詩」，即可找到《荀子》中所有明引《詩經》的用例，如《荀子‧勸學》「故不登高山，不知天之高也；不臨深谿，不知地之厚也；不聞先王之遺言，不知學問之大也。干、越、夷、貉之子，生而同聲，長而異

---

[12] 王先謙：《荀子集解》（北京：中華書局，1988年），頁11-12。

俗，教使之然也。《詩》曰：『嗟爾君子，無恆安息。靖共爾位，好是正直。神之聽之，介爾景福。』」文庫更於《荀子》引詩之處標示出所引《詩經》的出處，如上述所引《詩經》為《小雅·小明》之篇。又《荀子》引《詩》，常在不同篇章中引用同一篇《詩》以闡釋不同觀點，利用文庫的檢索功能亦可快速地找到相關的資料，如輸入《詩·大雅·文王有聲》「自西自東」一句，即可檢出《荀子》〈儒效〉、〈王霸〉及〈議兵〉三篇有引用此《詩》以說理，對於研究《荀子》與《詩經》的關係，極為便利。

　　「漢達文庫」亦可系統地比對先秦兩漢典籍與經籍的文字，以讓學者進一步研究古書關係及文字錯訛的問題。香港中文大學中國語言及文學系陳雄根教授及何志華教授於1998年開展「先秦兩漢引錄經籍首階段研究計畫」，探討先秦兩漢傳世文獻引用十三經經文的情況，其中全面輯錄先秦兩漢文獻引錄十三經的文句，並比勘各種版本、注疏的異文，以便學者參考[13]。計畫中先秦兩漢文獻明引十三經的用例，就是直接利用「漢達文庫」的電腦檢索系統輯錄而來[14]。其後，相關研究成果相繼出版，包括《先秦兩漢典籍引《尚書》資料彙編》、《先秦兩漢典籍引《詩經》資料彙編》、《先秦兩漢典籍引《周易》資料彙編》、《先秦兩漢典籍引《論語》資料彙編》、《先秦兩漢典籍引《孟子》資料彙編》、《先秦兩漢典籍引《周禮》資料彙編》及《先秦兩漢典籍引《禮記》資料彙編》等[15]。

　　上述的「資料彙編」均有編者〈序〉文，舉例說明該資料彙編於古籍研究之價值，現以先秦兩漢典籍引《周易》為例，再加以闡釋其中的意義，如《周易·中孚》：「九二：鶴鳴在陰，其子和之。」清人阮元校云：「案十行本初刻與諸本同，正德補板『鳴鶴』誤作『鶴鳴』，今訂正。」[16]案阮氏以《周易》不同版本訂正上文「鶴鳴」當作「鳴

---

[13] 上述的說明，參考自劉殿爵中國古籍研究中心網頁，「先秦兩漢『引錄經籍』研究計畫」的簡介，詳見：http://www.cuhk.edu.hk/ics/rccat/research8.html。

[14] 何志華、潘銘基：〈資料庫之利用與學術研究〉，頁49-56。

[15] 參考自劉殿爵中國古籍研究中心網頁：http://www.cuhk.edu.hk/ics/rccat/series2.html。

[16] 李學勤主編：《周易正義》（北京：北京大學出版社，1999年），頁243。

◎ 圖4　《漢達古籍研究叢書・先秦兩漢典籍引經系列》

鶴」，其說有據。考《周易》此文，同見賈誼《新書・春秋》、〈君道〉、劉安《淮南子・泰族訓》及王符《潛夫論・德化》等書，諸書並作「鳴鶴」，亦可證阮校有理，反映先秦兩漢典籍引用經籍的資料，對於考證經文，作用甚大。

（二）便於利用「互見文獻」進行研究

先秦兩漢典籍經常互為因襲，舉例而言：《韓詩外傳》有不少內容因襲自《荀子》；今本《文子》在內容上約有八成五與《淮南子》重複，同時《淮南子》又大量引用《莊子》；班固《漢書》在記述漢武帝或以前的史事多本於司馬遷《史記》，而荀悅《漢紀》記述西漢一朝事蹟同時又取用了《史記》、《漢書》的材料，可見古籍間確實存在互見關係，因而不少學者提出可據古籍之間的互見段落來進行校勘，以改正古書中的誤字。

如上所述，《荀子》與《韓詩外傳》內容多有重複，透過比勘兩書，既可校補兩書文字，同時可探討兩書的因襲關係。利用「漢達文

庫」的檢索功能，只須輸入相關的字詞，就可快速尋找兩書的互見段落，進行研究，如在「漢達文庫‧先秦兩漢一切傳世文獻資料庫」的檢索項上輸入「故明主有私人」句，即可檢得《荀子‧君道篇》與《韓詩外傳》卷四的互見段落，現將兩書文字排比如下：

《荀子》：故明主有私人以　金石珠玉，　無私人以官職事業，是何也？曰：	
《韓詩》：故明主有私人以百金名珠玉，而無私以官職事業者，　何也？曰：	

《荀子》：本不利於所私也。彼不能而主使之，則是主闇也；臣不能而誣能，	
《韓詩》：本不利　所私也。彼不能而主使之，　是闇主也。臣不能而為之，	

《荀子》：則是臣詐也。主闇於上，臣詐於下，滅亡無日　，俱害之道也。	
《韓詩》：　是詐臣也。主闇於上，臣詐於下，滅亡無日矣。俱害之道也。故	

《荀子》：　　　　　　　　　　　　　夫文王非無貴戚也，非無	
《韓詩》：惟明主能愛其所愛，闇主則必危其所愛。夫文王非	

《荀子》：子弟也，非無便嬖也　　，偶然乃舉太公於州人而用之，豈私之	
《韓詩》：　　　　無便辟親比己者，超然乃舉太公於舟人而用之。豈私之	

《荀子》：也哉！以為親邪？則周姬姓也，而彼姜姓也。以為故也？則未嘗相識	
《韓詩》：　哉？以為親邪？則異族之人　　也。以為故耶？則未嘗相識	

《荀子》：也。以為好麗邪？則夫人行年七十有二，齫然兩齒墮矣。然而用之者，	
《韓詩》：也。以為姣好耶？則太公　年七十　二，齫然而齒墮矣。然而用之者，	

《荀子》：夫文王欲立貴道，欲白貴名，　　　　以惠天下，而不可以獨也，	
《韓詩》：　文王欲立貴道，欲白貴名，兼制天下，以惠中國，而不可以獨　，	

《荀子》：非於是莫足以舉之，故舉於是而用之，於乎貴道立，貴名果明，	
《韓詩》：　　　　故舉是人而用之。　　貴道果立，貴名果白，	

《荀子》：兼制天下，立　七十一國，姬姓獨居五十三人，周之子孫　苟不狂惑	
《韓詩》：兼制天下。立國七十一　，姬姓獨居五十二　。周之子孫，苟不狂惑	

《荀子》：者莫不為天下之顯諸侯。如是者，能愛人　也。故舉天下之大	
《韓詩》：，，莫不為天下　顯諸侯。夫是之謂能愛其所愛矣。	

《荀子》：道，立天下之大功，然後隱其所憐所愛，其下猶足以為天下之顯諸侯。	
《韓詩》：	

《荀子》：故曰：「唯明主為能愛其所愛，闇主則必危其所愛。」此之謂也[17]。	
《韓詩》：故　　惟明主　　能愛其所愛，闇主　　必危其所愛，　此之謂也[18]。	

　　案：上引《荀子》、《韓詩外傳》兩文互有異同，歷來校勘者亦多據兩書互見文字以校補其中的錯訛，如《荀子》「貴名果明」，王先謙《荀子集解》引顧千里云：「『明』，愜當作『白』。《荀子》屢言『貴名白』。上文『欲白貴名』，下文亦作『白』，不作『明』，又屢言『白』，皆其證也。……《韓詩外傳》四有此句，正作『貴名果白』。」[19]可見顧氏以《荀子》書中的詞例及《韓詩外傳》的異文，校改「貴名果明」作「貴名果白」，其說有據。又如《韓詩外傳》「故惟明主能愛其所愛，闇主必危其所愛」，許維遹《韓詩外傳集釋》云：「維遹案：此復舉上文，『故』下當有『曰』字，『必』上當有『則』字。《荀子‧君道篇》俱有，今據補。」[20]又以《荀子》補充《韓詩外傳》之脫文。再如《荀子》「俱害之道也」句下，《《荀子》與先秦兩漢典籍重見資料彙編》云：「《韓詩外傳》有『惟明主能愛其所愛，闇主則必危其所愛』二句，準《荀子》此段下文有『故曰：「唯明主為能愛其所愛，闇主則必危其所愛。」』則此二句當有，否則下文『故曰』無所指，今據補。」[21]又以《荀子》內文及《韓詩外傳》的文句，補校《荀子》此句的脫文，補充了王先謙《荀子集解》及王天海《荀子校釋》之未足，可見《荀子》、《韓詩外傳》的互見段落於研讀兩書的作用。

　　利用「漢達文庫」亦可系統地排比各種古籍的互見資料。中國語言及文學系何志華教授、樊善標教授及中國文化研究所朱國藩博士於1999年開展「先秦兩漢互見文獻研究計畫」，即利用「漢達文庫」全面蒐集先秦兩漢所有典籍之互見部分，以分析其中的因襲情形，並把研究成果編纂成《先秦兩漢互見文獻叢書》，其中包括《《古列女傳》與先秦兩漢典籍重

---

[17]　王天海：《荀子校釋》（上海：上海古籍出版社，2005年），頁555-556。

[18]　許維遹：《韓詩外傳集釋》（北京：中華書局，1980年），頁145-147。

[19]　轉引自何志華、朱國藩、樊善標：《《荀子》與先秦兩漢典籍重見資料彙編》（香港：中文大學出版社，2005年），頁119。

[20]　許維遹：《韓詩外傳集釋》，頁147。

[21]　何志華、朱國藩、樊善標：《《荀子》與先秦兩漢典籍重見資料彙編》，頁119。

◎ 圖5　《漢達古籍研究叢書‧先秦兩漢典籍重見資料系列》

見資料彙編》、《《大戴禮記》與先秦兩漢典籍重見資料彙編》、《《荀子》與先秦兩漢典籍重見資料彙編》、《《新書》與先秦兩漢典籍重見資料彙編》等，方便學者掌握這些文獻之間的因襲關係，並透過比對兩書文字，校訂其中的訛誤[22]，此亦反映出「漢達文庫」檢索系統之價值。

四、結論

　　上文以「漢達文庫‧先秦兩漢一切傳世文獻資料庫」為例，討論了如何使用古籍數位化系統的檢索功能去輔助古籍研究，諸如可快速尋找古籍引用經典的用例，以及檢得古籍之間的互見段落，以資考證，反映現代科技對研讀古籍產生極大影響。然而，古籍數位化系統只是學術研究的輔助工具，它的出現並不能夠取代研究者自身的學問，故此，要深入探討典籍仍有賴「人」的思考與研讀。

---

[22] 上述的說明，參考自何志華、潘銘基：〈資料庫之利用與學術研究〉，頁49。

第三章
詞彙資料數據化與古文獻之研究

李洛旻

香港中文大學
劉殿爵中國古籍研究中心副研究員

一、詞彙資料數據化

　　在任何一種語言裡，詞彙都是構成日常溝通及書寫的重要元素。詞彙往往透露大量時代特色、哲學概念、甚至不同時空的用語習慣。然而，中國古代詞彙一門學科，至今仍非顯學。周祖謨《方言校箋通檢》羅常培的序中云：「在語言學的三大部門裡，從中國古代語言學發展史來看，詞彙學創始最早，可是後來並沒能發揚光大。」[1]何九盈、蔣紹愚在《古漢語詞彙講話》中更專門針對專書詞彙研究說：「漢語詞彙發展的整個歷史和斷代詞彙歷史的研究，專書詞彙的研究以及詞彙和語音、語法之間關係的研究等，基本上都沒有開展起來。」[2]古人著書立說，一時代有一時代之語彙，一地域有一地域之用語，甚至每個人有其常用的措詞。因此，當代學者開始重視專書詞彙的研究，希望逐一將每

---

[1]　周祖謨校，吳曉鈴編：《方言校箋及通檢》（北京：科學出版社，1956年），〈羅序〉，頁1。
[2]　何九盈、蔣紹愚：《古漢語詞彙講話》（北京：北京出版社，1980年），〈前言〉，頁1。

種古籍的詞彙梳理分析，由點形成線，再構成面，可以勾勒出斷代甚至乎是漢語詞彙史。錢宗武〈論今文《尚書》詞彙特點及傳統詞彙研究方法〉一文中便說：

> 選擇各個具有典型語料價值的專書作為語料樣本進行詳細的詞彙描寫，進而演繹規律和特點，就可以構擬各個時代的詞彙史；有了各個時代的斷代詞彙史，整個漢語詞彙史也就呼之欲出了。[3]

現今學界有關古代專書詞彙的成果，有錢宗武《今文《尚書》詞彙研究》、孫卓彩、劉書玉的《墨子詞彙研究》、張雙棣《《呂氏春秋》詞匯研究》、毛遠明《左傳詞彙研究》等。諸如此類，其實都離不開對詞彙資料的定量統計。現今電腦技術日新月異，能夠高效率地處理大量數據資料，在短時間內計算出以往需要耗費大量精力才能完成的統計。張雙棣云：

> 如果我們將某一時代的著作一部一部地都這樣做過窮盡性的統計分析，綜合起來，這一時代的詞彙語義的面貌就可以完整地、清晰地勾勒出來了。如果進而將每個時代的情況貫穿起來，理清發展脈絡，就可以對整個漢語詞彙語義發展的歷史有一個全面而完整的認識了。[4]

張氏又說：「這種窮盡性的定量統計應該是全面的、完整的，而不能是隨意的。」[5]中國古籍數量浩如湮海，學者費盡一生精力，也只能專門研究個別幾種。因此，若能將詞彙資料全盤數據化，不但方便電腦做出不同方面的換算，也會省卻大量人力，而將研究者的精力集中在分析研究之上。詞彙資料數據化，將統計的工序交由電腦處理，再配以人力的分析，將會是詞彙研究的未來路向。

3　錢宗武：《今文「尚書」詞彙研究》（鄭洲：河南大學出版社，2012年），頁1。

4　張雙棣：《《呂氏春秋》詞匯研究》（北京：商務印書館，2008年），〈緒論〉，頁14。

5　張雙棣：同前註，〈緒論〉，頁14。

　　香港中文大學中國文化研究所，劉殿爵中國古籍研究中心於2005年開展「先秦兩漢詞彙綜合研究——古代漢語多功能網路詞典之構建」研究計畫。計畫第一期已成功將先秦兩漢傳世及出土文獻如甲骨文、金文、竹簡帛書等詞彙資料，全數輸入電腦。出土文獻部分由古籍研究中心與浙江大學許建平教授合作判斷詞彙釋義。計畫第二期，則主力運用古籍中心電腦人員所開發的程式，再由研究人員編輯各種詞彙資料彙編，同時建立完善的多功能網路詞典。計畫宗旨在於全面整理、研究先秦兩漢專書詞彙，為先秦兩漢詞彙發展的研究提供全面完整的數據資料，再利用數據資料編纂出版各種「先秦兩漢文獻詞彙資料彙編」及專門詞典，以及建立先秦兩漢傳世文獻及出土文獻多功能網路詞典，希望透過出版各種工具書及資料庫，啟發更多涉及語言學和古文獻研究的新思維和方法。

　　本計畫在漢達文庫數據庫（http://www.chant.org）的基礎上，甄選適當的典籍文本材料，由電腦人員設計中國古代雙音節及多音節詞彙資料庫自動編纂程式系統（Automatic Compiling Program System for Retrieval Database for Ancient Chinese Disyllable and Polysyllable Words，簡稱RDDPW）分析語言材料，統計詞頻，檢出各類詞頻計量清單，對文獻進行縱向和橫向的比較。透過參考大型詞典、專書詞典所收錄的詞彙，加上研究人員的整理和補充，以及電腦程式的的計算和分析，我們成功重新建構「完整詞單」，合共收錄549,183個二至四音節詞彙。然後將這批詞彙全數「注入」漢達文庫先秦兩漢一切傳世文獻、甲骨文、金文、竹簡帛書等文檔中，核算數據。通過上述檢索過程，檢得先秦兩漢傳世及出土文獻中複音節詞彙共567,096個，總詞頻量為2,196,000。在這原始資料上，復由研究人員逐一判斷每條文例的詞彙組合是否成詞，抑或只是不成意義的偶合。最後得複音節詞彙281,888個，總詞頻量為1,499,409個。研究人員判斷詞彙時採用寧濫勿缺的原則，一些結構還不穩定的詞彙均予以收錄，一則可以全面揭示語料面貌，同時亦能發掘更多詞彙的歷時關係，有助詞彙溯源。

　　現時，所有詞彙資料已經在「漢達文庫」發表為「中國古代詞彙資料庫」，資料庫支援單音節詞及複音節詞檢索。單音節詞提供形、音、

義等資料；複音節詞檢索則提供所檢詞彙的釋義及先秦兩漢傳世及出土所有用例及頻數。由於詞彙資料儲存電腦的方式，經過程式設計員及研究人員的審慎規劃，因而能夠支援不同形式的檢索功能，例如不同詞彙組合的檢索和專書詞彙檢索，讓用家能按其所需進行檢索，比對詞彙統計數據。

此外，我們已經將這些數據化的詞彙資料，以專書資料彙編的形式付梓出版，並收入漢達古籍研究叢書系列，已出版的分別有《論衡》、《荀子》、《呂氏春秋》、《新書》、《新語》、《孔叢子》、《韓非子》、《戰國策》、《說苑》、《新序》、《三禮》；而即將出版的有《國語》、《尚書》、《尚書大傳》、《莊子》、《論語》、《孔子家語》、《左傳》、《墨子》等。周俊勛在《中古漢語詞彙研究綱要》內曾談及中古漢語詞典編纂應該注意的問題，云：

> 編纂斷代詞典不外乎兩種方法：一為特色式，一為總賬式。特色式的編纂方法僅收錄其他時代所無而為該時代獨有的詞語，總賬式的編纂方法則是將該時代使用的所有詞語都收錄。從理論上說，總賬式的斷代詞典纔能真正如實反映該時代詞彙的原貌，這樣的詞典很有價值。……特色式的編纂方法首先面臨的是要確定哪些詞是真正屬於該時代所特有的詞。[6]

周氏所論，乃就中古斷代詞典而言。若就專書詞彙而言，其實亦可按周氏分為總賬式及特色式二途。由於古籍中心詞彙計畫所數據化的詞彙資料，涵蓋先秦兩漢所有傳世典籍，換言之，任何一部專書的數據均能由電腦計算及比較。因此，不論詞彙資料總賬式的呈現排列，抑或每書的專用或該時代罕見而只見於少數典籍的詞彙，也能彈指即得。中心出版的詞彙資料彙編，體例上分為甲、乙兩大部分：甲部是詞彙頻數統計表，以總賬形式將該書的所有詞彙及每詞頻數全數列出，並與其他典籍、出土文獻作多向比較。乙部則選取較特別的詞彙進行分析，分為二

6　周俊勛：《中古漢語詞彙研究綱要》（成都：巴蜀書社，2009年），頁317。

部：乙部一為本書「專用詞彙」，收錄只見於本書的詞彙，並就各詞列出釋義、所有用例及其頻數。乙部二為「本書詞彙僅見單一典籍」，檢出並收錄只見於本書及另外一本先秦兩漢典籍的詞彙，同樣出釋義、用例及詞頻。乙部兩部皆收錄本書在先秦兩漢文獻內的罕用詞彙。叢書主編何志華教授曾言：

> 《大詞典》編者蒐集大量古今詞語及其書證，提供了非常寶貴的參考資料，其中尤以所錄先秦兩漢文獻罕用詞語用例，更成為學者分析古代漢語詞義生成的重要材料，彌足珍貴。[7]

因此，在每部專書詞彙資料彙編內，全數釋出本書專用及當世罕用之詞例，當能臂助學者發掘更多不同的學術問題。

二、古文獻研究

按上所述，將詞彙資料全盤數據化，將有利於漢語詞彙史之研究。古籍中心已完成先秦兩漢傳世及出土文獻詞彙資料，若適加利用，對古文獻之研究亦當有莫大裨益。

（一）補足大型詞典

《漢語大詞典》以「古今兼收，源流並重」為編輯方針，又以「著重從語詞的歷史演變過程加以全面闡述」，全書十二卷，收詞約三十七萬條，合五千餘萬字，乃是古今罕見的宏編鉅製，學者無不仰賴其書。然而，如此大型辭書，儘管編者已力求準確完備，可是人力有限，疏漏難免。周俊勛分析《大詞典》的弊病時，指出了「漏收詞條」、「書證較晚」、「書證失序」、「引證失當」等問題[8]。然而，《大詞典》此等問題，當不必苛責。反而由於詞彙資料全部數據化，有助於對大型詞

7　何志華：〈《漢語大詞典》收錄《淮南子》罕用詞彙義例獻疑〉，收入《高誘注解發微》（香港：香港中文大學出版社，2007年），頁231。
8　周俊勛：《中古漢語詞彙研究綱要》，頁309-316。

典的補苴工作。

1.名垂後世

《漢語大詞典・口部》「名」字下收錄「名垂青史」、「名垂萬古」，卻無「名垂後世」條。《大漢和詞典》有此條，引用《魏志・臧洪傳》「身著圖象，名垂後世」作為書證[9]。《漢語大詞典訂補》亦補收此詞，列舉《史記・越王句踐世家》、《後漢書・何進傳》等書證[10]。然而，此等並非最早用例，兩部詞典所收書證稍晚。考《韓非子・姦劫弒臣》云：「故有忠臣者，外無敵國之患，內無亂臣之憂，長安於天下而名垂後世，所謂忠臣也。」[11]《韓非子》比《大詞典》及《大漢和詞典》所錄用例更早。另《荀子・王霸》有「不隱乎天下，名垂乎後世」[12]，可見「名垂後世」一語，早於先秦已為人所用。

2.入仕

「入仕」一語，人所習用。《漢語大詞典》釋為「入朝作官」，引用董仲舒《春秋繁露・爵國》、《文心雕龍・議對》、元稹〈故京兆府鏊厔縣尉元君墓誌銘〉、明代王鏊《震澤長語・官制》、清代昭槤《嘯亭雜錄》作為書證[13]。考《韓非子・外儲說左下》云：「齊、魏之君不明，不能親照境內，而聽左右之言，故二子費金璧而求入仕也。」[14]此處「入仕」一詞，與《大詞典》釋的用法無異，實為彼書未收錄該詞的最早用例。

3.游飲

《尚書大傳・酒誥》云：

9　〔日〕諸橋轍次著：《大漢和辭典》（東京：大修館書店，1955年），冊2，頁835（總頁1917）。

10　《漢語大詞典》編纂處編：《漢語大詞典訂補》（上海：上海辭書出版社，2010年），頁169。

11　〔清〕王先慎：《韓非子集解》（北京：中華書局，2009年），卷4，頁106。

12　王天海：《荀子校釋》（上海：上海古籍出版社，2005年），卷7，頁472。

13　羅竹風主編：《漢語大詞典（縮印本）》（上海：漢語大詞典出版社，1990年），頁449。

14　〔清〕王先慎：《韓非子集解》，卷12，頁301。

古者聖帝之治天下也，五十以下，非蒸社，不敢遊飲，唯六十以上遊飲也。[15]

「遊飲」一詞，在先秦兩漢文獻僅一見，《漢語大詞典》、《大漢和詞典》俱不收錄。《禮記・學記》：「遊焉」鄭注云：「謂閒暇無事」[16]，又《周禮・諸子》「遊倅」賈疏云：「游是游暇」[17]。此詞謂「游飲」，當解作「閒暇時飲酒」。此詞與古代酒戒及養老之事，大有關係，卻不為大型詞典所收錄。考《尚書・酒誥》云：「文王誥教小子、有正、有事，無彝酒」[18]，彝，常也，謂不可經常飲酒，往下更說明何時可以飲酒，云：「越庶國飲惟祀，德將，無醉」，告誡只有祭祀之時才可以飲酒。下文又云：「爾尚克羞饋祀，爾乃自介用逸」[19]，饋祀指祭祀，整句意謂若能奉行祭祀，才能飲酒。屈萬里《尚書集釋》：「祭祀後必燕飲，故云」[20]，《儀禮》〈特牲饋食禮〉、〈少牢饋食禮〉兩篇分別為士、大夫之祭禮，記正祭之後有旅酬、無筭爵的環節即是。今《尚書大傳・酒誥》云：「五十以下，非蒸社，不敢游飲」，蒸社指大飲烝，謂每歲農事畢之祭，正是「無彝酒」、「國飲惟祀」。再說，《尚書大傳》又說：「唯六十以上游飲也」，酒固為養老之物，《禮記・射義》云：「酒者，所以養老也，所以養病也」[21]，又《周禮・酒正》云：「凡饗士庶子，饗耆老、孤子，皆共其酒，無酌數」[22]，又鄭注〈外饗〉時解「耆老」為「國老」[23]，俱是用酒養老之證。因此，耆老之人可得在祭祀以外，閒暇時飲酒。

---

[15] 劉殿爵：《尚書大傳逐字索引》（香港：商務印書館，1994年），頁18。

[16] 〔漢〕鄭玄注，〔唐〕孔穎達等正義：《禮記正義》（臺北：藝文印書館，1985年影印嘉慶二十年南昌府學本），卷36，頁651上。

[17] 〔漢〕鄭玄注，〔唐〕賈公彥疏：《周禮注疏》（臺北：藝文印書館，1985年影印嘉慶二十年南昌府學本），卷31，頁473下。

[18] 〔六朝〕偽孔安國傳，〔唐〕孔穎達等正義：《尚書正義》（臺北：藝文印書館，1985年影印嘉慶二十年南昌府學本），卷14，頁207下。

[19] 《尚書正義》，卷14，頁208上。

[20] 屈萬里：《尚書集釋》（臺北：聯經出版社，1983年），頁161。

[21] 〔漢〕鄭玄注，〔唐〕孔穎達等正義：《禮記正義》，卷62，頁1020下。

[22] 〔漢〕鄭玄注，〔唐〕賈公彥疏：《周禮注疏》，卷5，頁79上。

[23] 同前註，卷4，頁63下。

　　「遊飲」一詞，不為大型詞典所錄，但透過將詞彙資料全盤數據化，許多漏收的條目都能網羅其中。如此條便收入《《尚書大傳》詞彙資料彙編》乙部一「專用詞彙」之內。

4.創作

　　《漢語大詞典・刀部》「創」字下有「創作」條，其釋義及書證如下：

> （1）製造，建造。宋曾鞏〈敘盜〉：「其創作兵仗，合眾以轉劫數百里之間，至於賊殺良民，此情狀之尤可嫉者也。」明劉基《春秋明經・築郿大無麥禾臧孫辰糴入齊新延廄》：「且築者，刱作邑也。」《讀資治通鑑・宋度宗咸淳八年》：「會回回創作巨石礮來獻，用力省而所擊甚遠，命送襄陽軍前用之。」（2）始創。清王夫之《薑齋詩話》卷二：「蓋創作猶魚之初漾於洲渚，繼起者乃泳游自恣，情舒而鱗鬐始展也。」老舍《四世同堂》四六：「老太太這個辦法不是她的創作，而是跟祁老人學來的。」（3）特指文藝創作或文藝作品。明李東陽《麓堂詩話》：「及觀其所自作，則堆疊短釘，殊乏興調，亦信乎創作之難也。」魯迅《且介亭雜文集・憶韋素園君》：「那時我正在編印兩種小叢書，一種是《烏合叢書》，專收創作。」丁玲《韋護》第一章二：「因此韋護在這些地方，總常常留心，不願太偏袒自己的創作上、文學上的主張。」[24]

　　觀乎《大詞典》的釋義及引用書證，釋義有三，一解為製造、建造之義；二解為始創；三解為特指文藝創作或文藝作品。書證則最早是宋曾鞏〈敘盜〉一文，最晚為近代老舍、魯迅、丁玲等書所用。檢詞彙資料庫「創作」一詞，早為《墨子》所用。《墨子・所染》云：「其友皆好矜奮，創作比周，則家日損、身日危、名日辱，處官失其理矣，則子

24　羅竹風主編：《漢語大詞典（縮印本）》，頁1046。

西、易牙、豎刁之徒是也。」[25] 便有「創作」一詞。考〈所染〉一篇之年代，孫詒讓《墨子閒詁》錄蘇時學云「此必非墨子之言，蓋亦出於門弟子」[26]，孫氏自己則認為篇中所述人物「時代正與墨子相及」。吳汝淪則認為「創作」一詞所屬的段落「乃集錄《墨子》者所坿益矣」[27]。但不論何種說法，《墨子・所染》篇之用例，必遠早於《大詞典》所錄宋代曾鞏用例。於是，可補《大詞典》所未有收錄「創作」一詞之最早用例。

　　復考《墨子》之義訓，孫氏《閒詁》、吳毓江《墨子校注》俱只釋「比周」之義，於「創作」一語不置一言。張純一《墨子集解》云：「創作謂譸張為幻，不遵先民矩矱。」[28] 李生龍《新譯墨子讀本》沿襲其說，注「創作比周」為「不遵舊法，朋比勾結」[29]。此外各家於此詞亦有異解，如周才珠、齊瑞端《墨子全譯》及王煥鑣《墨子校釋》同樣解為「興風作浪」[30]。劉文忠、馬玉梅、李永昶的《墨子譯注》則云此詞「引申為不安份守己，自作聰明」[31]，吳龍輝《墨子白話今譯》亦有相近的說法[32]。但三種義訓，都不為《漢語大詞典》所收錄，似是該詞的編纂者未有留意到《墨子・所染》篇的書證，因此詞條下沒有引用《墨子》用例，更未有立為義項。中國古籍浩翰，要以人力遍蒐書證，幾不可能。將詞彙資料全盤數據化，便可於彈指之間檢得結果，追溯最早用例。這在補足大型詞典及日後詞典的編纂工作，省卻人力之餘，更可將資料網羅殆盡。

（二）古書辨偽與成書年代之探究

　　運用語言學方法對古書進行辨偽，向為學者所習用。詞彙作為語言

---

[25] 〔清〕孫詒讓撰，孫啟治點校：《墨子閒詁》（北京：中華書局，2001年），卷1，頁19。

[26] 同前註，卷1，頁11。

[27] 王煥鑣：《墨子集詁》（上海：上海古籍出版社，2005年），頁66。

[28] 張純一：《墨子集解》（臺北：文史哲出版社，1988年），卷1，頁28。

[29] 李生龍：《新譯墨子讀本》（臺北：三民書局，1996年），頁14。

[30] 周才珠、齊瑞端：《墨子全譯》（貴陽：貴州人民出版社，1995年），頁10；王煥鑣：《墨子校釋》（杭州：浙江古籍出版社，1987年），頁21。

[31] 劉文忠、馬玉梅、李永昶：《墨子譯注》（臺北：建安出版社，1997年），頁18。

[32] 吳龍輝：《墨子白話今譯》（北京：中國書店，1992年），頁10。

運用的基本單位，往往透露出強烈的時代訊息。考究詞彙組合的生成、出現頻率，並其詞義之變化，能鈎沉出作者的措詞習慣及與當時時代之關係。因此，詞彙研究對古書年代之考定，確實為一重要依據。徐復嘗云：

> 我們知道語言中的詞彙，它是最現實的也是變化最敏感的東西，只要時代一有了變化，它就跟著產生了新的詞語，所以要推測一篇作品的寫定年代，只有從詞彙中去尋求，才能得出較為正確的結論。[33]

錢宗武在〈試論文獻辨偽的語言學方法〉亦云：

> 在語言各要素的發展變化中，詞彙的變化尤為明顯。在不同的時空轄域中，新詞不斷產生，舊詞不斷消亡；更多的語詞詞形沒有變化，但詞彙意義和語法意義皆有變化，不同時代具有不同的詞彙意義或語法意義。……各個時代有各個時代的語言特點，作偽者是很難在語言的各個要素方面都進行作偽的。[34]

可見詞彙組合變化迅速，多具時代標誌，古書之撰作者一般會因應所處時代而運用語言，其作品內的詞彙亦必與當時用語緊扣。詞彙資料既可以作為考究作品時代的重要材料，古書的真偽便呼之欲出了。作偽者也不可能完全意識到每個詞彙的時代性，從而刻意地調整行文用語。若將詞彙資料全盤數據化，讓詞條用例瞬間檢得，一目了然，當使考證辨偽之工作事半功倍。

運用詞彙考定古書年代，許多前輩學者已具著述。例如1973年河北定縣八角郎40號漢墓出土竹簡《文子》，便牽起了對簡本《文子》成書年

---

[33]　徐復：〈從語言上推測《孔雀東南飛》一詩的寫定年代〉，載《徐復語言文字學叢稿》（南京：江蘇古籍出版社，1990年），頁317-318。

[34]　錢宗武：〈試論文獻辨偽的語言學方法〉，收入《嶺南學報》復刊號（第1、2輯合刊）（香港：嶺南大學，2015年），頁485、495。

代的熱議。何志華教授於1998年發表〈出土《文子》新證〉，便透過考析
「朝請」一詞，指出教授簡本《文子》的成書年代在西漢之世。何氏對勘
今本簡本，發現今本《文子》「朝廷不恭」，簡本作「朝請」，他云：

> 疑簡本作「朝請」者是也；考《史記・魏其武安侯列傳》云：
> 「太后除竇嬰門籍，不得入朝請。」《史記集解》云：「律，諸
> 侯春朝天子曰朝，秋曰請。」可知「朝請」為漢律，謂諸侯春、
> 秋兩季朝見帝王之禮。考《文子》此文云：「仁雖未絕，義雖未
> 滅，諸侯已輕其上矣。」諸侯輕上，故朝請不恭；文義正合；今
> 本《文子》「朝請」誤為「朝廷」，文義未通；考「請」字古音
> 耕部清母，「廷」字古音耕部定母，疑今本作「廷」者乃「請」
> 之聲誤。竹簡《文子》作「朝請」者既為漢律，則謂《文子》乃
> 先秦已有之典籍，未敢遽信矣。[35]

何氏指出「朝請」既為漢律，簡本《文子》作「朝請不恭」必非先
秦之書。此說甫出，後來學者多就此闡論熱議。何氏後來比對今本《文
子》與《大戴禮記》又云：「傳世本《文子》之所以作『朝廷』者，乃
據《大戴禮記》而改。」[36] 何氏之論雖廣泛為學界所認同，如張豐乾先
生便據何氏最早的說法，加以闡論[37]。然而，何、張之說亦不無反對聲
音。李銳就先後撰寫〈「朝請」小議〉[38]、〈「朝請」與「朝廷」——
簡本《文子》與傳本《文子》的一個重要異文研究〉[39]，認為「朝廷」

35　何志華：〈出土《文子》新證〉，收入《《文子》著作年代新證》（香港：香港中文大
　　學，2004年），頁53。

36　何志華：〈今本《文子》因襲《大戴禮記》證〉，收入《經義叢考》（香港：香港中文大
　　學出版社，2015年），頁174。

37　詳參張豐乾《出土文獻與〈文子〉公案》中的「『朝請』與竹簡《文子》的撰作年代」、
　　「『諸侯』與竹簡文子的撰作年代」兩節，見氏著《出土文獻與《文子》公案》（北京：
　　社會科學文獻出版社，2007年），頁156-157。此二節原載於「簡帛研究」網站（2001
　　年），作者並將內容收入此書。於論文出版前，相關網址已失效。

38　載於「簡帛研究」網，2003年6月2日。網址為：http://www.jianbo.sdu.edu.cn/info/
　　1014/1241.htm，瀏覽日期為2018年7月3日。

39　載何志華等編：《先秦兩漢古籍國際學術研討會論文集》（北京：社會科學文獻出版社，
　　2011年），頁369-378。

是「很早的習語」，因而「有可能先有《文子》，而在漢代被改為『朝請』，著於竹簡了」[40]，意見與何、張二氏相背。

何氏以「朝請」為漢律，張豐乾先生進一步說：「先秦古書中並沒『朝請』一詞」，正正就是運用詞彙資料考定古書年代。今復驗之以詞彙數據資料，「朝請」一詞確實不見於先秦古書，即使是成形於戰國而某些篇章公認在漢世才成篇的典籍如大、小戴《禮記》、《莊子》一類典籍。但此詞卻見於《史記》凡7次，《漢書》20次，孫星衍輯《漢官解詁》6次、《東觀漢記》3次、《前漢紀》1次，足證「朝請」一詞為漢代所廣泛使用，卻非先秦語彙可知。

運用全面數據化的詞彙資料，也可以進一步考實驗證各家的說法。如簡本《文子》有「淳德」一語，（0300號簡）「積碩，生淳德。淳德與大惡之端以□」，另（1172、0820號簡）「化淫敗以為[僕]，□德」，對應今本《文子》的文字作「化淫敗以為樸，醇德復生」，簡本「□德」與「醇德」對應，「淳」、「醇」二字古韻同在文部，兩相通用[41]，簡本中殘模之字蓋為「淳」字。檢先秦兩漢所有詞彙資料，「淳德」一詞不見先秦文獻，而見於《史記》、《漢書》及馬融《忠經》各1次；「醇德」一詞，同樣不見於先秦典籍，而見於今本《文子》、《鹽鐵論》、《蔡中郎集‧陳太丘碑》各1次。準此可證，先秦時並未有「淳德」、「醇德」一詞，迄至漢世才出現用例，今本《文子》含有漢世用語可知。

四川師範大學文學院李洁、朱穎又嘗撰〈竹簡《文子》「士庶」連言體現的時代信息〉一文，指出：「竹簡《文子》中有『士庶』連言的語言現象，這是在戰國時期作品中才經常出現的詞語，而在之前之後的作品中則難以尋到，進而認為古本《文子》具有鮮明的戰國色彩。」[42]並且引用了三條戰國文獻的例證，分別是《國語‧楚語‧觀射父論祀

---

[40] 詳見李銳：〈「朝請」與「朝廷」——簡本《文子》與傳本《文子》的一個重要異文研究〉，載何志華等編：《先秦兩漢古籍國際學術研討會論文集》（北京：社會科學文獻出版社，2011年），頁377。

[41] 《古書通假會典‧文部第五》「醇與淳」：「《易‧繫辭下》：『萬物化醇』，《白虎通‧嫁娶》、《潛夫論‧本訓》引醇作淳。」見高亨著：《古字通假會典》（濟南：齊魯書社，1989年），頁129。

[42] 李洁、朱穎：〈竹簡《文子》「士庶」連言體現的時代信息〉，《安徽文學》2007年第6期，頁52。

牲》云：「是以古者先王日祭、月享、時類、歲祀。諸侯舍日，卿大夫舍月，士庶人舍時。」又云：「諸侯祀天地、三辰及其土之山川，卿大夫祀其禮，士庶人不過其祖。」此外，又引黿公華鍾銘文云：「臺邺其祭祀明祀，臺樂大夫，臺宴士庶子。」細審李、朱二氏所引據書證，《國語》兩個「士庶人」均與上句的「卿大夫」相對，實應視作「卿、大夫」和「士、庶人」，士與庶人之間並非互相緊扣，絕不能視為「士庶」連言。又案黿公華鍾銘文所載「臺宴士庶子」，亦不是指士和庶人。「士庶子」出現在《周禮》共9次，〈外饔〉職云：「邦饗耆老、孤子，則掌其割亨之事。饗士庶子亦如之。」[43]〈酒正〉：「凡饗士庶子，饗耆老、孤子，皆共其酒。」[44]〈稾人〉：「若饗耆老、孤子、士庶子，共其食。」[45]諸此謂「饗士庶子」者，即銘文所謂「宴士庶子」。錢玄、錢興奇《三禮詞典》則云：「公、卿、大夫之子弟宿衛王宮者。其既命有爵者謂之士，未命者謂之庶子。不以嫡庶為別。」[46]由是將「士庶子」視為「士庶」連言，說仍可商。

　　反之，今試檢先秦兩漢典籍中「士庶」一詞，卻大量見於漢代典籍。如賈誼《新書‧禮》：「諸侯愛境內，大夫愛官屬，士庶各愛其家」[47]，《潛夫論‧浮侈》：「況於群司士庶，乃可僭侈主上」[48]，〈德化〉：「則又況〔於〕士庶而〔有〕不仁者乎？」[49]蔡邕《獨斷》：「及群臣士庶相與言曰殿下」[50]，《前漢紀‧孝文皇帝紀上》：「諸侯刻桷丹楹，大夫山節藻梲，其流至於士庶，莫不離制度。」[51]《東觀漢記‧佚文》：「諸侯王以下至於士庶」[52]，《申鑒‧時事》：「下及士庶，等

43　〔漢〕鄭玄注，〔唐〕賈公彥疏：《周禮注疏》，卷4，頁63上。
44　同前註，卷5，頁79上。
45　同前註，卷16，頁254下。
46　錢玄、錢興奇：《三禮辭典》（杭州：江蘇古籍出版社，1993年），頁77。
47　劉殿爵：《賈誼新書逐字索引》（香港：商務印書館，1994年），頁40。
48　劉殿爵：《潛夫論逐字索引》（香港：商務印書館，1995年），頁23。
49　同前註，頁70。
50　劉殿爵：《蔡中郎集逐字索引》（香港：商務印書館，1998年），頁80。
51　〔漢〕荀悅，〔晉〕袁宏著，張烈點校：《兩漢紀》（北京：中華書局，2002年），上冊，頁98。
52　劉殿爵：《東觀漢記逐字索引》（香港：商務印書館，1994年），頁180。

各有異。」[53] 今既檢得「士庶」一詞大量出現於漢世，卻幾不見於先秦古書[54]，蓋「士庶」連言而自成一詞，實肇始於漢初[55]。今本《文子》與竹簡《文子》並有「士庶」連言，傳世〈道德〉篇云「士庶有道則全其身」、「士庶有道即相愛」；簡本有「士[庶有道]」（2218號簡）、「士[庶閒有道]」（2445號簡），傳世簡本兩文相應，亦可得而證非先秦之書。

由此可見，詞彙資料數據化，俾使檢查詞彙在先秦兩漢文獻的全部用例，彈指可成，實有助驗證及核實詞彙出現的年代，臂助考定古籍成書年代。

從詞彙角度考察古書的真偽及其成書年代，固然可行。但人力有限，面對浩瀚的典籍文本，很難將所有詞彙資料網羅殆盡。詞彙資料數據化，要全面蒐集詞彙用例，則如反手耳。宗靜航教授嘗發表多篇文章，均利用專書詞彙出現年代的界限，推測一部書的年代及真偽。他在〈從語言角度探討《尹文子》的真偽問題〉一文，便蒐集了古書內「凶虐」、「通稱」、「殘暴」、「無價」、「謙辭」五個詞彙的用例，作為《尹文子》真偽考辨的佐證，他說：

> 《尹文子》確實有東漢魏晉時期始見的詞語，所以本文的考證可作今本《尹文子》非先秦古籍的一個輔證。至於其成書年代，學術界仍無定論，本文暫依羅根澤的說法，定為魏晉時人偽作。[56]

---

53 劉殿爵：《申鑒逐字索引》（香港：商務印書館，1995年），頁10。

54 「士庶」一語，亦見於今本《司馬法・天子之義》一篇，文云：「天子之義，必純取法天地，而觀於先聖。士庶之義，必奉於父母而正於君長。」但《司馬法》一書是否先秦典籍，歷來聚訟不清。宋元以來學者多認為傳世五篇《司馬法》為偽書，甚至認為其書晚至東晉時期。但近代學者卻多認為《司馬法》不偽。他們所持的理由在於漢代典籍引用《司馬法》，並見於今傳五篇之中。解文超《先秦兵書研究》中列舉多條例證，最早用例見於司馬遷《史記・平津侯列傳》，然只能證明《司馬法》或最早在漢代已經出現，甚至盛行於漢代，排除漢以後如劉歆以至東晉時作偽的可能，卻未可確證先秦時期已有此書。再者，今本《司馬法》編者會否像《古文尚書》般從古書引用古本《司馬法》中輯錄文句再加以作偽，形成半真半假的情況，亦未可知。「士庶」一語既流行於漢代，又見於今本《司馬法》，適可以反思今本《司馬法》的編定時間。

55 「士庶」連言成詞，蓋始於漢初，然戰國文獻有以「士庶人」連言，則為戰國中晚期的用法，《呂氏春秋・介立》云：「避舍變服，令士庶人曰」，《管子・大匡》云：「士庶人毋專棄妻，……大夫不諫，士庶人有善。……士庶人聞之吏，賢孝悌可賞也。」《孟子・梁惠王上》：「士庶人曰：『何以利吾身？』」〈離婁上〉云「士庶人不仁」等皆是。

56 宗靜航：〈從語言角度探討《尹文子》的真偽問題〉，《中國文化研究所學報》2005年第

　　宗氏搜證豐富，結論信而有徵。試檢文中所舉五個詞彙在先秦兩漢的用例，再與文中列舉之書證比較一過，發現宗氏幾乎都囊括窮盡，唯仍稍有遺漏。如「通稱」一詞，文中列出13條用例，最早為《論語・學而》「子曰」東漢馬融（79-166）注：「子者，男子之通稱。」考《白虎通・號》亦有「通稱」一詞，出現2次，云：「子者，丈夫之通稱也。……何以言知其通稱也？」[57]《白虎通》為東漢漢章帝建初四年（79）朝廷召開白虎觀會議後的記錄，是年馬融才剛出生，因此《白虎通》當視為「通稱」一語最早用例。此外，檢索數據庫亦有《文選》沈休文〈恩倖傳論〉「夫君子小人，類物之通稱」[58]的用例，也是宗氏文章所未錄。

　　又如「無價」一詞，文中所列最早書證為東漢于吉（生卒年不詳）《太平經》第六十二篇的篇名「道無價卻夷狄法第六十二」。復檢於詞彙資料庫，嚴可均輯《全後漢文》卷十三錄《意林》引桓譚《新論・求輔》篇云：「此乃國之大寶，亦無價矣。」[59]今本《意林》卷三所引《新論》文字相同。桓譚（前23-56）為跨越西漢晚期、新莽至東漢初之人，年代當較于吉之《太平經》為早，因而可將上引《新論》作為「無價」一詞之最早用例。準此，前人勤輯書證用之鑑定古書年代，固有功矣；然今天借助電腦將詞彙資料數據化，亦可完足前人研究。

（三）探究群書關係

　　除了辨偽與古籍成書年代之探究外，詞彙資料也有助於探究群書關係。複音詞大量衍生的其中一個原因，就是為了語義的精確表達。唐鈺明〈金文複音詞簡論〉中云：

> 甲骨文的詞彙已出現複音化的萌芽。說它是萌芽，是因為它複音化的範圍有限，只產生了複音名詞，而且大部分是人名和地

45期，頁321-330。

[57]　〔清〕陳立撰，吳則虞點校：《白虎通疏證》（北京：中華書局，1994年），卷2，頁48。

[58]　〔梁〕蕭統編，〔唐〕李善注：《文選》（北京：中華書局，1981年縮印胡刻本），卷50，頁15上。

[59]　〔清〕嚴可均輯，〔清〕王毓藻等整理：《全上古三代秦漢三國六朝文》（北京：中華書局，1965年），第1冊，《全後漢文》，卷13，頁4上，總頁538。

名。……金文複音詞除名詞外，還有動詞、形容詞、副詞乃至複音虛詞。[60]

又說：

《荀子·正名篇》說得好：「單足以喻，則單；單不足以喻，則兼。」「兼」，就是複音化。「喻」就是曉喻，也就是語義的表達。這句話強調了「單」還是「兼」的決定因素，乃在於是否「足以喻」，也就是是否能滿足語義表達的需要。當單音節詞不能滿足語義表達的需要時，複音化就不可避免了。[61]

　　隨著社會發展，對於行為、事物的名狀愈來愈複雜，單音節詞不足以精確表義，只有擴充音節，以避免交際表意時表意模糊不清。周俊勛便說：「雙音節詞增加原因之一就是制約詞義表達的模糊性。」[62] 到了戰國時期，諸子百家爭鳴，詞彙就成為各家學說思想及其基本概念的載體。當時，單音節詞彙已不能表達繁複的學術思想，只有擴展到複音詞彙才能精確表義。何志華、朱國藩《〈韓非子〉詞彙資料彙編·序》：

是書成於戰國末年，當時單音節詞不足表意，合成詞的結構及詞素又未臻成熟穩定，韓非於是新造大量複音詞，以表達各種複雜的治術概念；甚或以改易舊詞的方式，建立新詞。[63]

　　由此可見，戰國時產生大量新造的複音節詞，也是源於哲學思想的精確表達。換言之，諸子百家著作內的措詞，相比起甲骨、金文所見的複音節詞，有更大的哲學思想含量，詞形也更趨穩定。比較諸家著作內

---

[60] 唐鈺明：〈金文複音詞簡論〉，載《人類學論文選集》（廣東：中山大學出版社，1986年），頁460。

[61] 唐鈺明：〈金文複音詞簡論〉，頁460。

[62] 《中古漢語彙研究綱要》，頁170。

[63] 何志華、朱國藩編：《〈韓非子〉詞彙資料彙編》（香港：香港中文大學出版社，2014年），〈序〉，頁1。

的用語，輯出相合之例，往往能夠考索學說之間的關係。這些關係許多是潛藏隱晦的，而透過將詞彙資料數據化，適可更便捷地羅列各家用語相合之例，探索更多文獻之間可能的語言關係。

1.甘井先竭

《莊子‧山木》一篇，多言人生免患之道，強調「無用之用」，篇中第四則寓言云：

> 孔子圍於陳蔡之間，七日不火食。太公任往弔之曰：「子幾死乎？」曰：「然。」「子惡死乎？」曰：「然。」任曰：「予嘗言不死之道。東海有鳥焉，其名曰意怠。其為鳥也，翂翂翐翐，而似无能；引援而飛，迫脅而棲；進不敢為前，退不敢為後；食不敢先嘗，必取其緒。是故其行列不斥，而外人卒不得害，是以免於患。直木先伐，甘井先竭。子其意者飾知以驚愚，脩身以明汙，昭昭乎如揭日月而行，故不免也。」[64]

此則寓言以「直木先伐，甘井先竭」來比喻身懷才能而易受禍患之理。成玄英疏云：「直木有材，先遭斧伐；甘井來飲，其流先竭。人銜才智，其義亦然。」[65]考《墨子‧親士》亦有「甘井先竭」一詞，云：

> 今有五錐，此其銛，銛者必先挫；有五刀，此其錯，錯者必先靡。是以甘井先竭，招木先伐，靈龜先灼，神蛇先暴。是故比干之殪，其抗也；孟賁之殺，其勇也；西施之沉，其美也；吳起之裂，其事也。故彼人者，寡不死其所長，故曰「太盛難守」也。[66]

---

[64] 〔清〕郭慶藩撰，王孝魚點校：《莊子集釋》（北京：中華書局，1961年），卷7上，頁679-680。

[65] 同前註，卷7上，頁682。

[66] 〔清〕孫詒讓撰，孫啟治點校：《墨子閒詁》，卷1，頁4。

此文用「甘井先竭，招木先伐，靈龜先灼，神蛇先暴」來說明有能者難以自守之理，與《莊子》所喻相近。因此，姚永概謂《墨子》此段意近《老子》，疑是後人附益；汪中《述學・內篇三・墨子序》亦認為〈親士篇〉錯入道家言[67]。檢「甘井先竭」一詞，先秦兩漢典籍唯《墨》、《莊》二見，加之《墨子》作「甘井先竭，招木先伐」，《莊子》作「直木先伐，甘井先竭」，設喻亦幾近全同，唯《墨子》「招木」作「直木」而已。孫詒讓《墨子閒詁》謂：「『招』與『喬』音相近。」[68]吳闓生亦云：「『招』與『翹』同，謂喬木也。」[69]「喬木」其實與「直木」亦義近。如此，《莊子・山木》篇的作者，蓋襲用《墨子》用語。然而，兩篇用語相同，不能視《墨子》之文錯入道家之語，而以為是後人附益。《墨子・親士》之文原意是藉「甘井先竭」等一系列比喻，說明當世有才能之人並畏懼禍害而潛伏不出。王煥鑣便指此段「設喻以言有能者之難於自全；……徵事以明有長者之難於自守。故諂佞者多而謇諤者少，人君更宜急於求賢親士以長世而保國，與上文文意相承。」[70]張純一亦指此段「教在上者必使國中多士濟濟，始足有為。不然，雖有一二翹楚，恐難保身，……如銛先挫，錯先磨，未足言親士也，以上言士多始能保其終。」[71]而《莊子》用「甘井先竭」云云，則旨在說明免患之道，與《墨子》不同。準此，《墨子・親士》一篇「甘井先竭，招木先伐」云云，並非錯入道家語，反是《莊子・山木》作者有可能襲用《墨子》用語，斷章取義，說明道家「無用之用」的思想。

2.不繫之舟

檢先秦兩漢文獻中「不繫之舟」一詞，凡四見，最早見於《莊子・列御寇》，文云：

> 巧者勞而知者憂，无能者无所求，飽食而遨遊，汎若不繫之舟，

---

[67] 〔清〕汪中著，田漢云點校：《新編汪中集》（揚州：廣陵書社，2005年），頁409。
[68] 〔清〕孫詒讓，孫啟治點校：《墨子閒詁》，卷1，頁4。
[69] 王煥鑣：《墨子集詁》，頁16。
[70] 同前註，頁20。
[71] 張純一：《墨子集解》（臺北：文史哲出版社，1988年），卷1，頁8。

虛而遨遊者也。[72]

先秦文獻之中，又僅見於《鶡冠子》，〈世兵〉篇云：

至得無私，泛泛乎若不繫之舟。能者以濟，不能者以覆。[73]

張金城：「《文選》五臣注：『散舟任運，真人用心不搖，動無趣向，亦似之也。』《莊子・列禦寇》篇曰：『飽食而遨遊，汎若不繫之舟。』」[74] 〈世兵〉篇之編者蓋襲用《莊子》用語。及後賈誼作〈服鳥賦〉則又沿襲《莊子》，《史記・屈原賈生列傳》引其文云：「澹乎若深淵之靜，汜乎若不繫之舟」[75] 是也。

3.遺物、捐物

檢「遺物」一詞，先秦文獻亦唯見於《莊子》、《鶡冠子》二書。《莊子・田子方》記老聃與孔子的對話：

孔子便而待之，少焉見，曰：「丘也眩與，其信然與？向者先生形體掘若槁木，似遺物離人而立於獨也。」老聃曰：「吾遊於物之初。」[76]

孔子形容老聃的模樣是「似遺物離人」，成玄英疏解為「遺棄萬物」。《鶡冠子》「遺物」一詞則見於〈世兵〉篇，云：

至人遺物，獨與道俱。[77]

---

[72] 〔清〕郭慶藩撰；王孝魚點校：《莊子集釋》，卷10上，頁1040。

[73] 黃懷信：《鶡冠子彙校集注》（北京：中華書局，2004年），卷下，頁297。

[74] 同前註，卷下，頁297。

[75] 〔漢〕司馬遷撰，〔南朝宋〕裴駰集解，〔唐〕司馬貞索隱，〔唐〕張守節正義：《史記》（北京：中華書局，2013年），卷84，頁3014。

[76] 〔清〕郭慶藩撰，王孝魚點校：《莊子集釋》，卷7下，頁711。

[77] 黃懷信：《鶡冠子彙校集注》，卷下，頁291。

黃懷信訓「遺」字為「遺棄」[78]，則《鶡冠子》之「遺物」一詞，與《莊子》用法正合。此詞在先秦文獻內僅見《莊》、《鶡》二書，蓋《鶡冠子》襲用《莊子》用語。《文選》賈誼〈服鳥賦〉「至人遺物兮，獨與道俱」下李善注引《鶡冠子》云：「聖人捐物」[79]，是李善以「捐物」解文中之「遺物」。捐、遺同有遺棄之義，考「捐物」一詞，先秦兩漢文獻僅為《鶡冠子》所用。李善以為「捐物」即「遺物」，未必盡然。《鶡冠子‧世兵》云「至人遺物，獨與道俱」，下文又云：「聖人捐物，從理與舍」，黃懷信云：「聖人，道行次於至人者。」[80] 以「聖人」次於「至人」，顯出自《莊子》，〈逍遙遊〉便云：「至人無己，神人無功，聖人無名。」既然「至人」是「遺物」，道行次於至人的「聖人」，自不得與至人同樣「遺物」。蓋〈世兵〉篇之作者遺用《莊子》「遺物」一詞，再參照此詞，新造「捐物」一語，以屬「聖人」。

三、總結

詞彙是古書撰作時最基本的語言載體，透過精研各本專書的詞彙，可以探討古文獻多個方面的內容。將詞彙資料全盤數據化，更能為詞彙及古文獻研究帶來方便，為學者節省時間。數據化的詞彙資料，往往彈指間即可檢到所有資料，一覽無遺，俾使研究者能更全面地掌握及核實資料。

香港中文大學劉殿爵中國古籍研究中心近年進行詞彙數據化的工作，將先秦詞彙資料盡數輸入電腦，建立一個龐大的資料庫，並出版一系列「專書詞彙資料彙編」以及推出網路多功能詞典。就以上所討論的各個方面，資料彙編和網路詞典提供更便捷及準確的材料，可以補足大型詞典、有助古書辨偽及考究成書年代，甚至探索群書的潛在關係。學者更可以運用這兩種材料進行多樣化的查閱及檢索，發掘研究題材，進行更多歷時及共時性的研究。

---

[78] 黃懷信：《鶡冠子彙校集注》，卷下，頁291。
[79] 〔梁〕蕭統編，〔唐〕李善注：《文選》，卷13，頁18下。
[80] 黃懷信：《鶡冠子彙校集注》，卷下，頁298。

第四章
論「漢達文庫——中國古代詞彙資料庫」之價值及局限：

以《孔叢子》研究為例

伍亭因

香港中文大學中國語言及文學系博士候選人

一、「先秦兩漢詞彙綜合研究——古代漢語多功能網絡詞典之構建」研究計畫簡介[1]

　　香港中文大學中國文化研究所劉殿爵中國古籍研究中心自2005年起開拓新研究範圍，並於2006年獲「研究資助局優配研究金」（Research Grants Council General Research Fund），先後開展「先秦兩漢詞彙綜合研究——古代漢語多功能網絡詞典之構建」研究計畫第一及第二期。此計畫旨在全面整理及研究先秦兩漢詞彙，為先秦兩漢詞彙發展的研究提供數據資料，並編纂及出版各種「先秦兩漢文獻詞彙資料彙編」及專門詞典，以及建立先秦兩漢傳世文獻及出土文獻多功能網路詞典。

　　其後，劉殿爵中國古籍研究中心繼續開拓以電腦作為整理古籍主要工具的研究計畫。學者可利用資料庫進行各種特定範疇的詞彙比較研究，例如比較不同時代、地區、載體的詞頻及用例。

---

[1]　以下文字參自何志華、朱國藩編著：《《孔叢子》詞彙資料彙編》（香港：香港中文大學，2013年），〈出版說明〉，頁xi。

　　本計畫現已完成，研究成果陸續編入《漢達古籍研究叢書》的「中國古代詞彙資料彙編系列」，分冊付梓；期望有助學者檢索先秦兩漢詞彙的使用數據，進而探究先秦兩漢典籍的語言特質，並據此開展更多歷時性的、跨文獻的詞彙研究工作。

二、《《孔叢子》詞彙資料彙編》簡介

　　何志華、朱國藩編著《《孔叢子》詞彙資料彙編》，已於2013年由香港中文大學出版社出版。此書在漢達文庫數據庫（http://www.chant.org）之基礎上，甄別適當材料，設計中國古代雙音節及多音節詞彙資料庫自動編纂程式系統（Automatic Compiling Program System for Retrieval Database for Ancient Chinese Disyllable and Polysyllable Words，簡稱RDDPW），分析語言材料，統計詞頻，檢出各類詞頻計量清單，對文獻進行縱向與橫向比較。通過電腦程式之計算與分析，並參考大型詞典、專書詞典所收錄的詞彙，重新建構「完整詞單」，收錄合共350,343個二至四音節詞彙，然後全數「注入」漢達文庫先秦兩漢一切傳世文獻文檔中，核算數據。藉由上述檢索過程，檢得《孔叢子》複音節詞彙共5,453個，總詞頻量為11,336。在此原始資料上，逐一判斷詞彙組合是否成詞，抑或係不成意義之偶合。最後，得出《孔叢子》複音節詞彙3,830個，總詞頻量為7,979。此書儘量涵蓋《孔叢子》所有使用的詞語作為詞條收錄，冀能揭示《孔叢子》語料之面貌、特徵、發展演變及規律，表現其普遍性與獨特性，以反映其時代特色[2]。

　　全書收錄範圍包括二至四音節詞彙共3,830個，總詞頻量為7,979。專用名詞如人名、地名、書名、職官名等均在收羅之列[3]。書中凡涉及成詞與否之爭議，編者均採寧濫勿缺原則，權將有關詞彙資料收錄[4]。此書分甲、乙兩部分，茲分述如下[5]：

---

[2]　參自何志華、朱國藩編著：《《孔叢子》詞彙資料彙編》，〈序〉，頁3-4。
[3]　同前註，〈凡例〉，頁5。
[4]　同前註，〈序〉，頁4。
[5]　表格內容參何志華、朱國藩編著：《《孔叢子》詞彙資料彙編》，〈凡例〉，頁5。

甲部、《孔叢子》詞頻對照表：
《孔叢子》與先秦兩漢典籍詞頻對照表：以《孔叢子》詞彙見於其他先秦兩漢典籍的頻數從小至大排序，對比顯示某詞彙在其他典籍出現的情況；
《孔叢子》詞頻高於先秦兩漢典籍詞頻總和表：以詞彙頻數排列，顯示《孔叢子》中出現高頻次之詞彙，其頻數乃先秦兩漢其他典籍的總和，反映《孔叢子》用詞習慣；
《孔叢子》詞彙見於其他先秦兩漢典籍的總頻數表：以典籍名稱排列，顯示《孔叢子》詞彙於他書的詞頻，反映《孔叢子》與先秦兩漢文獻可能的語言關係。
乙部、《孔叢子》詞彙資料彙編：
《孔叢子》專用詞彙：輯錄只見《孔叢子》的詞彙並其用例，反映《孔叢子》用詞特色；
《孔叢子》詞彙僅見單一先秦兩漢典籍：詞彙只見《孔叢子》並某部先秦兩漢典籍，反映《孔叢子》與該文獻可能的語言關係。

　　就「《孔叢子》詞彙僅見單一先秦兩漢典籍」一部分而言，此書所收錄之內容別具啟發。舉「犬馬之疾」為例，意謂「對自己患病的謙稱」，見於《孔叢子・論勢》：「臣有犬馬之疾，不任國事。」又見於《文選・張衡〈東京賦〉》：「東京之懿未罄，值余有犬馬之疾，不能究其精詳。」[6]此例有助思考〈論勢〉內容與東漢用語之關係。

　　再舉「赤刃」為例，意指「紅色的刀鋒」，見於《孔叢子・陳士義》：「其劍長尺有咫，鍊鋼赤刃，用之切玉，如切泥焉。」又見於《列子・湯問》：「其劍長尺有咫，練鋼赤刃。」[7]此例有助思考〈陳士義〉內容與《列子》之關係。

　　又舉「後刃」為例，意思為「將刀刃向後，使之不指向城池」，見於《孔叢子・問軍禮》：「出國先鋒，入國後刃。」又見於《禮記・少儀》：「乘兵車，出先刃，入後刃。」[8]兩書俱言將帥士卒出入國家之禮，所記之禮制相合，一則見兩書之關係，二則見兩書之異文。

　　學者對讀「漢達文庫──中國古代詞彙資料庫」及《《孔叢子》詞彙資料彙編》，即見上述詞例對《孔叢子》研究之啟發。

[6]　何志華、朱國藩編著：《《孔叢子》詞彙資料彙編》，頁73-74。
[7]　同前註，頁77。
[8]　同前註，頁79。

三、《孔叢子》成書年代述略

　　《孔叢子》全書七卷，都二十三篇，編次有條不紊，記載自孔子、子思、子高、子順、子魚至長彥、季彥之事蹟，先後有序，其書其文出於編訂者某一人或某幾人之手，殆無可疑。

　　今本《孔叢子》文末記孔僖（字子和）之子季彥「年四十九，延光三年十一月丁卒」，足證今本《孔叢子》成書不早於東漢安帝延光三年（西元124年）[9]。今人李學勤〈竹簡《家語》與漢魏孔氏家學〉據〈連叢子〉記到季彥之死而擱筆、西晉皇甫謐《帝王世紀》明引及暗引《孔叢子》之證，推論《孔叢子》很可能出於孔季彥以及下一代之手；由此進一步認為今傳本古文《尚書》、《孔叢子》、《孔子家語》三書為漢魏孔氏家學之產物，均有很長的編纂、改動、增補的過程[10]。

　　據傅亞庶考證：「《孔叢》所謂『憂思三年，追悔前愆，起而即政，謂之明王』者也（《太平御覽》卷八三引《帝王世紀》。這段文字見於宋嘉祐八年刻本《孔叢子・論書篇》，「即政」作「復位」）。」[11]傅氏又發現裴駰《史記・貨殖列傳》《集解》引《孔叢子》之文曰：「猗頓，魯之窮士也。耕則常飢，桑則常寒。聞朱公富，往而問術焉。朱公告之曰：『子欲速富，當畜五牸。』於是乃適西河，大畜牛羊於猗氏之南，十年之閒，其息不可計，貲擬王公，馳名天下，以興富於猗氏，故曰猗頓。」傅氏云：「這段文字見於宋嘉祐本《孔叢子・陳士義》，其文字『常寒』、『朱公富』、『其息』，嘉祐本作『長寒』、『陶朱公富』、『其滋息』。」[12]今見《水經注・涑水》引《孔叢子》文與《集解》所引幾近全同，僅「飢」作「饑」[13]。

　　再據傅亞庶、孫少華二人考證，魏晉六朝文獻，乃至隋唐類書，已

9　傅亞庶撰：《孔叢子校釋》（北京：中華書局，2011年），頁481。
10　李學勤：〈竹簡《家語》與漢魏孔氏家學〉，《孔子研究》1987年第2期，頁63-64。
11　傅亞庶撰：《孔叢子校釋》，頁605。
12　同前註。
13　〔北魏〕酈道元著，陳橋驛校證：《水經注校證》（北京：中華書局，2007年），卷6，頁170。

明引《孔叢子》，且引文亦有與北宋宋咸注本相同；其中早至曹魏王肅〈聖證論〉、西晉皇甫謐《帝王世紀》即明引《孔叢子》[14]。

　　總上所論，今本《孔叢子》之成書，絕非一時一地一人之作，其成書年代介乎東漢安帝延光三年（西元124年）以後至曹魏王肅（西元195-256）之間，先後由孔氏歷代子孫編訂、附益，於今學術界理當最為合理[15]。

四、《孔叢子‧詰墨》與兩漢傳世文獻詞彙相合例證舉隅

　　黃懷信〈《孔叢子》的時代與作者〉嘗試通盤考察《孔叢子》，並推論此書最後編訂之年；其中認為「第十八篇名〈詰墨〉，近似專題論文」，並從〈詰墨〉末段推論該篇文字當係孔鮒手筆[16]。鄭良樹〈論《孔叢子‧詰墨》的寫作背景及成書時代〉則首以專題形式，考辨〈詰墨〉並非後人偽作，更否定此篇由曹魏之王肅所編撰；進而據〈詰墨〉材料來源及成篇背景推論此文成於孔鮒之手[17]。孫少華於碩士論文《《孔叢子》的成書時代與作者及其材料來源》，從史實及〈詰墨〉末段推論〈詰墨〉「成篇必在戰國無疑，即實在孟子之後，秦統一之前」，而作者當係孔鮒[18]。孫氏其後於博士論文轉趨保守，認為：「從〈詰墨〉的時代學術背景分析，也應該處於戰國時期或秦漢之際為宜。」[19]

---

[14] 傅氏之論，詳參傅亞庶撰：《孔叢子校釋》，頁510、605-606、608-609。又傅氏略述唐宋節錄《孔叢子》之實，見《孔叢子校釋》，頁632。孫氏之見，詳參孫少華著：《《孔叢子》研究》（北京：中國社會科學出版社，2011年），頁51、541-543。

[15] 傅亞庶《孔叢子校釋》認為陳夢家《尚書通論》考證較具說服力，故從陳說認為《孔叢子》最後成書當在東晉義熙四年（408）前後。傅氏再據《孔叢子》所引《書‧益稷》、〈太甲上〉推論，《孔叢子》最後成書應在曹魏末年至東晉時期。詳見傅亞庶撰：《孔叢子校釋》，頁607、608。謹案：從《孔叢子》材料來源、內容細節、行文措詞，以及古書通例等情況綜合觀之，陳、傅二人之見，或可再三反思，此當另文討論。

[16] 黃懷信：〈《孔叢子》的時代與作者〉，《西北大學學報》（哲學社會科學版）1987年第1期，頁32、34-35。

[17] 鄭良樹：〈論《孔叢子‧詰墨》的寫作背景及成書時代〉：《諸子著作年代考》（北京：北京圖書館出版社，2001年），頁252-264。

[18] 孫少華：《《孔叢子》的成書時代與作者及其材料來源》（曲阜：曲阜師範大學碩士學位論文，2006年），頁26。

[19] 語見孫少華：《《孔叢子》研究》，頁87-88。全文則詳參頁79-97。

今本〈詰墨〉雖然不乏與先秦秦漢典籍重文互見之內容，然而部分詞彙始互見於兩漢傳世文獻而不見於先秦典籍。細勘此類詞彙，或有助理解〈詰墨〉經漢人整理編訂之實。

（一）謗毀、虛造、相值

〈詰墨〉云：「墨子雖欲謗毀聖人，虛造妄言，奈此年世不相值何？」（頁391）[20]「謗毀」，亦通「毀謗」，謂誹謗義。此詞始互見於西漢典籍，《韓詩外傳》云：「人之所以好富貴安榮，為人所稱譽者，為身也。惡貧賤危辱，為人所謗毀者，亦為身也。」[21] 又習見於東漢文獻，如《漢書・薛宣朱博傳》云：「事下有司，御史中丞眾等奏：『況朝臣，父故宰相，再封列侯，不相敕丞化，而骨肉相疑，疑咸受修言以謗毀宣。』」[22]《前漢紀・孝武皇帝紀一》云：「而嬰請無奏事太皇[太]后，又罷竇氏子弟無行者，絕屬籍，故謗毀日至。[……]後有謗毀解者，客殺之，斷其舌，解實不知。」[23] 同書〈孝元皇帝紀上〉云：「恭、顯奏『望之及堪、向黨與相構，譖訴大臣，謗毀親戚，欲以專權，為臣不忠，誣上不道，請詔謁者召致廷尉。』」[24]《東觀漢記・世祖光武皇帝》云：「入王宮收文書，得吏民謗毀公言可擊者數千章，公會諸將燒之。」[25]《鹽鐵論・貧富》云：「富貴不能榮，謗毀不能傷也。」[26]

至若作「毀謗」者，始見於東漢文獻，如《論衡・累害》云：「夫不原士之操行有三累，仕宦有三害，[……]被毀謗者謂之辱，[……]毀謗廢退，不遇也，而訾之，用心若此，必為三累三害也。[……]立賢

---

[20] 本文所引之《孔叢子》正文，除個別出注者，悉據傅亞庶撰：《孔叢子校釋》（北京：中華書局，2011年，第1版），不另出注，引文後括號內載該段引文之頁次。

[21] 〔漢〕韓嬰撰，許維遹校釋：《韓詩外傳集釋》（北京：中華書局，1980年），卷8，頁272。

[22] 〔漢〕班固撰，〔唐〕顏師古注：《漢書》（北京：中華書局，1962年），卷83，頁3395。

[23] 〔漢〕荀悅著，張烈點校：《漢紀》（北京：中華書局，2002年），卷10，頁157，158。

[24] 同前註，卷21，頁373。

[25] 〔東漢〕劉珍等撰，吳樹平校注：《東觀漢記校注》（鄭州：中州古籍出版社，1987年），卷1，頁6。

[26] 王利器校注：《鹽鐵論校注》，定本（北京：中華書局，1992年），卷4，頁221。

潔之跡，毀謗之塵安得不生？[……]以毀謗言之，貞良見妒，高奇見噪。」[27] 又，《前漢紀・孝宣皇帝紀一》云：「勝坐毀謗詔書，毀先帝，不道，及丞相長史黃霸阿不舉劾，皆下獄。」[28]

「虛造」，具「虛構捏造」義，除〈詰墨〉外，又見於《孔叢子・陳士義》，云：「虛造謗言，以誣聖人，非無傷也。」（頁330）此詞最早互見於東漢文獻。如《漢書・蒯伍江息夫傳》云：「辯士見一端，或妄以意傳著星曆，虛造匈奴、烏孫、西羌之難，謀動干戈，設為權變，非應天之道也。[……]左曹光祿大夫宜陵侯躬，虛造詐諼之策，欲以詿誤朝廷。」[29]《潛夫論・實貢》云：「貢士者，非復依其質幹，準其材行也，直虛造空美，掃地洞說。」[30]《全後漢文・李固〈對策後復對〉》云：「臣父故司徒臣郃，受先帝厚恩，子孫不敢自比於餘隸，故敢依圖書，悉心以對，不敢虛造。」[31] 又，許慎〈《說文解字》敘〉云：「故詭更正文，鄉壁虛造不可知之書，變亂常行，以耀於世。」[32]

「相值」，猶言相當、相合、相匹配。此詞始互見於東漢文獻，如《太平經・壬部》云：「猶方與圓不相得，規與矩不相值，縱與橫不相合。」[33]《全後漢文・戴良〈失父零丁〉》云：「我父軀體與眾異，脊背傴僂捲如蒇。脣吻差不相值，此其庶形何能備。」[34] 又，《說文解字》不乏相關用例，如〈齒部〉云：「齤，齒相值也。一曰齧也。」段玉裁云：「今《左傳》作『幘』，譌字也。古無『幘』，則述傳時無此字也。杜云：『齒上下相值也。』按謂上下齒整齊相對。」[35] 又〈左部〉云：「差，貳也。左不相值也。」段玉裁云：「貳，各本作

27 黃暉撰：《論衡校釋》（北京：中華書局，1990年），卷1，頁12、13、18。
28 〔漢〕荀悅著，張烈點校：《漢紀》，卷17，頁298。
29 〔漢〕班固撰，〔唐〕顏師古注：《漢書》，卷45，頁2184，2186。
30 〔漢〕王符著，〔清〕汪繼培箋，彭鐸校正：《潛夫論箋校正》（北京：中華書局，1985年），頁152。
31 《全後漢文》，收入陳延嘉、王同策、左振坤校點主編：《全上古三代秦漢三國六朝文》（石家莊：河北教育出版社，1997年），卷48，頁456。
32 同前註，卷49，頁467。
33 作者未詳：《太平經》（上海：上海古籍出版社據明「正統道藏」本影印，1993年），卷9，頁120。
34 《全後漢文》，卷68，頁655。
35 〔漢〕許慎撰，〔清〕段玉裁注：《說文解字注》（上海：上海古籍出版社，1981年），2篇下，頁20a，總頁79。

『貳』。左，各本作『差』。今正。貣者，忒之假借字。〈心部〉曰：『忒，失當也。』失當即所謂不相值也。」[36] 又〈田部〉云：「當，田相值也。」段玉裁云：「值者，持也。田與田相持也。引申之，凡相持相抵皆曰『當』。」[37]

（二）崇喪

〈詰墨〉云：「墨子曰：[……]夫儒法居而自順，立命而怠事，崇喪遂哀，盛用繁禮。[……]詰之曰：即如此言，晏子為非儒惡禮，不欲崇喪遂哀也。」（頁391）此則「墨子曰」互見於《墨子・非儒下》及《史記・孔子世家》。「崇喪」，謂治喪隆重，猶言厚葬。此詞始互見於兩漢文獻，如《史記・孔子世家》云：「崇喪遂哀，破產厚葬，不可以為俗。」[38] 《潛夫論・浮侈》云：「今京師貴戚，郡縣豪家，生不極養，死乃崇喪。」[39] 至若與〈詰墨〉互見之《墨子・非儒下》作「宗喪」，孫詒讓云：「『宗』、『崇』字通。《詩・周頌・烈文》鄭《箋》云：『崇，厚也。』《書・盤庚》偽孔《傳》云：『崇，重也。』」[40] 準此，〈詰墨〉引墨子語部分或據《史記》改「宗喪」作「崇喪」。

（三）矯稱

〈詰墨〉云：「墨子之所引者，矯稱晏子。」（頁394）傅亞庶云：「原本『矯』下無『稱』字，葉氏藏本、潘承弼校跋本、章鈺校跋本並有『稱』字。庶按：有『稱』字是，據補。」[41] 冢田虎云：「矯，

---

[36] 同前註，5篇上，頁24b，總頁200。

[37] 同前註，13篇下，頁46b-47a，總頁697。

[38] 〔漢〕司馬遷撰，〔南朝宋〕裴駰集解、〔唐〕司馬貞索隱、〔唐〕張守節正義：《史記》（北京：中華書局，1982年，第2版），卷47，頁1911。

[39] 〔漢〕王符著，〔清〕汪繼培箋，彭鐸校正：《潛夫論箋校正》，頁137。

[40] 原文詳參吳毓江撰，孫啟治點校：《墨子校注》（北京：中華書局，1993年），頁439。孫詒讓說見〔清〕孫詒讓撰，孫啟治點校：《墨子閒詁》（北京：中華書局，2001年），卷9，頁300。

[41] 傅亞庶撰：《孔叢子校釋》，頁408，注74。

詐諉也。」[42]「矯稱」，即詐稱，最早互見於西漢文獻，如《史記・六國年表》云：「矯稱蠭出，誓盟不信，雖置質剖符猶不能約束也。」[43]《全漢文・翟義〈移檄郡國〉》云：「莽鴆殺孝平皇帝，矯稱尊號，今天子已立，共行天討。」[44] 其後習見於東漢典籍，如《漢書・何武王嘉師丹傳》云：「莽從弟成都侯王邑為侍中，矯稱太皇太后指白哀帝，為莽求特進給事中。」[45]《東觀漢記・列傳九・鮑永》云：「後數日，詔書下捕之，果矯稱使者，由是知名。」[46] 又，同書《列傳九・桓譚》云：「矯稱孔子，為讖記以誤人主。」[47]《全後漢文・桓譚〈抑讖重賞疏〉》：「今諸巧慧小才伎數之人，增益圖書，矯稱讖記，以欺惑貪邪，詿誤人主，焉可不抑遠之哉？」[48]

呂思勉〈論讀子之法〉云：

> 今所傳五千言，設使果出老子，則其書中「偏將軍」、「上將軍」，或本春秋以前官名，而傳者乃以戰國時之名易之。此則如今譯書者，於書中外國名物，易之以中國名物耳。雖不免失真，固與偽造有別也。又古人之傳一書，有但傳其意者，有兼傳其詞者。兼傳其詞者，則其學本有口訣可誦，師以是傳之徒，徒又以是傳之其徒；如今瞽人業算命者，以命理之書口授其徒然。此等可傳千百年，詞句仍無大變。但傳其意者，則如今教師之講授，聽者但求明其意即此；迨其傳之其徒，則出以自己之言；如是三四傳後，其說雖古，其詞則新矣。故文字氣體之古近，亦不能以別其書之古近也，而況於判其真偽乎？[49]

---

[42] 同前註，頁408，注74。

[43] 〔漢〕司馬遷撰，〔南朝宋〕裴駰集解，〔唐〕司馬貞索隱，〔唐〕張守節正義：《史記》，卷15，頁685。

[44] 《全漢文》，收入陳延嘉、王同策、左振坤校點主編：《全上古三代秦漢三國六朝文》（石家莊：河北教育出版社，1997年），卷49，頁701。案《漢書・翟方進傳》作「矯攝尊號」，見〔漢〕班固撰，〔唐〕顏師古注：《漢書》，卷84，頁3426-3427。

[45] 〔漢〕班固撰，〔唐〕顏師古注：《漢書》，卷86，頁3486。

[46] 〔東漢〕劉珍等撰，吳樹平校注：《東觀漢記校注》，卷14，頁551。

[47] 同前註，卷14，頁534。

[48] 《全後漢文》，卷12，頁132。

[49] 呂思勉：《經子解題》（上海：華東師範大學出版社，1995年），頁103。

　　先秦子書，口耳相傳，歷經抄寫，後人以當世之詞彙更易古書之文，致使古籍舊說新詞，亦不為奇。李學勤〈對古書的反思〉云：

> 古書的形成每每要有很長的過程。總的來說，除了少數經籍早已被立於學官，或有官本之外，古籍一般都要經過較大的改動變化，才能定型。那些僅在民間流傳的，變動自然更甚。如果以靜止的眼光看古書，不免有很大的誤會。[50]

　　既然《孔叢子》不屬經籍，又成書於東漢安帝延光三年（西元124年）以後，未嘗經官方校定；李氏所言，實有助理解今本〈詰墨〉詞彙互見於兩漢文獻之實。上述五例，無論始互見於西漢或東漢傳世典籍，五例皆不見於其他先秦傳世文獻而習見於兩漢典籍。準此，〈詰墨〉極可能經過漢人之手潤飾其文。

（四）小結

　　《《孔叢子》詞彙資料彙編》受制於「《孔叢子》專用詞彙」及「《孔叢子》詞彙僅見單一先秦兩漢典籍」兩種編撰體例，因而無法幫助學者列出上述互見於多本兩漢傳世典籍之詞彙例證。是故，學者需要通過細讀文本，並參考「漢達文庫──中國古代詞彙資料庫」，搜索書證。

　　然而，上文「相值」一例，「中國古代詞彙資料庫」收錄《漢書‧李廣蘇建傳》：「初，上遣貳師大軍出，財令陵為助兵，及陵與單于相值，而貳師功少。」以及《黃帝內經‧六微旨大論篇》：「寒濕遘溝，燥熱相臨，風火相值，其有聞乎。」兩例當解作「相遇」義，與《孔叢子‧詰墨》用例不合，故學者必須另行參考「漢達文庫──先秦兩漢資料庫」，重新搜證分析。

　　又舉「矯稱」一例，「中國古代詞彙資料庫」欠收《全漢文‧翟義〈移檄郡國〉》及《全後漢文‧桓譚〈抑讖重賞疏〉》兩文用例，學者

---

[50]　李學勤：《簡帛佚籍與學術史》（南昌：江西教育出版社，2001年），頁32。

宜另行參考「漢達文庫──先秦兩漢資料庫」，搜證補充。總言之，於電子文獻臂助之外，學者仍須善用人腦判辨、分析，方能深入從事專題學術研究。

五、《孔叢子‧公孫龍》與兩漢六朝傳世文獻措詞相合例證舉隅

　　黃懷信〈《孔叢子》的時代與作者〉認為〈公孫龍〉之初撰集者「有可能就是子高本人」[51]。鄭良樹〈論《公孫龍子‧跡府》的成書時代〉則據《公孫龍子‧跡府》與《孔叢子‧公孫龍》重文互見之例證，推論《孔叢子‧公孫龍》成篇晚於《公孫龍子‧跡府》[52]。傅亞庶〈孔叢子的成書年代與真偽〉則據《太平御覽》所引桓譚《新論》與劉孝標《世說新語注》所引《孔叢子》「內容基本相同」、「當為同一來源」，因而推敲「〈公孫龍篇〉成文當在東漢後」[53]。孫少華《《孔叢子》的成書時代與作者及其材料來源》則比較全面留意《孔叢子》與《呂氏春秋》、《公孫龍子》三書之關係，認為《孔叢子‧公孫龍》所載孔穿與公孫龍辯「去白馬非馬之學說」，「以一事記之」、「邏輯性強」，從而論證〈公孫龍〉成篇當係秦統一前後[54]。

　　今本〈公孫龍〉雖然不乏與先秦秦漢典籍重文互見之內容，然而部分措詞始互見於兩漢六朝傳世文獻而不見於先秦典籍。細勘此類措詞，或有助理解〈公孫龍〉經兩漢及六朝人之手整理編訂之實。

（一）對舉「小辨」、「大道」

　　〈公孫龍〉云：「或謂子高曰：『此人小辨而毀大道，子盍往正諸？』」（頁280）「小辨」，又可通作「小辯」，謂瑣碎微細之言論，用以形容詭辯之詞。此文以「小辨」與「大道」對舉，疑始見於西漢文

---

[51] 黃懷信：〈《孔叢子》的時代與作者〉，頁33。

[52] 鄭良樹：〈論《公孫龍子‧跡府》的成書時代〉：《諸子著作年代考》，頁222-224。

[53] 傅亞庶：《孔叢子校釋》，頁607-608。

[54] 孫少華：《《孔叢子》的成書時代與作者及其材料來源》，頁24-25。

獻。如《大戴禮記・小辨》云：「公曰：『寡人欲學小辨，以觀於政，其可乎？』[……]子曰：『否，不可。社稷之主愛日，日不可得，學不可以辨，是故昔者先王學齊大道，以觀於政。[……]如此猶恐不濟，奈何其小辨乎？』[……]子曰：『辨而不小。夫小辨破言，小言破義，小義破道。道小不通，通道必簡。』」[55] 此文認為治國者必須研修大道而不應學習小辨，可知「大道」與「小辨」不能共存。

又如《淮南子・泰族訓》云：「治大者道不可以小，[……]位高者事不可以煩，[……]夫事碎，難治也；[……]孔子曰：『小辯破言，小利破義，小義破道，[道]小（見）[則]不達，[達]必簡。』[56] [……]位高而道大者從，事大而道小者凶。故小快害義，小慧害道，小辯害治，苟削傷德。」[57]《文子》亦見相類文字[58]，兩書認為治大國必須見大道，「小辯」類同小道，無益於治國。文中「道大」與「道小」對文，其實即係「大道」與「小辯」對舉，以示兩者不能兼容。

至若東漢文獻亦見例證，而且對文更為明顯。如《漢書・揚雄傳》云：「雄見諸子各以其知舛馳，大氐詆訾聖人，即為怪迂，析辯詭辭，以撓世事，雖小辯，終破大道而或眾，使溺於所聞而不自知其非也。」[59] 明言「小辯」可能破毀「大道」，意與《孔叢子》同。又如《鹽鐵論・刑德》云：「夫不通大道而小辯，斯足以害其身而已。」王利器謂此文本於《漢書・揚雄傳》以「小辯」、「大道」對言[60]。其

---

[55] 〔清〕王聘珍撰，王文錦點校：《大戴禮記解詁》（北京：中華書局，1983年），卷11，頁205-206。

[56] 王念孫云：「『必簡』上當更有『達』字。此言見大者達，達則必簡，猶〈樂記〉言『大樂必易，大禮必簡』也。《文子・上仁篇》作『道小必不通，通則必簡』，是其證。」俞樾云：「『小』上當有『道』字，[……]見，乃『則』字之誤。[……]其文末曰：『道小則不達，達必簡。』《文子・上仁篇》作『道小必不通，通則必簡』，與此文小異而義同。」見劉文典撰，馮逸、喬華點校：《淮南鴻烈集解》（北京：中華書局，1989年，第1版），卷20，頁677。

[57] 同前註，卷20，頁677，695。

[58] 〈微明〉原文云：「位高而道大者從，事大而道小者凶。小德害義，小善害道，小辯害治，苟悄傷德。」〈上仁〉原文云：「老子曰：治大者，道不可以小。[……]位高者，事不可以煩。[……]事煩難治，[……]故小辯害治，小義破道，道小不通，通必簡。」見王利器撰：《文子疏義》（北京：中華書局，2000年，第1版），卷7，頁310；卷10，頁437-438。

[59] 〔漢〕班固撰，〔唐〕顏師古注：《漢書》，卷87下，頁3580。

[60] 王利器校注：《鹽鐵論校注》，定本，頁568、578。

實，不通大道而好小辯足以害身，亦與《孔叢子》意合。

（二）言非而博

〈公孫龍〉云：「子高莫之應，退而告人曰：『言非而博，巧而不理，此固吾所不答也。』」（頁281）「言非而博」，意謂其人言論錯謬而內容淵博。今始互見於東漢文獻《論衡・定賢》一例，其文記孔子稱少正卯之惡曰：「言非而博，順非而澤。」[61]

值得留意，「言非而博」只是評論人之言論，然而與其詞異意近之文，又屢見於先秦秦漢文獻：其一，同樣記孔子評論少正卯，《荀子・宥坐》從言論、學問兩方面分述作「三曰言偽而辨，四曰記醜而博」[62]，《孔子家語・始誅》文同[63]；而《說苑・指武》則分作：「二曰言偽而辯，[……]四曰志愚而博。」[64]其二，用於通論人之言論與學識兩方面，如《禮記・王制》云：「行偽而堅，言偽而辯，學非而博，順非而澤以疑眾，殺。」[65]分述「言偽而辯，學非而博」，與「言非而博」意近。相類文辭又見於《孔子家語・刑政》云：「行偽而堅，言詐而辯，學非而博，順非而澤，以惑眾者，殺。」[66]從詞異意近之文例，足見「言非而博」此語只能顧及人物言論一方面，先秦秦漢傳世文獻亦唯獨《論衡》與〈公孫龍〉同用「言非而博」。東漢以後，「言非而博」則見於《魏書・逸士列傳・李謐》，云：「可謂攻於異端，言非而博，疑誤後學，非所望於先儒也！」[67]

---

[61]　黃暉：《論衡校釋》，卷27，頁1120。

[62]　〔清〕王先謙撰，沈嘯寰、王星賢點校：《荀子集解》（北京：中華書局，1988年），卷20，頁521。

[63]　「辨」，《孔子家語》作「辯」。見〔魏〕王肅注：《孔子家語》，收入《四部叢刊初編縮本》第18冊（臺北：臺灣商務印書館，1967年據上海商務印書館縮印江南圖書館藏明覆宋刊本），卷1，頁5。

[64]　〔漢〕劉向撰，向宗魯校證：《說苑校證》（北京：中華書局，1987年），卷15，頁380。

[65]　《禮記正義》，卷13，頁482。本文所引用之《十三經注疏》，皆據《十三經注疏》整理委員會整理：《十三經注疏》，整理本，北京：北京大學出版社，2000年。

[66]　〔魏〕王肅注：《孔子家語》，卷7，頁80。

[67]　〔北齊〕魏收撰：《魏書》（北京：中華書局，1974年，第1版），卷90，頁1934。

（三）氾論

〈公孫龍〉云：「公孫龍又與子高氾論於平原君所，辨理至於臧三耳。」（頁283）「氾論」，亦通「泛論」、「汎論」，意指廣泛討論。此詞始互見西漢文獻，《淮南子》見有〈氾論篇〉，其〈要略〉云：「故著二十篇，[⋯⋯]有〈氾論〉。[⋯⋯]〈氾論〉者，所以箴縷綜絲之間，攕擭呰齬之郄也。[⋯⋯]知氾論而不知詮言，則無以從容。」[68] 高誘云：「博說世間古今得失，以道為化，大歸於一，故曰『氾論』。」[69] 可知「氾論」猶「博說」。漢代以後，作「泛論」或「汎論」者，則屢見於六朝文獻如《三國志》、《人物志》、《文心雕龍》等。

（四）辨析、辭出

〈公孫龍〉云：「公孫龍言臧之三耳甚辨析。子高弗應，俄而辭出。」（頁283）「辨析」，亦通作「辯析」，此詞多解作分辨、剖析[70]。〈公孫龍〉則以「辨析」聯繫到論說方面，謂言詞條理清晰分明。相類用法疑始互見於六朝文獻如《人物志・接識》：「言語之人，以辨析為度，故能識捷給之惠，而不知含章之美。」[71] 意謂能言善辯之人據辨名析理為準則以評鑑別人。又，《世說新語・賞譽》劉孝標

---

[68]　劉文典撰，馮逸、喬華點校：《淮南鴻烈集解》，卷21，頁700、704、707。

[69]　同前註，卷13，頁421。

[70]　舉如《後漢書・桓譚馮衍列傳》云：「能文章，尤好古學，數從劉歆、楊雄辯析疑異。」見〔宋〕范曄撰，〔唐〕李賢等注：《後漢書》（北京：中華書局，1965年，第1版），卷28上，頁955。又如《宋書・律歷序》云：「今以班固、馬彪二《志》，晉、宋《起居》，凡諸記註，悉加推討，隨條辨析，使悉該詳。」又，〈隱逸列傳・周續之〉云：「乘輿降幸，並見諸生，問續之《禮記》『傲不可長』、『與我九齡』、『射於矍圃』三義，辨析精奧，稱為該通。」見〔梁〕沈約：《宋書》（北京：中華書局，1974年，第1版），卷11，頁205；卷93，頁2281。《魏書・劉芳列傳》云：「芳才思深敏，特精經義，博聞強記，兼覽《蒼》、《雅》，尤長音訓，辨析無疑。」又，〈李琰之列傳〉云：「安豐王延明，博物多識，每有疑滯，恆就琰之辨析，自以為不及也。」又，〈儒林列傳・李業興〉云：「但所見不深，無以辨析明問。」見〔北齊〕魏收：《魏書》，卷55，頁1220；卷82，頁1798；卷84，頁1864。

[71]　〔曹魏〕劉劭撰，〔北魏〕劉昞注：《人物志》，收入《四部叢刊初編》縮本第25冊（臺北：臺灣商務印書館據上海商務印書館縮印明刊本影印，1967年，臺2版），卷中，總頁19。

《注》引《名士傳》曰：「敳不為辨析之談，而舉其旨要。太尉王夷甫雅重之也。」[72]

「辭出」，猶言辭別而外出、離開。此詞始互見於東漢文獻，如《吳越春秋‧夫差內傳第五》：「子路辭出，孔子止之。[……]子貢辭出，孔子遣之。」[73] 又，《越絕書‧越絕內傳陳成恆第九》：「顏淵辭出，孔子止之；子路辭出，孔子止之；子貢辭出，孔子遣之。」[74]

上述五例，始互見於兩漢或六朝傳世典籍，由此推論〈公孫龍〉極可能經過兩漢及六朝人之手潤飾其文。

（五）小結

誠如上文所言，《《孔叢子》詞彙資料彙編》礙於編撰體例，因而無法列出上述互見於多本兩漢、六朝傳世典籍之例證。是故，學者需要通過細讀文本，並參考「漢達文庫──中國古代詞彙資料庫」，搜索書證。

然而，「小辨」、「大道」對舉之例，已經超越「中國古代詞彙資料庫」功能之範圍，學者必須借助「漢達文庫──先秦兩漢資料庫」之句子檢索功能，方能搜證。又，「言非而博」則屬於詞組／短語，同樣超出「中國古代詞彙資料庫」之檢索功能，學者只能借助「先秦兩漢資料庫」搜索用例。

至若「辨析」一詞，「中國古代詞彙資料庫」於「先秦文獻」只見《孔叢子‧公孫龍》一例，而「漢以後文獻」則見兩例，最早引《北史‧齊本紀上‧世宗文襄帝》「神武試問以時事得失，辨析無不中理。」然而，《北史》屬於唐代著作。覆檢「先秦兩漢資料庫」，確見只有《孔叢子‧公孫龍》一例。另參考「漢達文庫──魏晉南北朝資料庫」，則見十二條用例；再經人手篩選，取錄《人物志》、《世說新

---

[72] 原文云：「庾太尉目庾中郎：家從談談之許。」見余嘉錫撰，周祖謨、余淑宜整理：《世說新語箋疏》（北京：中華書局，1983年），頁444。

[73] 周生春撰：《吳越春秋輯校彙考》（上海：上海古籍出版社，1997年），頁73。謹案：「辭出」，《史記‧仲尼弟子列傳》作「請行」，見〔漢〕司馬遷撰，〔南朝宋〕裴駰集解、〔唐〕司馬貞索隱、〔唐〕張守節正義：《史記》，卷67，頁2197。

[74] 李步嘉撰：《越絕書校釋》（武昌：武漢大學出版社，1992年），頁162。

語‧賞譽》劉孝標《注》與《孔叢子‧公孫龍》相合之用例為證，足見「辨析」一詞互見於《孔叢子》及六朝文獻。

最後，「中國古代詞彙資料庫」收錄十二則「辭出」用例，其後經細心分析，以人手甄選《吳越春秋‧夫差內傳第五》及《越絕書‧越絕內傳陳成恆第九》與《孔叢子‧公孫龍》相合之用例。

六、結語

劉殿爵中國古籍研究中心從事「先秦兩漢詞彙綜合研究——古代漢語多功能網絡詞典之構建」研究計畫已有十年，期間研究人員不斷開發、修正、更新「漢達文庫——中國古代詞彙資料庫」，又陸續整理研究成果，編纂及出版「中國古代詞彙資料彙編系列」之工具書，於學界甚具啟發，功不可沒。

事實上，每個資料庫各有特定檢索功能及使用對象，迄今仍然難以建立一個集字典、電子書、電子文獻、學術論文等研究工具於一身的完美多功能資料庫。上文主要以《孔叢子》研究為例，親身利用上述資料庫及工具書搜證分類，並發現「中國古代詞彙資料庫」尚有不足之處。由於資料庫只供搜尋單音節至四音節之詞彙，如欲查檢短語、句子或句式，學者仍須善用「漢達文庫」內不同類型之電子文獻資料庫如「先秦兩漢資料庫」、「魏晉南北朝資料庫」等，互為補足。當然，學者若要從事專題研究，仍然不能逃避文本細讀、歸納推論等治學工夫。至於運用電子文獻資料庫，學者還須注意每個資料庫之檢索方法及技巧，以人腦善用電腦，研究方能事半功倍。

第五章
資訊科技與中國古代文論研究試論

曾智聰

香港公開大學人文社會科學院助理教授

一、問題的提出——資訊科技與中文研究的現況反思

　　約自1990年代開始，隨個人中文電腦流行，學者們開始運用電腦進行中文研究。近年較常見的中文研究方法是將古籍文獻電子化以建立資料庫，學者們按不同需要及主題選取各類古籍文獻，在進行校對整理之後，把文字輸入電腦，再利用電腦設計檢索程式以建立資料庫。這樣不單有助於文獻的保存與流通，亦可通過電腦程式幫助處理校勘、辨偽等版本問題，甚至利用電腦程序加強檢索、對讀等功能以協助研究[1]。古籍文獻電子化發展迅速，現在很多中國古代重要典籍均已被收入，如十三經、二十四史、先秦諸子著述、全唐詩、全宋詞、佛經典籍等。筆者嘗試比較當前兩岸三地較常用的資料庫[2]，分析這些資料庫的收錄內容，以為有三點值得留意：第一，從學術範疇分類說，現行資料庫收錄

---

[1]　詳參何志華、潘銘基：〈資料庫之利用與學術研究〉，臺北：《國文天地》第25卷第4期（2009年9月），頁49-56。

[2]　詳參附錄「兩岸三地主要古籍文獻資料庫列表」。

較偏重於經、史、子部類別，集部文學類相對較少；第二，從歷史分期來說，資料庫收錄先秦兩漢資料較多，幾個較大型的資料庫如：「漢達文庫」、「中國哲學書電子化計畫」、「古漢語語料庫」等都以收錄先秦兩漢資料為主；第三，資料庫所收時有重複，例如「十三經」同時為臺灣「瀚典全文檢索系統」、「寒泉」，大陸「語料庫在線」、「CCL語料庫檢索系統」，香港「漢達文庫」、「中國哲學書電子化計畫」收錄。而集部最常見的「全唐詩」也同時見於「寒泉」、「網路展書讀」、「語料庫在線」、「CCL語料庫檢索系統」等多個資料庫。以上資源分布有一定理由，在資源有限的前提下，典籍電子化固然須先後有序，從中國古代學術發展的歷史來看，先秦兩漢是中國學術思想的搖籃，當中經學及諸子相對於文學來說，都處於比較正統的地位。還有，在建立資料庫的過程中，對古籍做版本校勘是十分重要的工作。按現行大學中文系較常見的學科劃分，版本目錄學多納入古籍文獻研究範疇內，這或是現行資料庫偏重於經史一類的原因之一。其實，資料庫發展多年，並在經史、諸子一類取得相當成就，學術界未來是否應思考專門發展其他學科範疇的資料庫？本文以為中國古代文論資料庫或是一個可思考發展的方向。

　　現行資料庫中不是沒有收錄古代文論相關資料的。魏晉時期為「文學的自覺時代」[3]，文學批評之風始盛，當時一些重要文論典籍被收入資料庫，例如香港中文大學「漢達文庫・魏晉南北朝傳世文獻」有「文學評論」一類，收劉勰《文心雕龍》、任昉《文章緣起》及鍾嶸《詩品》等；臺灣中央研究院「瀚典」也有「文心雕龍」一類，收詹鍈《文心雕龍義證》、張立齋《文心雕龍考異》、范文瀾《文心雕龍注》等。然而，除此之外，其他時代的文論電子文獻甚少。例如，中國古代文論發展最盛的時代應為朝代，當時文學派別盛行，議文論詩風氣熾熱，文論資料豐富[4]。可惜，至今尚未見相關的資料庫建立。還有，以詩話、

3　魯迅：〈魏晉風度及文章與藥及酒之關係〉，劉素麗、李衛編，《魯迅雜文》（北京：柯文出版社，2001年），頁445。

4　郭紹虞認為中國文學批評發展可分三期，而清代文學批評屬於「文學批評完成期」，他形容清代文學批評的特點說：「即使偏主一端的理論也能吸收種種不同的見解以自圓其說，所以又成為清代文學批評的特點。」見郭紹虞：《中國文學批評史》（上海：上海古籍出

詞話類別為例，臺灣中央研究院「瀚典」雖有「詞話集成」，但只有28種詞話[5]，數量不多。詩話方面的電子文獻收錄較豐，臺灣國立暨南大學中國語言文學系設「詩話資料庫」[6]，把已出版的何文煥編《歷代詩話》、丁福保編《歷代詩話續篇》與《清詩話》、郭紹虞編《清詩話續編》等共132種詩話輸入電腦，並於網路上供大眾免費使用，可惜的是此資料庫不設檢索功能，不便使用。至於一些私人網站，雖然也提供一些文論文獻電子版，例如「殆知閣」於其微博上分享詩話197部、詞話96部、文評24部[7]；「歷代詞話百篇」網收81種詞話的電子版[8]。但是，這些網站均沒有交代版本、校勘等重要問題，亦未設檢索功能，只能算是一般共享資源，而非嚴謹的文獻典籍資料庫，不便於學術研究。

　　基於當前古籍資料庫的資源分布，學者們在討論資訊科技與中文研究時，亦較少涉及古代文論研究。例如臺灣國立臺北大學中文系自2002年起定期舉辦「文學與資訊」學術研討會，至今七屆會議50多篇論文中[9]，與古代文論有關的只有2篇[10]。有鑑於此，本文意欲探討資訊科技與中國古代文論研究之關係，嘗試通過回顧當前資訊科技與中文研究的發展情況，及反思中國古代文論研究方法與特色，討論資訊科技對中國

版社，1979年），頁2-3。

[5]　此資料庫由林玫儀教授建立，原收105種詞話，據林氏「前言」：「本資料庫目前除包括唐圭璋《詞話叢編》所錄之詞話85種，並補入未收之20種，共計105種，全部重作整理及訂補。將以兩種形式呈現：一、紙本形式，以便學者逐條細讀；二、電子資料庫，以便學者檢索。今後並將陸續補入新資料，以期達到正確、齊備、方便三大目標。」見中央研究院「瀚典」網頁：http://hanji.sinica.edu.tw/。

[6]　參自國立暨南大學中國語言文學系設「詩話資料庫」，http://www.cll.ncnu.edu.tw/hpoet/pindex.htm#，瀏覽日期為2018年5月2日（於論文出版前，此網站已關閉）。

[7]　參自「殆知閣」，http://www.daizhige.org/%E8%AF%97%E8%97%8F/，瀏覽日期為2018年5月2日。

[8]　參自「歷代詞話百篇」，http://www.sx3z.cn/ebook/zw8-4/中国古典文学诗词合集/《历代词话百篇》1.0/历代词话百篇.htm，瀏覽日期為2018年5月2日。

[9]　2002年10月30日舉辦第一屆「文學與資訊」學術研討會，主題為「文學數位、數位文學」；2004年第二屆主題為「文學數位、數位文學」；2006年第三屆主題為「0與1的文學世界——文學詮釋、資訊化與跨文化」；2008年第四屆主題為「全球化、資訊化與華語敘述」；2010年第五屆主題為「資訊科技與中文研究」；2012年第六屆主題為「數位人文與文哲研究的新思維」；2014年第七屆主題為「科技於中文學門之應用與影響」。

[10]　林佳蓉：〈《苕溪漁隱詞話》中的風格論探析〉，第四屆「文學與資訊」學術研討會，臺北大學中國文學系，2008年10月；周亞民、胡庭皓：〈文學批評標籤集的設計〉，第七屆「文學與資訊」學術研討會論文集，臺北大學中國文學系，2014年10月。

古代文論研究發展的影響。

二、中國古代文論研究的興起及其研究特色

在中國古代學術範疇中，與文學理論相關的著作多統稱「詩文評」。早於《隋書‧經籍志》，「詩文評」被列為總集部之內，到《新唐書‧藝文志》則被立於別集類之末。而唐代開元年間編成的《崇文目開元四庫書目》曾將《文心雕龍》及文學批評有關的著作別立「文史」一類，後吳競《西齋書目》、晁公武《郡齋讀書志》繼之，這反映了中國自唐宋開始已有把文學批評獨立成科的意識[11]。然而，以中國古代文學批評或文學理論為學科專題研究，卻遲至20世紀以後。大約於五四新文化運動前後，時人學者受西方文學觀念影響而開始對中國古代文論作檢討研究，他們既為了保存國故，也希望藉此為當時中國傳統文學批評轉型打好基礎[12]，朱自清在評論羅根澤《中國文學批評史》及朱東潤《中國文學批評史大綱》時曾說：「中國文學批評史的出現，卻得等到五四運動以後，人們確求種種新意念新評價的時候。……我們這二十年裡，文學批評史卻差不多要追上了文學史。這也許因為我們正在開始一個新的批評時代，一個從新估定一切價值的時代，要從新估定這一切價值，就得認識傳統裡的種種價值，以及種種評價的標準；於是乎研究中國文學的人有些就把興趣和精力放在文學批評史上。」[13]

中國傳統文論除了以詩話、詞話等形式表達外，有時又會散見於不

---

[11] 詳參彭玉平：〈中國文學批評的學術理念與傳統目錄學之關係〉，載《北京科技大學學報》（社會科學版）2001年9月，頁51-54。

[12] 蔣述卓、劉紹瑾、程國賦、魏中林等《二十世紀中國古代文論學術研究史》曾總結三種有關中國古代文論研究起源的意見：張海明《回顧與反思：古代文論研究70年》以為始於1927年陳鍾凡《中國文學批評史》出版；陸海明《古代文論的現代思考》認為源於1917年的「五四運動」；羅宗強則以為自黃侃於1914年起在北京大學講授《文心雕龍》開始。《二十世紀中國古代文論學術研究史》（北京：北京大學出版社，2005年），頁3。筆者較認同張海明的說法，並以為這與當時西方文學理論大量傳入有關。另宇文所安以為「中國文論的學術研究在『五四』時期開始成型，當時，作為研究方法的『觀念史』成為該領域的明確特徵。」見宇文所安著，王柏華、陶慶梅譯《中國文論：英譯與評論》（*Chinese Literary Theory: English Translation with Criticism*）（上海：上海社會科學出版社，2003年），頁2。

[13] 朱自清：〈詩文評的發展〉，《朱自清序跋書評集》（北京：生活‧讀書‧新知三聯書店，1983年），頁240-241。

同文章之中，因而給人一種較為隨意、欠缺系統的印象，劉若愚曾評價中國古代文論說：「很少受到有系統的闡述或明確的描述，通常是簡略而隱約地暗示在零散的著作中」[14]。其實，1930年代的學者們在開展文學理論研究時，已積極地發掘中國古代文論的理論邏輯，他們所撰作的中國文學批評史[15]，目的不只是純粹的歷史回顧，而是希望從中提煉出時代思潮，例如郭紹虞《中國文學批評史》便強調「文學批評」與「學術思想」的關係說：「中國文學批評，即在陳陳相因的老生常談中也足以看出其社會思想背景。……歷史上幾個重要一些的文學批評家，即在其零星片段的文章中間也何嘗不可找出其中心的思想，看出其一貫的主張呢？這是中國文學批評所以值得而且需要講述的地方。」[16] 可見，中國古代文論研究是一門聯繫文學與思想的專門學科，這亦突顯了文論研究中資料偏於零散及概念易近模糊這兩方面的特點。

（一）文論資料零散，研究多依賴後人彙編

　　中國古代書籍的流傳多依靠官方與私人藏書，考察各朝代的官私營書目，分析其藏書分類情況，除了可了解書籍的收藏歷史、版本流傳外，還可辨章不同的學術觀念。例如清代的文評風氣雖已較前朝為盛，但《四庫全書》亦只將「詩文評」列於「集部」次末，僅先於「詞曲類」；而「詞話」則附於「詞曲類」之下，地位不可算高尚，朱自清這樣評說：「老名字代表一個附庸的地位和一個輕蔑的聲音──『詩文評』在目錄裡只是集部的尾巴。原來詩文本身就有人看作雕蟲小技，那麼詩文的評更是小中之小，不足深論。」[17] 從《四庫全書》「詩文評」類所收書目，可見所收多為清人研究《文心雕龍》、《詩品》等文論經典的書籍，或已獨立單行成書的詩話、文論等，而極少涉及其他論詩、論文的資料，這其實反映了清代年間時賢學者對中國文論研究的

---

[14] 劉若愚著，杜國清譯：《中國文學理論》（臺北：聯經出版事業公司，1981年），頁6。

[15] 中國歷史上的第一部《中國文學批評史》於1930年由陳中凡寫成，後郭紹虞《中國文學批評史》（1934）、方考岳《中國文學批評》（1936）、羅根澤《中國文學批評史》（1947）、傅庚生《中國文學批評通論》（1947）等相繼出版。

[16] 郭紹虞：《中國文學批評史》（上海：商務印書館，1934年），頁2。

[17] 朱自清：〈詩文評的發展〉，見《朱自清序跋書評集》，頁239。

一種思想局限。詩話、詞話固然是研究古代文論的重要文獻，但由於這些著述的寫作模式多屬隨意，所記資料廣泛：或評論作家作品，或記錄交際逸事，或專述聲韻格律等，單靠此等資料有時未能完全了解文論家的想法。因此，伴隨著中國文論研究的開展，較大型、專門且多元的文論資料彙輯工作在1930年代開始，較著名的如有郭紹虞《宋詩話輯佚》（1937）及唐圭璋《詞話叢編》（1934）等，這些資料均為當時文論研究提供良好的基礎，正如吳梅嘗稱讚唐氏《詞話叢編》曰：「圭璋廣羅群籍，會為茲編，校勘增補，用力彌勤。所收諸書，多出善本，未刊之籍，亦得二三。……學者手此一編，悠然融貫，則命意遣辭，俱有法度。圭璋此書，洵詞林之鉅製，藝苑之功臣矣。」[18] 其實，除了單行本的詩話、詞話外，歷來不少重要的文論資料均散見於單篇散文、序跋書信等，恰如郭紹虞《中國歷代文論選‧例言》說：「我國文學理論遺產極為豐富，它的形式是多種多樣的；有專書，有見於各種書籍中的單篇詩、文和筆記。這大量的資料，龐雜而又分散，過去還沒有做過系統的整理工作。」[19] 有見及此，文論研究者開始彙輯這方面的資料[20]。

　　研究資料較零散是中國古代文論的重要特點，因為中國文論家在議論時喜歡將文學與人性、道德、社會等連上關係，正如黨聖元說：「傳統文論概念範疇的產生與中國古代文化哲學有著非常密切的血緣關係，它們中的絕大多數都是從中國古代文化哲學概念、範疇中導引出來的。比如傳統文論中的道、氣、中和、陰陽、剛柔、象、文質、通變、形神、自然、才性、境界等範疇，最初都屬於哲學範疇，後來被引入文學理論批評，並且隨著文學理論批評意識的自覺，而愈來愈被賦予確切、具體的文學理論方面的意蘊。」[21] 因此，中國古代文論資料往往不只見於詩話、詞話、文論等文學類的書籍中。宇文所安在討論中國文論的文

---

[18]　吳梅：〈詞話叢編序〉，見唐圭璋編：《詞話叢編》（北京：中華書局，1996年），頁3。

[19]　郭紹虞編：《中國歷代文論選》（上海：上海古籍出版社，1979年），頁4。

[20]　較早出版的有李華卿《中國歷代文學理論》（1934）、葉楚傖《中國文學批評論文集》（1936）等，而後來較廣為學界取用的則有由郭紹虞主編《中國歷代文論選》、郭紹虞、羅根澤主編《中國古典文學理論批評專著選輯》；陳良運主編《中國歷代文學論著選》、徐中玉主編《中國古代文藝理論專題資料叢刊》及賈文昭《中國古代文論類編》等等。

[21]　黨聖元：〈中國古代文論范疇研究方法論管見〉，《文藝研究》1996年02期，頁4-11。

獻材料時亦曾說：「文學思想經常被視為若干飄忽的想法，它們被表達在文本之中不過是一種幸運的歷史偶然」[22]，並舉例指中國文論材料實散布於先秦兩漢時期的經、史著作中，以及論詩詩、序、書信、跋、短文（子部中的短文）、跋、隨筆、技法手冊（作詩、詞指引）、文選眉批注疏、其他（史書、小說、筆記等）等多種類別。對此，羅宗強甚至說：「這一學科的文獻資料十分豐富，又零散而且界線模糊不清。有完整理論形態的古代文論專著如劉勰《文心雕龍》、鍾嶸《詩品》、司空圖《二十四詩品》、嚴羽《滄浪詩話》、葉燮《原詩》、王國維《人間詞話》等，數量並不多。單篇論文數量也不算大。數量較大的是詩話、詞話一類著作。而更為大量的文學批評和文學理論表述，是隱藏在四部文獻的浩如煙海的典籍裡，大多片言隻語。或見之於友朋書信，隨感零札；或見之於史傳碑志、序跋筆記；或為茶餘飯後，圍爐夜話，一言半語，論文論詩；或原本在於論『史』論『子』，並非論文，而言論之間，偶涉修辭，可視為論文者。」[23] 由此可見，彙編資料是中國古代文論研究一項十分重要的工作，比較經學、諸子等歷史較源遠流長的學科範疇來說，文論研究的歷史相對短暫，不少資料尚待發掘與整理。

（二）充滿「模糊性」的理論概念

中國傳統文論往往予人一種偏於直觀、感性而欠缺分析歸納的印象，20世紀初年研究中國古代文論的學者們早已提出這種意見，例如王統照在〈文學批評的我見〉嘗說：「中國以前的文壇上，只有權作為個人鱗爪式的觀察，而無所有所謂『文學批評』，……中國以前的文章，偶而有幾片沙礫中的珠璣，說到批評，也多是些微末無足輕重的話，如同『四始彪炳，六義環深』（《文心雕龍‧明詩篇》）這一類的話，只是批評者自己去堆砌詞藻，於批評二字實難說到。」[24] 季羨林嘗從比較文學的角度觀看這現象，認為中國古代文論偏於綜合而西方文論

---

[22] 宇文所安：《中國文論‧導言》，見宇文所安，王柏華、陶慶梅譯：《中國文論：英譯與評論》，頁6。
[23] 羅宗強：〈20世紀古代文學理論研究之回顧〉，見羅宗強編：《古代文學理論研究》（武漢：湖北教育出版社，2002年），頁21-22。
[24] 王統照：〈文學批評的我見〉，《文學旬刊》1923年6月11日。

偏於分析：「中國的綜合方法，使用一些生動的形容詞，繪形繪色，給人以暗示，資人以聯想，供人以全貌，甚至給人以藝術享受，還能表現出深度；但有時流於迷離模糊，好像是神龍，見首不見尾，讓人不得要領。古代文藝批評家使用的一些術語，比如『神韻』、『性靈』、『境界』、『隔與不隔』、『本色天成』、『羚羊掛角，無跡可求』等等，我們一看就懂，一深思就糊塗，一想譯成外文就不知所措。」[25] 這與美國漢學家宇文所安以「模糊性」來形容中國古代文論特點之說相近[26]。其實，中國文論觀念的模糊性乃源於其與中國古代哲學思想的密切關係，諸如「氣」、「道」、「陰陽」、「象」、「意」、「志」、「性情」等常被用作文學批評術語的概念，有時像是一個「容器」，其內涵或因不同的時代與文論家而異。以「氣」一詞為例，最早以「氣」論文的是魏晉時期的曹丕，其《典論・論文》提出：「文以氣為主」一說[27]，指的是由天生稟賦的獨一無二的文章風格。在曹丕以前，「氣」本來是先秦思想家用以討論萬物生成、人性品德的哲學概念，例如《老子》謂：「道生一，一生二，二生三，三生萬物，萬物負陰而抱陽，沖氣以為和」[28]；《莊子》：「人之生，氣之聚也。聚則為生，散則為死」[29]；《孟子》：「我知言，我善養吾浩然之氣」[30] 等。雖然，曹丕文論中「氣之清濁有體，不可力強而致」一點與《莊子》、《孟子》所論氣乃人天生而致的觀點相似，但其實際內涵已相差很遠。魏晉以後，以「氣」論詩文者多不勝數，例如清代文論家如葉燮《原詩》、錢泳

[25] 季羨林：〈比較文學隨談〉，《季羨林文集》第8卷（南昌：江西教育出版社，1996年），頁272。

[26] 宇文所安《中國文論・導言》：「在中國思想史的各個領域，關鍵字的含義都是通過它們在人所共知的文本中的使用而被確定的，文學領域也是如此。現代學者，無論中西方，經常為中文概念語彙的『模糊性』（vagueness）表示悲歎。其實，它們絲毫不比歐洲語言中的大部分概念詞彙更模糊；只不過在中國傳統中，概念的準確性不被重視，所以也就沒有人需要維持那個愉快的幻覺：確實存在一套精確的技術詞彙。」見宇文所安，王柏華、陶慶梅譯：《中國文論：英譯與評論》，頁3。

[27] 曹丕《典論・論文》：「文以氣為主，氣之清濁有體，不可力強而致。譬諸音樂，曲度雖均，節奏同檢，至於引氣不齊，巧拙有素，雖在父兄，不能以移弟子。」見郭紹虞編《中國歷代文論選》（上海：上海古籍出版社，1979年），頁158。

[28] 陳鼓應：《老子今註今譯》（臺北：商務印書館股份有限公司，1978年），頁158。

[29] 陳鼓應：《莊子今注今譯》（北京：中華書局，1983年），頁559。

[30] 楊伯峻：《孟子譯注》（北京：中華書局，1960年），頁62。

《履園譚詩》、方東樹《昭昧詹言》、劉大櫆《論文偶記》等均有議論，但所論內涵已不盡相同[31]。

　　了解古代文論這個特點，對學術研究幫助很大。王國維《人間詞話》中所提出的「境界說」對後世影響很大，其思想淵源後世每多討論，其中較為人所知的是其與康德、叔本華及尼采哲學的關係。葉嘉瑩在研究王國維「境界說」時提出「境界」源於梵語「Visayaze」（《佛學大詞典》：「自家勢力所及之境土」），並引述諸種佛家經典以說明王國維「境界」說之內涵，指出「境界」其實是「吾人各種感受的『勢力』……所謂『境界』實在乃是專以感覺經驗之特質為主的。換句語說，境界之產生全賴吾人感受之作用，境界之存在全在吾人感受之所及，因此外在世界在未經過吾人感受之功能而予以再現時，並不得稱之為『境界』。」[32] 葉嘉瑩此說突破前人說法，能更融洽地解釋「境界說」具體內涵，對後人研究王國維「境界說」啟發不少。又如，筆者在研究謝章鋌詞論時亦嘗對中國文論中的「性情」範疇做過考察，發現不少詩學及詞學家都喜歡以「性情」做品評準則，而當中內涵多離不開兩種：一是近於儒家詩教的觀點，所指的是詩人抒情言志，重視寄託諷諭；一是指個人化的情感，只要是自然真摯的感情，即使是男女艷情均可入詩詞。然而，「性情」也是宋明理學中的主要概念，鑑於謝章鋌的家學淵源，筆者試從理學思想中尋找解釋謝章鋌詞學的依據，最後發現謝章鋌詞論中的「性情說」並非淵源於詩學或詞學，反而是受明代理學家劉宗周「指性言情」之說學影響至深[33]。追溯觀念源頭對了解各種中國古代文論內涵十分重要，但由於涉及跨時代、跨學術範疇的研究，難度不少。鑑於中國古代文論的思想多淵源於諸子經學，而當前古籍電子資料庫收錄亦以諸子經學為主，資訊科技應可為中國古代文論研究提供

---

[31] 有關中國文論中「氣」的探討，可參郭紹虞：〈文氣的辨析〉，《照隅室古典文學論集》（上海：上海古籍出版社，1983年），頁115-123；錢仲聯：〈釋「氣」〉，《當代學者文庫：錢仲聯卷》（合肥：安徽教育出版社，1999年），頁60-88；張海明：《經與緯的交結——中國古代美學範疇論要》（昆明：雲南人民出版社，1994年），頁69-97。

[32] 葉嘉瑩：《王國維及其文學評論》（石家莊：河北教育出版社，2000年），頁162。

[33] 曾智聰：〈論謝章鋌詞學中「性情說」的淵源〉，《清華大學學報》（哲社版、增刊）第27期（2012），頁32-37。

不少方便。而日後如有更多古代文論資料庫得以建立，其與現行資料庫便能起對比參考的互動，相得益彰。

三、結論：資訊科技對未來古代文論研究的幫助

現行經史、諸子一類的文獻資料庫發展已十分完備，未來資訊科技與中文研究的發展或可延伸至其他學術範疇。鑑於中國古代文論研究資料零散及理論模糊的特色，本文以為資訊科技的應用，甚至專題資料庫的籌建，於中國古代文論研究深具意義。首先，文獻資料的蒐集、整理、出版工作對中國古代文論研究尤其重要，而當前尚不少零散的文獻資料（尤其清代、民國時期）有待發掘與整理。而且，中國古代文論多予人欠缺理論系統的印象，研究時如能運用資料庫做檢索、比較研究，更有有效地展示其理論系統性。更重要的是，中國古代文論中不少觀念與其他學科淵源密切，而現行經史、諸子等重要典籍已建立資料庫，這將大大幫助古代文論的研究。

附錄：兩岸三地主要古籍文獻資料庫列表[34]

資料庫名稱	負責院校	主要收錄內容
漢達文庫	香港中文大學劉殿爵中國古籍研究中心	甲骨文；金文；竹簡帛書；先秦兩漢及魏晉南北朝傳世文獻；類書等
中國哲學書電子化計畫	哈佛大學（Dr. Donald Sturgeon）	主要收錄先秦兩漢時期哲學類相關典籍，其目錄亦以儒家、墨家、道家、法家、名家等分類；另亦收錄漢魏以後經史、諸子類的少量典籍
漢籍電子文獻——瀚典全文檢索系統	臺灣中央研究院	漢籍全文資料庫（以史部為主，經、子、集部為輔）；古漢語語料庫；臺灣文獻叢刊；近代史全文資料庫；清代經世文編；中華民國史事日誌；新民說；內閣漢文題本專題檔案；《文心雕龍》；佛經三論；姚際恆著作集；泉翁大全集；正統道藏；詞話集成；新清史；樂府詩集；閩南語俗曲唱本等
古漢語語料庫	臺灣中央研究院	先秦至西漢的典籍，多屬經、子二部，如「十三經」、《春秋繁露》、《孫子》、《淮南子》、《孔叢子》等
網路展書讀	臺灣元智大學、臺灣中央研究院	唐宋文史資料庫（全唐詩、全宋詩、唐宋詞）；《孟郊詩集校注》；《詩經》全文檢索系統；《三國演義》全文檢索系統；《水滸傳》全文檢索系統；《金瓶梅》全文檢索系統；臺灣古典漢詩；樂府詩全文檢索系統等
寒泉	臺灣故宮博物院	十三經、先秦諸子、《全唐詩》、《宋元學案》、《明儒學案》、《四庫總目》、《朱子語類》、《紅樓夢》、《白沙全集》、《資治通鑑》等
語料庫在線		古代漢語語料庫部分收錄自周至清各朝代約1億字語料，含四庫全書中的大部分古籍資料，例如：《詩經》、《尚書》、《周易》、《老子》、《論語》、《孟子》、《左傳》、《楚辭》、《禮記》、《大學》、《中庸》、《呂氏春秋》、《爾雅》、《淮南子》、《史記》、《戰國策》、《三國志》、《世說新語》、《文心雕龍》、《全唐詩》、《朱子語類》等。
CCL語料庫檢索系統	北京大學中國語言學研究中心	古代漢語部分收錄自周至清的典籍文獻，內容豐富多樣，包括《十三經注疏》、《全唐詩》、《全宋詞》、《二十五史》、《大藏經》等，總字數超過一億。

---

[34] 個別網站也提供了不同類別的文獻資料庫，如由北京國學時代文化傳播公司主辦、首都師範大學中國詩歌研究中心協辦的「國學網」有部分作家的詩詞小說資料庫；中國社會科學院文學研究所主持的「中國文學網」設元代文獻資料庫，收有元一代經、史、子、集的文獻資料；「中華詩詞網」收古典及近現代詩歌逾十萬首。由於這些網站所收不少與上表重複，且這些資料多不設檢索、有些屬私人建立，並無交代版本出處，故不一一列出。

第六章
唐代人物大數據：
中國歷代人物傳記資料庫（CBDB）和數位史學

徐力恆

哈佛大學「中國歷代人物傳記資料庫」
（CBDB）研究計畫博士後研究員

一、引言

　　由於電腦及互聯網技術的普及，文獻類歷史資料庫既便捷、高度整合又全面，歷史學者在研究中使用資料庫日益普遍。作為蒐集史料的一種方法，歷史學者現今大多能熟練地在各種全文資料庫進行關鍵詞檢索，尤其是把古籍材料變成電子文本的資料庫。然而，大多數學者對其他可用於研究的資料庫仍比較陌生。作為中國史領域中發展歷程較長，也比較重要的「中國歷代人物傳記資料庫」（China Biographical Database，下稱CBDB）的項目成員之一，筆者希望通過討論這個大型的基礎資料庫的發展，尤其是近年其對唐代人物數據的處理，引發學界對這項學術資源的興趣和討論。CBDB的操作原理跟全文資料庫不一樣，不少學者不熟悉CBDB近年處理歷史數據的進展和特點，故有本文的寫作。由於CBDB的網站已經提供了資料庫的說明文件，所以本文重點不在介紹這個資料庫計畫的基本情況和歷史，而側重探討研究團隊近年致

力充實的唐代數據部分，尤其是2015年至今工作的進展[1]。

　　CBDB是由哈佛大學費正清中國研究中心、北京大學中國古代史研究中心、中央研究院歷史語言研究所共同主持的學術資料庫。該資料庫計畫的目標在於系統地收錄中國歷史上所有重要的傳記資料，整理成電子數據，並免費公開供學術研究之用。截至目前，該資料庫共收錄超過41萬人的傳記數據，並會持續更新。這些人物數據既可在網上實時查詢，又可全部下載，以便用戶離線時在電腦上使用。這些數據除了可以作為歷史人物研究的參考資料以外，亦可用於統計分析、地理空間分析和社會網路分析等，是利用電腦輔助歷史研究的基本工具，可認為是用於中國研究的基本數位人文工具[2]。

　　這個資料庫為每個人物的條目設定了多種資料欄目類別，盡可能詳細地記錄當中資訊，並且以相互關聯的表格保存，即人名、時間、地址、職官、入仕途徑、著作、社會區分、親屬關係、社會關係、財產、事件等欄目。需要強調的是，這資料庫的最大優勢不僅僅是作為人物資料的參考，而是作為一套可供批量分析的數據來使用。換言之，學者固然可以把CBDB當作一部電子版的歷史人物詞典來使用——比如，當我們想了解某個歷史人物，就可以利用人名檢索，找出關於他的資訊；但是，跟一般對人物資料庫的理解不一樣的是，CBDB既不提供一篇篇的人物小傳，也不包含古籍的全文。它提供的是多個互關聯的表格，把人物資訊整理出來，放入其中，以便學者進行批量分析。用戶通過對資料庫進行查詢，可以獲得大批人物資訊。這些查詢除了利用人名，也可以

---

[1]　本文是以下文章的修訂版：〈唐代人物資料的數據化：中國歷代人物傳記資料庫（CBDB）近年工作管窺〉，《唐宋歷史評論》第3輯（北京：社會科學文獻出版社，2017年），頁20-32。本文的寫作是唐研究基金會資助「中國歷代人物傳記資料庫」的成果之一。寫作過程中得到曹志紅、陳靜、耿元驪、韓旭、黃嘉雯、劉昭麟、王宏甦、魏超等前輩和同事提出寶貴意見，在此謹致謝忱。
　　項目網站網址為「中國歷代人物傳記資料庫（CBDB）」，下載日期為2018年4月30日，http://projects.iq.harvard.edu/chinesecbdb。本文執筆之時，單機版的最近更新日期是2017年8月29日。過去項目組的成員也曾撰文介紹CBDB，例如方誠峰：〈中國歷代人物傳記資料庫（CBDB）〉，《國際漢學研究通訊》第2期（北京：中華書局，2010年），頁285-98。徐力恆，〈數字人文時代的關係型數據庫：中國歷代人物傳記資料庫（CBDB）的應用〉，收入舒健編：《大數據時代的歷史研究》（上海：上海譯文出版社，2017年），頁183-198。

[2]　「數位人文」一詞，香港學界一般譯作「數碼人文」，中國大陸一般譯作「數字人文」。

◎ 圖1　CBDB的線上查詢系統

用人名以外的各種資訊，例如地名、官名，甚至是歷史人物的親屬關係、社會關係等，查出一批人物的資料，供學者參考和分析。而且檢索條件可以設定多於一種，在單次查詢中就可以加入相對複雜的檢索邏輯，如「與」、「或」、「是」、「否」等檢索條件。

　　建立這種資料庫結構的目標不單是史料的電子化，更重要的是為了達到史料的「數據化」（datafication）。史料的電子化是把古籍材料轉化成電子文本。至於史料的數據化，意指在進行電子化之後，還更進一步，把史料整理成能被電腦程式使用和分析的格式，相互連接，建成資料庫。換言之，數據化是對電子化的拓展與推進[3]。數據化工作產出的數據不僅可以用於全文檢索，還可以用來進行更多樣的查詢和分析，並可靈活地匯出到其他軟體，以便進行批量處理，或用不同方式來呈現，如統計表格、電子地圖等。每當提及對資料庫的利用，都容易讓人聯想到量化分析，不過數據化的目標其實不限於產生用於量化分析的數據，還可以產生用於其他分析方法的數據。通過對大量研究資料進行數據

---

[3]　關於人文數據的更多討論，參見Christof Schöch, "Big? Smart? Clean? Messy? Data in the Humanities," *Journal of the Digital Humanities* 2.3 (2013): 2-13.

◎ 圖2　為數據化工作開發的校對工具

化，人文學者可以更有效率、更系統地解決既有的學術課題，也讓資料發揮人文大數據的作用，在其中尋找思路。關於這些話題，我將在本文介紹CBDB工作時舉例說明。

2015年起，由羅傑偉（Roger E. Covey）先生創立的唐研究基金會（Tang Research Foundation）為CBDB項目提供了贊助，資助專門用於增加資料庫中唐代人物資料的學術工作。後來，美國唐代研究學會（Tang Studies Society）也為這個計畫提供了資助。這個計畫的目標是利用三年左右時間處理唐代的主要人物資料，以推動對唐史之研究。以下介紹的工作都是在這個計畫的支持下完成的。在這個計畫開始之前，CBDB已經累積了一批關於唐人的資料，累計大約有45,000多人的資訊。這些原有的資訊大多是通過和其他研究者合作中獲得的。比如，CBDB曾和京都大學的「唐代人物知識資料庫」（Pers-DB: A Knowledge Base of Tang Persons）建立協議，獲得3,700多個人物的傳記資料。另外，CBDB編輯小組又和美國加州州立大學的姚平教授合作，獲得其在《唐代墓誌彙

編》和《唐代墓誌彙編續集》中蒐集而來16,300多人的親屬資料[4]。加州
—伯克萊大學的譚凱（Nicholas Tackett）教授長期從墓誌等材料中蒐集
人物資訊，也貢獻了22,000個唐、五代人物的數據[5]。雖然CBDB原本的
唐代人物數目看似不少，但數據量仍不算充分，尤其跟CBDB已有宋人
資料相比之下。例如，在2015年以前，唐代人物的「社會關係」（social
associations）資料只有不到400條，連CBDB宋代「社會關係」數據量的
二百四十分之一都不到。因此，自2015年開始，CBDB研究團隊除了繼
續進行資料的分享和合作，也開始了獨立的數據化工作，重點處理、收
錄唐代資料。

二、唐代官員記載及其社交網路的數據化

為了充實資料庫內容，讓其發揮更大效用，CBDB的工作有一大部
分是關於電子化（digitization）的。CBDB北大編輯小組過去修訂郝若貝
教授為資料庫留下的數據時，是利用人工作業的方式錄入並處理歷史人
物資料的[6]。不過，到了最近幾年，研究團隊已經大量運用半自動、半
人工的方式處理新數據，大大提高了工作效率。其中自動化作業包括使
用電腦語言編寫演算法，挖掘史料文本中的人物資訊，尤其是格式規整
的傳記文本和人名清單[7]。以下將分別介紹CBDB團隊對幾部歷史文獻的
處理工作。

我們在計畫啟動初期發現，先收錄《唐五代人物傳記資料綜合索

---

[4] 周紹良主編：《唐代墓誌彙編》（上海：上海古籍出版社，1992年）。周紹良、趙超主
編：《唐代墓誌彙編續集》（上海：上海古籍出版社，2001年）。

[5] 譚凱教授為這些資料另外建立了一個開放的資料集，見"Nicholas Tackett—Department of
History, UC Berkeley"，下載日期為2018年4月30日，http://history.berkeley.edu/people/
nicolas-tackett。通過分析這些資料，他寫出了Nicholas Tackett, *The Destruction of the
Medieval Chinese Aristocracy* (Cambridge, MA: Harvard University Asia Center, 2014).
中譯本見譚凱著，胡耀飛、謝宇榮譯，孫英剛校：《中古中國門閥大族的消亡》（北京：社
會科學文獻出版社，2017年）。

[6] 例如是昌彼得等編：《宋人傳記資料索引》（臺北：鼎文書局，1974-76年）。

[7] Lik Hang Tsui and Hongsu Wang, "Semi-Automating the Transformation of Chinese
Historical Records into Structured Biographical Data", in *Digital Humanities and
Scholarly Research Trends in the Asia-Pacific*, ed. Rebekah Wong, Haipeng Li, and
Min Chou (Hershey, PA: IGI Global, forthcoming).

引》的資料有很大的便利。它是一部唐代人物資料的基本工具書，收書的範圍涵蓋正史、詩傳、職官資料、書目、書畫書、五代十國記載、方志及有關釋氏之書等共83種，搜羅唐、五代的現存人物資料出處，為學者檢索史料提供了極大方便。這書一共收近三萬人，其中列出姓名（和其他常用稱謂）及傳記資料的出處，方便學者翻檢。而且，它為CBDB提供了大批人物的「社會區分」（social distinctiveness）數據，共有2,778條人物的身分資訊。CBDB中「社會區分」的欄目是記載人物的各種身分的，包括詩人、畫家、僧人、書法家等，尤其便於學者對歷史上特定人群進行專題研究。

　　這部索引除了搜羅資料的範圍很廣，另一好處在於釐清了大量同名人物的情況。同名人物的「消歧」（disambiguation）是CBDB項目經常要處理的資料問題之一。由於CBDB收錄來自多種不同來源的人物資料，所以同姓名人物不少，放入CBDB時需要小心區分，把歧義消除。一般做法是：如果能根據歷史材料確定同名者是同一人，則合併同名人物的數據；如果不能確定，則都保留，以備更深入研究，免得輕率合併後難以重新分割。所以，每當可能，我們都儘量參考文史學界已有的研究成果，例如《唐五代人物傳記資料綜合索引》的考訂。傅璇琮先生曾討論他和其他編者在這方面的做法：「正因為資料蒐集不易，因此區分同姓名人物就特別困難。編一代歷史人物的索引，一定會碰到不少同姓名的人物，較具一定水準的索引，遇見這種情況，絕不能不加區分，照書既錄。」「有時有四、五個人為同一姓名，就須查核其籍貫、郡望、字號、世系、事蹟，加以細心的甄別，稍一忽略，就會張冠李戴……還有不少是姓名相同，時代相近，但別無確切材料證明其為同一人的，我們就本著闕疑的精神，姑且作二人處理。」[8]在編纂此書的時候，傅先生等編者已經綜合了許多零散的文獻資料，對唐代的同姓名人物進行甄別。舉一例子，《新唐書‧宰相世系表》裡出現過兩位「裴薦」，《唐五代人物傳記資料綜合索引》中就分別列出，並寫明其中一位是裴裔的兒子，另一是裴迪的兒子，以做區分[9]。對於這類人物，編者有時還注

---

[8]　傅璇琮等編：《唐五代人物傳記資料綜合索引》（北京：中華書局，1982年），頁3。
[9]　同前註，頁178。

明他們的字號、籍貫、職官、時代等，以資區別。由於這些記載為我們確定兩位裴薦不是同一人，為CBDB的工作帶來了很大便利。《唐五代人物傳記資料綜合索引》編者之一許逸民先生曾舉書中例子指出，做這種編撰工作需要優良的學術判斷力：「譬如人名索引，有時同一人前後姓名有變更，有時並非一人而同名同姓，皆需要合併為一人或區分為二人……辨析同名同姓而非一人的辦法，除上述世系不同外，還可以借助字號、籍里、職官、生卒時代有異等加以區別。」[10]

除了根據這種現有成果，我們還在哈佛內亞與阿爾泰學系博士、普林斯頓東亞研究系助理教授文欣的建議下制定了一套推理的步驟，根據不同史料中親屬人名的重合度，釐清哪些同名人物可由電腦批量地判斷是否為同一人，不能由機器穩妥地判斷的就進行人工的考證。根據這套流程，我們為5,921條人物記錄做了消歧。這樣既大大減低了人工操作的工作量，又保證了數據的準確性。

在《唐五代人物傳記資料綜合索引》之外，我們還對大批唐代官員和士人的資料進行數據化。我們利用的材料包括古今學者對九卿、刺史、方鎮和科舉士人的考證，主要來源分別是郁賢皓和胡可先的《唐九卿考》、郁賢皓的《唐刺史考全編》、吳廷燮的《唐方鎮年表》，還有徐松撰、孟二冬補正的《登科記考補正》[11]。這些都是系統性強、目標在於一網打盡的年表式參考書，以年代、人物或地點排列，對相關人物一一輯錄，並一般都標出文獻出處[12]。目前，前三部書已經處理完畢，共得1,765條出任九卿的資料，共1,421人；13,373條出任刺史的資料，共8,818人；15,871條方鎮資料，共8,178人。至於《登科記考補正》，CBDB團隊已為5,603條唐代登科資料進行電子化，共4,520條人物資訊。以上幾組人群有所重疊，所以研究團隊處理時必須對同名人物進行甄

---

[10] 許逸民：《古籍整理釋例》（北京：中華書局，2011年），頁97-98。

[11] 郁賢皓、胡可先：《唐九卿考》（北京：中國社會科學出版社，2003年）。郁賢皓：《唐刺史考全編》（合肥：安徽大學出版社，2000年）。吳廷燮：《唐方鎮年表》（北京：中華書局，1980年）。徐松撰，孟二冬補正：《登科記考補正》（北京：北京燕山出版社，2003年）。

[12] 當然，並不代表這些參考書已經把所有相關職官和科舉人物窮盡。學界一直有對這些參考資料進行拾遺訂補。

別，做法與上述類似。由於這些九卿、刺史、方鎮和科舉士人的資料是系統而盡可能全面的，它們成為CBDB數據之後，學者可以用來全面地研究唐代官員和士人群體、官員遷轉、政治制度運作等課題。例如，我們在過去無法準確並迅速地為這樣的問題找到答案：唐代曾任刺史者有多少人擔任過九卿官職？不過，當CBDB錄入這批資料之後，學者可以運用CBDB的資料，迅速得出建立在海量資料上的計算——如果按照這上述參考書的輯錄，8,818位刺史中有258位曾任職九卿[13]。顯而易見的是，這樣的答案如不使用資料庫輔助，絕對無法立刻得出，必須經年累月、耗費大量精力，更遑論要解決一些比這複雜的問題。

除了《唐五代人物傳記資料綜合索引》，我們處理的另一部索引是《唐五代人交往詩索引》[14]。此工具書涵蓋唐五代詩人的交往詩作，將每個人所作的交往詩進行交叉比對，再以姓氏排序。由於這些交往詩都是唐代詩人在特定場合中寫成的，又有具體的交流對象，所以富有史料價值。我們的取材是根據《全唐詩》和多種拾遺作品，對這些材料進行整理，列明唐五代人的交往關係。索引內容分為兩類：A類為作者與其他人交往或提及別人的詩作，B為其他人與這作者交往或提及這位作者的詩。用社會網路研究（social network analysis）的眼光看，這種編排方式其實記載了一個詩人的個體社會網路（ego network），而且是有方向性的（directed）。A類資料的每一條都是從該詩人的角度記錄他和其他人的交流，B類則記載了其他人對該詩人的交流。在CBDB系統中，這一類「社會關係」歸入「著述關係」（Writings）一類下面的「應酬文字」中。在整理這些關係的過程中，索引的編者還考證了大量人名的歷史情況，例如各種只提到詩人的姓氏、官名和號的詩題究竟指的是哪些人物，這些考訂工作為我們了解唐代詩人做了很大貢獻。《唐五代人交往詩索引》為CBDB提供了25,978條「社會關係」數據，對研究唐五代士人交往、詩歌創作、文人群體等課題有重要價值，學者也陸續使用相

---

[13] 文欣：〈唐朝中央與地方官員交流的數字化分析與呈現：以九卿與刺史的關係為例〉，發表於「數字人文新動向：中國歷代人物傳記資料庫暨Digging into Data工作坊」，2016年1月，北京。

[14] 吳汝煜等編：《唐五代人交往詩索引》（上海：上海古籍出版社，1993年）。

關CBDB數據做出成果[15]。

通過這部索引的資料處理工作，我們還發現了在電腦沒有廣泛通行時編纂和校訂同類歷史工具書的難處。原則上，一個詩人在A欄的詩歌條目應該在B欄他交往的詩人之相應條目中再次出現，不過由於人工比對成千上萬條記載難免出現錯漏，所以這兩組條目在《唐五代人交往詩索引》一書中有時是無法對應的。雖然前輩學者們編纂《唐五代人交往詩索引》的工作非常嚴謹，但由於涉及極大的覆核和校對工作，加上其編纂需要集體溝通和研討，局部的錯漏總是難免的[16]。運用電腦比對，可以幫助我們一網打盡地查找這些漏記的條目。經過研究團隊五次仔細的檢查，我們發現了2,000餘條無法匹配的交往詩資料[17]。我們專門針對這些錯漏對數據進行了修訂，才放入CBDB，務求把資料庫的錯漏減到最低。

三、唐代墓誌史料和官名、地名的數據化

在這個唐代計畫中，我們還處理了大批唐代墓誌史料，把其中的人物資訊加入CBDB中。這項工作的主要精力放在《唐代墓誌彙編》和《唐代墓誌彙編續集》之上，兩部彙編共收5,240餘篇墓誌銘。CBDB本來已收錄其中墓主及其親屬的資訊，不過在這些資訊之外還值得做更深的挖掘。比如墓誌提到的職官資訊，除了墓主本人以外，往往還提到其他相關人物曾任什麼官職。在我們對墓誌的處理工作中，「碼庫思」（MARKUS）平臺提供了極大的便利。「碼庫思」是由萊頓大學魏希德（Hilde De Weerdt）教授與何浩洋（Brent Ho）博士主持研發的線上文獻閱讀、研究工具，學者可借助它對古籍進行半自動文本標記，快速定位

---

[15] 例如Chao-Lin Liu and Kuo-Feng Luo, "Tracking Words in Chinese Poetry of Tang and Song Dynasties with the China Biographical Database," in *Proceedings of the Workshop on Language Technology Resources and Tools for Digital Humanities*, The Twenty-Sixth International Conference on Computational Linguistics, Osaka, Japan, December 11-16 2016, pp. 172-180.

[16] 關於該索引的編纂流程，參見吳汝煜等編：《唐五代人交往詩索引》，頁6-7。

[17] 這也包括一部分因印刷錯誤和少量因電腦識別字體不準確而產生的錯誤數據。

◎ 圖3　以「碼庫思」（MARKUS）平臺標記唐代墓誌

文獻中的人名、地名、官職、年號等，並在網上閱讀和匯出資料[18]。由於
這個平臺可以為 "標記（tags）" 加上用戶自己定義的標籤，CBDB團隊
在處理墓誌的時候就可以分別標出墓誌中的人名和官名，然後把人名和
官名標籤連接起來，在網上儲存。這樣的步驟使得批量匯出墓誌中的人
名和官名資訊成為可能，且能比較容易地對這些資訊做數據化處理[19]。

---

[18]　見"MARKUS"，下載日期為2018年4月30日，http://dh.chinese-empires.eu/markus/
　　beta/。建立該平臺的目的可以參考魏希德著，徐力恆譯：〈唐宋史研究中的數字化語文
　　學〉，《唐宋歷史評論》第3輯（北京：社會科學文獻出版社，2017年），頁3-19。

[19]　關於這項工作，我曾和同事王宏甦撰一短文介紹，參見Hongsu Wang and Lik Hang Tsui,
　　"Creative Uses of MARKUS in the China Biographical Database Project," Oct. 2016,
　　accessed April 30, 2018, http://dh.chinese-empires.eu/forum/topic/5/creative-
　　uses-of-markus-in-the-china-biographical-database-project。

除了人名和官名以外，由於墓誌銘文往往有相對固定的體例和句式，我們還可以陸續挖掘包括墓主的葬地、墓誌中提到的著作等資訊。為了提取這些資訊，研究團隊正和臺灣政治大學的電腦和數位人文專家劉昭麟教授合作，探索如何通過分析這些格式，批量提取人物資訊。劉教授目前已經摸索出適合提取以下幾類資訊的表述模式：姓名、字、籍貫、生卒年、年歲、性別、所屬朝代、親屬資料（姓名和曾任官職）等。舉個簡單的例子，我們可以通過抓取誌文中所有「葬于」、「窆于」、「殯于」、「祔于」等字眼後面的特定字數，然後自動按地名所屬行政層級整理。

另外，北京郵電大學博士生韓旭等合作者參與了墓誌自動標點功能的開發，希望可以借助深度神經網路（deep neural networks）演算法對電腦機器學習（machine learning）技術的推動，開發電腦為古代墓誌自動斷句的能力。我們預期這項合作從設計演算法和程式到數據的提取不會一步到位，而是需要經過不斷調整電腦程式，來適應不同墓誌句式的變體，方能逐步提升程式的效用，便捷地獲取愈來愈多的數據。在本文執筆之時，韓旭所制定模型用於唐代墓誌的精確率（precision）為0.8138，召回率（recall）為0.8131，F1值為0.8134，相當令人振奮。這是基於5,018段文字作為訓練數據之上的結果，共1,116,850字，包含5,197個獨特字元。

由於這項數據化工作讓學者它可以對大量墓誌同時進行數位分析，減輕文史研究者重複進行的一些步驟，甚至有望幫助學者發現精讀史料時不容易觀察到的現象。例如，我們可以在社會網路分析軟體中勾勒大批唐代墓誌銘中記載的親屬關係，藉此探討各個家族結交和聯姻的具體形態和變化。當然，由於學者只能根據不完整的史料整理記錄，然後再以CBDB的數據繪製這些圖，所以這些呈現往往只是一些特定時代的切面，需要加入其他解釋和材料補充，以探求人際網路中背後的歷史線索。

作為一個大型的歷史人物資料庫，CBDB還是一個數據集（dataset），也就是各種數據組成的集合。跟中國古代相關的不同數據，只要有利人物資料的整理和研究，專案組都會儘量投放精力進行錄入和校正，並以標準化方式納入資料庫中。這些數據是以編碼表（code tables）的

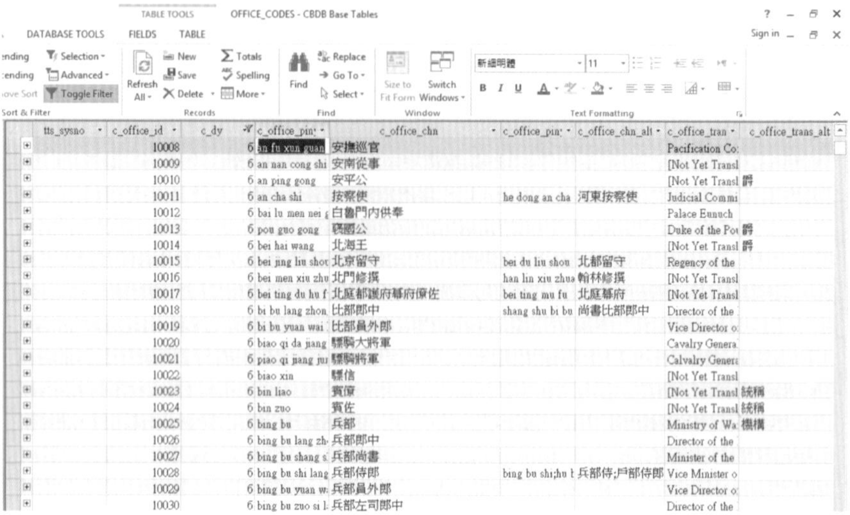

◎ 圖4　CBDB單機版的職官編碼表

形式保存的，其中包括各朝地名表、官名表等[20]。比如，打開CBDB單機版的時候，能夠看到官名是由「OFFICE_CODES」表格登記，並放在「OFFICE_TYPE_TREE」表格的分層架構之下。至於地名，則在「ADDR_CODES」表格裡記錄。這些編碼為人物資料裡出現的地名和官名等賦予了其在資料庫系統中職官架構和行政地理架構中的相應位置，方便用戶查詢時選取。所以，當我們系統地處理唐代人物資料時，也必須對唐代官名和地名做相應的整理，並輸入CBDB。

　　首先介紹處理唐代地名的工作。CBDB對唐代地名的整理工作是以已有的研究成果為基礎，主要資料來源為郭聲波教授的《中國行政區劃通史・唐代卷》[21]。作者在編輯這部書的過程中，對唐代的行政區劃層級提供了清楚的界定和說明，因此CBDB對唐代地名的數據化也是基於書中的認識。為了處理這方面的工作，郭聲波教授的學生、專攻歷史地

---

[20]　這些編碼表可以在CBDB的單機版上自由調用。見「CBDB單機版─中國歷代人物傳記資料庫（CBDB）」，下載日期為2018年4月30日，http://projects.iq.harvard.edu/chinesecbdb/%E4%B8%8B%E8%BC%89cbdb%E5%96%AE%E6%A9%9F%E7%89%88。

[21]　郭聲波：《中國行政區劃通史・唐代卷》（上海：復旦大學出版社，2012年）。經修訂後，此書第2版已在2017年9月出版。

理的浙江師範大學學者魏超曾在2015-16年訪問CBDB，負責整理這部書的地名資料，按照適合的格式將有關內容整合到CBDB之中[22]。要進行這種工作，我們先在作者提供的這部書的電子版中提取地名資料，以實現唐代地名的數據化。我們利用了原書的表述格式來判斷地名的層級，又在電腦上編寫了正則表達式（regular expressions），對書中有一定規律的內容做批量提取和清理。正則表達式的作用是檢索或抽取符合某些特定表達格式的電子文本，用事先定義好的一串字元（或字元的組合）來實行對字串的過濾和提取[23]。在完成地名的提取之後，就要為提取出來的地名進行分級。地名的分級處理是建立在歷史學界對唐代歷史行政區劃的理解之上的，務求達到規範，方便專家使用。《中國行政區劃通史・唐代卷》梳理唐代行政區劃的內容對每個府州縣存在的時間年限都做了詳細的考訂，並附在相應的地名之後，為CBDB提供了許多的根據。之後，研究團隊的任務是以經緯度格式登記地名的地理座標——有了座標，就可以通過GIS（地理資訊系統）技術和相關軟體在電子地圖上呈現這些地點[24]。

　　在我們處理《中國行政區劃通史・唐代卷》之前，CBDB原來的數據只包含2,411個唐代地名，而在完成上述工作之後，資料庫增加了6,209條關於道州縣地名的紀錄，其中包括地名、起訖時間、所屬層級等方面資訊。另外，還有1,693條關於羈縻州的紀錄。和前述《唐五代人交往詩索引》的相關工作原理相近的是，我們利用電腦對書籍的記載進行全面比對和檢查，修訂了原書的一些瑕疵。例如，書中由於一些政區的置廢時間無法準確地考訂，造成有些地名在時間上無法在隸屬關係上匹配到某政區之上，我們把這些記載回饋給原作者，以便專書再版時修訂。通過以上工作，我們認識到不論是《唐五代人交往詩索引》還是《中國行政區劃通史・唐代卷》，電子資料庫的結構對這種含有大量系統資料的工具書，適應性要比印刷媒介好，查找和覆核資料的工作在電

---

[22] 以下關於地名數據化的介紹參考了魏超：〈CBDB唐代地名數位化工作總結及思考〉，未刊稿。

[23] 相關原理參見Ben Forta著，楊濤譯：《正則表達式必知必會》，修訂版（北京：人民郵電出版社，2015年）。

[24] 徐力恆，〈數字人文時代的關係型數據庫〉，頁192-194。

腦上進行較有效率，也比較準確和全面[25]。

　　CBDB還處理了官名表的工作。在唐代計畫開始之前，CBDB共登記了2,411個唐代官名。在收錄前述各種人物資料時，我們蒐集到大批職官名稱，在官名表中統一登記。這些官名在資料庫中被一一歸類，繫於職官架構之下。這樣做是為了讓用戶在查找人物任官資料時，可以用任何一個層級的類別作為查詢條件。目前這一架構有390個類別，基本涵蓋了唐代官制的所有方面。

四、餘論和展望

　　綜合以上，通過近年對多種唐人資料進行的數據化工作可見，CBDB的建設不只包含對技術的運用，這項工作還需要一定的史學研究基礎，所以它和人文研究的發展也是緊密結合的。實際上，這些數據化工作是資訊時代史學研究工作的一種體現，我們在其中大量借助了電腦科技，以提高處理歷史數據的效率和準確度。其中也利用了人文學界對唐代的成果，是建立在前輩學者的耕耘之上的。不管是哈佛還是北京大學的年輕文史學者都參與進來，為資料的處理和考訂貢獻了不少力量。所以，CBDB對唐人資料的數據化可說是幾代歷史專家成果的結晶。傅璇琮先生曾在《唐五代人物傳記資料綜合索引》的前言裡提出，只要把記載唐代人物的史料一一匯聚，加以合理的編排，「我們將有一個網羅全域的唐代人物的材料庫」[26]。雖然CBDB並不是匯集史料的文本資料庫，但從方便學者查閱人物傳記事蹟的目標來講，CBDB近年進行的唐代計畫可說是繼承了傅先生這種宏大的構想，並付諸實現。而且，CBDB和《唐五代人物傳記資料綜合索引》一樣，既是便利學者的參考工具，又是推動研究的綜合性成果。在發展CBDB的過程中，我們堅信

---

[25] 以唐代墓誌為例，通過人工方式整理其中特定記錄的資料彙編和研究包括：萬軍傑：《唐代女性的生前與卒後：圍繞墓誌資料展開的若干探討》（天津：天津古籍出版社，2011年）。蔣愛花：《唐代家庭人口輯考：以墓誌銘資料為中心》（北京：中央民族大學出版社，2013年）。彭文峰：《唐代墓誌中的地名資料整理與研究》（北京：人民日報出版社，2015年）。

[26] 傅璇琮等編：《唐五代人物傳記資料綜合索引》，頁14。

歷史人物資料的數據化有助推動學術創新。過去學界討論的許多唐代現象，都可以運用資料庫中數據重新做檢討，作為討論的一個角度。跟歷史數據的學術價值同等重要的是數據的開放性。我們處理的數據都是在CBDB網站上免費公開的，任何學者都可以下載使用或在網上隨時查詢，用於他們的學術研究，並在著作中標明，供其他學者檢驗。

不過，在更普遍地使用資料庫進行研究之餘，學者們也紛紛認識到數位研究工具的局限。從學術史更長遠的角度來看，在史學研究中使用資料庫終究是一件新事物。當人們能在短時間內找出大量歷史材料，我們作為歷史學者慣常用的其他研究技藝之重要性不但沒有減低，反而是提高了。CBDB管理委員會的成員之一、北京大學的鄧小南教授曾做以下呼籲：「在大數據時代，資料庫的廣泛應用降低了史料蒐集的難度，但同時也對歷史學者的素質提出了更高要求：既然不能僅靠對史料的熟悉奪得先機，那麼，對史料辨析與追問能力的重要性自然就突顯出來。我們應清醒認識到，資料庫只是助力研究深化的途徑，歷史研究不能滿足於表層文本的提取和簡易的攢湊式結論，深入的研究還要靠閱讀體悟、史料辨析，要十分警惕急功近利氛圍下歷史研究的『表淺化』傾向。」[27] 這樣的提醒，正好點出在電腦技術發揮重大影響的當今，更加需要提升辨析史料的能力，才能充分發揮使用資料庫的優勢。CBDB著錄的只是資訊，史料隱含的意義往往需要學者深思才能充分詮釋和昇華，人文學科的許多學術問題不是單憑查資料庫就能解決的。

CBDB的唐代計畫在2017年底結束之後，CBDB增加了大量唐代人物的傳記資訊。不過單就唐代而言，還有不少其他資料值得進行數據化，以補充CBDB的紀錄。從本文的介紹看，不難觀察到我們這四年的工作是集中處理格式化和經過前輩學者考證、整理的人物資料，而不是從浩如煙海的原始資料裡逐條檢閱處理。這種工作模式的好處在於可以比較系統、有效率地處理大批資料，讓幾年之內涵蓋大部分重要唐代人物資訊變得可能。但其存在的問題是，資料庫中人物傳記資訊的深度還有待加強。我們已經把處理一系列關於唐史的歷史文獻和研究成果列入工作

---

[27] 鄧小南：〈歷史研究要強化史料辨析〉，《人民日報》第16版，2016年5月16日。

計畫，例如嚴耕望《唐僕尚丞郎表》和戴偉華《唐方鎮文職僚佐考》等書，並已完成前期準備和錄入工作[28]。這些資料轉成電子數據之後，可系統地補充CBDB中唐代尚書省職官和方鎮幕府人員的資訊。條件許可的話，未來最好把陳尚君《唐五代文作者索引》等唐代研究的基本參考書之整理和記載也收入，甚至是對更多墓誌的整理本進行數據化[29]。

在著錄新資料以外，CBDB研究團隊還會繼續探索利用相對前沿的電腦技術處理歷史文獻。其中一項工作是利用機器學習的技術，逐步訓練電腦判斷古籍文本中人物之間的關係，例如《舊唐書》中列傳的記載，以便豐富CBDB的「社會關係」記載。這種機器學習的技術未完全成熟，但由於相關科技在近年發展相當迅速，而且可以不斷加入更多訓練樣本以改良機器的學習能力，以電腦分析古文獻並從中提取有用資訊的做法將愈來愈有效。進行數據化的過程中，也會發現新的數位人文課題，例如利用電腦對大批同名人物進行智能的消歧，就是我們在摸索的一項研究工作[30]。

除了本文介紹的數據化工作，CBDB團隊同時進行了許多其他朝代史料的收錄和處理工作，例如宋代登科錄、《全元文》的記載、宋至清代的地方志記載的官員資訊、清代的朱卷資料中的人物資訊等。只要CBDB項目仍有足夠的資源，就會不斷增加新的資料，務求更全面、系統地收錄中國歷史人物的數據。長期以來，CBDB中的宋人資料被認為是相當豐富的，但對其他斷代資料的收錄情形則不盡理想。在本文介紹的唐代計畫和其他朝代的工作完成以後，這種狀況一定會大有改變。

儘管CBDB從創立至今已有不短的歷史，它仍處於開發完善之中。它收錄的資料、數據結構和使用方式等都處於變動之中，需要通過與用戶的不斷交流來取得進步。事實上，目前從用戶回饋來看，無論是線上

---

[28]　嚴耕望：《唐僕尚丞郎表》（北京：中華書局，1986年）。戴偉華：《唐方鎮文職僚佐考》（桂林：廣西師範大學出版社，2007年）。

[29]　陳尚君：《唐五代文作者索引》（北京：中華書局，2010年）。

[30]　初步結果見Lik Hang Tsui, "Automating Data Extraction from Chinese Texts," "Digging into Data Challenge" Final Performance Report & White Paper, National Endowment for the Humanities, May 2017. 報告可在此搜尋，"Funded Projects Query Form", accessed April 30, 2018, https://securegrants.neh.gov/publicquery/.

版還是目前單機版使用的MS Access程式，CBDB的一些系統界面都不夠方便易用，造成使用上的障礙。不少學者認為，在資料庫中查找人物資料時進行基本檢索不難，但要處理更複雜的檢索，或利用資料進行分析和視覺化，則技術門檻過高，需要進行系統的學習，容易令人卻步。為了減低這方面的障礙，CBDB團隊正致力改進資料庫的操作方式。具體做法包括把作業環境轉移到MySQL資料庫管理系統，讓資料的查詢和分析變得更人性化，更容易入手。

　　適逢數位人文、大數據等概念在學界引起關注和討論，有更多學者開始對數位化研究工具和資源感興趣，這為CBDB的推廣帶來了重要契機[31]。研究團隊也積極跟用戶建立聯繫，持續溝通，孵化研究成果。CBDB團隊在臺灣的合作者（包括清華大學的祝平次教授、臺灣師範大學的李宗翰教授等）得到臺灣科技部數位人文籌畫小組的支持，為CBDB製作了教學視訊，至今包括13部短片，利用直觀和循序漸進的方式普及資料庫單機版的用法[32]。至於宣傳推廣的成果，根據CBDB網站主頁的訪問量來看，2016年至今以來自中國大陸的訪客不斷增加，遠比以前多，反映中國學界對CBDB的關注度大幅提升。學界雖然對坊間更流行的古籍全文類資料庫更加熟悉，但經過CBDB團隊的推廣和使用者的學習和摸索，我們相信會有更多學者熟悉CBDB的特點和用法，並在自身的研究利用其中數據。隨著各種數位學術資源變得盛行，有意識地善用資料庫愈來愈重要，對研究生的培育也理應加入關於這些工具的課程內容，讓年輕學子對它們的特點和優劣有系統的了解和反思。由於CBDB的數據是在網路上公開供人研究使用，所以它也有助推動學術傳播，學界以外對中國歷史有興趣人士也能輕易地得到這些數據，用以學習和進行各種探索。一些CBDB的用戶曾利用資料庫裡的唐代數據對大眾感興趣的文史課題做過直觀又有趣的解答，例如對《全唐詩》作者之

---

[31] 關於「數位人文」概念，參見項潔、涂豐恩：〈導論——什麼是數位人文〉，收入項潔編《從保存到創造：開啟數位人文研究》（臺北：國立臺灣大學出版中心，2011年），頁9-28。徐力恆、陳靜：〈我們為什麼需要數字人文〉，《社會科學報》第5版，2017年8月24日。

[32] 視訊見「CBDB線上課程」，下載日期為2018年4月30日，https://www.youtube.com/watch?v=uHWJuK308Jg&list=PLh14L8cqbPZzf_OSAm7WsuMUYdSqMt_OK。

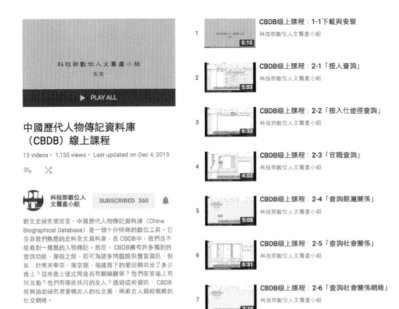

◎ 圖5　CBDB在Youtube上的線上課程視訊

間的文字往來關係做視覺化，在網路上引起過比較大的關注。[33]

　　很多大型研究性資料庫都建立在不同研究團隊合作的基礎上。CBDB的三方合作自開展以來已經超過十三年，發展過程中經歷了多次轉型和擴張，並實現了多學科、多個機構之間的合作與對話。資料庫除了得到中外歷史學者的參與，亦借助了電腦、互聯網、統計學、文學、語言學、圖書館科學等領域專家的成果。未來要推動更有效、更具規模的合作的話，應該考慮為文史資料庫建立一些共通的數據標準，營造數位資源的共用環境。像CBDB這樣的資料庫和數位化分析手段的結合將變得愈來愈重要，例如「碼庫思」文本標記平臺、歷史地理資訊工具和社會網絡分析工具等。有見及此，CBDB計畫近年也跟相關的資料庫計畫簽訂合作協議，例如2017年起和中南民族大學王兆鵬教授主持的「唐

---

[33]　參見微信上「前進四先生」所著文章〈計算機告訴你，唐朝詩人之間的關係到底是什麼樣的？〉。相關數據的視覺化結果見「唐朝詩人社交網絡──前進四先生的後花園」，下載日期為2018年4月30日，http://www.mrqianjinsi.com/archivers/tang-poets-network.html。

宋文學編年地圖」計畫進行合作[34]。數位人文的各界參與者應該尋求共用跟古代歷史研究相關的資料和資源，尋找互惠互利的合作模式，進而建立所謂的「網路基礎設施」（cyberinfrastructure），使得中國古代文史研究相關的數位資源在不同平臺之間能夠互通，便於學者利用[35]。作為一個長期進行、服務學界的資料庫計畫，CBDB未來的發展和提升也必然需要仰賴學界同行們的支持、指導和批評。

---

[34]　「唐宋文學編年地圖」，下載日期為2018年4月30日，https://sou-yun.com/PoetLifeMap.html。

[35]　我曾對相關問題做簡要的分析：Lik Hang Tsui, "The Digital Humanities as an Emerging Field in China", *China Policy Institute: Analysis*, University of Nottingham, June 13 2016, https://cpianalysis.org/2016/06/13/the-digital-humanities-as-an-emerging-field-in-china/。關於這個構想的詳細計畫，參看王宏甦、徐力恆、包弼德：《服務於中國歷史研究的網絡基礎設施》，發表於「第七屆數位典藏與數位人文國際研討會」，2016年12月，臺北。CBDB團隊曾在2018年3月14-16日聯合德龍（Donald Sturgeon）於上海舉辦「中國歷史研究的網絡基礎設施」國際研討會，召集了100多位同行參與討論。

第七章
從異文看古籍校勘
──以《韓詩外傳》為例

王利

中山大學博雅學院博士後研究員

一、前言

異文之概念，前人已有不少界定，較為全面者，如王彥坤云：

> 一般認為，「異文」一詞具有廣狹二義：狹義的「異文」乃文
> 字學之名詞，它對正字而言，是通假字和異體字的統稱。廣義
> 的「異文」則作為校勘學之名詞，「凡同一書的不同版本，或不
> 同的書記載同一事物，字句互異，包括通假字和異體字，都叫異
> 文。」[1]

即一為文字學層面，一為校勘學層面[2]。而異文存在於以下三種情
況：（1）同一部書的不同傳本、版本；（2）記載同一事物的各種資

---

[1] 王彥坤撰：《古籍異文研究》（臺北：萬卷樓，1996年），前言，頁1。王彥坤所引廣義的
　「異文」出自《辭海》。
[2] 許嘉璐主編：《傳統語言學詞典》（石家莊：河北教育出版社，1990年），頁515。

料；（3）具有引用與被引用關係的文獻之間。其中第三種情況又分三類情形：（1）一般引語與被引語；（2）注文與本文；（3）類書、書鈔與原書[3]。

何師志華先生總結前人之說，云：

> 廣義而言，「異文」乃指同一段落或文句在不同版本間之差異，所謂不同版本，既指同一文獻之不同版本，如漢代古、今文經、出土文獻、傳世文獻之不同版本，乃至唐宋類書引錄該文獻所見異文等，亦或兩書之間的互見文獻所見異文，諸如《荀子》與《禮記》，《莊子》與《文子》、《淮南子》等；亦或古籍引文，如秦漢典籍所引古書異文等，並屬本書「異文」範疇。[4]

異文研究可運用於諸多領域，比如校勘、訓詁、音韻、語法、文字、修辭等等[5]。特別是在校勘領域，處理異文是校勘工作的主要內容之一，而在訓詁領域，考證異文也是其中一法[6]，因此三者關係密切，雖然理論上各有分域，但在實際古籍整理中，往往需要綜合運用。

校勘工作追求的是古籍文字層面上的修復與還原，訓詁工作追求的是古籍語義層面的詮釋。校勘與訓詁在考據過程中往往是結合使用，很難在實踐中將它們邃然分開，因此校勘明則訓詁明，而正確地訓詁也有助於正確地校勘。異文現象是在實踐中連接校勘和訓詁工作的一道重要橋樑。校勘學所說之異文和訓詁學所說之異文的區別，源於校勘和訓詁工作性質上的差異。訓詁學所謂異文是指在異文的廣義所指範圍內，在文獻語境內體現了音義聯繫，從而可以通過訓詁手段進行語音現象的考察的那部分材料[7]。

---

[3]　王彥坤：《古籍異文研究》，頁3-9。

[4]　何志華：〈前言〉，何志華、林麗玲撰：《古籍傳注異文訓詁集證》（香港：香港中文大學出版社，2015年），頁2。

[5]　詳見王彥坤：《古籍異文研究》，頁89-116。

[6]　郭在貽：《訓詁學》，修訂本（北京：中華書局，2005年），頁61。

[7]　于亭：〈論訓詁學中的「異文」概念〉，馮天瑜主編：《人文論叢》2001年卷（武漢：武漢大學出版社，2002年），頁449-458。

　　本文研究對象為《韓詩外傳》[8]，所取異文概念為廣義，而根據《外傳》之具體情況，可將不同版本間之異文稱為版本異文，如《外傳》元本與汲古閣本間之異文；將《外傳》與其他文獻間之異文稱為重見異文，如《外傳》與《荀子》間之異文。清代學者陳士珂纂《韓詩外傳疏證》，見是書290餘條中，十之七八見於其他典籍。而重見部分存在諸多異文，對於校勘、理解《外傳》意義深遠。因此，本文以重見異文為主，以版本異文為輔，結合訓詁考證，分辨兩種異文在《韓詩外傳》中的校勘問題。

二、異文校勘

（一）卷2第33章

> 嫁女之家，三夜不息燭，思相離也。取婦之家，三日不舉樂，思嗣親也。是故昏禮不賀，人之序也。三月而廟見，稱來婦也。厥明見舅姑，舅姑降于西階，婦升自阼階，授之室也。憂思三日，不殺三月，孝子之情也。故禮者，因人情為文。《詩》曰：「親結其縭，九十其儀。」言多儀也。（頁76-77）

1.「禮者，因人情為文」

　　「禮者，因人情為文」，並無版本異文。

　　考《外傳》第5卷第10章：「禮者則天地之體，因人之情而為之節文者也。」（頁178-179）節文，有制定禮儀、使行之有度之意，故「禮乃是順應人之常情而加以節制文飾制定的」[9]，若無「節」字，則意義正相反，與全章旨意顯然不合。

　　《外傳》此章雖無其他典籍直接對讀，但所述之意廣泛見於先秦秦漢典籍之中：

8　〔漢〕韓嬰撰，許維遹校釋：《韓詩外傳集釋》（北京：中華書局，1980年）。下引是書，如無說明，皆用此本，據情況略作改動，隨文標注卷章及頁碼。

9　賴炎元：《韓詩外傳今注今譯》（臺北：臺灣商務印書館，1972年），頁205。

（1）《禮記・坊記》：禮者，因人之情而為之節文，以為民坊
　　　者也。

（2）《管子・心術上》：禮者，因人之情，緣義之理，而為之
　　　節文者也。

（3）《淮南子・齊俗訓》：禮者，實之文也；仁者，恩之效
　　　也。故禮因人情而為之節文，而仁發怤以見容。

（4）《文子・自然》：物必有自然而後人事有治也，故先王之
　　　制法[也]，因人之性而為之節文。

（5）《新書・道德說》：禮者，體德理而為之節文，成人事。

（6）《史記・叔孫通傳》：禮者，因時世人情為之節文者也。

（7）《史記・太史公自序》：維三代之禮，所損益各殊務，然
　　　要以近性情，通王道，故禮因人質為之節文，略協古今之
　　　變。作《禮書》第一。

（8）《說苑・脩文》：取之天地而制奇偶，度人情而出節文，
　　　謂之有因，禮之大宗也。

（9）郭店楚簡〈語叢一〉：禮因人之情而為之節文者也。[10]

　　以上9例，或雖未必字字對應，然而「禮者因人之情而為之節文」之
意則無不合。故疑本章有所脫漏，意當作「禮者，因人情而為之節文」。

（二）卷3第11章

《傳》曰：喪祭之禮廢，則臣子之恩薄。臣子之恩薄，則背死亡
生者眾。《小雅》曰：「子子孫孫，勿替引之。」（頁93）

2.「背死亡生」

　　許維遹《集釋》云：「鍾本『亡』作『忘』。維遹案：《禮記・經
解》篇、《大戴禮・禮察》篇『背』作『倍』，『亡』作『忘』，古通
用。」許說是也。

---

[10] 劉釗：《郭店楚簡校釋》（福州：福建人民出版社，2005年），頁181。

《禮記・經解》、《大戴禮・禮察》皆作「倍死忘生」，與《外傳》「背死亡生」同。此例又見以下諸籍：

(1)《後漢書・荀淑傳》附子爽傳引《傳》曰：喪祭之禮闕，則人臣之恩薄，背死忘生者眾矣。[11]

(2)《前漢紀・孝惠帝五年》：喪紀之禮廢，則骨肉之恩薄，而背死忘生者眾矣。[12]

(3)《世說新語・任誕第二十三》劉孝標《注》引干寶《晉紀》曰：故魏、晉之閒，有被髮夷傲之事，背死忘生之人，反謂行禮者，籍為之也。[13]

(4)《史記・樂書》裴駰《集解》：制五服哭泣，所以紀喪事之節，而不使背死忘生也。[14]

(5)《梁書》、《南史》〈徐勉傳〉：喪紀不以禮，則背死忘生者眾。[15]

不過，《漢書・禮樂志》：「喪祭之禮廢，則骨肉之恩薄，而背死忘先者眾。」顏師古注：「先者，先人，謂祖考。」[16]《群書治要・漢書二》同[17]。《論衡・薄葬》：「喪祭禮廢，則臣子恩泊；臣子恩泊，則倍死亡先；倍死亡先，則不孝獄多。」[18]皆作「忘先」，與「忘生」

---

[11]〔南朝宋〕范曄撰，〔唐〕李賢等注：《後漢書》（北京：中華書局，1965年），卷62，頁2051。

[12]〔漢〕荀悅撰，張烈點校：《漢紀》，《兩漢紀》（北京：中華書局，2002年），卷5，頁67。

[13]〔南朝宋〕劉義慶撰，〔南朝梁〕劉孝標注，余嘉錫箋疏：《世說新語箋疏》（北京：中華書局，2007年，第2版），卷下之上，頁855。

[14]〔漢〕司馬遷撰，〔南朝宋〕裴駰集解，〔唐〕司馬貞索隱，〔唐〕張守節正義：《史記》（北京：中華書局，1959年），卷24，頁1186。

[15]〔唐〕姚思廉撰：《梁書》（北京：中華書局，1973年），卷25，頁379；〔唐〕李延壽撰：《南史》（北京：中華書局，1975年），卷60，頁1480。

[16]〔漢〕班固撰，〔唐〕顏師古注：《漢書》（北京：中華書局，1962年），卷22，頁1028。

[17]〔唐〕魏徵等編：《群書治要》（日本東京大學東洋文化研究所藏元和二年[1616]銅活字印本駿河版），卷14，頁1下。其文有小異，作：「祭祀之禮廢，則骨肉之恩薄，而背死忘先者眾。」

[18]〔漢〕王充撰，黃暉校釋：《論衡校釋》（北京：中華書局，1990年），卷23，頁964。

不同。

　　王引之《經義述聞》述王念孫之說，云：

> 喪祭非所以事生，則喪祭之禮廢亦不得言忘生。（《正義》曰：
> 喪祭之禮所以敦勸臣子恩情，使死者不見背違，生者恆相存念。
> 此曲為之說也。）生當為先字之誤也。（《大戴禮・禮察》篇亦
> 作生，蓋後人據《小戴記》誤字改之。）喪禮廢則民倍死，祭禮
> 廢則民忘先。[19]

　　王念孫以為「生」當為「先」字之誤，「忘先」即忘記祖先。

　　郭店簡〈忠信之道〉：「君子如此，故不皇生，不倍死。」「皇」
字，學者釋讀稍有不同，裘錫圭讀為「誑」，陳偉讀為「忘」，張光裕
讀為「枉」，周鳳五讀為「孤」[20]。雖然如此，但「生」字不誤。「皇
生倍死」顯然可以與「倍死忘生」相對應，即「背棄死者，遺忘生者」
之意。《禮記・經解》諸文大義為：「若喪禮和祭禮廢棄的話，則臣子
對君父的恩情便會淡薄；臣子對君父的恩情淡薄，則背棄死者、遺忘生
者的人就會多。」

　　若如王念孫所說，「喪祭非所以事生，則喪祭之禮廢亦不得言忘
生」，則「忘先」與「倍死」義近，然而考《禮記・經解》：

> 故昏姻之禮廢，則夫婦之道苦，而淫辟之罪多矣。鄉飲酒之禮
> 廢，則長幼之序失，而爭鬬之獄繁矣。喪祭之禮廢，則臣子之恩
> 薄，而倍死忘生者眾矣。聘覲之禮廢，則君臣之位失，諸侯之行
> 惡，而倍畔侵陵之敗起矣。

　　所言蓋昏姻、鄉飲酒、喪祭、聘覲諸禮廢棄帶來的現實負面影響，
「臣子之恩薄」即所謂「忘生」也。

---

[19]　〔清〕王引之：《經義述聞》（臺北：世界書局，1975年），卷16，頁383。
[20]　陳偉等：《楚地出土戰國簡冊十四種》（北京：經濟科學出版社，2009年），頁201；劉
　　　釗：《郭店楚簡校釋》，頁163。

郭店簡〈成之聞之〉26號簡「生」字作_生，而同篇3號簡「先」字作_先，可見兩者字形相差較大，先秦時應不會因字形而致誤。

（三）卷3第13章

周公趨而進曰：「不然。使各度其宅，而佃其田，無獲舊新。百姓有過，在予一人。」武王曰：「於戲！天下已定矣。」（頁95）

3.「各度其宅」

此段重見於其他典籍中：

（1）《尚書大傳》：周公趨而進曰：「臣聞之也，各安其宅，各田其田，毋故毋私。惟仁之親，何如？」武王曠乎若天下之已定。（金履祥《通鑑前編》卷六）[21]

（2）《尚書大傳》：武王入殷，周公曰：「各安其宅，各田其田，無故無新，唯仁之親。」（《後漢書・申屠剛傳》）[22]

（3）《淮南子・主術訓》：使各處其宅，田其田，無故無新，唯賢是親，用非其有，使非其人，晏然若故有之。

（4）《說苑・貴德》：周公曰：「使各居其宅，田其田，無變舊新，唯仁是親，百姓有過，在予一人。」武王曰：「廣大乎平天下矣。」

可知《外傳》「各度其宅」，又作「各安其宅」、「各處其宅」、「各居其宅」。屈守元謹錄《說苑・貴德》作「居」[23]。趙懷玉云：「度與宅同。」（《集釋》頁95）傳說略有不同，故典籍所載不盡相合，然可知度、安、處、居其義同。此章雖有異文，然不須校改，各尊

---

[21] 〔清〕陳壽祺輯校：《尚書大傳》，《四部叢刊初編》（上海涵芬樓藏《左海文集》本），卷3，頁3下。

[22] 〔南朝宋〕范曄撰：《後漢書》，卷29，頁1012。

[23] 屈守元撰：《韓詩外傳箋疏》（成都：巴蜀書社，1996年），卷3，頁262。

所聞即可。

（四）卷3第31章

4.「又相天下」

> 周公踐天子之位七年，……成王封伯禽於魯，周公誡之曰：
> 「……吾文王之子，武王之弟，成王之叔父也，又相天下，吾於
> 天下亦不輕矣。然一沐三握髮，一飯三吐哺，猶恐失天下之士。
> （頁116-117）

《外傳》「又相天下」，據《說苑・敬慎》校改為「天子」[24]。許
維遹引趙懷玉本而改，所據實皆《說苑・敬慎》。

考《韓詩外傳》「吾文王之子，武王之弟，成王之叔父也，又相天
下，吾於天下亦不輕矣」，恰可與《說苑・敬慎》「我文王之子也，武
王之弟也，今王之叔父也，又相天子，吾於天下亦不輕矣」對應，又或
與下文「吾於天下亦不輕矣」避重，故改之。

蓋《外傳》此段起首即言「周公踐天子之位七年」，故言「相天
下」，前後相合；《說苑》不言周公踐祚，只言「昔成王封周公」，故
作「相天子」，亦前後相合。若以《說苑》之文改《外傳》，則前後意
不相合。

5.「屋成則必加拙」

> 成王封伯禽於魯，周公誡之曰：「……夫天道虧盈而益謙，地道
> 變盈而流謙，鬼神害盈而福謙，人道惡盈而好謙。是以衣成則必
> 缺衽，宮成則必缺隅，屋成則必加拙，示不成者，天道然也。
> 《易》曰：『謙亨，君子有終吉。』《詩》曰：『湯降不遲，聖
> 敬日躋。』誡之哉！[子]其無以魯國驕士也。」（頁117-118）

---

[24] 〔漢〕劉向撰，向宗魯校證：《說苑校證》（北京：中華書局，1987年），卷10，頁240-
241。

「屋成則必加拙」，《說苑》作「加錯」，許維遹從元本作「加措」，以《說苑》作「錯」，云：「措、錯古通，今據正。」屈守元亦作「加措」，用《呂氏春秋‧博志》篇「故天子不處全，不處極，不處盈。全則必缺，極則必反，盈則必虧」解之[25]。

蕭旭云：

> 措、錯讀為笮，《說文》「笮，迫也，在瓦之下棼上」，《廣韻》「笮，屋上板」，相當於今之望板。作「拙」誤。[26]

馬王堆帛書《易傳‧繆和》篇：「屋成加菩（藉），宮成刜（刊）隅。」[27]蕭氏校補亦用此說：

> （《韓詩外傳》）元刊本「拙」作「措」，《喻林》卷29引同。說《外傳》者皆不了。「拙」是「措」形譌。我以前校《外傳》，讀措、錯為笮，菩亦當讀為笮。……相當於今之望板。加笮，取其逼迫之義，正下文「謙之為道也，君子貴之」之誼。[28]

據蕭氏說，其另有專文〈「屋成加措」解〉[29]，惜未見，然其精義應如上所述。

如蕭氏所引，《釋名》：「笮，迮也，編竹相連迫迮也。」《爾雅》：「屋上薄謂之筄。」郭璞注：「屋笮。」蓋屋笮以竹編成，裝於瓦下，如後世之望板。望板又作望版，鋪釘在椽子上面的薄木板，用以支承瓦片，防水防風防塵，及使室內頂面外觀平整等作用[30]。古用竹，

[25] 屈守元：《韓詩外傳箋疏》，卷3，頁324。
[26] 蕭旭：〈《韓詩外傳》補箋〉，《文史》第57輯（北京：中華書局，2001年），頁58-59。又見氏著《群書校補》（揚州：廣陵書社，2011年），第1冊，頁454。
[27] 裘錫圭主編：《長沙馬王堆漢墓簡帛集成》（北京：中華書局，2014年），第3冊，頁134。
[28] 蕭旭：〈馬王堆帛書《易傳》校補〉，復旦大學出土文獻與古文字研究中心網站論文，2016年6月18日，擷取自網頁：http://www.gwz.fudan.edu.cn/Web/Show/2834。
[29] 見《古籍整理研究學刊》2000年古文獻與古文化研究專刊。
[30] 中華書局辭海編輯所編：《辭海試行本》（上海：中華書局辭海編輯所，1961年），第16分冊《工程技術》，頁181。

後用木，材質不同而已。

考《周禮·考工記·匠人》「殷人重屋，堂脩七尋，堂崇三尺，四阿，重屋」，鄭注：「重屋者，王宮正堂若大寢也。……重屋，複笮也。」[31] 孫詒讓云：

> 重屋通天，得納日光；複屋、複笮止取重柔為飾，不通天納光也。凡複屋，棟笮等皆於一層屋之上重柔合併為之，重屋則上下兩層屋，各自為棟笮等，不相合併，二制迥異。[32]

可知，重屋各自為棟笮，複屋則重柔合併棟笮，而笮為屋之構件之一，於屋未成時所加，若無，則無以承瓦防雨。如蕭氏所云，屋成加笮，示不成者，悖矣。

蕭氏所本在於笮有逼迫義，段玉裁云：

> 笮、窄古今字也。屋笮者本義，引申為逼窄字。……按笮在上椽之下、下椽之上，迫居其閒故曰笮。[33]

考笮，從竹乍聲，乍即今作字，如從木乍聲之柞，為「乍」木，即除木之義[34]。則笮為「乍」竹，其本義當如《釋名·釋宮室》所謂「編竹相連迮迮也」。而連竹之笮用於建屋，故謂之屋笮，當非段氏所謂「迫居上、下椽之間曰笮」也。

考此上下三句對仗，衣成缺衪、宮成缺隅、屋成加「拙」，衪、隅為衣、宮之一部分，故用「缺」字。後云「示不成者，天道然也」，則用「加」字，蓋所加必使屋有「不成」之義。馬王堆帛書〈繆和〉又

---

[31] 〔唐〕賈公彥：《周禮注疏》（臺北：藝文印書館，1960年影清嘉慶二十年[1815]江西南昌府學阮元刻本），卷41，頁643。

[32] 〔清〕孫詒讓撰，王文錦、陳玉霞點校：《周禮正義》（北京：中華書局，1987年），卷83，頁3448。

[33] 〔清〕段玉裁：《說文解字注》（上海：上海古籍出版社，1981年影清經韻樓刻本），5篇上，頁191-192。

[34] 裘錫圭：〈甲骨文所見的商代農業〉，《裘錫圭學術文集》（上海：復旦大學出版社，2012年），第1卷《甲骨文卷》，頁250-251。

云「謙之為道也，君子貴之」，文意與《外傳》同。張政烺引《說苑・敬慎》，云：「菩、錯疑並假作藉。《說文》：『藉，一曰草不編狼藉』。《左傳》桓公二年『清廟茅屋』疏：『杜云以茅飾屋，著儉也。以茅飾之而已，非謂多用其茅總為覆蓋，猶童子垂髦及蔽膝之屬，示其存古耳。』」[35] 考錯、措、菩、藉皆從昔，昔上古音在鐸部，錯、措音同，上古音在清母鐸部，藉上古音在從母鐸部，諸字可相通。而拙字，上古在章母物部，如蕭旭所言，應是措之形訛。元刊本《外傳》作「措」，與《說苑》作「錯」、馬王堆帛書〈繆和〉作「菩」通。

（五）卷3第32章

> 《傳》曰：子路盛服以見孔子，孔子曰：「由疏疏者何也？昔者江出於濆，其始出也，不足以濫觴。及其至乎江之津也，不方舟，不避風，不可渡也。非其下流眾川之多歟？今汝衣服（其）[甚]盛，顏色充滿，天下有誰加汝哉？」子路趨出，改服而入，蓋揖如也。孔子曰：「由志之。吾語汝。夫慎於言者不譁，慎於行者不伐。色知而有長者小人也。故君子知之為知之，不知為不知，言之要也。能之為能之，不能為不能，行之要也。言要則知，行要則仁。既知且仁，又何加哉？《詩》曰：『湯降不遲，聖敬日躋。』」（頁118-120）

此章又見《荀子・子道》、《說苑・雜言》、《孔子家語・三恕》。四書所載內容基本一致，但異文頗多，正可互相對讀，以下擇要分析數列：

	荀子	韓詩外傳	說苑	家語
1.	裾裾	疏疏	襜襜	倨倨
2.	江出於岷山	江出於濆	江水出於岷山	江始出於岷山
3.	其源可以濫觴	不足以濫觴	大足以濫觴	其源可以濫觴
4.	不放舟	不方舟	不方舟	不舫舟
5.	不可涉	不可渡	不可渡	不可以涉

---

[35] 裘錫圭主編：《長沙馬王堆漢墓簡帛集成》，第3冊，頁135。

	荀子	韓詩外傳	說苑	家語
6.	非維下流水多	非其下流眾川之多	非唯下流眾川之多	非惟下流水多
7.	衣服既盛	衣服其盛	衣服甚盛	衣服既盛
8.	顏色充盈	顏色充滿	顏色充盈	顏色充盈
9.	天下且孰肯諫女	天下有誰加汝	天下誰肯加若	天下且孰肯以非告汝
10.	蓋猶若也	蓋揖如也	蓋自如也	蓋自若也
11.	奮於言者華	慎於言者不譁	賁於言者華也	奮於言者華
12.	奮於行者伐	慎於行者不伐	奮於行者伐也	奮於行者伐
13.	色知而有能	色知而有長	色智而有能	色智而有能
14.	行之至也	行之要也	行之至也	行之至也
15.	行至則仁	行要則仁	行要則仁	行至則仁

6.「疏疏」

　　楊倞《荀子注》：「裾裾，衣服盛貌。」郝懿行以為「裾」與「襜」皆衣服之名，因其盛服，即以其名呼之，而「疏疏」與「倨倨」則其義別[36]。劉師培《荀子補釋》以為郝說非，認為「裾」當作「倨」，為驕傲之義，孔子「慮其因盛服而生嬌侈之心」[37]。屈守元以為楊倞乃臆說，引高誘《淮南子注》「裾，裒也」，《玉篇‧衣部》「襜襜，動搖貌」，以為「裾裾」、「襜襜」、「疏疏」之訓，「當兼此」[38]。王天海以為裾與楚通，裾裾通「楚楚」，有鮮明華美之義，即今之「衣冠楚楚」[39]。

　　王天海之說與楊倞注類似，鮮明華美即形容「衣服盛貌」。屈守元未做太多解釋，推測其意，當是以為衣服疏闊（《說文》裒有大義），身動而隨之搖擺。但他並未論及《家語》異文「倨倨」是否也有此義。劉師培與之相反，以「倨」釋之，蓋專從神態而論，與諸家聚焦於衣服不同。蓋四種異文各不關聯，此即傳聞有異同，各從其本可也。

36　〔清〕王先謙撰，沈嘯寰、王星賢點校：《荀子集解》（北京：中華書局，1988年），卷20，頁532。

37　劉師培撰：《荀子補釋》，《劉申叔先生遺書》（民國廿三年[1934]寧武南氏校印），頁82。

38　屈守元：《韓詩外傳箋疏》，卷3，頁325-326。

39　王天海撰：《荀子校釋》（上海：上海古籍出版社，2005年），卷20，頁1134。

7.「不足以濫觴」

　　《外傳》「不足以濫觴」，《荀子》、《家語》作「其源可以濫觴」，《說苑》作「大足以濫觴」。《外傳》諸本皆作「不」，元本作「大」。

　　劉師培曰：「《外傳》『可』作『不足』。《說苑·雜言》篇作『大足』，『大』亦『不』誤。疑此文『可』上捝『不』字。」[40] 屈守元從元本，認為「不足濫觴」義不可通，「不」乃誤字[41]。

　　從全句文意來看，若作「不」字，今譯當為：「從前，長江發源於岷山，剛流出時，不足以浮起酒杯，等它流到長江的渡口時，如果不把兩條船併起來，不避開大風，是不可能渡過江的。」可見文從字順，屈氏所謂「義不可通」實難理解。《荀子》、《家語》「其源可以濫觴」即長江源頭之水可以浮起酒杯，《說苑》「大足以濫觴」則為長江源頭之水大到可以浮起酒杯。蓋此段孔子以源流譬喻，源小而流大，「濫觴」本即指水流之細小，「不足以濫觴」更言水流之小，與下文「不方舟，不避風，不可渡也」語氣相合，而若作「大足以濫觴」，則不如前兩種文意順暢，故劉師培言「大」乃「不」之誤，而非屈氏相反之說也。

8.「慎於言者不譁，慎於行者不伐」

　　《外傳》「慎於言者不譁，慎於行者不伐」，《荀子》、《家語》作「奮於言者華，奮於行者伐」，《說苑》作「賁於言者華也，奮於行者伐也」。楊倞注：「奮，振；伐，矜也。」[42] 俞樾《荀子平議》認為「奮」乃「眘」之誤，即古文「慎」字，楊倞據誤本作注，《荀子》原本當從《外傳》[43]。屈守元引俞氏說而無所是非。

　　劉師培《荀子斠補》云：

---

[40] 劉師培撰：《荀子斠補》，《劉申叔先生遺書》，卷4，頁10上。

[41] 屈守元：《韓詩外傳箋疏》，卷3，頁326。

[42] 楊注脫「伐」字，今從駱師瑞鶴先生意見補。見氏撰《荀子補正》（武漢：武漢大學出版社，1997年），頁206。

[43] 〔清〕王先謙撰，沈嘯寰、王星賢點校：《荀子集解》，卷20，頁532。

俞樾據《外傳》改為「慎於言者不謹，慎於行者不伐」，謂係慎
訕。今考《說苑・雜言》篇、《家語・三恕》篇並與此同。《說
苑》「奮」作「賁」，音義亦略相符。又《家語》王注云「矜於
行者自伐其功」，則本書此文亦非訛挩，不必改從《外傳》也。[44]

　　此說得之。《荀子》、《說苑》、《家語》字句大體一致，不可言
三書皆誤也。同理，亦不可認為《外傳》為誤而改從《荀子》。兩者於
文意皆通，表述方式有正反不同，不足以此而改本文也。如駱師瑞鶴先
生所言：「奮於言者華，謂於言語奮迅者好浮華；奮於行者伐，謂於行
為奮迅者好矜其功也，二事並謂其躁動而不慎於言行。《外傳》文不同
者，是以漢時今語述古文，因反言之，義則不殊。」[45]故此處不當互相
校改。

（六）卷3第35章

王者之等賦正事，田野什一，關市譏而不征，山林澤梁，以時入
而不禁。相地而衰正，理道而致貢，萬物群來，無有流滯，以相
通移，近者不隱其能，遠者不疾其勞，雖幽閒僻陋之國，莫不驅
使而安樂之。夫是之謂王者之等賦正事。《詩》曰：「敷政優
優，百祿是道。」（頁123-124）

　　此章與《荀子・王制》篇重見。

9.「王者之等賦正事」

　　《荀子・王制》：「王者之等賦政事，財萬物，所以養萬民也。」
王念孫《讀書雜志》曰：

「之」下當有「法」字。「王者之法」，乃總目下文之詞。下文
「是王者之法也」，正與此句相應。上文「王者之人」、「王者

---

[44] 劉師培：《荀子斠補》，卷4，頁10。
[45] 駱瑞鶴：《荀子補正》，頁207。

之制」、「王者之論」皆上下相應，此文脫法字，則上下不相應矣。「等賦」二字連讀。（楊云：「賦稅有等，所以為等賦。」〈富國〉篇云：「等賦府庫者，貨之流也。」）政讀為正。言等地賦，正民事，以成萬物而養萬民也。（財者，成也。說見〈非十二子〉篇。）楊讀「王者之等賦」為句，「政事財萬物」為句，皆失之。[46]

〈王制〉篇有「王者之人，……夫是之謂有原，是王者之人也」、「王者之制，……夫是之謂復古，是王者之制也」、「王者之論，……夫是之謂定論，是王者之論也」，而此處作「王者之等賦政事，……夫是之謂人師，是王者之法也」，故王念孫懷疑脫「法」字，應當與前文例相合。

不過，《外傳》亦無「法」字，若云兩書皆脫字，則可能性甚微。且《外傳》獨有此章，前後無類似「王者之人」例可循，又末尾作「夫是之謂王者之等賦正事」，與《荀子》皆不同。或可推知，《外傳》原本即無「法」字，其所見《荀子》版本亦無「法」字。許維遹用王念孫說增「法」字，可不必也。

又，王念孫讀「政」為正，與《外傳》「正事」相合。屈守元以為王說誤，其云：

「政」、「正」二字皆當讀為「征」。此傳「事」字，乃「財」字之誤。《荀子》則「財」上誤衍「事」字。此《傳》蓋據《荀子》誤衍之本，刪「財」而留「事」字，故此致誤。古政、征通用，說見《經義述聞》卷十四。此章所言皆賦稅之事，「等賦征財」即為總目，不必如王念孫之說，增添「法」字也。[47]

若如屈氏所言，則《荀子》原本當作：「王者之等賦征財，萬物所以養萬民也」，《外傳》則據誤本《荀子》作「王者之等賦正事」。屈

---

[46]〔清〕王先謙撰，沈嘯寰、王星賢點校：《荀子集解》，卷5，頁160。

[47] 屈守元：《韓詩外傳箋疏》，卷3，頁338。

氏此說，幾近臆測。校勘訓詁，以簡易平實為旨，若如屈氏，則迂迴曲折：《荀子》誤衍「事」字，且《外傳》亦誤衍，不合理一也；如其所說，則「萬物所以養萬民也」，與前後文不相連貫，不合理二也；「等賦政事」即「等賦正事」，亦與賦稅之事相合，不必非改作「等賦征財」不可，不合理三也。正、政確實可讀為征，不過屈氏隨後之解釋則超出信而可徵之範圍。

　　王天海增「法」字，又贊同屈氏「政」讀為「征」，但不認為「事」字衍，以為「征事」即徵調力役之事，將「等賦」、「征事」、「財萬物」視為「所以養萬民也」[48]。不過《外傳》並無「財萬物所以養萬民也」一句，雖然並不能以此斷定《荀子》「等賦政事」屬上讀，但《外傳》此句原本應當作「王者之等賦正事」則無疑。

10.「相地而攘正」

　　《外傳》諸本作「正壞」（屈守元云作「正壞」），元本作「攘正」，《荀子》作「衰政」。瞿中溶據《荀子》以為《外傳》元本誤「衰」為「攘」字。許維遹認同瞿氏說，而正、政與征古通用，故其本作「衰正」[49]。屈守元與許氏觀點類似[50]。

　　楊倞注：「衰，差也。政為之輕重。政，或讀為征。」盧文弨曰：

> 〈齊語〉正作「相地而衰征」，韋昭注云：「視土地之美惡及所
> 生出，以差征賦之輕重也。」[51]

　　駱師瑞鶴先生云：

> 《管子・小匡》文同。郭沫若等《集校》引劉師培《斠補》云：
> 「《九章算術》六李藉音義云：衰，次也，不齊等也。《管子》

---

[48] 王天海：《荀子校釋》，卷5，頁370-371。
[49] 許維遹：《韓詩外傳集釋》，卷3，頁123。
[50] 屈守元：《韓詩外傳箋疏》，卷3，頁339。
[51] 〔清〕王先謙撰，沈嘯寰、王星賢點校：《荀子集解》，卷5，頁160-161。

曰：相地而衰征。是《管子》古有作征之本。」衰之言殺，謂以次減殺，故楊以等差為解。[52]

王天海曰：「衰政，謂征稅有等次。楊說是也。」[53]

可知據《管子・小匡》「相地而衰其政，則民不移矣」、《國語・齊語》「相地而衰征，則民不移」，及《荀子・王制》「相地而衰政」，《外傳》此章原本當如諸家所說作「衰正」。

三、結語

陳垣總結校勘四法：對校、本校、他校、理校。版本異文主要屬於對校（即版本校），重見異文主要屬於他校（用於訓詁，解釋語義而非直接改定原本）。以上十例可據此分成兩類：

第一，依據異文，可改者四例。

例1，卷2第33章「禮者，因人情為文」，並無版本異文，但通過本校法，與《外傳》第5卷第10章「禮者則天地之體，因人之情而為之節文者也」相合，而且他書之中，重見異文甚多，義無不合。故綜合而言，此句之意當作「禮者，因人情而為之節文」。

例5，卷3第13章「屋成則必加拙」，元本作「加措」，《說苑》作「加錯」。馬王堆帛書《易傳・繆和》篇作「菩（藉）」，有學者讀為笮，取其逼迫之義，此說誤。《外傳》當從元本作「措」，假作藉。

例7，卷3第32章「不足以濫觴」，《荀子》、《家語》作「其源可以濫觴」，《說苑》作「大足以濫觴」。《外傳》諸本皆作「不」，元本與《說苑》相合作「大」。「不」字更契合文意，「大」字則可作版本異文寫入校勘記中。

例10，卷3第35章「相地而攘正」，《外傳》諸本作「正壞」，元本作「攘正」。《荀子》作「衰政」，《管子》、《國語》皆作「衰」。故元本之「攘正」或是「衰正」之誤。

52　駱瑞鶴：《荀子補正》，頁39。
53　王天海：《荀子校釋》，卷5，頁372。

第二，雖有異文，不改者六例。

例2，卷3第11章「臣子之恩薄，則背死亡生者眾」，重見異文中「背」作「倍」、「亡」作「忘」，皆為通假字，故不改。而王念孫據《漢書・禮樂志》「背死忘先」、《論衡・薄葬》「倍死亡先」，以為「生」當為「先」字之誤。然而，《外傳》無版本異文，「背死亡生」又足以解通文義，且有郭店簡〈忠信之道〉諸重見文獻為證，故不從王氏之說，《外傳》此處不須改字。

例3，卷3第13章「使各度其宅」之「度」字，《尚書大傳》作安，《淮南子》作處，《說苑》作居，諸字義皆同，故不改。

例4，卷3第31章「又相天下」，《說苑》作「又相天子」，《外傳》無異文，且典籍各述所聞，不當據之以改《外傳》。

例6，卷3第32章「疏疏」，《荀子》作「裾裾」，《說苑》作「襜襜」，《家語》作「倨倨」，四家異文當各從其本，不必互改。

例8，卷3第32章「慎於言者不譁，慎於行者不伐」。《荀子》、《家語》作「奮於言者華，奮於行者伐」，《說苑》作「賁於言者華也，奮於行者伐也」。諸家所載文意相合，《外傳》以漢時語述古文，不當校改。

例9，卷3第35章「王者之等賦正事」，王念孫據《荀子》上下增作「王者之法，等賦政事」，又解正、政通。《外傳》無異文，亦無用本校之處，故此處不改。

之所以出現改與不改的問題，從根本上來看，是因為校勘學在理念與實踐上存在天生的矛盾。倪其心說：

> 校勘的目的和任務是存真復原，恢復古籍原稿的本來面貌。校勘範圍的考證，主要是調查核實原稿的文字形式，原則上不涉原稿的內容是非和文字正誤。……但是，正由於校勘的考證對象是古籍的文字形式構成的文辭，而文辭總是表達內容的，和內容緊密不可分割。因此，校勘的考證又不可避免地會進入有關的內容的考證。……這就是，說校勘的考證，一方面限於被校的古籍範圍，另一方面又隨著被校的古籍進入專門知識領域；一方面限於

文字形式的考證，另一方面又隨著文字進入內容的考證。正是這樣的矛盾統一，使校勘具有綜合性的考證性質，其考證方法也具有綜合調查核實的特點。[54]

　　校勘的內容主要在文字形式上，但文字形式構成的文辭包含作者所賦予的意義，因此校勘的考證不可避免地從文字形式上進入內容本身。正因為校勘具有這樣矛盾的性質，所以會與解釋詞義和語法（文字內容）的訓詁密不可分。

　　為了平衡校勘在形式與內容上的矛盾，古人提出諸多解決方法。段玉裁〈與諸同志書論校書之難〉云：

> 校書之難，非照本改字不譌不漏之難也。定其是非之難。是非有二：曰，底本之是非；曰，立說之是非。必先定其底本之是非，而後可斷其立說之是非。二者不分，輒輖如治絲而棼；如算之淆其法實而瞀亂，乃至不可理。何謂底本？著書者之稿本是也；何謂立說？著書者所言之義理是也。[55]

　　區分底本與立說，對於古籍整理與研究而言，意義深遠。校勘處理的是底本問題，但因涉及立說，而使得實際情況變得非常複雜。王引之「用小學校經，有所改有所不改」，「有所不改」與顧千里「不校校之」的理念相合，都是將底本的問題與立說分離開來，在追求典籍原本原貌的同時，盡量不以立說之是非混淆其中。倪其心發揮顧、王理念，區別「整理古籍」與「研究古籍所載內容」兩個層面，認為兩者關係緊密，但卻是不同學科：「『不校校之』和『有所不改』的觀點不僅具有方法和處理的原則價值，而且應當承認具有古籍整理的理論法則的價值，必須予以遵循。」[56]

---

[54]　倪其心：《校勘學大綱》（北京：北京大學出版社，2004年，第2版），頁105。

[55]　〔清〕段玉裁撰，鍾敬華校點：《經韻樓集》（上海：上海古籍出版社，2007年），卷12，頁332-333。

[56]　倪其心：〈不校校之與有所不改〉，《校勘學大綱》，頁316。

但在實際操作中，仍須格外謹慎。倪其心說：

> 理論上，每處異文必有錯誤，有錯誤處必有正確的本字本
> 句。……如果原本不存，而各本異文在，那麼分析異文，應當以
> 其中符合作者本意者為正字。癥結恰恰在此。學者對著作者本意
> 理解往往並不一致。一錘定音，必須有確鑿的版本依據。[57]

依據重見異文，可以更加確切理解文意，但若改動原本，必須有確切依據，否則當遵循「不校校之」之法，有所不改。

蓋《韓詩外傳》大量內容重見他書，或《外傳》引自他書，或有相同材料來源，或後世引《外傳》，然多同事而異詞，共理而相貫，故可互相參證，此即於異中求「同」也；而《韓詩外傳》作為一獨立文本，自有其特殊之處，不可處處以他書改本文，否則《外傳》便失去其之所以為《外傳》之特質，此即同中存「異」也。

輯貳　當代文學、數碼文化與電子媒介

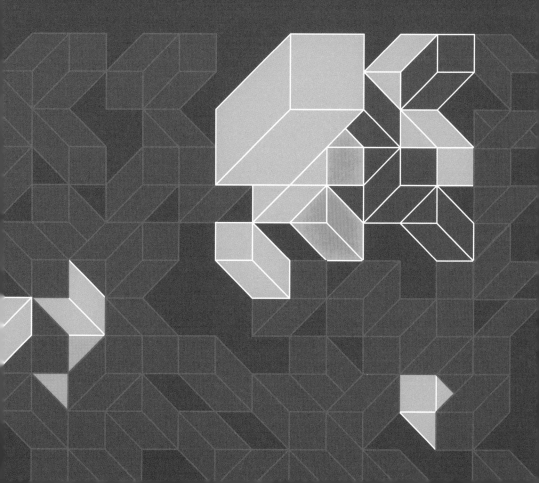

第八章
從中國言情小說傳統看大陸網路小說特色
——以桐華《步步驚心》及其電視劇改編為例

梁慕靈

香港公開大學人文社會科學院副教授、
田家炳中華文化中心主任

一、引言

　　中國言情小說傳統由唐代傳奇小說開始，歷經鴛鴦蝴蝶派到八十、九十年代港臺言情小說發展的高峰，發展出變化多樣的書寫風格和類型。2000年後，隨著互聯網的快速發展，言情小說的陣地由港臺移至大陸，進入網路的言情時代。當中的言情小說風格變化多端，單以網路文學網站「晉江文學城」於言情小說一項的分類而言，已可分為古代言情、都市青春、幻想現言、古代穿越、玄幻奇幻、科幻懸疑網遊等多個門類[1]。其中以古代穿越一項為例，這一類型的網路小說創作及影視改編，其讀者數量之多、影響之廣泛，成為網路時代令人注目的文學現象。在眾多的網路穿越小說中，於2005年在晉江原創網連載的《步步驚心》，其網路的轉載總點擊率超過一億人次，其後於2006年出版小說紙

---

[1]　除了晉江文學城，其他流行的中國大陸網絡文學網站例如紅袖添香、小說閱讀網、瀟湘書院等。

本版本亦賣出超過十萬冊[2]。到2011年實體書已賣出超過50萬本[3]。接著湖南電視臺在2011年9月推出改編為電視劇的《步步驚心》，取得非常高的收視率[4]。據CSM21城市統計數據顯示，《步步驚心》首播第一天收視率達1.73%，是同一時段全國收視第一，在播出8集之後，在百度的搜尋量高達500萬次[5]。《步步驚心》這種廣受歡迎的現象，值得我們深思網路小說與文學傳統系統的關係。

　　過去有關網路穿越小說的研究，大約可分為四種類型，包括：（1）敘述模式：「灰姑娘模式」；（2）穿越小說或穿越劇共性及文化解讀；（3）小說改編電視劇；（4）接受美學。特別是在《步步驚心》成為這一種小說類型的經典後，更掀起了討論熱潮，不少研究論文都關注以下這個問題：為何穿越劇會在當今的社會中受到廣泛喜愛和追捧。這些研究在探討這個問題時，都離不開以下幾個論點：（1）在過去的歷史中追尋自我；（2）滿足觀眾好奇心；（3）逃避主義：現代人（特別是九十後）在現實中得不到成功感，故此透過穿越劇逃避現實[6]。然而，如果不以穿越劇為觀賞對象，觀眾同樣可以觀看古代宮廷劇來達到以上目的，並不需要必定以穿越劇來得到滿足。因此，單單以這些理由解讀穿越題材廣受當代觀眾／讀者喜愛，並不能全面解釋這種現象背後的意義。

　　綜觀近年流行的穿越小說／穿越劇，其實與中國言情小說傳統關係密切，本文因此嘗試以《步步驚心》為例，把中國網路言情穿越小說回

---

[2]　參自張傑：〈《步步驚心》原作小說脫銷 穿越紅遍網路魅力何在〉，《人民網》轉載，2011年9月22日，http://media.people.com.cn/GB/40728/15721793.html，瀏覽日期為2016年1月27日。

[3]　〈步步驚心如何走紅 2011最火劇成功秘訣〉，《高密信息港》，2011年10月3日，http://www.gminfo.cn/html/201110/03/083306544.htm，瀏覽日期為2016年1月29日。

[4]　曾繁亭等著：《網絡文學名篇100》（北京：中央編譯出版社，2014年），頁187。

[5]　〈步步驚心首播奪收視第一對話主創解密〉，《新浪網》2011年9月15日。http://ent.sina.com.cn/v/m/2011-09-15/09593416711.shtml，瀏覽日期為2015年11月21日。

[6]　採用以上論點的文章例如萬萍：〈從受眾傳播心理的角度解讀「穿越劇」熱播現象——以《步步驚心》為例〉，《新聞知識》2012年第9期，頁15-17；尹紅曉：〈「穿越劇」的文化解讀——以《步步驚心》為例〉，《東南傳播》2013年第2期，頁45-46；王晚霞、劉倩、劉瓊：〈穿越劇流行的傳播學解讀：以《步步驚心》為例〉，《東南傳播》2012年第1期，頁108-110；李江凡：〈從接受美學看小說《步步驚心》〉，《文學界（理論版）》2012年第10期，頁46-49。

置於這一傳統，通過梳理兩者的傳承脈絡，探討穿越小說廣受歡迎的原因。本文的思考重點為：言情小說由晚清反映世態為主，轉變成今日以穿越為題材的網路小說，出現了哪些與傳統世情小說相同或相異的美學特徵、敘事習慣和形式轉變？同時，本文亦會討論在今日中國網路審查下，網路小說中的穿越文類為何會受到政治上較嚴格的審查，以及這種審查和控制如何反過來影響網路穿越小說及其改編在內容和形式上的發展。本文並會從讀者觀眾接受美學的角度，分析穿越劇類型的特質，以及它與「正統文學」中的小說分別何在。《步步驚心》在小說和影視改編中大行其道的情況、中國大陸官方的文化政策對這種情況的控制，和文學影視界在這種控制中如何自處等問題，都是本文關注的議題。

二、以《步步驚心》為代表的網路穿越小說特質

　　《步步驚心》於2005年在晉江文學城連載，其網路連載方式對小說書寫有一定影響。寫手要在晉江文學城發表作品，首先要註冊成為作者，然後要在「發表新文」一項設定文章標題，選擇文體體裁（選項包括小說、評論、隨筆、詩歌、劇本），再選擇原創（故事完全由自主創作的作品）或同人（引用他人作品、形象為創作背景的作品）。接著要選擇文章的主要性向（包括言情、純愛、百合、女尊、無CP）[7]、文章時代選項（包括近代現代、古色古香、架空歷史、幻想未來）[8]、文章的主要類型（包括愛情、武俠、奇幻、仙俠、網遊、傳奇、科幻、童話、恐怖、偵探）、文章基調的風格（包括悲劇、正劇、輕鬆、爆笑、暗黑）[9]、選擇文章0-3個內容描述性標籤（包括清穿、強強、生子、年

---

[7]　根據網站說明，這幾個選項的定義如下：言情（故事的主要情節、主要人物是BG向）、純愛（故事的主要情節、主要人物是BL向）、百合（故事的主要情節、主要人物是GL向）、女尊（故事的主要情節、主要人物是GB向）、無CP（劇情流小說，沒有感情主線）。

[8]　根據網站說明，這幾個選項的定義如下：近代現代（故事背景為民國左右至今）、古色古香（以真實存在的歷史朝代為背景）、架空歷史（背景為作者構架的不曾存在過的歷史朝代）、幻想未來（故事的主體發生在未來）。

[9]　根據網站說明，這幾個選項的定義如下：悲劇（故事的主要基調很悲情或最終結局是悲劇）、正劇（介於悲劇與喜劇之間，按照客觀事件發展的正常結果來進行的作品）、輕鬆（故事風格輕鬆、語言詼諧有趣）、爆笑（故事語言誇張，令人捧腹）、暗黑（故事有灰

下、靈魂轉換、性別轉換、幻想空間、靈異神怪、奇幻魔幻等84個標籤）[10]。最後，須在500字內撰寫文案，作為作品內容的概括或提示，以及填寫一句話簡介、關鍵字（例如主角名字等）和選擇封面。完成後可上載作品，經編輯在1-3天內審查後，即可供網上讀者閱讀。《步步驚心》的定位是言情類，時代為古色古香，類型為傳奇類。通過這種有關網路小說寫作的運作描述，讓我們可以看到《步步驚心》的寫作模式，在上述框架影響下已有的定位和美學取向，同時，小說在這種網路刊登的制度下，必須吸引讀者持續點擊，因此亦影響到小說情節的安排，這種情況在下文將有更深入的討論。

　　讀者的反應對網路小說的創作有著重要影響。由於目前在晉江文學網連載的《步步驚心》原刊網站已被作者封鎖，因此無法看到當時的讀者回應[11]，但在百度的「步步驚心吧」仍有大量的讀者討論可供研究之用[12]。這些讀者的回應普遍圍繞情節發展的推進上，更多的是討論人物關係和心理，也有討論小說中最經典的部分是什麼等，這些都是屬於2007-2009年左右的討論熱門話題[13]；而在2011年10月2日，百度「步步驚心吧」中出現了一則發帖，當中整理了桐華對《步步驚心》完成後的討論和分析，以及讀者的相關討論，這應是電視劇《步步驚心》在同年9月首播後，再次掀起讀者對小說版的關注所致[14]。這則發帖的樓主整理了桐華對小說中暗寫的說明，解釋了小說中不少暗藏人物心理的細節，並揭開了不少較易被人忽略的真相，不少網友在看了作者本人的說明

色、黑色情緒）。

[10] 根據網站說明，這幾個選項的定義如下：清穿（主角穿越到清朝發生的故事）、強強（主角雙方為強攻強受的作品）、生子（帶有生子情節的作品）、年下（年紀小的一方為攻的作品）、靈魂轉換（主人公魂魄易體）、性別轉換（原有性別發生改變）、幻想空間（奇思異想的非現實類作品）、靈異神怪（題材涉及精靈、神仙、鬼怪等）、奇幻魔幻（情節涉及奇幻內容或魔法元素的文章）。

[11] 晉江文學網的「桐華居」網址為：http://www.jjwxc.net/oneauthor.php?authorid=32824。

[12] 可參見百度「步步驚心吧」的讀者討論，網址為：http://tieba.baidu.com/p/523788495，瀏覽日期為2016年1月22日。

[13] 例如吧中曾討論若曦寫給四爺的一首「詩」，當中的討論可追溯到2007年。詳參http://tieba.baidu.com/p/224156270，瀏覽日期為2016年1月22日。

[14] 該則發帖名為「【步步驚心】桐華本人對步步的評論 以及讀者對眾阿哥的一些解析～」，可於百度「步步驚心吧」找到，網址為：http://tieba.baidu.com/p/1230226241?pn=1，瀏覽日期為2016年1月22日。

後，才明白當中的暗示和隱筆。例如桐華說明第二十一章若曦託十四爺交還鐲子給八爺，十四爺卻一直沒有交還，原來存有私心；又解釋十四爺在第二十四章中為解救四爺而「猛地站起」，這一舉動看似表現出十四爺「愛兄」之情，原來在作者筆下卻有別樣意思[15]。讀者對此有以下回應：

> shfdfz：我發現我到古代的話會被算計死的⋯⋯還是沒看明白什麼意思⋯⋯（2012年2月19日）
>
> v脂硯齋v：十四為什麼遲遲不幫若曦還鐲子？不明白。（2012年8月26日）
>
> 雷帝康康：不得不感歎桐大果然是腹黑女王啊⋯⋯（2012年9月19日）
>
> 5241152：回復v脂硯齋v：14希望若曦和8分手，這樣他就有機會追求若曦了，當時他還不知道若曦會選擇4。（別人回答我的）（2012年12月11日）
>
> v脂硯齋v：回復5241152：謝謝，桐華的隱筆真高深！（2012年12月12日）

　　由以上讀者的討論可見，網路除了可以加強作者與讀者的溝通，亦有助讀者對作品有更深入的了解。這種網上討論的時間相當長，例如上述發帖的討論就由2011年10月10日維持到2015年8月17日。這種形式有助維持作品的受歡迎程度，亦可延長作品受關注的時間。又例如這個發帖記錄了桐華對讀者的回覆：

---

[15] 桐華解釋：「若曦在康熙五十二年的三月份將老八給她的鐲子給了十四，拜託十四還給老八，十四是什麼時候給了老八呢？他一直沒有給，直到六月份（此處時間推斷，我沒有明寫，但是通過良妃過世的日期，大家可以推斷）。老八自己撞破，他才給了老八，老八一怒之下砸了個粉碎。這是一件很值得玩味的事情，將近三個月的時間，十四難道竟然找不到任何一個機會還鐲子嗎？然後再看十四之後的反應，他是躲著若曦，直到若曦自己說了，不要往心裡去，他才算撂開此事。」詳見該發帖2樓：http://tieba.baidu.com/p/1230226241?pn=1，瀏覽日期為2016年1月22日。

　　我為了讓所有人複雜立體，性格豐滿，符合我所理解的歷史，
　　現在想來，我竟然不自覺地犧牲了若曦，讓讀者通過她的眼睛
　　一再去看到別的人物的好處，卻一再讓她做著好像傷害對方的事
　　情。[16]

　　對這個發帖，網友2KMFJ認為：「我是看了這個分析才喜歡上步步
的，能把人心灰暗的一面細膩的體現出來，它已經不是一部簡單的言
情小說了。」[17]網友「自由呼吸101」留言：「看了桐大這樣的分析，
陡然覺得原來男性角色的陰暗面這麼多，原來大家都被若曦的視角欺
騙了。」[18]網友寧苗亦凌則認為：「所以說很多人不懂若曦，看文不仔
細，沒有也解桐華的用意。」[19]可見讀者在初讀小說的時候可能未有留
意小說中的藏閃和暗示，這亦從側面證明了《步步驚心》在這方面與中
國傳統小說的傳承關係。留言中也有網友把《步步驚心》的小說讀者與
電視劇觀眾做比較：「那些質疑若曦的人都應該來看看，我都已經懶得
解釋了，小說粉應該都看過桐華的這些分析，可是電視粉就可能沒看
過，只知道一味的片面的在那亂叫。」[20]網上讀者已經有意識地把小說
讀者與電視讀者做比較，認為小說讀者較為關注小說中的隱筆和暗示，
但電視劇觀眾則只憑視覺畫面了解人物心理，如沒有看過小說則忽視了
很多細節。從以上讀者的討論和反應可了解到，不同媒體對網路小說本
身和讀者造成的影響具有相當大的差異。

---

[16]　見發帖「『一步一驚心』桐華關於《步步驚心》的人物分析」，網址為：http://tieba.
　　　baidu.com/p/1200918150?pn=1&statsInfo=frs_pager，瀏覽日期為2016年1月22日。
[17]　見覆帖「『一步一驚心』桐華關於《步步驚心》的人物分析」中2011年9月16日的留言
　　　（33樓），網址為：http://tieba.baidu.com/p/1200918150?pn=2&statsInfo=frs_
　　　pager，瀏覽日期為2016年1月22日。
[18]　見覆帖「『一步一驚心』桐華關於《步步驚心》的人物分析」中2011年9月18日的留言
　　　（58樓），網址為：http://tieba.baidu.com/p/1200918150?pn=2&statsInfo=frs_
　　　pager，瀏覽日期為2016年1月22日。
[19]　見覆帖「『一步一驚心』桐華關於《步步驚心》的人物分析」中2011年9月19日的留言
　　　（69樓），網址為：http://tieba.baidu.com/p/1200918150?pn=3，瀏覽日期為2016年
　　　1月22日。
[20]　見覆帖「『一步一驚心』桐華關於《步步驚心》的人物分析」中2011年9月20日的留言
　　　（78樓），網址為：http://tieba.baidu.com/p/1200918150?pn=3，瀏覽日期為2016年
　　　1月22日。

　　《步步驚心》大受歡迎，影響到不少續寫創作的出現，僅在晉江文學網中的以「步步驚心」為題的續寫就有8篇（見附錄一），其他相關的續寫更不可勝數。這種續寫的氣氛非常熱烈，例如在百度「步步驚心吧」中，網友不斷發表自行續寫《步步驚心》的小說，直至2016年1月27日為止，最新的一篇續寫是在2015年11月30日刊登的，可見多年來讀者對《步步驚心》的關注不斷；同時，續寫《步步驚心》的數量龐大得難以量化，更衍生「步步驚心吧」內出現續集審核組，負責每月統計續寫的數目，並有發表規則，例如每月樓主處理的續文上限為30篇[21]。這就可以見到續寫《步步驚心》的讀者數量之多，而《步步驚心》亦令到「清穿」這一種網路穿越小說類型的發展更為深遠。這種以某部小說為核心而進行續寫文學現象，在「正統文學」界別較少出現，亦難以具有這樣的規模。如果追本溯源，這種文學現象在晚清較為盛行，例如吳趼人的《新石頭記》續寫《紅樓夢》；《小五義》和《續小五義》為《三俠五義》的續作；《新孽海花》、《孽海花續編》與《續孽海花》為《孽海花》的續作等，都是根據著名小說而續作的小說作品，但是其數量難以跟今日的網路時代相比。這種續寫的情況在新文學的範圍一直較為少見，近年卻在非「正統」文學範圍的同人小說類型中興起，承著網路小說形式的興起而廣受歡迎，令這種風氣又再盛行。在網路穿越小說的範圍來說，以某一著名作品為原型而衍生其他續寫小說的情況，《步步驚心》具有重要的代表性，這種情況亦顯示網路小說與新文學陣營中的小說創作具有非常不同的特質。

　　同時，《步步驚心》小說和電視劇的成功，吸引更多不同類型的媒體改編和製作，例如2011年由斐然卓聲廣播劇社製作的《步步驚心》廣播劇[22]；於2011年由唐人影視和搜狐暢遊開發而成網路遊戲，名為《鹿

---

[21] 原文為：「【步步驚心】關於本吧續集帖的問題：一樓百度，請各位寫續看續的吧親進來看一下。各位吧親，本吧決定控制續文帖，希望各位吧親給予支持：1，續文帖樓主一個月以上不出現，不更新的帖子，將刪除帖子；2，新寫的續文帖每月上限為30帖，如果超過，那麼只能刪除了，吧務組也會每個月有一個帖子來統計本月續文帖的數目；3，如果續文帖的樓主有請過假，譬如『最近很難更新了，要過一段時間』這種是可以允許的，因為本吧杜絕的是無敵大坑；ps：以上是想寫續文的樓主的要求，所以還請各位樓主保留好自己的原稿。」詳參：http://tieba.baidu.com/p/1746365004，瀏覽日期為2016年1月27日。

[22] 可於以下網址收聽：http://tw.weibo.com/feirantang或：http://www.weibo.com/

鼎記之步步驚心》[23]；2012年由上海話劇藝術中心、北京完全娛樂有限
公司及文化中國傳播集團製作的舞臺劇《步步驚心》[24]；2013年10月5
日首演，由浙江小百花越劇團新編的越劇版《步步驚心》[25]；2015年8
月7日上映的電影版《新步步驚心》[26]；以及將於2016年9月由韓國SBS
電視臺改編的電視劇《步步驚心・麗》，此電視劇將以高麗時代的歷史
為背景進行改編[27]。這種情況顯示網路小說所具有的巨大商業價值，其
影響力廣及各種媒體，甚至能造成跨國界和跨文化的影響，這種影響力
亦是文學界別中的小說所不能比擬的。其與產業的連結亦非常密切，
《步步驚心》的例子就顯示了典型的網路文學產業形態[28]。

　　《步步驚心》在2011年改編為電視劇，其製作公司「唐人電影製作
有限公司」以製作古裝電視劇起家，目標收視對象為年輕人，因此不難
理解他們選擇《步步驚心》等網路小說作為改編的原因。播放《步步驚
心》的湖南衛視是在CCTV以外擁有最高收視率的地方電視臺[29]，其理
念和政策對播映改編自網路小說的穿越劇電視劇有一定影響。中國電視
劇的發展過往主要由中央電視臺主導，但近年政府削減地方電視臺的補
助後，這些電視臺的發展更為依賴廣告收入。在這種吸引廣告商為先的

---

feirantang?is_hot=1。

[23] 官方網頁為：http://bbjx.changyou.com/，瀏覽日期為2015年11月29日。

[24] 〈新舞臺：《步步驚心》何念和他的舞臺穿越劇〉，《新浪網》，2012年5月10日，http://
news.sina.com.tw/article/20120510/6719223.html，瀏覽日期為2016年1月27日。

[25] 〈《步步驚心》越劇版　浙江小百花全女班主演〉，《央視網》轉載，2013年9月3日，
http://ent.cntv.cn/2013/09/03/ARTI1378172895142196.shtml，瀏覽日期為2016年1月
27日；〈越劇版《步步驚心》首演 時尚女班亮麗「穿越」〉，《中國新聞網》轉載，2013
年10月8日，http://www.chinanews.com/cul/2013/10-08/5351841.shtml，瀏覽日期為
2016年1月27日。

[26] 〈《新步步驚心》劇情雷人票房驚心 市場口碑雙輸〉，《人民網》轉載，2015年8月12
日，http://media.people.com.cn/n/2015/0812/c40606-27447107.html，瀏覽日期為
2016年1月27日。

[27] 〈李準基、IU將演韓版《步步驚心》〉，《韓娛最前線》，2016年1月4日，http://kpopn.
com/2016/01/04/329615/，瀏覽日期為2016年1月27日。

[28] 網絡文學的產業鏈一般如下：簽約寫手→網絡作品→電子收費→書籍版權→移動閱讀版權
→影視改編→漫畫和動畫改編→網絡遊戲改編→海外版權轉讓。禹建湘：《網絡文學關鍵
詞100》（北京：中央編譯出版社，2014年），頁293。

[29] Ruoyun Bai, Staging Corruption: Chinese Television and Politics (Hong Kong: Hong
Kong University Press, 2014), p. 43.

前提下，電視劇愈發著重市場取向[30]。由陳榮勇的文章可以看到，除了中央電視臺一臺以外，湖南衛視佔據2010年中國收視額第2名[31]。這就可以看到這個在2011年播放《步步驚心》的地方電視臺，其製作或選播電視劇的取向能充分反映中國觀眾的口味和愛好。小說和電視劇改編以點擊率和收視率為成功指標，反映網路小說及其電視劇改編所代表的商業趨勢。網路小說本身擁有龐大的讀者群，例如《步步驚心》就擁有超過一億人次的點擊率，選擇把《步步驚心》改編成電視劇，可擁有龐大的潛在觀眾基礎，這本身就具備商業上的考慮。

　　然而，網路小說中的穿越題材廣受歡迎，卻令到中國當局充滿戒心。根據〈廣電總局關於2011年3月全國拍攝製作電視劇備案公示的通知〉，當局認為個別神怪劇和穿越劇，屬「不正確的創作苗頭」，「隨意編纂神話故事，情節怪異離奇，手法荒誕，渲染封建迷信、宿命論和輪迴轉世，價值取向含混，缺乏積極的思想意義」，因此認為製作機構要「端正創作思想，要弘揚中華民族優秀傳統文化，努力提高電視劇的思想藝術質量」[32]。後來《步步驚心》在2011年9月於湖南衛視播出後廣受好評，隨後不少穿越劇亦大行其道，致使中國當局在以後幾年更進一步控制穿越題材的播出，導致《步步驚心》的續集《步步驚情》因穿越題材難於送審而刪除情節，影響了劇情連貫性而受到不少負面批評。這種情況引起我們思考：為何當局要打壓穿越這種看似跟政治形勢關係不大的類型？根據哈佛大學一個團隊的研究，中國當局對個別主題或言論禁制並不熱衷，他們著意的是壓抑集體性的共同議題，即在某一時段能掀起熱潮、受到廣泛關注的議題，都是中國當局不能忍受的[33]。這就正

30　Ruoyun Bai, *Staging Corruption: Chinese Television and Politics*, pp. 40-43.

31　陳榮勇：〈新媒體時代電視媒體的影響力〉，《中國廣告》2011年第5期，頁41。

32　國家廣播電影電視總局：〈廣電總局關於2011年3月全國拍攝製作電視劇備案公示的通知〉，網址：http://dsj.sarft.gov.cn/tims/site/views/applications/note/view.shanty?appName=note&id=012f05cd6eff0560402881a22ed7cd65，瀏覽日期為2015年10月11日。

33　Gary King, Jennifer Pan, and Margaret E. Roberts, "A Randomized Experimental Study of Censorship in China," paper prepared for the annual meetings of the American Political Association, August 31, 2013, Chicago), http://papers.ssrn.com/sol3/papers.cfm?abstract_id=2299509. 同時亦可參見Gary King, Jennifer Pan, and Margaret E. Roberts, "Reserve-engineering censorship in China: Randomized experimentation and participant observation," *Science* 345. 6199 (Aug 2014): 1-10;

正說明，「穿越」能在短時間內得到廣泛注目、喜愛和支持，犯了中國當局的禁忌：一種廣泛受歡迎的集體需求或訴求。由此我們可以見到，《步步驚心》所代表的網路穿越小說題材，在某方面切中現代人的心理需求，並且反映一種廣泛而具代表性的文化現象。下文將會以此為切入點，討論《步步驚心》作為言情小說傳統的一脈，具有怎樣的文化意義。

三、中國言情小說傳統下網路穿越小說的特色和意義

　　在中國小說傳統下，言情小說和黑幕小說等世情小說在晚清主要採取反映世態、諷刺時弊等為創作方向。及後經歷鴛鴦蝴蝶派和港臺言情小說的多年發展，讀者對言情小說的內容、形式和美學已有既定閱讀習慣和期待。王德威在《被壓抑的現代性：晚清小說新論》中由晚清狎邪小說談起，並分析當代「新狎體小說」，論證現當代小說儘管不再書寫晚清青樓妓院的狎邪主題，卻仍然具有一種「將社會、歷史脈動情慾化的傾向」[34]。他討論的新狎邪小說迄於世紀末的小說風潮，認為他們「背離『感時憂國』的傳統，轉而刻劃中國現代『性』的各種面貌」[35]。本文要探問的是，在今天距離「世紀末」已有一段時間而流行的「網路言情小說」中，其對「情」和「慾」的探尋和表現，為何偏偏要借重「穿越」、「回到過去」的方式才能展現？而作為「網路穿越言情小說」扛鼎之作的《步步驚心》，當中對情慾的壓抑，恰恰是王德威討論晚清社會中狎邪小說「沉迷於慾望與被慾望的雙重遊戲」中的一種反照。在晚清的狎邪小說中，「情色是此類作品中不可或缺的原料，但並非一定脫胎自肉體感官的描寫；它自有一套『言』情『說』愛的章法」[36]。但在今日的網路世界中，網路小說有更大的空間去表現比晚清

Gary King, Jennifer Pan, and Margaret E. Roberts, "How Censorship in China Allows Government Criticism but Silences Collective Expression," *American Political Science Review* 107 (2013 May): 1-18.

[34] 王德威：《晚清小說新論：被壓抑的現代性》（臺北：麥田出版社，2003年），頁411。

[35] 同前註，頁410。

[36] 同前註，頁85。

小說更為激進的「情」、「慾」書寫，為何《步步驚心》反而出現一種對「情」、「慾」壓抑？這種壓抑是否能單純歸結到中國政府對網路的控制和審查？為何「穿越」比「情」、「慾」書寫更令中國政府在意？

　　網路言情小說中的穿越類型，具有強烈的幻想特徵，其浪漫元素通過「白日夢」或「YY」（網路術語，帶有「意淫」的意思）的取向來表現，這影響到小說如何表現「情」和「慾」。例如《步步驚心》中若曦與十阿哥、八阿哥、四阿哥和十四阿哥的感情瓜葛，都表現成一種近乎「無慾」的「純愛」關係，而且，在小說的步步進展中，人物的愛慾都表現成對「情」和「慾」的一再壓抑，甚至可以說，小說得以推展下去，就是建基於人物之間的一再壓抑、挫折、感傷之循環，彷彿只要眾人之間的「情」和「慾」得以釋放，小說就只能被迫戛然而止。更重要的是，這種小說的寫法受到讀者的一再推崇，甚至成為一種配合網路形式而生的小說美學：一種即時而連續不斷的敘事需要。這一部分是基於網路小說要吸引讀者不斷點擊瀏覽的特徵，因此需要製造連續的懸念（在《步步驚心》中的懸念即若曦與一眾阿哥的戀愛瓜葛，曾有牽連的包括十阿哥、八阿哥、二阿哥、四阿哥、十四阿哥）來推進劇情；另一方面，這種表現「情」和「慾」的方式，滿足了當代網路小說讀者的一種內在需求，彷彿只有一再地拖延拉扯，這種需求在不斷地堆疊之下，最後才能於爆發中釋放；而《步步驚心》的敘事是在一直未完成的狀態，不論若曦與一眾阿哥的關係如何，始終不能達到古典的言情美學極致：靈和慾的終極調和[37]。這種以「虐」為美的小說美學，包含了情節上「虐身」與「虐心」的安排，充分體現由網路而來的小說美學發展。

　　我們可從以下的例子深入探討《步步驚心》怎樣通過「虐身」與「虐心」來完成敘事。整本小說共有四十章，在經歷二十九章的情愛壓抑和掙扎以後，若曦和四阿哥二人的關係終於因為康熙駕崩、四阿哥成為雍正皇帝而終成眷屬。然而，小說中迎來的卻不是情感的爆發和釋放，等待著女主角的是一系列對身心的「施虐」，以及更強大的感情壓抑。在雍正登基後，若曦經歷雍正責罰八阿哥、發現康熙身邊的大太監

---

[37] 《步步驚心》中的若曦，與十阿哥、四阿哥、八阿哥和十四阿哥都在某程度心靈契合，卻又在某一點上志趣不通，最後並沒有一人能完滿地與若曦結合。

李公公原來是被雍正賜死的真相、若曦的好姐妹玉檀被雍正蒸殺等打擊，再加上與這幾件事相關的「虐身」情節：賠罰跪而傷腿、受驚嚇和傷心過度等，埋下若曦日後小產、久病而油盡燈枯的結局。重要的是，這種「虐身」和「虐心」並不為了累積人物對感情的投入，反而充滿了各人之間的現實考慮和計算，這可說是現代人借古代的場景來表現新的言「情」小說重點。

這種與「虐」相連的「情」「慾」書寫，其實跟小說中有關古代和現代的歷史觀有密切關係。穿越小說經過多年發展，其人物感情線索主要圍繞男女主角因現代和古代背景相異而出現的各種矛盾和衝突，這一方面大致可分為四種類型：現代女主角與古代男主角、古代女主角與現代男主角、現代男主角與古代女主角、古代男主角對現代女主角，情況與臺灣言情小說分布相同[38]，而《步步驚心》就是最常見的現代女主角穿越到古代，並認識著名的男性歷史人物的類型。在穿越小說中，如果是以現代男性為主角，他們穿越古代後多數都對投身歷史、參與政治抱有興趣，但如果是以現代女性為主角，她們則多以情感追逐為要，甚少參與政治，亦缺乏改變歷史的取向。例如《步步驚心》的女主角若曦就對改變歷史缺少掙扎，並且採取一種順應天命的態度，而這種心態在《步步驚心》電視劇中比小說更為強烈，例如電視劇第二集加插了若曦跟四爺第二次碰面，想衝到馬下尋死，以求回到現代的情節。其後四爺「臨危立馬」，救了若曦，並在之後的見面中質問她尋死的原因。若曦說：「這樣，我打一個比喻：遊園驚夢，一覺進夢。想要夢醒，卻醒不過來，該怎麼辦？」四爺回答：「六個字，既來之，則安之，懂嗎？木強則折。」這段加插的內容增強了電視劇中人物對歷史的順從態度，強調現代人在面對歷史時的無力感。

跟早期的穿越小說不同，《步步驚心》小說省掉說明穿越的方法和過程，只有草草兩句回憶，反而電視劇則由一開首以順時序的方式，說明張曉如何由北京的白領穿越到康熙年間，並成為八王爺府中側福晉

---

[38] 楊若慈：《那些年，我們愛的步步驚心——臺灣言情小說浪潮中的性別政治》（臺北：秀威資訊科技股份有限公司，2015年），頁82。

的妹妹[39]。這反映出，經過一二十年的發展，穿越小說的讀者已經習慣這種「天馬行空」的小說想像，且對穿越過程的合理性不太講究，讀者有興趣的是穿越後「現代角色」的心理掙扎和在古代的遭遇。按照穿越小說的基本套路，是以穿越時空到過去的主人公，因來自現代而享有各種優勢為主要線索，例如他們對歷史進程的了解、思想自由、現代知識等，而可以在古代如魚得水，得到各種的便利。然而，《步步驚心》改變了這種穿越小說的套路，小說之所以「步步驚心」，是因為女主角雖然一早已經知道歷史的發展和各人的命運，但只能隨著趨勢而行，眼睜睜看著命運的發展，而無能做出掙扎。

　　《步步驚心》的創新之處在於把穿越劇的一個既有的價值核心——「古代為現代失落的理想之地」這種想像改變過來。《步步驚心》並沒有採取傳統穿越小說的套路，即強調古代的烏托邦特質（utopian nature），反而以現代人在古代的步步為營、無力改變現實而一反過去穿越小說的慣例。小說題為「步步驚心」具有重要意義，象徵著現代人儘管有著歷史先驗和知識上的先天優勢，但愈是清楚明白歷史進程，對無法改變歷史的無力感則愈是強烈。這種無力感在《步步驚心》中更是透過現代女性在古代的遭遇而表現出來。穿越小說一般強調現代女主角擁有的知識可以挑動古代父權社會的遊戲規則，建立新的權力秩序，從而滿足女性讀者在現實社會中因性別權力不平衡而帶來的失落感[40]。但《步步驚心》中的若曦不但沒有因由現代帶來的權力而得到幫助，小說反而強調現代人文化不及古代人，或現代知識在古代的無用。例如第二

---

[39]　網絡上流傳的《步步驚心》跟紙本有所不同，網絡版本多了一個「楔子」的部分，說明張小文如何由現代回到古代，參見：http://www.zizaidu.com/big5/zizaidu/2/2906/824501.html，瀏覽日期為2015年12月5日：　2005年，深圳華燈初上的街道，比白天多了幾分嫵媚溫柔，張小文身著淺藍套裝，在昏黃的燈光下顯得有些疲憊。剛進樓門卻想起浴室的燈泡壞了，忙轉身向樓旁的便利店走去。開門，打燈，踢鞋，扔包，一氣呵成。張小文從陽臺上把沉重的梯子一點點挪到浴室，試了試平衡，小心翼翼上了梯子，突然腳一滑，「啊」的一聲驚叫，身子後仰重重摔倒在瓷磚地上，一動不動。

清‧康熙43年，北京

湖邊景亭的走道，面對面站著兩位十三四歲的姑娘。穿鵝黃衫子的已是賞完湖景，正欲下樓，著淺藍衫子的也就差著兩步，即可上到亭間欣賞美景。但樓梯較窄，一人走富裕，卻絕不能兩人同行。雙方又都不想讓路。二人同時提腳，邁步，擠在了一起，淺藍衫子的小姑娘因在下方不好用力，腳一滑，「啊」的一聲從樓梯滾下，摔在地上，一動不動。

[40]　楊若慈：《那些年，我們愛的步步驚心——臺灣言情小說浪潮中的性別政治》，頁99。

回寫若曦為姐姐讀信，由於不認識古字而失敗收場，之後又學習宋詞：

> 我坐在離湖不遠的大樹下讀宋詞。昨天和姐姐特地要了宋詞，因
> 為以前偏愛宋詞背了不少，兩相對照著讀能認識不少繁體字。
> 想想我在現代也是寒窗苦讀十六年，自認為也是個知識女性，可
> 到了古代，竟變成了半文盲。[41]

　　這裡表現現代女性縱然受了多年教育，但在古代，這些知識卻不
能解決基本日常所需，這甚至牽涉到現代中國教育以簡體字取代繁體字
帶來的問題：與中國的過去在某程度上的斷裂。同樣，第四章寫若曦初
見康熙，這一幕象徵著古代父權社會的極致高峰，而現代女子縱有豐富
知識，亦只能唸誦高中課本中的〈沁園春・雪〉來拍一個與別不同的馬
屁。〈沁園春・雪〉是毛澤東寫於1936年、發表於1945年的作品[42]，在
《步步驚心》中被若曦借用到解釋康熙為何是「一代聖君」[43]。若曦所
背的一節是：

> 江山如此多嬌，引無數英雄竟折腰。惜秦皇漢武，略輸文采；唐
> 宗宋祖，稍遜風騷。一代天驕，成吉思汗，只識彎弓射大雕。俱
> 往矣，數風流人物，還看今朝。[44]

　　這裡摘用了〈沁園春・雪〉的下片，本來是毛澤東表現自己對抗戰
前景和自身定位的豪邁之言，卻被一個現代女性借用了在古代形容另一
位君主。這段情節表現了現代女性對歷史中兩個父權社會極致象徵的態
度，顯出穿越小說的另一種可能意義：以現代人的想像對歷史做出補充。
　　《步步驚心》不斷強調現代知識對現代女子身在古代無用，而若曦
在宮中如魚得水，是因為在古代學習有關茶的知識，而不是利用現代知

---

[41] 桐華：《步步驚心・上》（新北：野人文化股份有限公司，2012年），頁14。
[42] 吳詩四：〈毛澤東〈沁園春・雪〉發表的前前後後〉，《世紀行》2002年第9期，頁10-11。
[43] 桐華：《步步驚心・上》，頁58-59。
[44] 同前註，頁58。

識的優勢。小說甚至明言現代人對歷史的先驗知識在古代不僅無用，甚至可能導致危險：

> 我這個半吊子的先知用處實在不大，哀怨地想，如果早知道要回清朝，一定把清史一字不忘地全記住。可轉念一想，只怕記住也沒有用，清朝的歷史為了避尊者諱，多有粉飾篡改，到最後只怕也是誤導，說不定反倒害了我。[45]

小說去除了穿越小說中女主角擁有的現代優勢，令到現代女性在古代還原為一個只有無用的先知能力的普通女子。這種先知能力只能帶來無用的「優越感」，卻不能改變什麼。例如在康熙第一次廢太子後，眾人都摸不透康熙的心意。此時若曦：

> 我雖不知道他現在究竟在想什麼，卻能肯定最後他又會恢復太子的身分，所以心中帶著一絲莫名的優越感看著那些焦頭爛額的大臣。可以說在康熙身邊伺候的人中，除了我和李德全外，都或多或少地流露著茫然和無所適從，不知道他們暗地裡是哪個阿哥陣營的，也不知道得罪過誰，又結交過誰。[46]

這段文字表現了現代人對歷史的無奈，以及以現代歷史連結過去的徒勞。《步步驚心》等穿越小說的重心，本來是讓現代角色／讀者與過去的歷史連結，但是這樣的連結卻反而突顯出現代人與過去的斷裂情況，只有通過穿越，我們才能明白、了解和參與過去，現代的中國人才能與過去的中國人在感情上相通：

> 我不停地問自己，我知道結果，可不知道過程，原來一個簡單的結果，居然要經過這麼多的痛。[47]

---

[45] 同前註，頁150-151。
[46] 同前註，頁156。
[47] 同前註，頁176。

現代人之所以會在古代「步步驚心」，就是因為一種預知而無力的位置。若曦曾經想過以自己的預知去防止九皇奪嫡帶來兄弟相殘的悲劇，但是後來她發覺自己的無能為力：

> 他們從小學的是治國權謀之術，時時刻刻可以將所學應用於實踐鬥爭，而我從小到大最大的苦惱不過就是初戀男友離我而去。
>
> 我僅知道的一本關於計謀的書——《孫子兵法》，沒有看過。三十六計知道的不會超過十條，連《三國演義》的電視劇我也不愛看，嫌它沒有愛情，整天就一堆男人打來打去。辦公室的爭風鬥氣和這場皇位之戰相比，簡直是小孩的辦家家酒。在宮中四年，我倒是長進了不少，可和他們比，我那點兒手腕，他們只怕一眼就能看透，我所憑恃的不過是康熙對我的看重罷了。
>
> 我知道四阿哥會登基，但誰能告訴我他究竟為這個都暗中布置了什麼呢？他的行動計畫是什麼？在現代，連康熙究竟是傳位給雍正還是雍正篡位，史學家們還在爭論不休呢！[48]

這裡把現代人日常生活中在辦公室的鬥爭跟古代人的治國權謀相提並論，顯示兩種鬥爭在程度上的差別，同時，末段寫雍正得位的懸案在現代歷史學家口中仍然未得到定論，顯示現代人不能掌握歷史真相。桐華曾表示，現代人喜歡閱讀穿越小說，是因為有一種對時間的「勝利感」，雖然最後並沒有人能超越時間，人們在時間面前只有無力感[49]。然而，本文認為，《步步驚心》等穿越小說對歷史的態度，並不單止於表現現代人對歷史的無奈。穿越小說的意義在於，歷史顯示的各種暴力本來與現代人存在鴻溝，各種血淚交融的歷史暴力在現代只化為文字上的冰冷記事，現代人不單只能看見歷史現實的表面，更與這種關於過去

---

[48]　同前註，頁265。

[49]　陳妍妮：〈「清穿」小說家桐華：迷戀穿越　因在時間面前無力〉，《中國新聞網》轉載，2011年2月24日，http://www.chinanews.com/cul/2011/02-24/2866660.shtml，瀏覽日期為2016年1月27日。

的書寫毫無關係。穿越因此成為現代人感受歷史、體驗過去的一種想像方法，穿越題材的流行只是進一步揭示現代人這種強烈的渴求：把過去與現代連結。要留心的是，穿越題材的流行在這二十年間出現於漢語寫作的文學場域之中，這除了說明中國大陸和臺灣等地在這方面的敘事和想像需要，更顯示作為現代中國人經歷近百年的現代性進程後，面對著過去和現在的割裂狀態；同時，亦顯示現代中國人對「歷史」本身作為記憶和評價過去的敘事行為的不滿足。如果說，歷史這種敘事行為本身肩負著警惕後世、借古鑑今的意義，《步步驚心》等穿越小說則在反面證明歷史之無用。在現代，現代人熟讀歷史當然不能改變過去已發生的事實；就算穿越能夠發生，現代人帶著歷史之先見之明回到過去，仍然不能改變歷史，或憑藉先見之明而趨吉避凶。甚至，現代人帶著先見之明，反而會導致悲劇的發生。《步步驚心》中的八爺就是因為若曦憑著先見之明，警告他要防範四阿哥的心腹，卻反而導致八爺設計陷害四阿哥，進一步導致九皇奪嫡的悲劇。歷史的因果在《步步驚心》的穿越設計中得到重新的書寫，讓人重新思考虛構的小說與歷史書寫真相的關係。

四、結語

以《步步驚心》為代表的網路穿越小說，造成了在「正統文學」界別難得一見的影響，這一方面是由於借助了網路發布的形式而達致廣泛的閱讀滲透，另一方面也因應網路的形式而造成了在小說形式、內容和美學上的變化，加強了穿越小說作為一種類型的影響力。從上文的討論可見，穿越小說提供一種形式，令作家可以用這種敘事策略，重塑現代人對歷史紛紜無序的體驗，形成一種連貫而完滿的錯覺，讓人覺得對歷史能夠掌控。另一方面，這種形式建基於現代人無力掌控歷史的事實，通過一而再、再而三的敘事延滯（以人物情慾永遠無法完滿來達到），直至現代人在過去澈底失敗（以自身的死亡或命運的嘲諷來展現）才告終。這樣，現在和歷史之間存在著一種永恆的張力，一方面指向現代人注定徒勞的敘事努力；另一方面則是歷史的不能被改變。穿越小說可以

不斷製造重複的敘述，但歷史和主體之間卻不能統合，不斷地證明穿越本身的悖論：當穿越得到完滿完成，即表示穿越書寫本身不再具有意義，因為這種完滿完成必須依靠現代人的終極妥協才能達到，如此一來，現代人終於完全成為古代人，穿越的意義終於作廢。無怪乎《步步驚心》必須安排若曦在三十一歲的壯年因不合情理的「油盡燈枯」而亡，並且與所有阿哥之間的戀情都以遺憾收場。這樣，才能極致表現現代人的不願妥協和不能妥協；同時亦指出《步步驚心》對古代的反烏托邦態度：古代既非烏托邦，愛情亦非現代女性的歸宿。

　　《步步驚心》不但表現出當代言情小說對中國言情小說傳統在書寫情慾方面的承傳，同時亦顯示對這種小說類型的突破。《步步驚心》的反類型化，打破讀者對該種類型的閱讀期待，這表現為對歷史書寫的思考，以及女性在古代和現代生存狀態的反思。這種反類型化的取向令穿越小說這種類型能保持生命力；其配合市場化的運作方向，即由網路寫作到紙本印刷，再經電視電影改編，最後發展網路遊戲，可以令相關類型持續發展，例如出現新的類型小說或續寫。穿越題材在民間廣受歡迎跟在官方備受壓制構成極大反差，反而進一步佐證這種小說類型滿足了現代人聯繫過去和現在的敘事需求。通過本文的論證，可見到言情小說穿越題材具有深刻的人文意義。

附錄一：晉江文學網中以《步步驚心》為題的續寫和改編小說表[50]

作者	作品名稱	上載日期	章數[51]	網址
玉朵朵	《續步步驚心下》	2007年4月6日[52]至2010年4月17日	29，已完成	http://www.jjwxc.net/onebook.php?novelid=181060
休戀逝水	《穿越步步驚心之我是明慧》	2011年11月28日至2012年6月18日	46，已完成	http://www.jjwxc.net/onebook.php?novelid=1375748
淡墨清嵐	《步步驚心重生孝敬憲皇后》	2012年4月19日至2013年1月1日	31，連載中	http://www.jjwxc.net/onebook.php?novelid=1495999
塵源幻雪	《步步驚心之步步禎曦》	2012年5月30日至2013年2月8日	61，已完成	http://www.jjwxc.net/onebook.php?novelid=1522215
淡待情義	《（步步驚心）淵夢蘭情》	2012年6月10日至2012年6月10日	2，連載中	http://www.jjwxc.net/onebook.php?novelid=1534619
黃小殘	《穿越步步驚心之醬油人生》	2013年9月29日至2014年6月16日	52，連載中	http://www.jjwxc.net/onebook.php?novelid=1921565
曦瓏	《步步驚心之郭絡羅明玉》	2013年11月2日至2014年1月20日	5，連載中	http://www.jjwxc.net/onebook.php?novelid=1952033
夏小君	《步步驚清》	2015年12月30日至2016年1月22日	35，連載中	與《步步驚心》無情節上的關係，但同樣是清穿的小說

---

[50] 晉江文學網址為http://www.jjwxc.net/，以上資料瀏覽日期為2016年1月22日。

[51] 截至2016年1月22日。

[52] 第一章曾於2008年6月14日修改，故以第二章發布時間為準。

第九章
虛擬與身體：
閱讀賀景濱《去年在阿魯吧》

黃自鴻

香港公開大學人文社會科學院副教授

一、前言

　　重視描寫（偽）科學和技術發展的科幻小說，是一種與都市關係極其密切的文學類型[1]。文學創作的一切想象元素必然建基於現實世界，科幻小說總具有或多或少的寓言意味，經常具備對當時社會的批評[2]。由吉布森（William Gibson）《神經漫遊者》（*Neuromancer*）開始，網路空間（cyberspace）成為方興未艾的寫作主題，引起仿作無數。

　　《去年在阿魯吧》延續這個科幻傳統，賀景濱創作一座名叫「巴比倫」的虛擬城市，主人公別管我（Leave Me Alone）沉溺其中，不願活在真實的世界。在巴比倫裡，別管我邂逅了臉上有刀疤的忘了我（Remember Me Not），兩人迅速墮入愛河之後，別管我發現她原來只

---

[1]　王建元：〈當代臺灣科幻小說中的都市空間〉，收入鄭明娳主編：《當代臺灣都市文學論》（臺北：時報文化出版企業股份有限公司，1995年），頁233。
[2]　Patrick Parrinder, *Science Fiction: Its Criticism and Teaching* (London: Methuen, 1980), pp. 68-71.

是一個記憶體記得我（Remember Only Me, ROM），後者因為屬於巴比倫開發之初的白老鼠，是虛擬社會實驗失敗的廢棄物，因而被虛擬城市中的警察通緝。別管我本來和記得我逃亡，卻在出發未幾就被逮捕。故事發展下去，別管我嘗試尋找記得我的身世，後者借用了主人公的身體回到現實，卻發現原來「它」的記憶曾被竄改，在現實中的真身Lucia，希望利用虛擬城市中的記得我，解決人工智慧中記憶、謊言、遺忘等的問題。別管我最後失去了自己的軀體，淪為虛擬世界的人物，雖然遇上了Lucia，對方卻不認識外貌已經改變的別管我[3]。

　　賀景濱復出文壇的第一部長篇，首章就以短篇姿態，於2005年獲林榮三文學獎。在這個相對獨立的章節中，既與《神經漫遊者》代表的電腦叛客（cyberpunk）類型展開對話，又利用種種身體意象發揮作品創意。對於《去年在阿魯吧》的評論，目前有黃錦樹和鄺梓桓等幾種。黃錦樹認為虛擬／構是這本小說最重要的主體，無論是別管我和記得我之間的愛情、逃亡甚至死亡等情節，都充滿虛擬的色彩。在後記和訪談中，作者不斷強調虛構與真實的辯證，可是它卻更接近傳統哲學，以探尋人生和世界的終極命題。鄺梓桓指出，〈去年在阿魯吧〉（《去年在阿魯吧》第一章）於虛構實景的嘗試不遺餘力，在後解嚴時期，科幻小說成為一種重要類型，將文學的虛構極限發揮，重新刻畫何謂「真實」[4]。本文嘗試在這個基礎上延伸，由第一章的身體敘述開始進行討論，欲指出這本小說以各式虛擬和虛構為核心，卻有著身心二元互相影響的典型精神；同時，電腦叛客的小說類型，促使我們思考網路空間與人性的問題。

---

[3]　賀景濱：《去年在阿魯吧》（臺北：寶瓶文化事業有限公司，2011年）。

[4]　黃錦樹：〈虛擬的虛擬——評賀景濱《去年在阿魯吧》〉，《文訊》第313期（2011年11月），頁114-115；鄺梓桓：〈從虛擬到虛無：論賀景濱《去年在阿魯吧》的主體與他者〉，收入張雙慶、余濟美編：《行走的愉悅：第三屆世界華文旅遊文學國際學術研討會文集》（香港：明報月刊、香港中文大學聯合書院、世界華文旅遊文學會，2013年），頁365-379。其他書評和訪談的文章，包括蔡振念：〈虛構還是現實〉，《幼獅文藝》第696期（2011年12月），頁125；陳栢青採訪：〈技藝活，小說活——賀景濱談《去年在阿魯吧》之書寫技藝〉，《聯合文學》第324期（2011年10月），頁86-89。

二、網路空間與身心論

在初露頭角的〈速度的故事〉裡，賀景濱就演練了一次身心分離的寓言：李伯夢在超速的快感中心靈逸出身體之外，開始沉迷於身體與心靈的「排斥遊戲」。身心不能答應對方的要求，否則就會判定失敗。無論哪一方輸了，在李伯夢的遊戲規則中，兩者卻都能夠獲得頃刻的和平。後來，李伯夢與女伴唐娜在疾走的汽車中受到性慾刺激，就在這瞬間發生車禍，唐娜的身體已經死去，心靈則殘留在李伯夢的車中。李伯夢只能在高速中使自己身心分離，與僅餘靈魂的唐娜相會。故事結尾寫主人公選擇自盡，把車子開到彎道時的一剎那，他的心靈抱著唐娜的心靈，在第二個彎角被甩出車外，車子未幾衝到谷底。這個「非常單純的，關於愛情和速度的故事」，預敘了賀景濱《去年在阿魯吧》的寫作傾向，延續對身心問題的探究[5]。

同樣收在《速度的故事》裡，《去年在阿魯吧》的第一回實屬奠定該部長篇風格的重要一章。小說一開始，別管我就敘述自己走進阿魯吧，遇到正在喝酒的無頭人。無頭人左手拿著頭，右手舉杯的樣子，使別管我相信他應該採用了「VR 3.7版的數位虛擬程式，肢體五官都可以分離」，在別管我眼中，「無頭人的豎領風衣挺帥的，可是脖子上空空的，看起來還是怪怪的」[6]。作品在開端煞有介事描述現實中不可能出現的身體形象，確立這部小說的基調。別管我又強調自己準備享用一杯虛擬的比利時啤酒；他和無頭人的對話場景，大談男性生殖器位置的黃色笑話，更讓讀者感到作品意圖與身心問題的密切關係。

緊接著，敘述者明言數位世界中的食物味道不夠真實，虛擬實境終究是虛擬的：「老實說，數位的酒雖然可以虛擬得很像，味道就是差了那麼一點。儘管以數位為基礎的虛擬實境可以變出很多花招，我還是寧

---

[5] 賀景濱：〈速度的故事〉，《速度的故事》（新店：木馬文化事業有限公司，2006年），頁74-97。

[6] 賀景濱：《去年在阿魯吧》，頁19。

可有類比的虛擬程式進入巴比倫。比較像嘛。」[7] 敘述者並非以反諷而是以非常直接的語調，不斷質疑虛擬城市的種種，講述自己從宅男變成虛擬城市名妓的荒誕故事。在最後一章，敘述者也不忘用清醒的態度，知道自己調好一杯不真實的卡布奇諾，「完美的香氣，完美的奶泡，粘稠又綿密的口感，我的今天將以這杯完美的虛擬卡布開始」[8]。

　　有關身體的描寫，在《去年在阿魯吧》的第一章中，並不限於前面無頭人、男性生殖器位置的文字。整部小說經常採用一分為二的對話列表，寫「『我的左腦』和『我的右腦』」之類「會脫離『我』的意志而吵架、打屁、串通背叛」的情景，獲得駱以軍的激賞[9]。在二分對話的「場景」裡，「記得我的BB」就和「別管我的GG」說要「加掛轉換程式」，這樣雖然能免除「程式不相容」的痛楚，卻又因為那幾乎不能察覺的秒差，兩者探討高潮是否可能。因為更新了新版晶片的緣故，別管我與自己身體的器官似乎不甚相容，他卻一點辦法也沒有[10]。《去年在阿魯吧》處處敘述虛擬世界中身體與心靈的互動關係，按別管我的語調，小說顯然透露虛擬身體的不可靠、不真實和不信任，貫徹整部作品。

　　《神經漫遊者》的筆調，與《去年在阿魯吧》有些接近。在這部電腦叛客的聖經中，主人公凱斯（Case）於故事開端失去進入網路空間的能力，對於這名曾經叱吒一時的網路牛仔，肉體就像是囚禁他的陷阱：「對於曾享受過超越肉體的網路空間極樂的凱斯來說，這如同從天堂跌落人間。在他從前常常光顧的牛仔酒吧裡，精英們對於身體多少有些鄙視，稱之為『肉體』（meat）。現在，凱斯已墜入了自身肉體的囚籠之中。」[11] 凱斯其後被阿米塔奇（Armitage）招攬，將他的能力修復，再次投入虛擬的網路空間中。與《神經漫遊者》呼應，《去年在阿魯吧》的首章，馬上就寫兩人打算逃出巴比倫，顯然就是電腦叛客這種科幻類型的創作訴求。雖然在第一章，故事已經敘述他們的行動以失敗告終，

---

[7]　同前註，頁21。
[8]　同前註，頁237。
[9]　駱以軍：〈不只處決了小說一次而已〉，《速度的故事》，頁13。
[10]　賀景濱：《去年在阿魯吧》，頁42-43。
[11]　William Gibson, *Neuromancer* (New York: Ace, 1994), p.6; 中譯參吉布森著，Denovo 譯：《神經漫遊者》（南京：江蘇文藝出版社，2013年），頁7。

別管我卻在後面章節，協助記得我找尋真實的身分。

　　以《神經漫遊者》三部曲為代表，電腦叛客的創作探索電腦、科技與身體的問題[12]。在其中的人物，例如主人公凱斯，希望脫離肉體的限制，認為心靈可以從此不再受到身體的束縛，可視作一種對自由的嚮往。《神經漫遊者》與對網路空間的追求，讓我們可以超越身心對立二元論，逃離肉身的制肘。從這個意義來說，網路空間給予我們實現「數千年來的夢想」的機會，甚至可以朝向「純精神」、「純意識」或「永生意識」的世界。事實上，小說對身體即肉（meat）的不滿，與基督教精神十分接近。然而，到了後面，凱斯似乎能夠明白身體的意義，並不打算聽從神經漫遊者的建議，放棄那「充滿罪惡」的肉身：「他知道了，他記起來了，那屬於肉身，屬於牛仔們鄙棄的肉體。它無比宏大，無以理解，它是螺旋與外激素編碼而成的信息的海洋，它無限精妙，只有毫無思想的身體才能體會。」[13]

　　《神經漫遊者》的凱斯，在冒險的過程中慢慢發現身體的重要性，開始對網路空間產生懷疑，《去年在阿魯吧》的別管我，則由始至終對現實和虛擬世界都沒有什麼好感，甚至為了記得我，奪去巴比倫虛擬妓女的身體。尤有甚者，賀景濱更寫記得我請求別管我借出他真實世界的身體，嘗試尋找仍然在生的自己，以圖水落石出。這兩個部分，成為首章之後全書最重要的情節，皆與身體觀息息相關。

　　故事寫別管我把巴比倫的「圖形人」關閉，並將記得我的記憶體取代圖形人本身的程序。別管我的左腦和右腦展開對話，懷疑自己到底為了什麼做出這一切：

　　　〔我的左腦：〕現在，為了給ROM一副自由的身軀，你，對，就
　　　　　　　　　是你，你甚至誘拐、綁架了一個無辜的圖形人。

---

[12] Mark Bould, "Cyberpunk," *A Companion to Science Fiction*, ed. David Seed (Malden, MA: Blackwell, 2005), p. 217.

[13] 吳岩、呂應鐘：《科幻文學入門》（福州：福州少年兒童出版社，2006年），頁119；Chia-yi Lee, "Beyond the Body: Kafka's *The Metamorphosis* and Gibson's *Neuromancer*," *Concentric: Literary and Cultural Studies* 30.2 (July 2004): 212-217; Gibson, p.239; 中譯參吉布森著，Denovo譯，頁289。

〔我的右腦：〕難道你要她整天躲在暗無天日的記憶體裡，只為
　　　　　　　了逃避細胞的搜捕？那跟死了有什麼差別？

〔我的左腦：〕要是在現實界，這已經算是一級謀殺罪了，哇
　　　　　　　哩咧。

〔我的右腦：〕要是真的有罪，你想PKN會幫這個忙嗎？

〔……〕

〔我的左腦：〕就算圖形人還沒有法定的人權，但也不等於我們
　　　　　　　對他們就有任意的處置權。[14]

把程序的「心靈」刪去，植入記得我的記憶體，別管我的左腦就質疑，
這樣是否屬於一種犯罪？到了小說的第五章，當PKN（諾諾教授，Prof.
Know No）問別管我，是否真的要和記得我交換身體，不但因為風險與
代價很高，而且人體有所謂「細胞記憶」的效應，在一眾器官受贈者的
身上，性格不知不覺受到捐贈者本來心理的影響。PKN承認，即使科技
已經進入高度發展的階段，他們對記憶的認識仍然十分有限，不能確定
「肌肉的記憶」和「非記憶細胞的化學記憶反應」是經由怎樣的原則而
運作的[15]。

　　如果說，創造虛擬城市和網路空間的目的，是為了讓人脫離（醜陋
的）肉體的限制，那麼在《去年在阿魯吧》裡，身體與心靈互為影響的
哲學思考，貫徹整部小說的討論。當記得我借用別管我的身體回到現實
空間，她驚訝地發現「失去已久的重力」，非常「享受那種腳踏實地的
感覺」，與「巴比倫的虛擬重力完全不一樣的感覺。對，虛擬的重力只
是用程式來限制你隨時想飛的衝動，但現實界的重力，卻是構築我現在
這個身體的基礎」[16]。記得我並在鏡前審視借了別管我身體的自己，思
考「如何在一個男人的身體裡，構築出一個女性的我」[17]。然而，在後
面賀景濱繼續大肆發揮他對虛擬實境的嘲弄，記得我不滿別管我真實身

---

[14] 賀景濱：《去年在阿魯吧》，頁102。

[15] 同前註，頁161。

[16] 同前註，頁166。

[17] 同前註，頁167。

體的生理反應，促使別管我寫了封投訴信，認為他們出品的程式有許多錯誤，使身處於巴比倫的別管我大感不滿。

學者指出，在網路文化裡，有關身體的概念大致有四：肉（meat）、後人類（posthuman）、生化人（cyborg）和可見的人（visble human）。就如前述，「肉」的概念來自於吉布森，並希望從這個囚禁靈魂的牢籠中脫離。這個在網路文化經常重演的主題，其實一再說明我們永遠無法真正從「肉」那裡分開；其次，與科技配合，人可以對陳舊的軀體獲得超越的可能。對後人類藝術家而言，情緒（emotion）、主體性（subjectivity）、人性（humanness）皆是我們這種生物的「壞程序」，他們設想，配合科技，我們將可看到疾病、痛苦和飢餓的終結；第三，生化人的概念，不僅限於科技與有機體的結合，還可以包括人與機械的合作關係，因此，可以說，每個人都是生化人；近年，美國國會醫學圖書館出於研究和教學的原因，推行「可見的人計畫」（the Visible Human Project），建置人體的數碼資料庫，這個資料庫卻促使我們思考被模糊了的，生與死的界限[18]。

可以說，《去年在阿魯吧》對以上三種（肉、後人類、生化人）身體觀皆做了一定程度的探討。顯然，賀景濱並不認為身體即肉的觀點，多次以極其直接的語調批評巴比倫的虛假本質，小說最後一章，更描寫別管我以非常感傷的語調，敘述自己失去身體的經過；此外，記得我的真身Lucia，希望藉由巴比倫，把還未能完全解決的「幾個關鍵」──如「遺忘和說謊」──在虛擬城市裡得到答案[19]。要做出完美的人工智慧，必須探索甚至「發明」那些使人無法變得完美的「壞程序」。又如前述，賀景濱創作多個男性生殖器官的玩笑，撰寫對晶片公司的投訴信，顯然就是對生化人的一種嘲弄。

---

[18] David Bell, *An Introduction to Cybercultures* (London: Routledge, 2001), pp. 137-161.
[19] 賀景濱：《去年在阿魯吧》，頁243。

三、虛擬與完美的弔詭

「天災和瘟疫使人們不敢出門，更加速了虛擬城市的需求」[20]，虛擬城市雖然是人逃避可怕現實的最後依靠，小說卻也多番透露巴比倫未臻完善的細節，滿布虛擬的痕跡。

建立烏托邦式極盡完美的生活場所，應該是虛擬世界的最終目標。然而，在其中的別管我不斷質疑完美的世界，就如最後一章調製卡布奇諾的段落，似乎認為完美與虛擬是一對難以分割的概念。事實上，在虛擬城市中的實驗，說明「完美」的人工智慧必須具備人的缺憾。

瀏覽一下電腦叛客的創作，在那些聲稱擁有終極幸福的國度裡，伴隨而來的總是無以名狀的虛假和虛偽。以師法《神經漫遊者》的電影《駭客任務》（The Matrix）為例，主人公安德遜（Thomas Anderson）認為身處的世界並不尋常，於是化名尼奧（Neo），以駭客的身分一探究竟，最終發現自己身處母體，錫安（Zion）才是真實世界裡人類的聚居之地。就如其中一名駭客塞佛（Cypher）所言，縱然母體裡的世界並不真實，卻給予他逃離殘酷真相的可能。有關這名角色的一個細節，可進一步說明虛假與完美恆難二分[21]。《去年在阿魯吧》的第一章，讓別管我對記得我產生愛慕之情的，是由於對方臉上的刀疤：「在虛擬的城市裡，你永遠看不到對方的真面目；所以你可能看到很有個性的男孩，卻很難找到醜陋的女人。這種情形，其實早就被新達爾文主義的學者預料到了。偏偏我注意到角落裡，坐著一個左頰有刀疤的女人。」[22]正是對方不完美的長相，才讓主人公注意到卻在角落裡的那人。

電腦叛客這種文學類型，顧名思義，必與以身犯險的故事內容息息相關。《去年在阿魯吧》與《神經漫遊者》的不同，在於前者的開端，便以嬉笑怒罵的口吻，展開兩人的逃亡。就在別管我說明了三個逃亡的

---

[20] 同前註，頁38。

[21] 《駭客任務》（The Matrix），拉娜·華卓斯基（Lana Wachowski）、安迪·華卓斯基（Andy Wachowski）導演，李維斯（Keanu Reeves）、菲什伯恩（Laurance Fishburne）、安摩絲（Carrie-Anne Moss）、威明（Hugo Weaving）主演。華納兄弟（Warner Bros.），1999年。

[22] 賀景濱：《去年在阿魯吧》，頁27。

守則之後，在開門的當兒馬上遇到警衛，破壞了他們的行動。「出師未捷」的寫法，顯然是對電腦叛客類型的諧謔。其後，敘述者更描述虛擬監獄的景象，該處同樣是讓讀者莞爾的小節：

> 這世界上要是有什麼我最不想回頭的地方，大概就是巴比龍了。說真的，巴比倫唯一最不擬真的就是巴比龍；虛擬監獄竟然比真實的監獄還恐怖，因為裡面全是獨居房。當初打造這座監獄的，要不是個沒被關過的白痴，要不就是太洞悉人性了。他知道人性裡最可怕的是無聊。所有在一般監獄裡的地下活動，像是買賣走私菸、打打屁之類的小花招，在這裡全派不上用場。我在裡面什麼都不能做，像一隻二十四小時被放大鏡觀察的白老鼠。發呆了三百八十五天，唯一的好處是，讓我對康德的實踐理性批判和傅柯的監獄理論有了更深一層的領悟。[23]

這個小節，描寫冰冷的囚室最能代表虛擬城市嚴格的一面，容不得任何檯底交易的監獄，足以規訓任何類型的，在虛擬世界的囚犯。一個追求完善的社會，當然無法容納犯罪、飢餓、醜陋，可正由於那種對完美的執著，把人性完全扭曲。

在虛擬世界裡的完美性，讓永不完美的人有著窒息的感覺。《去年在阿魯吧》的巴比倫，屬於一個發展中的虛擬社會，與此同時某個本來由軍方推動的「跟超級戰士和人工智慧有關的研究」，利用了這個機會，發展出「完整的人工智慧已經不是人的智慧，而是超越個人的整體，一種類似於上帝的概念」[24]。完美只能是與上帝有關的；極端的概念並不能夠存在於真正的人的社會或生活之中。與反烏托邦（dystopia）的文學作品一致，無論是外國的《美麗新世界》（*Brave New World*）還是臺灣作家黃凡（黃孝忠）的《零》等，皆體現了極度完美背後的缺憾，這種缺憾多數由制度與人性、自由相違背的情節所構築起來的。

---

[23] 同前註，頁46-47。
[24] 同前註，頁242-243。

　　反烏托邦的小說，以黃凡《零》為例，主人公席德身處和諧的國家，獲得最完善的教育，卻在他成長的過程中，發現政府消滅弱者的計畫，於是進行反抗。然而，所有一切都是早就設計好的，席德最後被汽化處理[25]。相似的作品思想也見於《去年在阿魯吧》，別管我在現實中只是一名宅男，要逃離現實中不盡如意的生活，甚至在虛擬城市裡，成為經常消費的會員。敘述者常常提及的，虛擬的食物和飲料雖然和真正的很接近，味道卻仍然欠缺某種元素。過分完美的世界正是產生缺憾的理由。同樣，在《駭客任務》和《去年在阿魯吧》這些電腦叛客創作中，虛擬世界應該是人構築出來最完善的社會空間，然而只有從事不合法的活動，才足以擁有在虛擬世界失去的人性。極端合法將衍生出極端不合法，或者說，是不合法的合法性。

　　小說中的演化論，可為「完美的弔詭」做一附注。賀景濱由始至終關注哲學，在第四章裡，兩名主人公爭論演化論和因果律，後來又以演化論建造的動物園，藉此延伸小說的哲學命題。展開遊覽動物園的場景之前，賀景濱就借主人公的說話，思考偶然與必然的關係：

　　　　為什麼世界是有而不是無？為什麼生命不是無而是有？不可能的宇宙有可能帶來不可能的生命嗎？〔……〕

　　　　偶然和必然，像一對永遠的雙胞胎謎題。

　　　　偶然，如果了解夠透徹，到最後總是會變成必然；而必然，到最後也總是會出現偶然。結果是，對命運的錯誤認知，往往來自於把偶然當作定數，而把確定的事情看成巧合。[26]

偶然／必然的關係，與完美／缺憾的關係完全一致，仍然屬於反烏托邦小說的永恆主題。可以預期，往後有關網路文化的小說文本，必須上溯《美麗新世界》、《神經漫遊者》等經典，創作另一則「完美的弔詭」的寓言。

---

[25] 黃凡：《零》（臺北：聯經出版事業公司，1982年）；另參拙著：《小說空間與臺灣都市文學》（臺北：臺灣學生書局，2015年）。

[26] 賀景濱：《去年在阿魯吧》，頁130。

四、結語

　　早期的〈免疫的故事〉，屬於賀景濱探究自我意識的作品[27]。在《去年在阿魯吧》其後的章節，作者不斷發展與身心相關的論題，也與自我意識息息相關。交錯其中的，還包括小說對電腦叛客小說類型的繼承，質疑過度完美的世界觀。從這個角度看，《去年在阿魯吧》一方面「處決小說，破解、改寫我們心中對小說的定義」（封底語），另一方面亦蘊藏與傳統關係密切的內在思想，無論小說的外衣怎樣華麗、滑稽與不在乎。

---

[27] 賀景濱：〈免疫的故事〉，《速度的故事》，頁24-44。

第十章
八十年代的現代性想像
——論劉慈欣《中國2185》[1]

郁旭映

香港公開大學人文社會科學院助理教授

一、緒論

　　中國科幻作家劉慈欣在2015年憑藉《三體》獲得了世界科幻大獎「雨果獎」，被認為「單槍匹馬，把中國科幻文學提升到了世界級的水平」[2]。「雨果獎」的殊榮將劉慈欣由小眾的科幻迷推向公眾的同時，也引起了學界對中國科幻小說的廣泛關注。過往對劉慈欣研究主要集中於兩方面：（1）恢宏的崇高美學與新古典主義敘事[3]；（2）民族寓言

1　本文於2016年在香港公開大學數碼文化與人文學科研究學術會議2016上報告後，於《文學論衡》第29期（2016年12月）發表，現經期刊授權並加以修訂。

2　嚴鋒：〈創世與滅寂——劉慈欣的宇宙詩學〉，《南方文壇》第5期（2011年10月），頁74。

3　對劉慈欣科幻小說「新古典主義」風格的概括最初來自吳岩：〈劉慈欣與新古典主義科幻小說〉，《湖南科技學院學報》第2期（2006年2月）頁37-38。吳岩認為劉慈欣的「新古典主義」體現在兩方面：一方面，延續了美國黃金時代科幻小說和前蘇聯古典科幻小說的如下特徵：節奏緊張、情節生動、語言拙樸、渲染科學和自然的偉大力量；人物塑造上傾向塑造改變世界的精英；情感關係弱化，讓位於強烈的為科學和理想獻身的古典主義思想。另一方面，劉在敘事節奏和人物情感的刻劃方面做了有所突破之外，尤其重要的是作品中所傳達的「一種強烈而獨特的懷舊感」。除了「新古典主義」之外，另有學者以「崇高美

與烏托邦變奏[4]。這兩方面的研究均以劉慈欣的宇宙題材小說及其「硬科幻」特質為研究對象，但對於劉的其他科幻類型作品則較少涉及。實際上，劉慈欣在網路題材的科幻類型上亦有開山之功。他動工於1985年，完成於1989年的長篇小說《中國2185》極可能是中國最早的「賽博朋克」（cyberpunk）[5]。彼時的中國尚未普及互聯網，更談不上計算機仿真技術，劉慈欣以超凡的想像力「製造」出以數據形式永生的「人類」。它們是保存著人類個體記憶的電子幽靈，以自我複製的方式在虛擬空間繁衍、擴張，直至建立國家。這個與現實世界中的中國具有「文化同源性」的華夏共和國為了確保華夏文化和道德的永生而向現實中熱衷於革新的中國宣戰。同時，蘇聯以中國內部出現「軟體核彈」為由準備對中國發動隔絕和「核清理」。在此生死存亡之際，年輕的中國最高執行官借助於少年們的力量，對「賽博空間」（cyberspace）中的華夏共和國進行斷電處理，最終化解了危機。

　　關於《中國2185》的零星分析中，虛擬與真實是最大的焦點。有學者認為《中國2185》超越了「民族寓言」而具有世界意義，是因為它指

　　學」來描述劉慈欣的科幻風格。見賈立元：〈光榮中華──劉慈欣科幻小說中的中國形象〉，《渤海大學學報》第1期（2011年1月），頁39-45；嚴鋒：〈創世與滅寂──劉慈欣的宇宙詩學〉，頁73-77。兩文均認為劉慈欣的「崇高美學」主要體現於其宇宙詩學中。賈文具體地將劉的「崇高美學」概括為：「建構性的姿態」，「對宇宙宗教般的情懷」，「對科學的浪漫主義書寫與對人類自強不息的英雄讚歌」。而嚴文則認為劉的宏大敘事表現為「超啟蒙」、「超英雄」和「超越宗教」。

[4]　將劉慈欣與其他當代科幻作家的作品並列來研究中國科幻小說的發展，作為「民族寓言」和「烏托邦想像」而出現的各種變奏，是目前中國科幻小說研究的一個趨勢。參考Mingwei Song, "Variations on Utopia in Contemporary Chinese Science Fiction," *Science Fiction Studies* 40.1 (March 2013): 86-102.; Mingwei Song, "After 1989: The New Wave of Chinese Science Fiction," *China Perspectives*, No. 1 (Jan.2015): 7-13；劉志榮：〈當代中國新科幻中的人文議題〉，《南方文壇》第1期（2012年2月），頁51-58；王德威：〈史統散，科幻興──中國科幻小說的興起，勃發與未來〉，《探索與爭鳴》第8期（2016年8月），頁105-108。

[5]　陳楸帆：〈在中國，只賽博不朋克〉，《紐約時報中文網》，2013年8月8日，http://m.cn.nytimes.com/books/20130808/cc08cyberpunk/zh-hant/，瀏覽日期為2018年7月5日。將中國科幻作家星河1995年創作的《決鬥在網絡》和楊平著於1998年的《MUD-黑客事件》視作是中國賽博朋克作品的濫觴。這是根據中國唯一的科幻小說獎「銀河獎」的獲獎作品歸納而得。而實際上，劉慈欣的《中國2185》早在1989年已經觸及了這一題材。但該小說未在當時發表，只是在網上廣為流行。學者宋明煒則稱《中國2185》為「中國第一部政治cyberpunk」。本文所引用的小說原文均來自於科幻網，網址為：http://www.kehuan.net.cn/book/2185.html，瀏覽日期為2018年7月5日。

出了信息技術的發展潛在的失控危險，這是全世界共同面臨的問題[6]。也有分析指出：「劉的小說並沒有刻劃一個理想世界，它所描繪的未來世界實際上分成兩個衝突的兩個部分：現實世界和虛擬世界。這部小說避免一種社會批判，但質疑了科技構建起來的政治意識、被機器控制的主體性和社會革命，並在它描述華夏共和國——這一體現了人機交互的主體性的虛擬社區的壯麗興衰過程中，最終質疑被科技所定義的人性。」[7]以上總結均是從「賽博朋克」的類型特徵來看《中國2185》。

　　「賽博朋克」（cyberpunk）是一場興起於上個世紀八十年代的運動。Cyber源自控制（cybernetics），這是N. Wiener在1940年提出的一種關於信息的新理論，它包括「控制機器和社會的方式，計算機與機器人的發展，對於心理學與神經系統的一定程度反映，以及一種試驗性的新的科學方法」[8]。控制論發展到九十年代，即第三次浪潮，其關注的焦點轉為虛擬現實與人工智能。Cyber從而特指「賽博空間」（cyberspace），即所有發生在電腦網路中的溝通行為。「賽博朋克」（cyberpunk）中音樂概念「朋克」（Punk）的引入旨在表示一種態度，一種對抗權威的、無政府主義的和個人主義的態度。此外，punk亦強調「風格作為武器」[9]，將美學層面的顛覆視作反抗的一部分。 Istvan Csicsery-Ronay Jr.曾指出：「賽博朋克是後現代主義的典範」[10]。不僅在於它是對後工業社會和晚期資本主義文化邏輯的一種回應，更在於它與後現代主義具有類似的精神——否定。它意味著一種純粹的否定：對形式、歷史、哲學、政治、身體、意志、情感、科技等所有方面的否定，及至現實本身。同時，它揭示：一切都是權力。

　　與一般的「賽博朋克」類似，劉慈欣的《中國2185》確實觸及到

---

[6]　劉志榮：〈當代中國新科幻中的人文議題〉，頁51-58。

[7]　Mingwei Song, "After 1989: The New Wave of Chinese Science Fiction", *China Perspectives*, No. 1 (Jan.2015), p. 8.

[8]　Norbert Wiener, *The Human Use of Human Beings: Cybernetics and Society* (London: Free Association Books,1989), p. 15.

[9]　Sabine Heuser, *Virtual Geographies: Cyberpunk at the Intersection of the Postmodern and Science Fiction* (New York: Rodopi, 2003), p. 35.

[10]　Istvan Csicsery-Ronay, "Cyberpunk and Neuromanticism," *Mississippi Review* 16. 213 (1988): 266.

虛幻與真實的邊界，虛擬主體性和人性之間的差異等問題。「賽博朋克」典型的「高科技，低生活」（high tech, low life）模式，小說亦有所體現。比如，小說一方面展現了信息社會的壯觀：「她的國家還在這期間實現了計算機全國聯網，形成了一個包括五十萬臺巨型電腦，八千萬臺中型電腦，一億臺小型電腦，六億臺微機和十三億臺個人終端的這個星球上最大的電腦系統。這個驚人龐大和複雜的系統像一個大腦那樣運行，使世界目睹了第一個全信息化社會的誕生。」另一方面，小說又描述了用高科技所維持的中國現代家庭令人窒息的模樣：

> 看到在陰暗的光線下，默默地坐著和躺著這麼一群老人，生人走進門來，他們甚至連目光都不朝她移一下，只有他們呼吸時人工心臟的響聲，是這堆黑黑的，被密得不能再密的皺紋蓋著的軀體有生命的唯一標誌。兩個錐形的家用機器人來回奔忙，照顧著這些早已麻木，但仍然在現代的人工器官驅動下不倦地活著的老人，每個機器人都有十幾隻氣動手臂，但每隻手都被藥瓶、注射器、導痰管、便器、尿布等這類東西佔得滿滿，這許多機械手都隨著機器人的走動而快速轉換著，給這個家帶來唯一的活氣。雜亂無章的家具中放著控制電腦，從電腦中伸出了一大把光纖，分別控制著這八個軀體上的一百多個諸如人工心臟、人工肺這樣的人工器官。電腦的蜂鳴器不時發出警報，機器人困難地騰出一隻手來在鍵盤上調節一下，整個家庭看上去就像一個枯萎樹根的培植工廠。[11]

　　恢弘的技術成就與壓抑的生活之間的反差是「賽博朋克」的典型特徵。然而，這些「賽博朋克」元素，諸如對信息社會潛在威脅的擔憂，自然與虛擬世界的差異，或是對高科技的批判卻並非小說的真正焦點。與一般「賽博朋克」黑暗的、強烈的「反烏托邦」取向不同，《中國2185》的基調是樂觀和積極的。小說中的中國最高執行官帶領著年輕

---

[11] 劉慈欣：《中國2185》，科幻小說網，網址為：http://www.kehuan.net.cn/book/2185/3.html，瀏覽日期為2018年7月5日。

人戰勝電子幽靈國之後，不僅沒有警惕技術的威脅，反而滿懷憧憬地準備借用信息技術解決社會結構性危機和價值觀衝突。可以說，劉慈欣的「賽博朋克」的核心議題並非擔憂後工業時代由技術失控的危機，而恰恰是「現代性迷思」（obsession of modernity）的一部分。揭開現實世界與虛擬社區衝突、「後人類」（posthuman）對人類挑戰這些「後現代外衣」，我們發現小說呈現了八十年代「啟蒙現代性」的思想軌跡，包括對現代民族主義的肯定，對民主的探討，以及對傳統文化的反思。

二、「保國」和「保教」：民族主義的兩種類型

小說所描述的2185年的政治版圖有三層結構：年輕而古老的現實中國；國中之國——位於中國內部且由復活者構成的僅存在於網路世界的華夏共和國；中國以外——以冷戰為背景中、蘇、美的微妙平衡。小說的核心情節是現實中的中國為電子幽靈所組成的華夏共和國所入侵，而展開了殊死之戰。這場沒有硝煙的戰爭表面上如同「賽博朋克」中常見的人類與後人類的衝突，但其實質卻是中國現代民族主義與前現代民族主義的對撞。

首先，現實世界中的中國是一個現代民族國家。日本學者西川長夫在定義現代國民國家（nation state）時列舉了五個標誌：（1）明確的國境存在——以國民國家的國境線區分政治的、經濟的、文化的空間；（2）國家主權——國民國家的政治空間原則上是國家主權的範圍；（3）國民概念的形成與國民整合的意識形態支配（民族主義）；（4）形成支配政治、經濟、文化空間的國家機構與制度；（5）國際關係[12]。

小說中的中國是一個標準的現代民族國家：疆域界定清晰——960萬平方公里；20億人口；具有同一種語言和統一的文化（漢文化）；在統一的政治和法律制度管治之下。從治理的方式而言，是代議制的間接民主和直接民主混合體。國民意識通過直接的參政議政得以確認並強化，而民族主義意識形態則直接地體現於強烈的民族自豪感以及危機感

---

[12] 西川長夫：〈國民國家論から見た「戰後」〉，《國民國家論の射程》（東京：柏書房，1998年），頁257-259。

中。2185年中國的國情是：完成了輝煌的工業化進程；完成了計算機全國聯網，成為世界第一個全信息化社會；在月球與類行星的領土危機之後與美蘇建立戰略平衡。如果說工業化和信息化進程所代表的生產力發展是自豪感的由來，那麼民族危機感，除了表層的國際局勢，即與美蘇的微妙平衡之外，更深層次地來自於傳統文化對生產力發展的制約。

　　由復活者在電腦總網自我複製體而組成的華夏共和國則完全是一個文化共同體。「復活」的實現是將已死之人的大腦三維紀錄信息輸入計算機，從而讓記憶在電腦中復甦。小說中共有六名復活者，除了復活者6號的身分是共和國的創始人之外，其他五位復活者的記憶均來自普通人。其中華夏共和國的祖先，即復活者2號，來自死於二百年前的一個普通老人的記憶。華夏共和國是一個澈底的後人類（posthuman）的數位生命與最傳統的價值觀的矛盾結合體。它首先以數位方式存在於集中電路中並無限複製並擴張。作為「後人類」的「脈衝人」，它們具有超越人類極限的學習能力和視野，在空間上亦是無限。但它本質上卻是一個兩百年前的思維載體，體現了最極端的文化保守主義思想。正如最高執行官對復活者2號所說：「雖然您用最現代化的方式活著，但您仍是落後的！」[13] 落後，即指其維持著前現代的認同模式。

　　華夏共和國看似建立起了完整的國家制度和機構。但其憲法總綱規定了整個國家的任務：在電腦總網中挽救瀕臨毀滅的民族文化，並由網內向網外復興祖先的文化。「復興民族文化這個崇高的目標把一億公民緊緊地團結在一起，就像一個人一樣。」[14] 由此可見，文化是華夏共和國認同感和合法性的唯一源泉。在它們自覺強盛時，打算通過總網直接控製網外共和國來實現文化復興大業，而在它們面臨「斷電」威脅時，便傾全力去完成一個巨大的工程：「從最嚴格的數學角度來證明我們民族幾千年的道德體系，並用這個宏偉的道德體系來解釋人類已獲得的一切知識，把人類已建立的一切理論納入到這個體系中來。」[15] 這些舉動

---

[13] 劉慈欣：《中國2185》，科幻小説網，網址為：http://www.kehuan.net.cn/book/2185/12.html，瀏覽日期為2018年7月5日。

[14] 同前註。

[15] 同前註。

和心態與中國前現代「文化主義」認同方式十分相似。

　　諸多研究將前現代中國的認同模式定義為「文化主義」（culturalism）。「文化主義即一種對於文化自身優越性的信仰，而無須在文化之外尋求合法性或辯護。」[16] 具體表現在「把文化，即帝國獨特的文化和儒家正統，看作一種界定群體的標準。群體中的成員身分決定於是否參加一種禮制，這種禮制象徵著對中國觀念和倫理的效忠。」[17] 這種特殊的文化認同模式，即費正清所說的「華夏中心的世界觀」（sinocentric view of the world）[18]。

　　對於存在於網路中的華夏共和國而言，華夏文化是區分自我與他者的根本依據，任何動搖「華夏文明可在數學上得以證明」的思想均被視作「異己」加以清除：「國家從緊張的體系證明中抽出了很大的一部分力量，編製了一個變異檢測軟體，這個軟體可以直接監控並記錄每一個公民的思維，隨時發現公民中的任何變異現象並消滅變異者。」從現代民族主義的角度看，變異者其實是愛國者，因為它首先發出「亡國」的警醒：「這種無休無止的漫長證明正在耗盡華夏國的活力。」[19]然而，從文化主義角度，任何質疑華夏文化的則被視為異己，要被清除內存，即被執行「死刑」。其次，對於華夏共和國而言，文化高於生活、家庭、生命，甚至高於實體國家，於是「無邊無際的集成電路中證明著家庭的永恆時，我們沒有自己的家庭」，甚至於「由於證明結果字節數巨大，我們不得不清除公民所佔的內存空間存放它們」[20]。可以說，在斷電發生之前，華夏共和國已經如變異者所預言：被證明耗盡了所有內存，危及到了自身的生存。

　　即使在危亡之際也堅守著「華夏文化最優論」，甚至變本加厲。

---

[16] Prasenjit Duara, *Rescuing History from the Nation: Questioning Narratives of Modern China* (Chicago: University of Chicago Press, 1995), p. 56.

[17] Prasenjit Duara, *Rescuing History from the Nation: Questioning Narratives of Modern China*, p. 58.

[18] John King Fairbank, *The Cambridge History of China, Volume 10. Late Chi'ing 1800-1911* (New York: Cambridge University Press,1978), p. 3.

[19] 劉慈欣：《中國2185》，科幻小說網，網址為：http://www.kehuan.net.cn/book/2185/12.html，瀏覽日期為2018年7月5日。

[20] 同前註。

這一執著看似匪夷所思，但並非「師出無名」。這與晚清時在西方文明衝擊下的極端文化保守主義對「保教」的執著如出一轍。例如，流行於戊戌政變左右時期的「西學源出中國說」儘管是以「用夏變夷」的曲折說詞來說服保守者接受西學，卻也恰恰反證了晚清時期保教思想大有市場。再如，一戰之後，雖然世界中心的迷夢早已破碎，文化保守派仍試圖借助「西方沒落論」等西方自身的反思來論證中國文明是拯救西方物質文明危機的出路，亦是傳統文化主義的一種變體。

可見，發生在現實中國與虛擬空間中的華夏共和國之間的戰爭並非如以往評論者所認為的是虛擬現實中「後人類」對現實世界中的人類進行的對抗，進而傳遞對信息技術無節制發展的憂慮。正好相反，這場爭戰是傳統文化主義向現代民族主義的反撲。

那麼，文化同源的華夏共和國與現實中國為何不相互支持，卻要「自相殘殺」？原因在於「保教」與「保國」之間不可調和的矛盾。華夏共和國為「保教」而存在，而現實中國則為了「保國」而意欲拋棄傳統文化。2185年的現實中國雖然欣欣向榮卻同時危機四伏，癥結在於：老人們愈活愈久，思維方式愈來愈僵化，傳統觀念如同宗教一般神聖不可侵犯，配合著古老的家庭結構壓制著年輕人。可見，「保教」與「保國」最大的分歧在於家庭制度。小說用了不少篇幅來描述了最高執行官的「離婚戰」以及日趨老齡化的社會和家庭結構對年輕人的壓抑，並強調年輕的最高執行官在2185年力主通過一項提案以減少憲法和法律對婚姻和家庭的保護，「因為目前的家庭形式已不適應目前的社會生產力水平」[21]。作為對比，小說詳細解釋了復活者2號的死因，就是在三個世紀前無法接受年輕人對傳統家庭的顛覆而憤而自殺。因對子孫們肆意破壞家庭制度的不滿而殉教的復活者在創立華夏共和國之後便通過控制電腦網路來竭力阻攔「離婚」，捍衛家庭。

眾所周知，儒家禮教是「忠孝」合一的政治倫理，實際上是以家庭為核心推衍開來的等級化秩序。自清末民初以來，中國的倫理變革正是

---

[21]　劉慈欣：《中國2185》，科幻小說網，網址為：http://www.kehuan.net.cn/book/2185/2.html，瀏覽日期為2018年7月5日。

「以個人本位主義，易家族本位主義」[22] 而始，打破家庭的束縛，鼓勵個人從血緣、地緣等的「大我」出走，成為獨立的自我，一度是五四啟蒙的首要目標。後來隨著「救亡壓倒啟蒙」，民族主義再一次取代了個人主義的「小我」，成為新的現代「大我」。從傳統的「大我」到現代「大我」的變化，同時意味著中國人的群體認同模式從傳統的文化主義到現代民族主義的轉變。所以，華夏共和國對現實中國的入侵可以解讀為傳統「文化主義」的死灰復燃，而現實中國的最終勝利則意味著真正完成了中國人認同方式上的現代性轉變。

三、民族主義與民主

除了兩種民族主義的競爭，《中國2185》還體現了劉慈欣對民主的初步思考，尤其是民主與民族主義的衝突。其後的作品如《三體》等反覆出現了該主題。

2185年的中國所採用的政治體制是代議制民主與直接民主的結合。前者體現在最高執行官的選舉上，後者體現在人民大會這一模式上。經過電子身分驗證的網民們可任意發表意見，由中央電腦網路把代表性的意見整合，與最高執行官對話。2185年的人民大會最重要的議題自然是「復活者」。當法律上確認了六個復活者的中華人民共和國公民身分，爭議便出現了：既然擁有了公民身分，是否應同時擁有一切公民權利，尤其是能否擁有進入國家電腦總網的權利？

爭論共進行了兩個回合。

第一回合的問題是是否能「永久性進入」國家電腦總網？25％公民認為既然復活者在法律上被鑑定為公民，就應該賦予復活者進入國家電腦總網的權利，獲得與其他公民完全一致的待遇。73％公民則認為出於對國家安全的考慮，出於對「復活者」未知性的擔憂，不能輕易讓數位公民進入國家的管理核心。

「國家安全論」在此回合的勝出突出顯示了中國當代民族主義的一

---

22 陳獨秀：〈東西民族根本思想之差異〉，《獨秀文存》（合肥：安徽人民出版社，1987年），頁27。

個基本特徵：「防禦性民族主義」（defensive nationalism）。中國「防禦性民族主義」的特徵是：「它形式上時獨斷的，但本質上是被動的。表面上很自信，卻是反映了『不安全感』。它肯定中國輝煌的過去，但是強調對自身弱點的超越。……防禦性民族主義反映了基本的關於中國社會及其世界地位的不安全感。」[23] 在小說中，這種「防禦性民族主義」不僅反映在民眾心理上，更集中體現於最高執行官的心理中。她面對公眾時總是在傳達民族自豪感的同時表達深刻的憂患意識：「比如歷史證明了共和國的堅強，但在這個瞬息萬變的世界上，歷史同樣要求一個最高執政官把她的國家看成是一塊薄冰，一塊要她用全部生命來負責的薄冰。」[24] 正是出於這種「防禦性民族主義」，最高執行官一邊帶領著人民慶祝完人類以數位方式的永生，一邊十分警惕數位公民的出現所帶來的潛在危害。

　　一直以來，學者們在力圖證明民族主義與民主的兼容性，尤其喜歡指出作為整體的民族為國民個體提供了安全與保障，地位與威望。然而，事實上，兩者雖緊密關聯卻非完全一致。小說中的人民大會就暴露了民族主義與民主的直接衝突。當得知復活者被阻擋在人民大會之外，人民們進行了第二回合投票，一改之前對國家安全的重視，以51.3887%對48.6090%最終決定給復活者以參加人民大會的權利，從而引發了中國在21世紀最大的災難：脈衝人的入侵。

　　直接民主與「防禦性民族主義」的矛盾集中於兩點：第一，包容性與排他性的矛盾。在最高執行官表示因為安全原因而拒絕讓復活者進入電腦總網時，有21%人民首次提出質疑：「你們竟假定共和國的合法公民有犯假罪企圖！」[25] 這句話道出了民族主義和民主在自身邏輯上的衝突：「民族主義似乎被假定建立在排他性（exclusivity）原則之上，而民主則建立在包容性（inclusivist）基礎上。」[26] 因此，從民主角度看來，

[23] David Shambaugh, "Containment or Engagement of China? Calculating Beijing's Responses," *International Security* 21 (Fall, 1996): 205.

[24] 劉慈欣：《中國2185》，科幻小說網，網址為：http://www.kehuan.net.cn/book/2185/9.html，瀏覽日期為2018年7月5日。

[25] 同前註。

[26] Marc Helbling, "Nationalism and Democracy: Competing or Complementary Logics?"

既然是合法公民則意味著獲得與全體人民同一的身分以及一切權利。然而，從民族主義角度，即便復活者在法律上獲得了合法身分，卻仍是「非我族類」，有「其心必異」的可能。

第二，發言權。其中最具有象徵意義的區別在於是否有資格參加人民大會，即「參政議政」的權利。人民大會是一種用電子方式「復活」的古希臘城邦式的民主實踐。如果說大部分民眾尚可接受復活者不能永久性進入國家網路（75%），那麼一半以上的民眾（51%）則不能接受復活者無法參加人民大會（暫時性）這一規定。其中的本質區別在於：是否能向總網發出信息，也即是否擁有「發言權」。從第一回合到第二回合的逆轉，發言權起到了決定性作用。亞里士多德在《政治學》中對公民的定義為：「凡有權參加議事或審判職能的人，我們就可以說他是那一城邦的公民。」[27]公民大會即是城邦政府的最高權力。這就可以解釋為何小說中的人民們不同意對具有法律身分的復活者剝奪「發言權」，因為這關係到直接民主這一形式的合法性，也即人民大會本身的合法性。

即便風險是早已預見的，但最高執行官無力改變這多數人的決定，因為連她的權力本是也是依照「少數服從多數」的民主原則所賦予的。

由人民大會引發的危機似乎是直接民主的副作用。喬・薩托利曾指出：「古希臘民主政體是一種最簡單——從這一點上說——也最原始的結構：它實質上是由『發言權』組成，不允許甚至從未設想過『出口』，它顯然是並且災難性地缺少過濾器和安全閥」，因而，「電子操縱的『公民表決民主制』雖然在技術上是可行的，但它很可能是災難性的，而且十有八九是自殺性的」[28]。小說情節的發展——復活者在網路的入侵和華夏共和國的成立將中國逼至核武威脅的處境，似乎是驗證了「多數人的暴政」的惡果。

然而，暴露直接民主的弱點是否意味著小說持有一種威權主義的傾向？《三體》中人類對於民主的堅持以及最終覆亡的結果讓許多讀者

Living Reviews in Democracy 1 (Nov. 2009): 1.

[27] 亞里士多德（Aristotle）著，吳壽彭譯：《政治學》（北京：商務印書館，1965年），頁113。

[28] 喬・薩托利（Giovanni Sartori）著，閻克文、馮克利譯：《民主新論》（北京：東方出版社，1993年），頁124。

認為這是劉慈欣對民主的嘲諷，以及對強權政治的期盼。是否如此呢？《中國2185》在這一問題上給予了比較清晰的答案。儘管作為直接民主象徵的人民大會確實顯示了其致命傷，但之後，無論是「保國」與「保教」的殊死戰，還是「永生」與「永死」辨析，都說明了對權力的不加限制、對永恆權力的追逐才是中國最大的威脅。

四、永生與永死

　　毫無疑問，劉慈欣對威權政治是警惕的。這種警惕體現在兩條線索中。第一個線索是「瓶塞」的存在。現實中國最終戰勝華夏共和國，倚賴的是一個名為「瓶塞」的供電網路。它獨立於全國總網，因而免受電子幽靈的控制，並能從根本上澈底摧毀華夏共和國。儘管即便沒有斷電打擊，那數量巨大的證明過程也已經消耗了幾乎所有內存，導致了總網的全面崩潰。但斷電打擊這一舉措仍然不可或缺。不僅因為這是在技術上對脈衝人的實際處理，更在於它的象徵性。控電網路的名稱為「瓶塞」，來自於《一千零一夜》中〈漁夫與魔鬼〉。這則故事講的是漁夫無意間將困於瓶中的魔鬼釋放出來，魔鬼卻恩將仇報想要殺漁夫，但最後被漁夫設計騙回瓶中，用瓶塞封住。顯然，現實中國和華夏共和國正是漁夫和魔鬼的翻版。好心的人民如同漁夫，通過投票將復活者從「網路禁錮」中解放出來，然而復活者2號卻正如魔鬼，因為怨恨年輕人而恩將仇報。但這個童話還有更深一層的闡釋。漁夫與魔鬼亦可被理解為彼此的鏡像，即魔鬼正是漁夫的「心魔」。同理，華夏共和國和中國、復活者2號與最高執行官互為鏡像，前者可視作後者的「心魔」。這一「心魔」可具體闡釋為：對永生的慾望，既包括對文化永生的追求，也包括對權力永生的野心。所以，用「瓶塞」斷電象徵著對權力的制約。

　　第二個線索即「永生與永死」討論。在華夏共和國入侵危機解除之後，小說特意安排一場關於「永生與永死」的討論。討論發生在最高執行官與復活者6號，即「中華人民共和國創始人」之間。小說借用復活者6號之口點明：永生等於永死。從文化角度來看，「生著就是變化著，永生就永遠變化；一百年裡可以萬變不離其宗，但『永遠』下去，

總要離其宗的；用不了永遠，一萬年就非離其宗不可。離了其宗，『其宗』不就死了嗎？生著的是新東西了，『其宗』永生不了。如果不變，就已經死了。」[29] 華夏共和國就是為了追求文化的永生，而導致文化的永死。跟原生質人相比，復活者們有無窮的精力、廣博的知識、超強的學習能力，在時間和空間上均是無限的。但他們的自我封閉──傾所有人之力「給民族的道德體系鋪上堅實的數學基石」[30]，「並用這個宏偉的道德體係來解釋人類已獲得的一切知識」[31]，讓文明發展陷入了死循環，走向自我滅絕的道路。從信念來看，沒有比華夏共和國更為堅定同一的民族主義了，因為這個共和國的公民不僅在本質上是同一個記憶體自我複製而成，而且其純潔性在反覆地清理思想變異者的過程中得以強化。諷刺的是，統一的思想和行動看起來鋼鐵般堅強，卻最不堪一擊。

從權力角度看，復活者6號的設置本身耐人尋味。無論讀者還是小說中的角色均對復活者6號的身分心知肚明，但沒有人提及他的名字：毛澤東。雖然小說讓前領袖的形象走下了神壇，變成睿智平和的長者。但他的存在連同他在天安門城樓上的畫像一樣，象徵著一種政治權威的幽靈，盤踞在2185年的中國，讓人敬畏之餘，又時刻擔心其捲土重來。有人把小說對領袖形象的美好重塑當作是劉慈欣威權主義傾向的證明。本文則認為復活者6號的設定恰是為了說明制度對威權的制約之重要。

首先，小說通過今日與昔日領袖的對比說明只有合理的制度才能防止權力慾望的無限膨脹。從復活者誕生之日起，最高執行官就開始防範共和國創始人會借助電腦的力量重新執政。而同時，她卻常常抑制不住與「歷史對話」的衝動，並不斷想像當年領袖在權力頂峰時的感受。最高執行官青春活潑、不拘小節，在人民面前並無領袖威嚴，更像是偶像明星。她與復活者6號作為現領袖與前領袖，分別代表著共和國兩種政治制度的產物：民主與集權。表面上看，他們的領導風格截然不同。而實際上，兩者的形象並非完全對立，在某些情況下甚至可相互轉換。從

---

[29]　劉慈欣：《中國2185》，科幻小說網，網址為：http://www.kehuan.net.cn/book/2185/14.html，瀏覽日期為2018年7月5日。

[30]　劉慈欣：《中國2185》，科幻小說網，網址為：http://www.kehuan.net.cn/book/2185/13.html，瀏覽日期為2018年7月5日。

[31]　同前註。

這個意義上，最高執行官與前領袖互為鏡像。小說中有個貌似不經意卻耐人尋味的細節。在人民大會上有一段對最高執政官的心理描寫。她站在主席臺前，對巨大的國土影像「心中隱隱出現了自豪感，在這樣的時刻，即使是最明智的領導者，如果人民不及時提醒，在下意識中也會出現這樣一種感覺：他（她）站在歷史航船的舵位上，船在他（她）的駕駛下航行」[32]。可見，即便是在民主時代，即便是毫無領袖風采和威嚴的政治明星，即便是深刻認同民主時代不需要政治權威的最高執行官，但在一些瞬間仍會對權力表現出蠢蠢欲動的慾望，而且這種對個人權力的慾望正是以民族自豪感的形式展現出來，因而也是以民族之名義而獲得正當性。由此可見，劉慈欣對領袖的權力膨脹有著充分的警惕。

其次，出乎最高執行官和讀者意料的是，「竊國」行為並沒有發生在「領袖幽靈」復活者6號身上，卻發生在一介平民復活者2號身上。這亦充分說明，集權主義的發生取決於環境而非具體的個體。正如最高執行官所言：「歷史可能以各種方式使某個人擁有過大的權威和力量，給人民造成嚴重的創傷。我們應該消滅的是這種歷史環境而不是哪個人。」[33]

所以，華夏共和國的例子有著三重作用：證明「追求文化永生將導致的文化永死」，證明威權體制導致國家的覆滅，也證明惡的制度可以讓普通人變成極權者。

五、結論：八十年代的現代性想像

中國在20世紀八十年代經歷了現代歷史上第二次思想啟蒙。無論是自上而下的思想解放運動，還是自下而上的「新啟蒙」運動，都試圖努力告別與反思毛時代的革命實踐和革命意識形態，為中國的現代化尋找新的出路。汪暉曾將八十年代知識界的「新啟蒙主義」特徵概括為：

---

[32] 劉慈欣：《中國2185》，科幻小说網，網址為：http://www.kehuan.net.cn/book/2185/9.html，瀏覽日期為2018年7月5日。

[33] 劉慈欣：《中國2185》，科幻小说網，網址為：http://www.kehuan.net.cn/book/2185/12.html，瀏覽日期為2018年7月5日。

「對進步的信念，對現代化的承諾，民族主義的歷史使命，以及自由平等的大同遠景，特別是將自身的奮鬥和存在的意義與向未來的遠景過渡的這一當代時刻相聯繫的現代性的態度等等。」[34] 以往研究對劉慈欣科幻中的現代性想像多歸結為「技術崇拜」，但對於現代性論述中文化與政治議題卻鮮見討論。本文認為這篇完成於八十年代末期的《中國2185》是對中國八十年代啟蒙現代性想像的一個全面呈現。具體地說，小說所討論的現代性議題如文化主義、民族主義、民主和威權等問題或隱或顯地對應著八十年代幾次思想事件：（1）評價毛澤東的功過是非；（2）關於「新權威主義」的論爭；（3）文化熱。

　　經歷了文革的浩劫和思想混亂，八十年代官方和民間最迫切需要解決的問題即評價文革發動者、共和國創始人毛澤東的功過是非。1981年中共中央通過《關於建國以來黨的若干歷史問題的決議》，總結建國後的歷史，全面否定文革，並對毛澤東進行了系統評價：「毛澤東同志是偉大的馬克思主義者，是偉大的無產階級革命家、戰略家和理論家。他雖然在文化大革命中犯了嚴重錯誤，但是就他的一生來看，他對中國革命的功績遠遠大於他的過失。他的功績是第一位的，錯誤是第二位的。」[35] 即坊間所謂的「三分過，七分功」的評價。這一評價作為理論基石確立了中國之後的路線綱領和發展方向。劉慈欣在小說中對復活者6號的形象的重塑也是依據這一歷史定性。小說中復活者6號與最高執行者關於「拿破崙」和「一句頂一萬句」等討論幾乎是依照「七分功績」和「三分錯誤」所定制[36]。小說更是在此基礎上指出「特定歷史環境或制度造成個人崇拜」這一問題根源，從對毛的歷史評價中引出更具有普遍意義和現實性的問題，即關於對威權和民主的討論。這一情節走向也正好契合八十年代思想界從處理歷史評價到討論「中國的現代化需要怎樣的執政者」論述軌跡。

　　起始於1986年而活躍於1988年的「新權威主義」論爭更為普遍的關

---

[34] 汪暉：〈當代中國的思想狀況與現代性問題〉，《天涯》第5期（1997年10月），頁139。

[35] 中國共產黨新聞，http://cpc.people.com.cn/BIG5/64162/71380/71387/71588/4854598.html，瀏覽日期為2016年10月1日。

[36] 劉慈欣：《中國2185》，科幻小說網，網址為：http://www.kehuan.net.cn/book/2185/8.html，瀏覽日期為2018年7月5日。

於執政者，也是影響最為深遠的關於民主與威權的辯論。「新權威主義」倡導者將新權威主義定義為：「後發展國家的舊體制走向解體或蛻變，而新型的民主政體又無法運作的歷史條件下，由具有現代化意識與導向的政治強人或組織力量建立起來的權威政治。」[37] 這種權威政治區別於傳統專制政治在於它明確以現代化變革為導向，而它與民主政治不同，因其「具有強制性的、高度組織化的行政軍事力量與權威意志，作為其穩定社會秩序、推行其現代化方針的基礎」[38]。這一理論的提出是為了應對八十年代中期開始出現的改革瓶頸，如政經改革不同步引發的政治不穩定、「諸侯割據」等局面。然而，呼喚政治強人的聲浪在當時很快遭到了質疑和否定，因為這一政治模式有著對未來後果不可控的巨大風險：「新權威新就新在掌權者是具有現代化頭腦、民主意識和高度政治權能的一個或一批精英。我們用什麼保證出現的權威主義是新的而不是舊的？」[39] 更有甚者直指新權威主義是「專制主義的舊夢重溫」[40]。在諸多批判聲中，新權威主義迅速降溫，至1989年偃旗息鼓。

《中國2185》用華夏共和國和現實中國的對比分別說明了權威主義的噩夢和民主制度的瓶塞作用。前者顯示在一個非民主的框架內，即便是「這個星球上第一批超人」用最先進的技術最現代化的方式執政，終不免滑向舊式專制主義的深淵；後者則用最高執行官的心理描寫來說明假如脫離民主制度制約，無論是並無威嚴的「政治明星」還是普通人，在一定的歷史機遇下都可能因為對「永生」的願望而變成獨裁者。儘管小說並不否定政治權威在特殊歷史時期的作用，但也明確地宣布此歷史階段已過，「拿破崙式的人物不會再有了」[41]。當然，《中國2185》對中國未來政治制度的選擇未必直接受「新權威主義」論爭的影響，但也「不謀而合」地體現了八十年代思想界主流的民主訴求。

---

[37] 蕭功秦：《歷史拒絕浪漫：新保守主義與中國現代化》（臺北：致良出版社，1998年），頁21。

[38] 同前註。

[39] 遠志明：〈新權威主義的三點疑難〉，收入齊墨編：《新權威主義》（臺北：唐山，1991年），頁250。

[40] 黃萬盛：〈新權威主義批判答問錄〉，收入齊墨編：《新權威主義》，頁148。

[41] 劉慈欣：《中國2185》，科幻小說網，網址為：http://www.kehuan.net.cn/book/2185/9.html，瀏覽日期為2018年7月5日。

　　第三，文化熱。八十年代的「新啟蒙」運動在知識界最為集中地
體現於「文化熱」。八十年代中期三個知識群體的出現，從不同角度推
動了整個思想領域對「文化」與現代化的討論。他們分別是：金觀濤、
包遵信等為代表的《走向未來》叢書編委會；以甘陽等為代表的《文
化：中國與世界》編委會和以湯一介、李澤厚、龐樸為代表的《中國文
化書院》編委會。他們的思想趨向主張大致代表了科學主義思想派、現
代西方的人文主義傳統（或「全盤西化」派）和「傳統文化的轉換性創
造」。儘管三者對於傳統的態度略有不同，但均自覺地承繼了五四的新
啟蒙精神，重啟了五四時期「傳統文化與現代化」的討論。甘陽用「三
步說」解釋了從文革結束到文化熱興起的必然：「首先是對外開放、引
進發達國家的先進技術；隨後是加強民主與法制並進行大踏步的的經濟
體制改革……最後，文化問題才提到了整個社會面前，因為政治制度的
完善、經濟體制的改革，都直接觸及了整個社會的一般文化傳統和文化
背景、文化心理和文化機制。」[42]

　　《中國2185》以未來之名義幾乎濃縮了八十年代中國社會從科技興
國到政經體制改革，再到文化機制與現代化相容性討論的三個步驟。小
說一開始就通過共和國黃土地老農民的貧窮落戶形象與2185年的昌盛強
大，突顯了經濟上的突飛猛進；同時以最高執政官的形象和發言帶出了
政治制度的改變：民主制度的確立。繼而，小說著力渲染了傳統家庭制
度與生產力發展的矛盾，老齡化的社會給年輕人帶來的壓抑氛圍，而引
出了文化革新的迫切感。在小說開場的新聞發布會上，最高執行官面對
記者的問題：「請說明您對傳統文化的看法。」答之曰：「今後我會用
行動說明的，謝謝。」[43]隨後，其離經叛道的著裝，「身先士卒」的離
婚，以及力主通過法案以「減少憲法和法律與婚姻和家庭的聯繫」的行
動等等提示了2185年社會最大的問題就是要解決傳統文化、傳統文化心
理和文化機制對現代化的束縛。華夏共和國的出現更是將這一矛盾形象

---

[42] 甘陽：〈八十年代文化討論的幾個問題〉，《中國當代文化意識》（香港：三聯書店，
1989年），頁9。

[43] 劉慈欣：《中國2185》，科幻小説網，網址為：http://www.kehuan.net.cn/book/
2185/2.html，瀏覽日期為2018年7月5日。

化至極致。小說中的層層遞進的對「傳統與現代化」議題的呈現幾乎完整投射了八十年代文化熱衷所體現的文化啟蒙心態。而八十年代「新啟蒙」的倡導,即是要承繼五四時期精神,完成思想文化的啟蒙大業。

　　綜上所述,《中國2185》儘管披著「賽博朋克」外衣,但關注的焦點卻並非諸如真實與虛擬,人類與後人類等後現代議題。這部小說樂觀、並頗具野心地對未來中國進行了想像,充分說明了現代化的要求在八十年代之深入人心:「現代化或許是八十年代最為成功的意識形態,它不但整合起了從政府,政策文件到普通百姓的,日常生活意識,同時也成為知識份子的主要話語構成。」[44]

---

[44]　賀桂梅:〈1980年代「文化熱」的知識譜系與意識形態(下)〉,《勵耘學刊》2009年第2輯(北京:學苑出版社,2009年),頁214。

第十一章
論香港網路小說的佔位與區隔：
以《壹獄壹世界》為例

鄺梓桓
香港中文大學中國語言及文學系講師

一、引論：網路小說的崛起

　　網路訊息技術的迅速發展，對文學生產影響深遠，形成新的文學議題與類種。這種情況到底孰善孰非，必須更集中討論才能顯出趨勢。顯而易見的是，網路虛擬平臺給予不少讀者機會，更易轉身而充當創作者、評論者角色，創作與評論的流布範圍與速度，更是傳統形式無法企及和想像的。可以說，這種衝擊不但改變傳統出版的生態，也有可能改寫整個文學生產的狀況。

　　在香港文學的舞臺上，現時網路文學的發展多集中於小說一類，而發表的平臺主要倚賴少數網上論壇，亦有少部分作家以智能手機的應用程式為小說載體，流布的範圍比紙本小說的傳播廣闊。而相關研究和討論，亦尚在起步。相對於臺灣或內地的網路創作，香港的網路作家所走的路更為孤獨，更為小眾。真正帶入文化殿堂，引起評論的，畢竟仍是少數。故本文嘗試勾勒現時香港網路小說的發展，以見出更清晰的輪廓。

　　為了審視網路小說在香港文學中的角色和位置，本文借助法國社會學家布迪厄（P. Bourdieu）的場域理論，揭示這種依賴新興媒體的小說具備怎樣的潛力。場域理論的前提，總體上揚棄了「文本本位」或「社會本位」的二分法，而以各項影響作品生產與接收的因素之間的互動為研究基礎，觀察特定文化空間中行動者與位置之間的關係。其架構主要由以下三點組成：

1. 「場域空間」：即整體社會裡資本活動的場所，如經濟、政治以至文化場域，是一切相應活動的質量總和，為各項資本所構成的客觀空間；以文化資本而言，則不論作家、作品、流派、傳播機構及所有文學活動均能納入此範圍考量。香港網路小說的接觸媒界（contact）與語境（context），都是顯示相關潛力的範疇。

2. 「行動者」（agent）：亦即場域內的個體因素，特點是極流動，會因應各自的功能與慣習（habitus，或譯習性）競逐場域內的位置，成為帶動域內動力的主要導因；而慣習所暗示的是特定群體所一致遵循的潛在規則，故此具備主觀性質，與場域的廣泛客觀性質互相平衡。本文嘗試從分析文本中的符號規則和慣習，帶出香港網路小說如何進佔文學生態的位置。

3. 佔位（position-taking）：行動者具策略意識的參與，建立獨特的「區隔」（distinction）標記，目的是與其他因素區分開來，藉以產生場域內的動能，帶動發展。言下之意，特定作者群在特定平臺，以特定的風格，書寫若干特定的主題，位置所意味的是權力的集中點與發聲的點，因此形成特定的改變現況的權力關係。從網路書寫的風格與策略轉變觀察，均能反映相應的痕跡。對網路小說研究而言，網路作家充當了行動者，其書寫則形成了進佔整體文壇位置的動力，並提升了大眾對特定文化的關注程度；至於採用一套怎樣的書寫方式、符號，則往往牽涉特定作者群有意或無意識的習慣、個人的品味與互動來產生。

以上三組場域理論的要點，兼具客觀條件（場域空間）與主觀條件（行動者之慣習）的關係構成，這套理論的好處即在這種互動性，故本文試以借用來觀察網路小說這個文化現象的特色，並以于日辰《壹獄壹世界》為例加以說明、呈現，以證明網路小說無論在質素提升和開拓文學場域上的意義。

二、三地網路文學發展概述

（一）大陸的網路文學發展

最早出現的網路小說平臺，是1995年清華大學學生開設的「水木清華」[1]。直到今日，中國大陸的網路小說發表平臺規模已相當宏大，不少更以升級制度與直接的稿酬來支持網路創作。階級與獎勵制度分明，極具商業意味。縱使新手與知名作者所享的待遇有著天淵之別，仍造就不少網路寫作者靠版稅全職創作，部分更打入內地富豪榜[2]。另外自2010年起，已有約20位網路作家入選中國作家協會，意味他們的作品從邊緣文化步入主流建制，意義重大[3]。幾個大型的網上小說論壇，如「起點中文網」、「晉江文學網」等，均對每位作者成員列明清晰的升級指引。以「起點中文網」為例，每位簽約作家只要累積若干的訂閱量，就能得到若干金額的版稅。例如若平均得到1,000人訂閱，則每月稿費為1,500元，而平均訂閱若達至15,000，每月稿費可達22,500元，平臺更保證最低年收入為378,000元。這個數字反映了兩個事實：（1）中

---

[1] 參王婭楠：《論網絡小說電影改編的特色和文化意義》（華中師範大學碩士論文，2014年），頁5-7。

[2] 根據吳懷堯創設的中國作家富豪榜，2013年網路作家首富唐家三少的版稅收入為2,650萬元，比起同年同機構所做的統計，諾貝爾文學獎得主莫言只有2,400萬元，位列中國作家富豪榜第二名。第一名的江南，亦只有2,550萬元收入，可想而知網絡發表平臺的規模和影響均為巨大。參吳懷堯所公告的名單，載於《華西都市報》第A09至A11版，2013年12月5日。

[3] 據估計，能以版稅維持生計的網路作家人數只及總體網路作家數量的一成，而且「圈內最『勵志』的典範是唐家三少，他曾連續86個月每日不斷更新，每年寫作量不低於280萬字，最多的一年寫了400萬字，如此繁重的腦力和體力勞作是常人所難以承受的」，但仍不容輕視此項新文體的發展進度。參〈網絡文學的城裡城外〉，《香港商報》，2014年11月17日。網址為：http://www.hkcd.com/content/2014-11/17/content_887596.html，瀏覽日期為2018年7月3日。

國大陸的網路作家足以靠寫作為生；（2）中國大陸的網路讀者數量極為驚人，並足以支持龐大的閱讀平臺及開支。如「起點」這類平臺，讀者須付費開通閱讀權限，才能瀏覽熱門的作品。這類直接經濟參與的方式，是港臺的網路文學社群所不能想像的。

伴隨網路寫作平臺的商業導向，由網路小說改編而成的電視劇與電影數目亦相應增加，較早改編而受到注意的有2001年網路作家筱禾《北京的故事》改編的《藍宇》，及後有《愛上單眼皮男生》和《蝴蝶飛飛》等[4]。近年受歡迎的電視劇改編有《蝸居》、《裸婚時代》、《美人心計》、《宮》、《步步驚心》等。電影方面，由張藝謀執導的《山楂樹之戀》、陳凱歌執導的《搜索》均來自網路小說。而2013年由辛夷塢《致我們終將逝去的青春》（由趙薇執導），更達到7.19億人民幣的票房收入，足見網路作品已不單是小眾活動，其商業潛力亦非常巨大。除電視、電影改編外，亦有不少作品改編為電子遊戲產品[5]。可見，內地的網路小說發展規模相當龐大，文化資本亦相當沉厚，已然建立了自身在其文學場域中的位置。

不過，亦有學者對這種網路盛宴下的小說創作甚至與影視合作的現象，表示關注與憂慮。如時世平指出文評與創作存在隔膜，導致文學研究的碎片化[6]。此外，朱怡璇指出，網路小說的發展形態「使一些網路作家們容易滿足於表面的點擊率高、受歡迎，卻使文化慢慢地偏離經典與權威」，在改編過程中網路寫手應深思「如何去規避作品改編的劣勢，使改編作品不僅僅是曇花一現，而是真正滿足觀眾內心深處崇尚英

4　張偉巍：〈中國網絡小說的影視劇改編研究〉，《河南工程學院學報》第28卷第2期（2013年6月），頁74。

5　「一直密切留意中港兩地網絡小說發展的施仁毅分析，內地是個完全不同市場，『內地市場大，而且發展得更早更快。』現時深受市場歡迎的小說作品既會改拍成為電視劇集，亦會製作電子遊戲，慢慢朝著產業模式發展。〈網絡小說大熱──開啟創意產業新商機〉，《商貿全接觸》（香港貿發局刊物），2014年7月23日。網址為：http://hkmb.hktdc.com/tc/1X09YKJT/%E5%95%86%E8%B2%BF%E9%A0%AD%E6%A2%9D/%E7%B6%B2%E7%B5%A1%E5%B0%8F%E8%AA%AA%E5%A4%A7%E7%86%B1-%E3%80%80%E9%96%8B%E5%95%9F%E5%89%B5%E6%84%8F%E7%94%A2%E6%A5%AD%E6%96%B0%E5%95%86%E6%A9%9F。

6　時世平：〈網絡文學：批評的迷茫與清醒〉，《中國社會科學報》第806期，2015年9月14日。網址為：http://sscp.cssn.cn/xkpd/wx_20167/201509/t20150914_2253151.html，瀏覽日期為2018年7月3日。

雄、追求理想、價值和感動的這種審美取向」[7]。這一點對三地的網路
小說發展亦相當重要，創作者與文評者應予以正視。

（二）臺灣的網路文學發展

臺灣的情況有別於大陸，絕大部分的發表平臺以無私分享的同人社
群為主，作品的成名之路仍相當「傳統」，不外乎在網路上流傳日廣，
受出版商青睞，才轉入傳統印刷、零售模式，攻佔大小書店的流行文學
欄目。也有部分受到電影、電視製作人注意，將作品加以改編而進入電
子媒體發表。但回到原點，網路作品的發表平臺是早年的BBS（Bulletin
Board System，電子報告欄系統）與後來萬維網（WWW）上的個人創作
網站、部落格等，其電子報式的運作方式供讀者留言與回覆，因此聚集
了對某些特定題材感興趣的小社群。可見，臺灣的網路文學發展所走的
是小眾路線而非大陸式的大型創作生產鏈路線。

臺灣的網路小說平臺種類較多，文體與題材較多元化，參與的群體
數量與作品題材亦較豐富，更重要的是，「傳統」作家與網路的合作和
互動更頻繁，知名作家、詩人、評論者，如陳黎、蘇紹連、須文蔚、
李順興等均自設網站，「素人」創作的平臺見於過去的BBS，如「晨曦
詩刊」所創建的「網路文學烏托邦」，或萬維網上較大型的網站或論
壇，如網路媒體《明日報》、「文學創作者」、「POPO原創」、「冒
天」等。

在改編作品上，痞子蔡（蔡貴恆）在網上發表的《第一次親密接觸》
（1998年）引起相對哄動的效果，2000年受垂青而改編成電影，是第一
部由網路小說改編的電影作品。後來被改編的作品數量亦非常多，最受
注目的要數九把刀的《那些年，我們一起追過的女孩》、《等一個人·
咖啡》等等，叫好叫座，開展網路創作的新視野。

在學術發展上，自九十年代中臺灣網路文學已受到作家和學者的注
視。據呂慧君《臺灣網路小說之呈現與發展》所提及，1996年楊照於報
上發表〈身分與習慣〉一文引起軒然大波，引發各方開始討論網路文學

[7]　朱怡璇：〈從傳播學視角看網絡小說改編影視劇的熱播〉，《電影評介》，2012年第5期，頁20-22。

的優劣與性質的問題，可見臺灣學術界非常重視網路文學的興起[8]。討論重點既關注網路文學的美學內涵，亦有就形式本身而作的後設思考，相比其餘兩地的學術路程，臺灣走得更前更遠。儘管不少人持負面或觀望的態度，但亦有學者指出網路文學的新可能。如在2009年網路文學座談會上，須文蔚就提出了三項新媒體創作所開展的社會意義。第一是新媒體「帶來了人主、被動關係的編整，即人是否能主動去選取資料。因為網路能帶來這樣的東西，網路文學的市場重新被建立起來。這個社會意義的建立，才開始使文學界覺得有希望」。第二是「文學社區的形成，從傳統的出版，媒體或副刊也好，其形成許多障礙，今透過網路可以突破」。第三是「一個公共性的問題，因為整體國家建設花費非常大的金錢在網路的建設上，讓所有弱勢的人今天可以自行用很低的成本，從出版到行銷，他自己可以去完成文學傳播的過程。因為這三個東西的改變，影響了文學生存的可能，讓我們知道，到底可以用什麼樣的技術來重新建構一個文學的環境」[9]。也就是說，文學的傳統生態環境為文學的傳播帶來新出路。關鍵在於，媚俗商品與崇高藝術品之間的分野是否可以打破，以另一種關懷的目光重看網路的通俗與美學呈現的問題。楊宗翰則指，「資訊技術日新月異，文學創作『數位化』必將蔚為風潮。以超文本與多媒體為媒介的數位詩創作，需要也值得批評家正襟危坐，嚴肅以對」[10]。

（三）香港的網路文學發展

　　香港的網路文學發展得相對較慢，規模小，相關的學術討論更是相形見絀。最為人熟悉的發表園地，不像臺灣的自設個人平臺，也不如大陸的商業式操作，而是受年輕人歡迎的高登討論區，其可供發表作品的平臺是子論壇「講故台」。內容和題材更為淺俗，著述傾向於情色、亂

---

[8]　呂慧君：《臺灣網路小說的呈現與發展》（臺灣：國立彰化師範大學國文研究所碩士論文，2009年）。

[9]　參董崇選、李順興：〈網路文學座談會文字記錄〉，依臺灣國科會計畫〈電子媒體對文學創作的影響〉舉行，http://benz.nchu.edu.tw/~garden/nsc98/nsc-talk4.htm，2009年4月29日。

[10]　楊宗翰：《臺灣新詩評論：歷史與轉型》（臺北：新銳文創，2012年），頁233。

倫與生活化等，範圍窄小，導致這個範疇一直受外界忽視。而真正受注視的發展里程碑，要到2012年向西村上春樹《東莞的森林》被改編成電影《一路向西》（2012年胡耀輝執導），網上小說才受到關注。其情色議題與表達手法喚起更多人關心網路文學的發展，亦吸引更多網路寫手加入創作之列。

自從《一路向西》上映，更多網路小說出版紙本，也有部分改編為電影，有一定的叫座力。《一路向西》票房約為1,880萬元。而後來Mr. Pizza《那夜凌晨，我坐上了旺角開往大埔的紅VAN》題材開始走出情色，進入災難、科幻等領域，開拓新路向。而2014年在陳果執導下變成黑色喜劇、政治影射，評價雖然好壞參半，票房卻達至2,100萬元[11]。薛可正《男人唔可以窮》（2014年鍾澍佳執導），票房約1,500萬元。于日辰《壹獄壹世界》（2015年由孫立基執導），票房約2,000萬元。這些數據反映香港網路小說打入主流文化的潛力，雖然只是以「量」探「質」，但亦反映這類「素人」寫作亦能匯聚可觀的讀者群，形成有規模及具足的社群維持相關的文化生產程序。這種現象揭示了香港網路文學發展的出路，必須結合跨媒介的力量才能尋獲。雖然相關的學術討論仍在起步，評論界對這些作品的文學特質仍在探討初期，歡迎與抗拒的態度仍然在搖擺與猶豫，但本文相信，透過分析這些作品的文學性內涵，有望將網路作品中的光華引入並充實本地文學的內容。

三、《壹獄壹世界》的佔位與區隔

《壹獄壹世界》對香港網路文學發展的意義是顯著而深廣的。從

---

[11] 參張偉雄：〈This Town, Is Becoming Like A Ghost Town──《那夜凌晨，我坐上了旺角開往大埔的紅VAN》〉，《香港電影評論學會》，2014年3月24日。網址為：http://www.filmcritics.org.hk/%E9%9B%BB%E5%BD%B1%E8%A9%95%E8%AB%96/%E6%9C%83%E5%93%A1%E5%BD%B1%E8%A9%95/town-coming-ghost-town%E2%94%80%E2%94%80%E3%80%8A%E9%82%A3%E5%A4%9C%E5%87%8C%E6%99%A8%EF%BC%8C%E6%88%91%E5%9D%90%E4%B8%8A%E4%BA%86%E6%97%BA%E8%A7%92%E9%96%8B%E5%BE%80%E5%A4%A7%E5%9F%94%E7%9A%84%E7%B4%85van%E3%80%8B。另參hevangel：〈那夜凌晨，我坐上了旺角開往大埔的紅VAN〉，《獨立媒體‧生活》，2014年9月13日。網址為：http://www.inmediahk.net/van-3。

題材而言，這部作品以其鮮明的行動者角色擺脫「講故台」上的慣性品味，不必在作品中加入大量情色元素吸引讀者追看；反之，其以社會的黑暗面為主要對象，展現監獄文化的切面，比單單書寫亂倫和情慾的機械式情節深刻得多，也改變著特定社群的原有品味。從文本的文學性而言，縱使其小說的文字技巧流於粗淺和隨意，但其布局的手法、情節處理的技巧已見出與別不同的成效，尤其對監獄內外的語言文化差異與族群文化差異，均顯出有別於一般網路小說的品味和關懷。因此，以下將就上述所提及的三個層面加以闡釋，藉此突顯這部小說／電影所具備原創價值。

（一）少甜通俗的革命：題材與風格的轉變

網路文學的發展，似乎無可避免與情色文學或情色書寫有關。臺灣早年的BBS小說，則肇始於情色文學[12]。而在香港，網上論壇的發表平臺，亦不時以情色、暴力等主題取悅網上讀者，以圖博取他們的欣賞（正評，正面評價）。由於相對安全的虛擬身分與幾乎絕對自由的發表權利，網路小說的主流傾向以情色與暴力的狂想，將生活的黑暗面展示出來，而且較易吸引讀者注意，形成不少新手的創作推動力，且不帶任何法律或倫理責任，故頓成主流。

《東莞的森林》就是這類作品的典型示範，而到了《那夜凌晨，我坐上了旺角開往大埔的紅VAN》的出現，講故臺上的故事才總算走出較不一樣的路。本文認為，《壹》的小說版和電影改編版均平衡了情色、暴力等的閱讀期待，有意限制了這些元素。若比較于日辰的其他網路作品，《壹》是一部極為「乾淨」、「純潔」而「正面」的創作。這個嘗試極有意思，有助重塑網路讀者群的品味版圖，使講故臺上的「甜文化」加以調整和提升。所謂「甜文化」，是特定的潮流術語，以「甜」來借喻情色文學元素。與一般在講故台發表作品的網路寫手相同，于日辰過往曾以不同的筆名創作情色味濃的小說，並得到論壇讀者的垂青。這類作品的主題比較單一，多在正常的倫理關係開始，以不倫的情

---

[12] 交通大學資訊工程學生創設的BBS性版是臺灣最早期的網路小說發表園地，而第一代出現的網絡寫手如plover亦多從事情色文學的創作，如其代表作《往事回憶錄》。

愛關係作結，如〈[家庭糾紛系列] 阿妹唔鍾意我女朋友事件簿〉（2007年）[13]、〈[科幻小甜品] 有天，我愛上了豆腐的細滑〉（2009年）[14]、〈[新手非FF] 我同二家姐一段不可告人既越軌關係〉（2010年）[15]。從作品名字已反映這類網路創作的基本形態，主要仍以情色為主題，藉家居生活與倫理關係為舞臺，大放奇異愛戀與露骨愛慾的家庭亂倫劇場。

　　在俯拾皆是的情色描述下，作者與讀者的習性產生互動，互相導引，這種現象在以網上論壇為發表園地的基礎上顯得尤其鮮明。讀者會在留言欄目上直接提出訴求，如要求「少甜」、「減甜」、「加甜」等，作者雖然未必會脫離原有的敘述風格，回應讀者需求，但有時候卻會以不同的方式表示回應。

　　從布迪厄的文化生產概念來看，作者的寫作習性（habitus）與佔位（position-taking）的關係很密切。創作習性的轉變，直接影響作品如何在該文學場域中開闢新位置，繼而進佔不同的據點，發揮新的區隔作用。而以《壹》為例，于日辰在《壹》內的情色元素明顯減少了，在主題和題材上所考慮的書寫策略完全不同。即使有人會認為，于日辰過往的分身已寫過不少情色小品，亦獲得不錯的評價，就算用上新筆名，仍不難受到追捧者察覺，繼而追看，因此風格的轉換只是另一種吸引讀者的手段。上述情況的確可能發生，例如有講故台讀者追問作者是否「小姓奴」或「2nd Joe」，而線索是敘述者愛賣弄對跑車的知識；不過，更值得深思的是，當作者風格與主題轉變，冠上新的作者名字，而且大大違反了既定讀者群的期待視野，這種舉措是否仍足以構成關鍵的嘗試，調整讀者群的慣習，而且是相當高難度的挑戰。即此，本文視《壹》是其創作的里程碑，象徵其擺脫情色的向度，試圖以新角度塑造讀者群的品味。小說裡雖然仍有相近的題材，但篇幅很小，程度也輕：

---

[13] 故事圍繞男主人翁及其妹之間的不倫關係，特寫狹窄的公屋住屋環境中親人倫理的乖異現象。于日辰當時以「中出即飛俠」為名發表，單從筆名的選取，可見其寫作的「習性」就是以重口味情色創作為依歸，在日後的作品裡相同題材的發揮漸次減少。參高登討論區‧講故台。

[14] 此作品以「小姓奴」的筆名發表。參高登討論區‧講故台，網址為：http://archive.hkgolden.com/view.aspx?message=1886360&page=1&highlight_id=145424。

[15] 此作品以「認輸就真了」為名發表，2010年。

1.第十二章「電視劇、強姦犯」中的性關係合約

2.主角評論與女友美瑤的性生活不協調

3.主角留學時期的糜爛生活

4.與小三Vivian的風流事

《壹》的策略是反其道而行的，體現了從情慾氾濫到情慾壓抑的過程。整部小說存在著幾種書寫文體，除了敘述主線用上日記式倒敘，倒數「出冊」的日子；另外亦摻入了書信體，宛如一部懺情錄[16]，將自己對家人、女友的虧累表達出來，行文滿帶歉疚、反省、自我否定等，流露極重的悔意。但這種「痛定思痛」的行為並不純粹，書信中亦有一封寫給情婦Vivian的[17]，內容顯示主角狡黠而風流的個性，並非真心改過自新。後來美瑤因為知悉主角開車出意外時，身旁有位不足十六歲的女子為伴，因而遠離主角[18]。

電影的改編更進一步，突出濃重的荒誕感。情節交代主角由於家境富裕，足以用香菸聘請其他囚犯代勞寫信，二人卻在寄出寫給女友和情婦的信件時失誤，調亂了地址。美瑤最終知道了主角外遇的真相，於是決絕地提出分手，為故事結尾時主角痛改前非的情節墊下基礎，這個安排與小說相比，情節更具戲劇效果。

另一方面，在選取描寫情慾片段時，敘述者較集中處理囚犯的性壓抑表現。如花上整個章節描述「落Night」的情節，花盡心思描寫如何製作自我歡愉的器具[19]，交代與分析倉櫃內不雅刊物的種類[20]，列舉外地較人道和文明地處理囚犯性需要的做法[21]，進路與其他的網路小說大篇幅、無底線的情色書寫截然不同。可以說，《壹》放棄了過往在網路小說場域上慣性的寫法，轉而以較內化、冷靜旁觀的方式吸引讀者注

---

[16] 寫給母親的信件包括頁78、180、192-193、304，寫給女友美瑤的包括頁142-143、234、260-261，寫給父親的包括頁220-221。于日辰：《壹獄壹世界》（香港：點子出版，2015年）。

[17] 自稱亦由「日辰」改為「Nelson」，同前註，頁206。

[18] 同前註，頁262。

[19] 同前註，頁172-173。

[20] 同前註，頁171。

[21] 同前註，頁174。

意，正以「少甜」代替「多甜」的文化，以標示其與眾不同的區隔效果。當累積了足夠「正評」時，這類小說便改變了原來的創作生態和慣習，打開新格局。

此外，當壓抑了情色書寫後，小說以更寫實的角度描繪各種監獄生活瑣事，例如獄中獨特的經濟作業運式，即以香菸為貨幣支付各種服務的不成文規定，另外亦有描寫膳食、休閒活動等，更藉情節發展走進司法與監獄管理的不同面貌，如因打鬥而關押於「水飯房」，因傷進到監獄的醫院等，敘述的鏡頭走訪獄中各處空間，顯示了作者在書寫前做了大量資料蒐集，以致相對真實地刻劃出種種生活細節。

（二）小眾語言的革命：語言融合的區隔

撇除了情色書寫這個看似是網路小說的唯一元素，《壹》另闢蹊徑，將一眾囚徒的生活面貌呈現出來，可以說，這是擺脫網路小說慣常套式的嘗試。男性陽剛、隔絕自由的生存狀態、多元文化族群的聚集、規訓與反抗等主題，完全超出了原來的場域語言特質，建立起全新的網路小說氣質。關於這一點，可從小說中三組小情節中觀察而得。

其一，小說的語言策略是成功的，因為監獄內的世界，對外界而言很神祕，敘述者以大量囚房用語，達致更寫實的描述。如囚犯間會互稱為「老同」，懲教人員稱為「柳記」，在囚工作稱為「期數」，第一次入獄稱為「白手」，廁所稱為「扇把」，毛巾稱為「拖水」，虛報自己是某個黑社會的成員稱為「掛藍燈籠」，家人探訪稱為「拜山」，而囚犯在室外空間活動稱為「行街」，外界則多稱為「放風」。敘述者記錄了內外兩個世界的語言隔閡，語法與詞彙的差異非常大，如：

> 曾經提及過，落night意思即是自瀆，來源不明。
> 語法可以這樣運用：「入扇把擺個堆順便落埋個night先擺橫！」
> 扇把是廁所，擺堆是拉屎，落night即自瀆，擺橫就是睡覺，
> 全句意思即是入廁所大便，順便打一個飛機才睡覺。[22]

---

[22] 同前註，頁170。

　　換個角度理解，這部小說豈不以人類學的田野調查方式來記錄監獄生活？語言標記固然是重要的項目，運用合宜可以增強真實感；更進一步來說，如「收到風今晚踢倉，陣間行街時將啲金枝落定豆喉草叢」之類的語句[23]，就不能單以粗淺口語、俚語的角度批評網路小說的膚淺了。因為這些特定套式顯示了在囚者活生生的經歷，作者在選用語言的層面上比其他作品更有深思熟慮。

　　其二，在《壹》裡有一節關於「文化革命」的敘述，恰到好處地標記兩種「小眾」的文化習性的相遇。這些敘述開拓了網路小說的界限，將一向被視為主題淺俗、技巧低劣的網路文學重新整理，換來層次較深入、思想更創新的情節版塊。

　　　　我：「你哋知唔知咩係高登？八Pair。」

　　　　乙：「唔……」

　　　　甲：「唔……」

　　　　丙：「哦！係咪深水埗個商場呀？King Pair。」

　　　　我：「差唔多喇差唔多喇！不過唔係，Pass。」

　　　　甲：「咩嚟㗎魚仔！大。」

　　　　我：「你哋真係無聽過？」

　　　　乙：「無喎，嗰度啲人係香港人嚟？煙Pair。」

　　　　我：「嘩，大……其實有啲似呢度，嗰度啲人都會有另一套語
　　　　　　言。」

　　　　丙：「大……我哋就話圍內知，但係出面啲人點解要學高登講
　　　　　　嘢？」

　　　　我：「因為過癮囉！」

　　　　甲：「大。」

　　　　乙：「點過癮先？再嚟七Pair。」

　　　　我：「例如……我哋講粗口會有另一啲字代替！八Pair。」

　　　　丙：「例如呢？Pass。」

---

[23]　同前註，頁102。

我：「例如『Hi Auntie』，你手牌咁『向左走向右走』勁，點『勁』夠你個『傻的嗎』玩呀『hihi』！」

甲：「哇，個個字都明，但聽晒成句就唔明……Pass……。」

乙：「Hi Auntie係咪即關阿姨事？Pass。」

我：「Auntie係你對對方娘親嘅尊稱，Hi即係屌，成句Hi Auntie就即係屌你老母囉，三Pair。」

丙：「哈哈哈哈哈……好似好複雜但又講到咁有邏輯咁嘅……大。」

甲：「仲有呢？喂hi你可唔可以唔好再行Pair呢其實？」

乙：「Sorry喇巴打，四Pair結，三炒兩家，多謝位位兩件半。」

丙：「嘩！Hi Auntie！！！」

甲：「傻的嗎？！」

我：「咦你知傻的嗎點解咩？」

甲：「是但㗎咋，應該都係粗口嚟㗎？！」

我：「係呀，咪係傻的嗎囉！」

甲：「你個傻的嗎真係想Hi Auntie！」

乙：「磅水啦向左走向右走！」[24]

　　上述的網路用語在年輕一輩非常流通，筆者認為，小說的敘述不單為了單純消費那套作者和讀者共同擁抱的小眾語言而已，而是做著大膽而有趣的試驗，使「高登」語言「發揚光大」。原本，高登討論區只為免犯禁而過濾不恰當的字眼，將用戶所發表的粗言穢語自動轉換為特定代碼，可見禁忌語言是被動換為其他語句的。然而，該項措施卻逐漸形成網路用戶的共同語言，只要運用相關語言，即表明自己是熟練的論壇老手，因此集體建立了論壇常客的認同標記。上述的敘述將特定的、當下的潮流用語混進封閉、落伍的監牢之內，新舊的文化衝擊一觸即發。小說將這種情況視為新的溝通可能，除了調節內外兩個世界引起的不協，從而突出牢內肉身自由與精神文化雙雙受禁的苦況，亦見證兩組

---

[24] 同前註，頁194-195。

文化習性相撞下的出路。作品顯示了樂觀的態度，主角于日辰更自詡以
「傳教士」的感召改革／拯救在囚的落寞靈魂：

> 由那天開始，大家都對高登用語感興趣，為乏味的監房帶
> 來一番新衝擊，他們大多未接觸過高登，老鬼不知道不出奇，
> 但年輕那班也只是一知半解，不說高登，連基本的香港潮語
> 「Chok」、「O咀」、「升呢」也不多認識！我決定把高登術語
> 引入倉內，擔當高登的傳教士，宣揚這個偉大的文化。[25]

> 但要清楚解釋和傳授正確運用方法其實不容易，一來他們沒
> 有機會接觸高登這個世界，二來很多字都由錯別字變成，不寫出
> 來不會覺得有趣，例如廁田、万刀甲、拖舟、秦式炒飯、獨狐求
> 敗、頂羽、謝腎、享利、李克勤等。但也有一些必學的，例如粗
> 口。[26]

　　語言文化的改革寫得尤其精彩：主角在傳授過程裡將獨有的論壇
文化連結上因囚禁而凍結的時空，視錯誤為無物，反而認真教授，原本
烏煙瘴氣的牢房，變成正經八兒的課室。在此，「教育」的意義是反諷
的。術語「自由」使用，反襯了囚徒的身世；「自由」使用術語，也自
然允許錯字連篇；在一眾犯過案、做了錯事的囚犯身上，引入新的語言
文化的確「拯救」了那些無望的罪人。

　　極致的表現方式是新舊混合，敘述者表明除了詞彙，就連獨特的語
法系統亦引入牢房。有人甚至會預先寫好講詞，強迫新人熟記「潮語手
冊」[27]，如此，改造文化的進程亦告一段落。

> 還有句子重組系列如用「已」字作過去式，我們都不會說「食咗
> 飯」而說成「飯已食」。衍生了不少再造詞如「倉已踢」、「飛
> 已劃」、「街已行」、「桌已覆」、「柳已擺」，他們都用得出

---

[25] 同前註，頁196。
[26] 同前註，頁197。
[27] 同前註，頁199。

神入化。混上監獄原本固有的術語一起使用，例如：「個傻的嗎老襯為咗舊滑石，竟然喺扇打同個ON開拖，最後俾老職打入水記天山已坐，真係做正義的事！」雖然聽上去很奇怪，但我為打亂了這個世界的秩序而感到過癮。[28]

從個別詞彙、短語到語法的扭曲，這類現象本來就是論壇文化的常態，小眾語言在圈內是確認身分的標記，外人卻摸不著頭腦。小說巧妙地將兩種封閉世界的現況交疊，滿足讀者（網友）的需求，亦為敘述產生了荒誕的效果。在電影改編上，有關情節完整保留了下來，以鏡頭展示這次「文化交流」的經過。鏡頭處理上，導演以快鏡加入彈幕的方法表現新的語言，節奏比小說更明快，將「傳教士」的使命和行動呈現。

其三，另一組關於語言交流的敘述，是電視劇橋段與囚犯生活的互動。對於眾多失去自由的人而言，他們賴以接觸外面世界的途徑，除了讀報，就是電視臺節目。因為監獄每天設有一小時電視觀賞時間，獄方會將預錄好的電視劇在晚飯時段播放。整段敘述寫我饒有趣味，也側寫了一眾犯人的心態，既寫實又魔幻。

或者我們的生活實在太悶，每一次有新劇，只要劇情有一點特別，都會迅速成為倉內的潮流。最深刻一套叫《回到三國》，老鬼們最喜歡，一邊看一邊大談歷史，才知道他們原來也挺有文學修養！因為這套《回到三國》，書櫃上多了幾本《三國演義》，整個倉都成了角色扮演。無端端把三個字頭變成魏蜀吳，和記是魏、冧把是蜀、老潮是吳，老襯是村民，而II（大陸人）和ON（非華裔）就是外族。[29]

這種重新編配角色身分的舉動本是極為幼稚的做法，但放在一群囚禁多年的中年男人身上，卻顯出了他們蒙污的過去與苦悶的監禁歲月，

---

[28] 同前註，頁197。
[29] 同前註，頁114。

側面透露了倉內各人的生活面貌。事件的高潮，以一名風化案犯人入監來推動。小說敘述者透露，與風化罪行相關的囚犯，在監獄內必然受到虐打，於是來了一幕「三英戰呂布」，三英指倉內三個有黑社會背景的囚犯，而「呂布」只是這場不公平對打中的「可憐蟲」，風化案罪犯「林克勤」。

> 那天來了一個新囚犯，叫林克勤。看上去沒怎麼特別，本來以為是普通一個阿羊豈料他被送進倉時，阿Sir拉著他然後一聲宣告：「3612438，老強，五礫。」我記得我進來時阿Sir並沒有大聲朗讀出我的罪行和刑罰，突然想想，要是這樣也挺好，起碼我不用逐次跟人利益申報。[30]

　　序幕由獄警與囚犯的「合作」揭開，固有的對立關係暫時退下火線，換上暴力書寫的戲碼，這類型的敘述在網路小說裡是常見的，但《壹》的寫法卻有所不同，不是濫用血花，而是結合囚房內各種勢力平衡的關係來說明。電影改編版本中，林克勤的情境更被推向激烈和爭議的一面。他因為其他罪案入獄，但擁有最上權力的獄警仍宣布其風化罪名不成立，引發一眾位處次級權力的囚犯極大的哄動和暴打，突顯了在囚惡漢「嫉惡如仇」的「古典」情懷，也令敘述充滿驚喜與諷刺──風化犯人成為最低等的存在，帶來點典型兼市井的警世作用。

> 林：「對唔住，對唔住……放過我……放過我……」
> 司：「Hey喪……呃唔係，阿……飛哥，你咁又未免對呢位老同太唔公平喇！」
> 張：「咁孫權先生你有何高見呢？」
> 司：「不如你哋冧把派埋關公同劉備出嚟三英戰呂布啦！」
> 張：「吓？佢係呂布？」
> 司：「或者人哋好好揪呢？」

---

[30] 同前註，頁115。

> 張：「哦好！阿關公，老威哥你哋點睇？」（老威哥是劉備，輩
> 　　分問題喪強不敢直稱劉備。）
> 關：「我OK呀！唔打斷佢兩條火腿我唔姓關！」（這位飾演關
> 　　公的老同真的姓關。）
> 劉：「嘿嘿嘿，我要佢過唔到今晚！」
> 林：「咁多位大佬唔好呀……我……我咩都肯做……求你哋放過
> 　　我……」
> 張：「起身！」[31]

　　這段敘述是虐打，也是戲謔。首先，小說敘述將角色原有的諢名重新灌注古典小說的人物名字，如喪強變成張飛，老威哥變成劉備，但「張飛」礙於情面又不能直呼劉備，這種名諱在古今小說的江湖人物抑或歷史記載中是屢見不鮮的[32]。而關公竟又真的姓關，產生巧妙的幽默感，將濫用私刑的片段轉化為英雄故事的一幕。三國的領導人正好又是各社團派系的龍頭，在一眾囚徒轉換語言符號的實踐中，展示了現代與古典江湖氣的有趣混和，反襯出囚犯生活的無聊和苦悶。

（三）少數社群的革命：人物刻劃的深化

　　《壹》的出現，除了打破情色為主導的創作慣習，加入新的語言策略外，亦嘗試觸及小眾文化與社群的議題。雖然這部分著墨不算多，但足以構成隱喻，直指網路創作的本貌。小說內提及兩類小眾／弱勢的社會生態，較隱藏的是所有囚犯在面對重回外界社會時所遇到的真實而艱巨的適應，較外顯的非華裔囚犯所代表的小社群。透過敘事，呈現了社會邊緣人士的悲涼生活。

---

[31] 同前註，頁117-118。

[32] 如陳壽《三國志・蜀書・馬超傳》內裴松之注裡有一段《山陽公載記》，提到：「超因見備待之厚，與備言，常呼備字，關羽怒，請殺之。備曰：『人窮來歸我，卿等怒，以呼我字故而殺之，何以示於天下也！』張飛曰：『如是，當示之以禮。』明日大會，請超入，羽、飛並杖刀立直，超顧坐席，不見羽、飛，見其直也，乃大驚，遂一不復呼備字。明日歎曰：『我今乃知其所以敗，為呼人主字，幾為關羽、張飛所殺。』自後乃尊事備。」裴注認為不太可信，但足以見出這種忌諱觀念的具體表現。陳壽撰、裴松之注：《三國志・蜀書・關張馬黃趙傳》(北京：中華書局，1997年11月)，頁947。

　　先說前者。小說中有幾個關鍵的配角，促使主角深刻反省自己過往的行為。第一個是伍仔，他是主角首位認識的人，他的遭遇反映了在囚人士難以重回社會的真實一面。小說敘述將伍仔寫成「又窮又弱」，只懂奉承別人來換取僅有的生活尊嚴[33]。因為賭債與吸毒問題入獄，妻子以死諫的方式吞吃伍仔正在販賣的毒品，遺下一個十四歲的女兒[34]。故事以對話交代，事實上小說裡雖然囚犯眾多，但真正能讓主角深入了解、較真情流露地對話的，就只有伍仔的故事。敘述者嘗試拿捏囚犯之間的不信任、孤獨和自我保護的氣氛[35]。可惜的是，伍仔後來自殺身亡，原因是女兒遭受自己以前的癮君子顧客強姦，因而無法承受。反諷的是，在前兩天，當主角得悉伍仔即將刑滿出獄，重新做人時，「難得」動了善念，承諾聘請其為自己的助理，協助他重投社會。小說敘述沒有太多心理描寫或分析，但兩個情景所呈現的矛盾，給讀者反思更生人士所面對的困難和壓力，實非金錢（主角是富二代的化身）所能解決。

　　另一個角色是獄中的賢者達叔，他與主角的關係亦父亦友，經常提點主角做人的道理。在「禪修」一節更表露了達叔對主角的影響。例如當主角的死敵阿積故意用幼稚的方式挑釁，達叔會調整主角的心態：「嬲嘅唔應該係你，係佢爸爸媽媽。」[36] 後來更進一步問主角睡覺時左手放在何處，主角百般思索仍不得其解，因而有所領悟，使他「從容一點面對人生的事，寵辱不驚，去留無意，一切順其自然，心靜了，事情也會靜下來」[37]。達叔後來跌下樓梯，主角懷疑是阿積所為，最終仍忍不住與他廝打而關進水飯房。情節的推進節奏很分明，一慢一快，一幕幕推到高潮，回過頭以後又再行消化、沉澱，引導讀者思考監禁生活對人性尊嚴的挑戰，實在是其他僅消費暴力和情色的網路小說所不能媲美。達叔的個性很高尚、通達，能透徹人生，與其已受多年監禁的囚徒身分顯得格格不入，但在罪惡之地塑造這樣一個「高僧」角色，對整部

---

[33] 于日辰：《壹獄壹世界》，頁253-254。
[34] 同前註，頁246-247。
[35] 同前註，頁249。
[36] 同前註，頁272。
[37] 同前註，頁276。

小說的人物刻劃而言卻具有相當深層的意義。小說藉著對人性種種的深度觀察，為自己爭取更有利的資本進佔文學殿堂。

電影改編無疑更全面地令兩個角色大放異彩，由資深演員廖啟智扮演達叔，演技深邃傳神，非常適切；而伍仔（憑《狂舞派》獲第33屆香港電影金像獎「最佳新演員」的蔡瀚億飾演）的情節雖然有所改動[38]，但亦無改其可憐、無助的社會邊緣人形象。在選角方面，電影版更找來過往專演黑漢的「惡人」擔綱，如何家駒（此部為其遺作）、黃光亮、林雪、徐錦江、尹揚明等，部分更參演過經典的《監獄風雲》系列，甚有致敬之意。三個文本、兩種媒介的互動組合，對呈現富二代走入囚牢的不協調本質來說，甚至帶來奇幻與現實交錯的感覺。

關於後者，在小說文本後半部，由於主角與獄中敵人阿積打鬥，被關進條件更嚴苛的「水飯房」，刑滿後轉回較小的三十人營房，遇上非華裔囚犯，包括十二個印度人，另有越南人、內地非法入境者等等[39]。小說的處理亦見心思：「大倉」的生活是勾心鬥角，寸土必爭的，而「細倉」的生活則盡顯人間溫暖。小說敘述故意將大倉的「話事人」司徒與細倉的野狼做比較。野狼的名字雖然霸氣十足，外表卻是個「一米五多的小個子」，「沒有結實的肌肉、沒有黝黑的膚色、沒有粗豪的聲線，更也沒有霸氣的長相」，卻「比司徒更平易近人」[40]。

> 但野狼哥的慈愛的確令倉內的人都打成一片，大倉的種族歧視，在這細倉沒有發生，野狼哥跟「十二門徒」相處融洽，從而令貴支也很接受他們，打破了種族界限之下，大家都很相親相愛。他們經常聚在一起分享烹飪心得，雖然不能親自下廚交換製成品，但也聊得不亦樂乎。
>
> 我喜歡這裡多過大倉，人少少，簡單一點，氣氛也沒有之前緊張，人脈也沒之前複雜，沒有惡霸，也沒有富戶，人與人都比

---

[38] 如電影因應演員的年齡而將其女兒改為四歲，而伍仔的自殺方法更暴力血腥，目的是呈現其自殺的決心。

[39] 于日辰：《壹獄壹世界》，頁305。

[40] 同前註，頁305。

較平等，我沒有再用煙買鐘，早上自己摺被鋪、排隊刷牙洗臉如廁，早餐會如常吃鐵鏽味白粥，是晚上會湊錢吃一點好的，我們會把人餐分享給十二門徒，他們亦會把印度餐如羊肉，薯仔分給我們，每天也像聖誕聯歡會。會如常上期數，我上的期數不再是洗衣，今次是除草，會乘豬籠車到外面，老職會分配我們五個五個一組在一個範圍內把雜草剪除。我很喜歡這個期數，因為能看到太陽，被悠悠的風輕吹臉龐，我感到自由離我不遠矣。[41]

　　主角原為富家二代，就算在監獄內生活亦盡享財富帶來的優勢，可以香菸找人代勞，換來不少物資。但直到進了細倉，主角才真真正正覺悟到要過有人性而踏實的生活。小說前部的趾高氣揚、豪奢浮躁，至此已全然消減。藉著不同人物形象的刻劃，主角經歷了脫胎換骨的階段，庶幾而成勵志故事，充實了網路小說的小說類種[42]。

四、文學的星火：網路小說的新出路

　　《壹》是香港網路小說的里程碑，也是文學的星火，是否能夠「燎原」仍屬未知之數，但這部作品卻標記著網路小說質素上的提升，對本地文學創作而言有正面的影響。連同《東莞的森林》、《那夜凌晨，我坐上旺角開往大埔的紅VAN》被譽為「網路神作三部曲」。這類口號不能排除行銷的成分，尤其三部作品的出版單位同屬一社群[43]，但本文相信，由於網路小說的發源地仍在網路發表平臺，網路寫手透過聚集更多

---

[41] 同前註，頁308。

[42] 網民對小說這方面的處理有不同意見，如網媒Unwire.hk曾發表影評，批評作品過於說教、勵志，但本文認為這種處理手法所突出的人性和社會面貌是成功的，從場域角度看，也是一次試探更多元風格的實踐。參：Unwire.hk編輯Edward：〈《壹獄壹世界》——傳統說教勵志「高登」網故〉，《Unwire.hk網站》，2015年6月11日。

[43] 出版《東莞的森林》（《一路向西》）、《那夜凌晨，我坐上旺角開往大埔的紅VAN》的有種文化出版社總編輯後來另起爐灶開辦點子文化出版社，再由其出版《壹獄壹世界》。參施仁毅：〈香港繁體出版業正被邊緣化〉，《明報‧財經‧ACG狂徒》，2014年12月31日。網址為：https://news.mingpao.com/pns/香港繁體出版業正被邊緣化/web_tc/article/20141231/s00004/1419962664729，瀏覽日期為2018年7月3日。

的讀者數量，與其互動，建立相應的文化資本，逐漸在文學場域內進佔更重要的位置。如柯景騰（九把刀）所言，縱使「嚴肅文學」對網路文學時有微詞，擔心其培養出不合格的作者／讀者文化質素，但網路文學對整個文壇的價值仍很重要：

> 不論是實體書或網路書寫都是金字塔的結構，菁英總是極少數的存在。也因為網路的毛由是這塊虛擬空間最大的美好，最不必要的就是打著文學革命的大旗幟，欲發動精緻書寫、精緻閱讀的集體活動，如「救救文學吧！」或「我們才是文學的未來！」之鳴。要促使，或保留促使學生讀者「跳躍閱讀」的可能，前文已提過，最老套的做法是提升文化資本。但更實際的做法，就是創作出足以勾引不同閱讀板塊的好作品，網路正提供了各式各樣作者創作之外、經濟利益之外的虛榮養分。而放任對於這樣大量的、隨興的、輕鬆不求進步的書寫，就是最簡單對網路大眾書寫文化的尊重。[44]

　　他採取極開放、放任的態度面對網路文學的生態和發展，與本文重點在於發掘網路小說內在美學特質的取態不一，但當網路小說成為文學場域中一項愈來愈受注視的文化資本，這份資本的質量與細節，以及其對場域內各行動者的影響，則應加以審視。

　　故此，本文以《壹獄壹世界》為例，嘗試從其主題方向、語言策略、人物刻劃各方面的分析，看出這些新興文體的質變，並指出其中的特徵以成為區隔，佔據現存文學場域中的有利位置，擴展閱讀板塊，對推動整體文學發展而言具有積極作用。一位未必受過特定文學訓練的網路寫手參與創作，並和社群內所有作者及讀者頻繁交流，誠然已進入文學創作環境，步上所有創作者的必經階段。從這個角度看，網路寫手透過更多的注視、互動與寫作，作品總會遇上更多發表的機會，紙本出版或電影改編只是其中之一較保守的方式，事實上單就網路自身而言，尚

---

[44] 柯景騰：《網路虛擬自我的集體建構──臺灣BBS網路小說社群與其迷文化》（臺灣：東海大學社會學研究所碩士論文，2005年），頁146。

有其他更進取的方式，開拓創作與閱讀的疆界。

　　舉兩個例，其一是讀者的直接參與，作者與讀者的界線模糊、不透明，對小說文本而言是一項跨界的實驗，創作不再只屬一人苦心經營的活動，包含更多可能性。以小說內文為例，讀者「昨日」協助講解作品中監獄術語的原委，如香港人稱為「桂枝」，「毛巾」因忌諱而成「拖水」，「番梘」（肥皂）忌諱再入獄而改稱「滑石」。這些補充幫助不明所以的讀者加深了解，實際上這類情況俯拾皆是，從正面來看能收互助互動的作用，也構成了整個敘述過程中的一環。

　　更普遍的情況是，讀者甚至即時回應作者的帖文、討論，如小說內對監獄的經濟體系與煙草換算，便引起各方的討論，如此即跨越了作者、讀者甚至評論者的界線，更是紙本、影視本無法呈現的。其二是更新型的閱讀模式，如應用程式與電子書的結合[45]，將文學創作的互動性增強，也未必不是一條新路向，為香港「嚴肅文學」或「網路文學」的發展帶來新啟示[46]。

　　最後，本文希望「傳統」創作者與網路寫作者之間有更多互動的機會，借助數碼資訊科技的便利，吸引更多讀者「跳躍閱讀」，有興趣與能力跨越不同範疇的文本，造就更活潑、更有生機的本地文學生態。

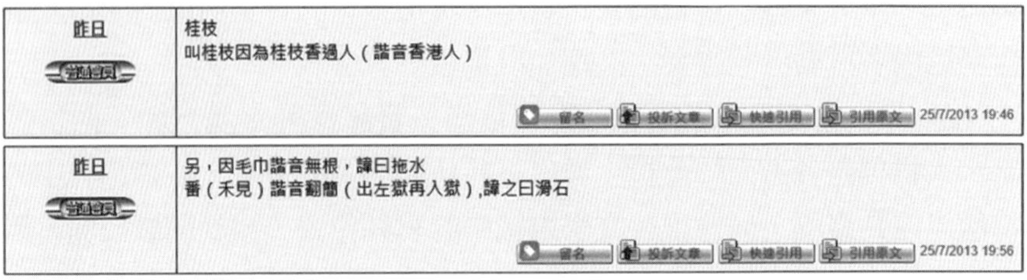

◎ 圖1

---

[45] 就這一方面而言，網路作家孤泣所開創的路向更為獨特，其小說《Apper人性遊戲系列》早以應用程式的方式推出，下載量非常驚人，達120萬次，內容亦帶互動性，給予讀者異常不同的閱讀經驗，其本人更把小說《戀愛待換店》實體化為真實咖啡店，這些路向雖然衝出文學場域的界線，但亦是一種前所未有的試驗。

[46] 此處故意括上兩種文學類型，因為筆者對這類二分法的質疑。當嚴肅的定義難以確立，而且當中亦有不少嚴肅的「實驗」寫作時，在網路做文學只是一種方式，而且開放予所有對象參與，因此，網路文學何嘗不是經歷相同的情境？但為了方便討論，本文仍羅列二者以示完整的文學生態。

第十二章
陳果《那夜凌晨，我坐上了旺角開往大埔的紅VAN》電影改編在香港的接受情況

葉嘉詠
香港中文大學中國語言及文學系講師

一、引言

《那夜凌晨，我坐上了旺角開往大埔的紅VAN》（以下簡稱《紅VAN》）小說由「高登討論區」會員Mr. Pizza在2012年2月14日凌晨開始上載高登討論區，故事講述十七位不同身分的人物在旺角坐上紅VAN到大埔，期間穿越時空到達另一個「香港」，他們經歷了種種恐怖的事件，例如面具人的襲擊、有人感染病毒死亡等，最後他們決定離開大埔，尋找出路。Mr. Pizza上載《紅VAN》小說第一章節至第二章節之間的九小時，已有超過100個留言支持，一天之內已有超過350個留言。雖然這些留言大多是「留名」、「LM」或表情符號等簡短回覆，但這既表現出網路文化的特色，亦顯示會員對這篇小說的喜愛與期待。《紅VAN》小說在同年7月25日完結，同時，出版社於書展推出《紅VAN》小說上半部，共賣出萬多本[1]，售情非常理想。雖然《紅VAN》小說已

---

[1] 〈書展落幕90萬人次入場網絡小說成大贏家〉，《蘋果日報》2012年7月25日：http://hk.apple.nextmedia.com/news/art/20120725/16544604。

有網上版本，但仍吸引不少人入場購買實體書，可見這部小說很受歡迎。2013年，《紅VAN》小說上半部由香港導演陳果改編為電影，《紅VAN》電影未在香港上映前，已於2014年2月入圍第64屆德國柏林國際電影節「電影大觀」（Panorama）單元，獲得海外人士的注意，香港則於「香港國際電影節」上舉行亞洲首映，並於2014年4月10日公映。陳果之前表明《紅VAN》或不會有續集，一切由票房決定。根據「香港電影協會」資料，《紅VAN》票房共2,130萬，是2014年香港十大賣座港產電影的第五位，成績非凡。雖然距離陳果所言會開拍續集的票房數字還有300多萬的距離，但陳果又指或會開拍續集，只是未必依照原著而成[2]。

　　《紅VAN》小說最初發表於「高登討論區」，這個討論區在香港的影響力不容小覷，根據現時的「高登討論區」網頁簡介：「香港高登不只有討論區，主頁即達的新聞部提供大量科技玩樂界最新資訊，以及新品介紹同評測，包括個人電腦、流動裝置（智能電話、平板電腦）、數碼相機、遊戲、玩具、影音等等。」[3]「高登討論區」內容豐富，既有與「高登」之名有關的「硬體台」和「軟體台」，也有與日常生活相關的「時事台」和「財經台」，更包括輕鬆悠閒的「遊戲台」和「體育台」，而「講故台」則是讓會員發揮文字創意的區域，《紅VAN》就是發表在「講故台」的小說。

　　「高登討論區」「由任職銀行電腦部門的王國良聯同幾名同事，於1999年乘科網熱潮創立，投資額為20萬元，名稱參考深水埗高登電腦商場」[4]。不過，「在未進入收成期時，部分股東已不能承受長期虧損及法律風險，終在2002年進行大改革，推付費會員制，但網民不買賬，03年交由Fevaworks管理」[5]。2008年，「林祖舜與朋友合資，以7位數字入主正值虧損的高登」[6]。「高登討論區」經過長達八年的重整，最終

2　〈考慮拍紅VAN續集 陳果：未必跟原著〉，《蘋果日報》2015年4月16日：http://nextplus.nextmedia.com/news/ent/20150416/184345。

3　香港「高登討論區」：http://www.hkgolden.com/articles/editor.aspx。

4　〈高登討論區踩入紙媒9.29創刊〉，《蘋果日報》2015年9月16日：http://hk.apple.nextmedia.com/realtime/news/20150916/54212997。

5　〈高登巴打首領林祖舜：我非宅男〉，《香港經濟日報・生活副刊》2012年3月12日：http://lifestyle.etnet.com.hk/column/index.php/management/executive/9252。

6　同前註。

定下現時的規模及運作方式，並不斷進行更新，例如2005年創辦《巴絲打》雜誌。在不少傳統報章雜誌停刊的時候，雖然《巴絲打》受到網友批評，但雜誌仍然繼續出版[7]，而且沒有脫期，可見「高登討論區」對於呈現「香港文化」的堅持與自信[8]。《紅VAN》作為「高登討論區」的「一份子」，亦是「香港文化」的代表作之一。

　　本文以陳果改編的《紅VAN》為討論重點，從網路影評加以分析，探討《紅VAN》在香港的接受情況，從中發現《紅VAN》之所以受到多方注意，與導演陳果以及電影中呈現的「本土」特色息息相關。因此，本文嘗試集中在這兩項線索，分析《紅VAN》如何為香港觀眾接受。以下分別從兩部分討論：一是《紅VAN》導演陳果，二是《紅VAN》的本土香港元素，而兩者又互有關聯。

　　本文選擇網路影評作為討論對象，原因有三：（1）是貼合「高登討論區」的網路特點，《紅VAN》既是改編自「高登討論區」的作品，選取網路影評可以配合網路小說的發表園地。（2）是「即時性」，本文選取的網路影評都是發表於電影上映期間的文章，有助呈現觀眾對《紅VAN》的即時反應。（3）是強調「開放性」，《紅VAN》的作者Mr. Pizza是「高登討論區」的一員，他亦在討論區說過，如果反應良好才會繼續寫《紅VAN》，吸引了不少會員留言支持。任何人都可以在網路上評論，任何人都可註冊為「高登討論區」的會員並發表文章，所以選取網路影評亦配合網路小說的自由開放特色。

　　本文的討論範圍是以「香港獨立媒體」刊登有關《紅VAN》的影評為主，主要原因是這個網站的「獨立宣言」之一強調：「提供一個開放的『公眾空間』，讓市民大眾可以參與講述、評論各式屬於他們的香港故事」[9]，這個網站所刊載的影評能包容各種立場及討論，因此能較廣闊地了解大眾對《紅VAN》的評價。

---

[7]　〈高登雜誌開賣　巴絲打負評《巴絲打》：封面小學雞〉，《蘋果日報》2015年9月30日：http://hk.apple.nextmedia.com/news/art/20150930/19315214。

[8]　《巴絲打》在網頁上有這句話：「以高登巴絲打視點論盡日常生活潮流，回歸香港本地文化其中一個重要原點。《巴絲打》話你知高登文化是咁的。」《巴絲打》Goodest Magazine：http://www.goodest.com.hk/。

[9]　「香港獨立媒體」：http://www.inmediahk.net/about。

二、導演陳果

　　譚以諾是第一位並列比較陳果從前的作品與《紅VAN》的評論者，作者先將陳果2013年的作品《迷離夜‧驚蟄》與《紅VAN》比較：

> 這之前，陳果拍攝了短片《迷離夜‧驚蟄》，邵音音所飾的神婆替盧海鵬所飾的梁震嬰打小人一段，在網路上瘋傳；這次，陳果把網路小說改編，自然得到不少網民和「高登仔」支持。[10]

　　譚以諾首先指出陳果前作《迷離夜‧驚蟄》明顯具備香港特色的政治關懷，以及善於利用網路的優勢，促使《紅VAN》獲得關注。但這樣會否就只局限於網路世界的支持？如果不太深入了解網路文化，尤其是非「高登討論區」的網友，會否對《紅VAN》的「特殊」意思，例如用詞，不太明白而只將之視為一般的電影？

　　陳果電影一直互有關聯，例如「九七三部曲」、「妓女三部曲」，不論是角色人物，還是電影主題如青少年問題、外傭問題等，以上提及《迷離夜‧驚蟄》關心政治議題，在「九七三部曲」中早已呈現。譚以諾以更細微的角度，留意「紅VAN」意象在《香港製造》與《紅VAN》的作用：

> 紅VAN，在陳果的作品偶有出現，但最有意識運用紅VAN說故事的，還是要數《香港製造》（1997）。在《香港製造》的中後段，李璨琛飾演的古惑仔中秋要找肥陳報仇，有天竟然於街市中偶然遇上，便跟蹤他上了紅VAN。在紅VAN中，中秋與肥陳爭執，中秋手上的鎗不慎射殺了車上的司機和乘客，車上一片混亂。最後中秋把肥陳殺了，而自己也中鎗受傷。那紅VAN——香港前途的隱喻——一片混亂，毀他也自毀；而《香港製造》整部

10　譚以諾：〈一念破敗，一念創造：紅VAN再起飛〉，「香港獨立媒體」，2014年4月1日：http://www.inmediahk.net/node/1021961。

戲的色調也是無望而沒有出路的。[11]

陳果的電影一直隱含政治立場，譚以諾由兩部電影的相同意象，聯想到陳果關心的是香港前途問題。在其他人眼中，紅VAN可能只是一般的交通工具，但譚以諾認為陳果將之賦予特殊意義，指出《香港製造》中紅VAN上的混亂與死亡，隱喻了香港前路沒有希望，不過未及討論《紅VAN》的紅VAN。《紅VAN》以一敵眾多裝甲車而能成功衝出重圍，暗示香港前景比之前較有希望，香港人只要團結一致就能突破困難，跨過困境。從《香港製造》到《紅VAN》，呈現陳果始終堅持不斷尋求香港的出路，至於《紅VAN》流露的一絲希望，陳果承認對現實改觀了，他在訪問中提到：「有少少唏噓，那時（香港人）很迷惘，想法很淺白，不知將來會怎樣，我把那種情緒放入戲中。今時今日，不再只係迷惘，是不能不主動關注，香港市民近年對社會的關心多了。」[12]

相比於譚以諾比較兩部電影而反映了陳果對香港未來的態度的轉變，顏啟峰雖然同樣留意到紅VAN的意象，也同樣關注電影的政治寓意，但他得出的結論是「相對之下，九七三部曲的效果就出色得多」，理據是：

> 縱觀全片，陳果並沒有充分利用角色背景、性格建立及結構轉折來傳遞政治訊息，大部分是訴諸對白，令這種政治意喻太著跡、流於表面，除些那些soundbite、那些對白化的政治戲謔，其實沒有給觀眾留下反思的命題，使試圖透過此電影揣摩港人情緒及尋找出路的觀眾空手而回。[13]

顏啟峰在柏林觀賞《紅VAN》，比在香港觀看的觀眾，從地域上多了一層身分認同的距離感，而且他在意的是電影語言的運用；他認同電

[11] 譚以諾：〈一念破敗，一念創造：紅VAN再起飛〉，「香港獨立媒體」，2014年4月1日：http://www.inmediahk.net/node/1021961。

[12] 方晴：〈【專訪】陳果、李璨琛 香港再製造〉，《香港經濟日報》2014年3月25日，C03。

[13] 顏啟峰：〈那夜在柏林思那夜凌晨——紅Van的尷尬〉，「香港獨立媒體」，2014年4月14日：http://www.inmediahk.net/2014041403。

影具備政治訊息，但表現得過於明顯是其敗筆，「觀眾只能停留在娛樂的層面，不能留下反思的問題」。或許可以這樣理解，《紅VAN》是一部商業電影，觀看對象設定為一般觀眾，陳果亦不避諱地跟觀眾說要求票房數字，這樣看來，顏啟峰用以比較的陳果另一部電影《去年煙花特別多》的觀看對象是不同的，所以要求《紅VAN》在電影技巧上如《去年煙花特別多》，似乎未必十分公平。至於《紅VAN》是否沒有給觀眾留下反思的問題，也許是導演指出了相對清晰的思考路向，想像空間因此是清楚的，觀眾可以明確地跟隨電影的對白或明示，了解導演對「香港」未來的想法。

　　除了顏啟峰不太認同《紅VAN》與陳果前作一般水準，〈那夜凌晨，我坐上了旺角開往大埔的紅VAN（三級版）：近期最反感的電影〉同樣批評《紅VAN》的政治元素太外露、對白太多太直接等，更指出：「我相信受資金所限，本片的電腦特技也假得誇張，重頭戲視覺效果之失實可與導演前作《迷離夜之驚蟄》堪比，而全片場景之『慳水慳力』也令（按：應作「見」）電影製作粗糙之一面。」[14] 文中所言的「重頭戲」相信是指眾人因為不同原因，例如群眾壓力、以暴易暴等，插死強姦LV女的「潮童」飛機昱一幕，但觀眾難以理解為何殺人而沒有血，令人質疑陳果的功力。

> 若下集能成功把原作及本作導回正軌，相信絕對是神級佳作。到底，當年拍《香港製造》時，火氣十足的陳果去了哪裡？何以竟會拍出這麼一部如斯劣作？[15]

　　作者沒有多說陳果如何火氣十足，但將陳果用五十萬資金去拍攝的第一部電影，來與《紅VAN》做比較，作者的評價標準似乎是內容而非電腦特效等技巧層面，不過陳果曾「感嘆現時香港人對政治的關懷與往年相距甚遠：『當年拍《香港製造》時只得影評人關注，一般大眾對

---

[14] 晞。觀影記事：〈那夜凌晨，我坐上了旺角開往大埔的紅VAN（三級版）：近期最反感的電影〉，「香港獨立媒體」，http://www.inmediahk.net/1022479。

[15] 同前註。

政治冷感，聽說我的電影關注政治和社會議題，便感沒趣。但現在拍《迷離夜》（按：《迷離夜》中的〈驚蟄〉）與《紅Van》卻引起很大關注，這十幾年來香港的變化實在是意想不到；而我在這十幾年來一直關懷社會，這點卻是沒變的』」[16]。

　　由於香港環境已有重大改變，尤其是香港人對政治的關注比以前要多，所以同樣是關心香港社會的作品，《香港製造》因較少人注意，觀看對象不是一般大眾，因此可能有影評人提及已能引起關注，而現在大眾對政治已較敏感，也較懂得向政府表達訴求，爭取應有的權益，所以或需要更大的「場景」或「火氣」，才能得到迴響。以同一套準則來看待《紅VAN》，便會忽略時代背景的因素。

三、本土香港

　　以上所列的三位影評人不約而同都在考察陳果前作與《紅VAN》的關係，也十分留心陳果電影一貫重視的本土特色。同樣，《紅VAN》作者Mr. Pizza關切的就是本土性：「香港似乎缺少了這種非常實在，非常本土的類型故事」[17]；「作為自來香港的故事創作者，我們必須及有義務把注意力重新放置在『香港』之上，嘗試以整個『城市』帶動故事」；「即使這是個帶有科幻色彩的懸疑故事，我還是堅持把故事中的『香港』做得最真實」[18]。究竟作者所說的本土特色在電影改編後，會有差別嗎？

　　林兆彬在〈《紅Van》：尋找香港人的身分認同〉指出：「一如陳果以往的作品，《紅van》是一齣非常有本土特色的電影」[19]，它的「本土特色」是什麼？林兆彬特別提到電影中的核心空間「大埔」：

[16] 陳忻惠：〈依然陳果──專訪陳果〉，「香港獨立媒體」，2014年3月25日：http://www.inmediahk.net/node/1021801

[17] Pizza：〈自序〉，《那夜凌晨，我坐上了旺角開往大埔的紅VAN》（香港：Sun Effort Ltd., 2012-2013），原文無頁碼。

[18] 同前註。

[19] 林兆彬：〈《紅Van》：尋找香港人的身份認同〉，「香港獨立媒體」，2014年4月13日：http://www.inmediahk.net/1022244。

> 當香港已經變成了另一個「香港」，香港人對作為香港人的身分
> 認同便會受到了衝擊。電影不禁要問：究竟甚麼是「大埔」？甚
> 麼是「香港」？除了因為電影要到外國參展這個目的之外，電影
> 刻意在鐵路博物館、大埔舊墟天后宮、大埔墟市、中文大學等地
> 拍攝，角色在解開懸團的同時，尋找失去了的「大埔」，就好比
> 香港人竭力尋找失去了的「香港」一樣。[20]

　　林兆彬將香港視為香港人的身分認同象徵，將尋找香港的地理位
置視為尋找香港人的身分認同，至於為什麼選擇大埔而不是其他香港地
區？除了是小說名稱，大埔為何能象徵香港，甚或代表香港？引文提到
電影中幾個明顯的香港地方為何能代表大埔？還有其他場景可以代表大
埔？例如海濱公園、回歸塔。此外，文中指出：「戲中出現了不少本土
文化，例如麻雀館、紅Van、茶餐廳、粵曲戲棚、高登、MK仔、LV港
女、港式粗口等，這些都是一直給予香港人親切感的生活文化，幫助建
構出香港人身分的認同感。」[21] 如果要突顯「本土文化」，茶餐廳應該
可以作為香港代表，更何況茶餐廳早已是香港的代表符號，《紅VAN》
中眾人的討論場景就設置在茶餐廳。黃子平在〈陳冠中《香港三部曲》
導讀〉中討論陳冠中〈金都茶餐廳〉時指出：「這茶餐廳不中不西，亦
中亦西，多年的『半唐番』修成了正果，雜種渾成了正宗，發揚又光
大，生產再生產，成為本土飲食話語的空間代表。」[22]「金都茶餐廳」
的食物包括日式拉麵、燒味、泰式豬頸肉等，《紅VAN》茶餐廳的食物
種類可能不及「金都茶餐廳」的豐富，但亦是混雜文化的又一例子，例
如唱出David Bowie "Space Oddity"的「毒男」歐陽偉、喜歡「認叻」及想
當年的發叔、自私自利的「神婆」英姐、從事電腦行業的青年阿信等，
茶餐廳既有市井流氓，也有知識份子，這個空間聚集了不同身分的人
士，更能突出香港多元及混雜文化的特質。

---

[20] 同前註。
[21] 同前註。
[22] 黃子平：〈陳冠中《香港三部曲》導讀〉，《城市文藝》總第16期（2007年5月15日），
頁66。

　　另一位評論者麥馬高亦認同《紅VAN》所呈現的香港文化：「此戲亦貫徹了導演一直以來含豐富時代背景及社會意識形態，其中有一幕最為反映現況。在黃又南得悉自己可能已經到了2018年的時空後，林雪飾演的小巴司機：『2018年？2018年和現在有何不同？』飾演收數佬係（按：應作「見」）任達華衝口而出：『2017年有普選呀嘛，和之前的特首是內定的不同。2018年？睇下邊個係特首就知。』」[23] 近年，香港一直對普選有不同聲音及立場，任達華所謂的「內定」即是「假普選」，而「真普選」即是一人一票、沒有限制候選人之下的特首選舉。陳果在此加入真假普選的討論，這亦是不少觀眾批評的一幕，認為這是過於直白的對話，缺乏思考空間，例如第二節提及的顏啟峰，但麥馬高似乎持相反意見，至少他在文中引用了不少電影對白，旨在說明《紅VAN》的本土特色，而且評價都是正面的。麥馬高肯定《紅VAN》的原因是其內容而非表達形式，而且他自言沒看完整套原著小說，看來不是「高登迷」，又指出：「在不用完全忠於原著下，陳果才可有更多發揮的空間」，這是否令他更能客觀地，純粹以欣賞電影的方式，而非用讚賞小說的眼光來「審視」電影的角度來評論《紅VAN》？

　　不過，電影這種媒介有其特質，如果不擅長這種方法，為何要將小說改編為電影？何況，上文已有評論者提及，陳果在前作中已突出地利用電影語言表達個人意見，所以陳果是能做而不做，而不是不懂做。難道如麥馬高說：「這是香港的電影，需要香港人的支持」[24]，所以電影形式就不需要考慮了？雖然陳果亦同意香港人對政治環境的關心已比從前的多，但香港人對他來說仍是難以明白複雜的政治狀況，只能以清晰的對話交代。這牽涉到觀看對象的質素問題，香港人講求方便及快捷，不大願意花時間去思考，又或是香港面臨的問題太多，例如「雙非」、水貨、居住房間、環保等，難以電影的短短兩個多小時來思考，所以給予較為清晰的表述方式，以免觀眾不理解或誤解。

　　最後提及的網路影評是關於《紅VAN》的結局。不少評論者批評

---

[23] 麥馬高：〈那夜凌晨，我坐上了旺角開往大埔的紅VAN：「集體的共同迷惘」〉，「香港獨立媒體」，2014年3月30日：http://www.inmediahk.net/redvantotaipo。

[24] 同前註。

《紅VAN》「爛尾」，即使看過小說的，也有指陳果應該完整交代結局，尤其陳果在電影上映之時已表明未必會拍攝續集，但Thomas Tsui說：「其實結局又怎是爛尾？『紅雨』中，各人懶理前路如何，紅Van照出回九龍，始終香港是我家，無論如何我們也要認命地『同舟共濟』收拾殘局，故此真相為何，『有何重要？』。所以這片很港產，因為只有香港人才合襯出如此結局。」[25] Thomas Tsui將結局連結至香港未來，同時帶出香港人的「獅子山精神」，明顯地將電影情節與角色套入香港情景。「同舟共濟」是近年經常被引用的羅文主唱的〈獅子山下〉歌詞，指香港人經歷不同的困難與艱辛，將不同年代、身分、階層的香港人都集合起來，就如《紅VAN》中阿池代表的八九十後，小巴司機代表的基層等，大家需要合力打倒面具人才能離開受疾病感染的大埔，到達安全的地方。Thomas Tsui強調「很港產」、「只有香港人才合襯出如此結局」是正面的肯定，但正如林兆彬所言，這部電影是否只能在「香港」才能引起共鳴？這種「獅子山精神」在政治環境轉變之時，還能適用嗎？離開香港這一語境，那些「很港產」的「符號」已變得平凡及普通，就如一個用詞，只具備最基本的意思。或許更清晰地說，觀眾更關心的是，眾人能成功「收拾殘局」嗎？陳果指引了這個方向，至少應該有點暗示這些坐在紅VAN上的人的未來，否則只能各有各猜想，想像空間便太大了。

四、總結

　　臺灣文化人張鐵志在〈我們的香港已經不存在〉指出：「除了影片文本之外，陳果之所以成為香港『本土』導演的代表，在於雖然過去幾年他游走於大陸，但並沒有像其他導演大量拍合拍片。因此，在香港現下的文化與政治氣氛中，具有『本土』或『港味』色彩的電影，無論是指題材或者是背後資金，都會受到影迷和媒體的特別關注，如去年

---

[25] Thomas Tsui：〈《那夜凌晨，我坐上了旺角開往大埔的紅VAN》——港版方舟記〉，「香港獨立媒體」，2014年4月10日：http://www.inmediahk.net/van-0。

的電影《低俗喜劇》和更小成本的《狂舞派》。」[26] 張鐵志的評價道出了《紅VAN》受關注與導演陳果及其所拍電影所象徵的「本土」，是不能截然劃分地討論的，陳果作品包含「港味」，例如《細路祥》探討外傭問題，《紅VAN》討論特首普選等，而具有本土意識的電影雖然不能都由陳果來拍，但不能忽略的是陳果作為「本土」香港的代表之一。雖然有人認為臺灣人不在香港，不懂得香港的特殊情況，難以深入理解香港，但可以換個角度來看，就連「非香港」的臺灣人也視陳果為香港導演代表，他的本土特色是不是更明顯？

　　為配合網路小說的特色，本文集中探討「香港獨立媒體」網路的影評，嘗試呈現《紅VAN》在香港的接受情況。《紅VAN》備受社會大眾的關注，當然離不開改編「高登討論區」的作品為電影，較容易引起公眾的話題，但綜觀本文討論的網路影評，發現「香港獨立媒體」的影評多從導演與《紅VAN》的本土情懷這兩種觀察角度來討論，而兩者又是互有關聯的。通過上文的分析，可見「香港獨立媒體」的影評比較認同《紅VAN》所呈現的本土文化，但對陳果的拍攝技巧則有較多批評，尤其認為「香港三部曲」比《紅VAN》更見導演的功力。不過，這種比較似乎忽略了時代背景的因素，回歸前後的政治環境已經不同，應該需要更深入的分析，才能獲得較公允的評價。還有其他發表在不同園地的《紅VAN》的影評，日後加入這方面的討論，或能更全面地探究《紅VAN》在香港的接受情況。

---

[26] 張鐵志：〈我們的香港已經不存在〉，「香港獨立媒體」，2014年4月9日：http://www.inmediahk.net/node/1022145。

第十三章
早期語料庫分析在當代詞典編纂的應用
——以粵語「埋」的歷時演變及現代釋義為例

何丹鵬

香港浸會大學語文中心講師

一、引言

　　「埋」在漢語中一般理解為埋葬、隱藏的意思，並引申為覆蓋，在多種漢語方言中都有如此用法，如西寧、揚州、太原、南昌、成都、貴陽、福州、東莞等地[1]。粵語也不例外，詳見下表：

義類	用例[2]
「埋葬」	「埋死人」、「夾生埋_{活埋}」
「隱藏」	「埋伏」、「匿埋」、「收埋_{收藏起來}」、「執埋_{收拾並安放好}」[3]
「掩蓋」	「埋沒」、「壅埋頭瞓覺_{蒙頭大睡}」、「埋頭讀書」

---

[1]　李榮主編：《現代漢語方言大詞典》（南京：江蘇教育出版社，2002年），頁3061-3063。本文所舉語料，如無特別說明，悉依此書。

[2]　由於本文主要分析「埋」的語義及用法的演變過程，如非必要，不注讀音。粵語的方言用法則在右方以小字說明意思。

[3]　「執埋」一詞有歧義，除了表收拾並安放好的意思外，還可以表示收拾並放到一旁之義。後文將有詳細討論。

　　除此以外，「埋」在粵語的用法還相當豐富，從詞性的角度看，虛實並有，可以是動詞、形容詞、動詞後綴（或稱謂詞詞尾）；從句法的角度看，可以做謂語或謂語中心、定語、補語[4]。今天通行中國各地的「埋單」一詞也源於粵語[5]，其意義如何理解？又怎樣從埋藏演變到結賬，甚至十分常見的虛詞用法？也有人認為作為後綴表示趨向、完成、總結等義的「埋」，跟一般的埋藏義沒有聯繫，可能是從少數民族語借用而來的[6]。

　　過去涉及粵語「埋」的研究不少，如詹伯慧（1958）、林蓮仙（1963[7]）、張洪年（1970[8]、1972[2007][9]）、陳惠英（1990）、羅偉豪（1990[10]）、莫華（1993[11]）、植符蘭（1994）、陸鏡光（2005）、江藍生（2010）等。陸鏡光（2005）對其語義討論較為深入全面，總結了前人的成果，對「埋」進行義項歸納（分「埋藏」與「非埋藏」兩大

---

[4]　有的學者還給它加上「體標記」這個功能，如Helen Kwok, *A Linguistic Study of the Cantonese Verb* (Hong Kong: Centre of Asian Studies, University of Hong Kong, 1971), pp. 117-118. 但其實只是對其語法功能的表述，動詞後綴在句法層面充當動詞的補語，而這時候動作的狀態起某種限定或説明作用。嚴格來説，「體標記」往往是動詞後綴的一種，而在句子中多數充當補語，故並無分列的必要。如植符蘭把「埋」歸為「表完成體的動詞後綴，進行中的動作、行為要進行完畢」。植符蘭：〈廣州方言的語綴〉，載單周堯主編：《第一屆國際粵方言研討會論文集》（香港：現代教育研究社有限公司，1994年），頁145-164。

[5]　《現代漢語詞典》收錄此詞，標明為方言詞：「在飯館用餐後結賬付款，泛指付款。原為粵語，傳入北方話地區後多説買單。」中國社會科學院語言研究所辭典編輯室編：《現代漢語詞典》，第5版（北京：商務印書館，2006年），頁911。

[6]　詹伯慧認為「埋」在粵方言中是一個副詞性的虛詞，表示擴充範圍的意思，跟動詞「埋」的埋藏義毫無關係。詹伯慧：〈粵方言中的虛詞「親、住、翻、埋、添」〉，《中國語文》第3期（1958年3月），頁121-122。陸鏡光則推測粵語「埋」是壯侗語的底層。陸鏡光：〈廣州話「埋」字的語義分析〉，收入單周堯、陸鏡光主編：《語言文字學研究》（北京：中國社會科學出版社，2005年），頁300-301。

[7]　林蓮仙：〈粵語動詞詞尾虛字用法的探討〉，《崇基學報》第2卷第2期（1963年5月），頁181-191。

[8]　張洪年：〈粵語中常見的謂詞詞尾〉，《香港中文大學中國文化研究所學報》第3期（1970年9月），頁459-488。

[9]　張洪年：《香港粵語語法的研究》（增訂版）（香港：中文大學出版社，2007年），頁167-168。

[10]　羅偉豪：〈廣州話的"埋"字〉，收入詹伯慧主編：《第二屆國際粵方言研討會論文集》（廣州：暨南大學出版社，1990年），頁173-175。

[11]　莫華：〈試論"-晒"與"-埋"的異同〉，收入鄭定歐主編：《廣州話研究與教學》（廣州：中山大學出版社，1993年），頁74-84。

類），並據「由實體的移動過程變為視覺、心理以及其他比較抽象的過程」和「由表示在空間裡發生的活動變為表示跟空間沒有直接關係的事件」兩個原則分析各義項的衍生過程。現在把陸文中所列義項及演變過程羅列如下：

（一）埋藏類
    1. 作動詞：埋藏、埋葬、埋沒
    2. 作補語：收埋、匿埋、儲埋
（二）非埋藏類
    1. 趨向小類
     A 靠近（埋來、埋門）
     B 方向（望埋去、論埋一便）
     C 進站（埋站、埋岸）
     D 接近（埋身）
     E 聚合（埋位、埋堆）
     F 合上（埋口）
     G 關閉（閂埋度門、鎖埋個窗）
     H 一起（同埋、連埋、等埋）
     I 包括、涵蓋
      i 連……都（連星期日都做埋）
      ii 也（叫埋佢去）
      iii 淨是、老是（成日做埋啲咁嘅野）
      iv 最後一項（食埋呢個蘋果啦、最後一蚊都用埋）
      v 歸總（集埋、擺埋一堆）
    2. 完結小類
     A 結算、總結（埋單、埋數、折埋、講唔埋）
     B 結束、完成（食埋飯先去睇戲）

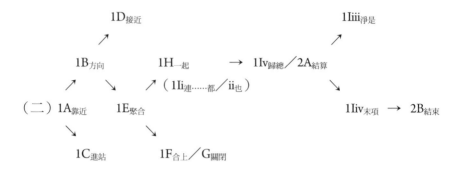

陸文對「埋」的語義分析有幾點值得注意：（1）並沒有把埋藏類與非埋藏類聯繫起來，可以視為兩者並無關係，語義演變只討論非埋藏類；（2）沒有嚴格區分實詞和虛詞用法及意義，往往並列為同一層，如1B的「埋」是1A義用作補語，1G的「埋」是1F義用作補語，且關閉的意思跟動詞「閂、鎖」本身有很密切的關係等；（3）某些義項其實非常接近甚至相同，不宜分立，如1A/D可以合併，1E/F也區別不大，1Iv/2A意思相同，且跟1E有直接關聯。可見陸文對「埋」義項的整理不夠概括，這對理解「埋」的語義演變、虛實用法間的關係都會造成影響。此外，江藍生（2010）根據漢語類化構詞和類同引申規律，考證「埋單」一詞以及由「埋」組合的一系列合成詞的意義來源及引申脈絡[12]。但據粵語「埋」的用法和意義的實際演變情況而言，似乎過於繁瑣。

二、早期粵語資料中的「埋」

前人研究較少關注早期文獻中的粵語使用情況，以致一些對「埋」意義的闡釋和演變過程的分析有所偏頗，也未能掌握「埋」的幾個核心語義及其間的關係，使編纂粵語詞典時顯得凌亂和不夠概括。本文利用傳教士整理的早期粵語文獻製作的語料庫[13]，概括「埋」的用法和語

---

[12] 江藍生：〈語詞探源的路徑——以"埋單"為例〉，《中國語文》第4期（2010年7月），頁291-298。

[13] 部分語料通過「粵方言歷史語料查詢系統」檢索，再行核對原文。有關系統由香港中文大學中國語言及文學系榮休講座教授張洪年教授建立，是香港研究資助局研究項目「近代粵語的演變——早期廣東話口語材料研究」（HKUST/CUHK6055/02H）的成果之一，謹此申

義，分析它的核心意義及其引申過程，並聯繫現代粵語的用法，重新整理「埋」的義項，從而更好地理解某些特別用法的釋義和來源，以便準確地編纂方言詞典。

我們所用的早期粵語資料包括以下六種，反映了19世紀初至20世紀初約一百年間的口語。

作者	書名	本文簡稱	出版時間
Morrison, Robert	*A Vocabulary of the Canton Dialect*	《土話字彙》	1828[8]
Bridgman, E. C.	*Chinese Chrestomathy in the Canton Dialect*	《中文讀本》	1841[9]
Williams, Samuel Wells	*A Tonic Dictionary of the Chinese Language in the Canton Dialect*	《英華分韻撮要》	1856[10]
Ball, J. Dyer	*Cantonese Made Easy*	《CME》	1883[11]/1888[12]/1907[13]/1924[14]
Stedman, T. L., & K. P. Lee	*A Chinese and English Phrase Book in the Canton Dialect*	《英語不求人》	1888[15]
Eitel, Ernest John	*A Chinese-English Dictionary in the Cantonese Dialect*	《漢英字典》	1910[16]

六種材料都有涉及「埋」的用例，且附有英語翻譯，對我們理解當時所表示的意義極有幫助。下面逐一分析。

謝。該系統現已改良為網上檢索版「早期粵語口語文獻資料庫」（http://pvs0001.ust.hk/Candbase/index.jsp）。可同時參考香港科技大學姚玉敏教授主建的「早期粵語標註語料庫」（http://pvs0001.ust.hk/WTagging/）。

[14] Robert Morrison, *A Vocabulary of the Canton Dialect* (Macao: East India Company's Press, 1828).

[15] E.C. Bridgman, *A Chinese Chrestomathy in the Canton Dialect* (Macao: S. Wells Williams, 1841).

[16] Samuel Wells Williams, *A Tonic Dictionary of the Chinese Language in the Canton Dialect* (Canton: Office of the Chinese Repository, 1856).

[17] J.Dyer Ball. *Cantonese Made Easy*. 1st Edition (Hong Kong: China Mail Office, 1883).

[18] J.Dyer Ball. *Cantonese Made Easy*. 2nd Edition (Hong Kong: China Mail Office, 1888).

[19] J.Dyer Ball. *Cantonese Made Easy*. 3rd Edition (Singapore-Hong Kong-Shanghai-Yokohama: Kelly & Walsh, Ltd., 1907).

[20] J.Dyer Ball. *Cantonese Made Easy*. 4th Edition (Hong Kong: Kelly & Walsh, Ltd., 1924).

[21] T.L. Stedman & Lee. K. P. *A Chinese and English Phrase Book in the Canton Dialect* (New York: William R. Jenkins Co., 1888).

[22] Ernest John Eitel. *A Chinese-English Dictionary in the Cantonese Dialect*. 2nd Edition (Hong Kong: Kelly & Walsh, Limited, 1910).

（一）《土話字彙》（1828）

（1）埋葬　bury

（2）藏埋　hide

（3）駛過**放埋**／至好阿　after using them, **put** them **by** safely

「埋」的基本義是埋葬，漢語中常用，即如例（1）。例（2）表隱藏，例（3）指用完了某些東西要擺放妥當，「放埋」相當於put by（儲存），其實就是收藏好的意思，故兩例意義相同。隱藏義明顯來自埋葬，因為以往埋葬就是把屍體放在挖好的坑洞中然後用土覆蓋上，被埋的也可以是物品，而埋在地底下的東西看不見，也就是隱藏起來了。因此，埋葬、隱藏可以歸為一個義位。本文開始時提到的掩蓋義也屬於這個義位，因為埋葬、隱藏一般需要用土或別的覆蓋物遮掩被埋、被藏的東西。此義出現在動詞用法，如例（1），也可以作為補語，如例（2）、（3）。

（4）埋繚　to haul aft the Sheets

（5）埋夾　to set up the backstays

（6）拉埋　lumped **together**

（7）摙埋　united, or all classed **together**

（8）總拉埋、總摙埋　altogether

（9）**總摙埋**講　generally speaking / all unitedly spoken of

（10）攞埋、藏埋　lay up

（11）好天**攞埋**落雨米　Good days **lay up** fall rain rice. In fine weather lay up for a rainy day.

（12）辛苦**賺埋**／自在食　By severe labour to earn an **lay up**, that at ease one may eat.

（13）牛耕田／馬食穀／亞爸**賺埋**／仔享福　Those who have cattle to plough the ground, horses to eat corn, and an old father to make money－the children will enjoy the happiness resulting there from.

（14）聯翻**埋**　to sew **together**

（15）扭埋　twisted

（16）孖埋　with

（17）**揸埋**拳頭　to clench the fist[23]

（18）**閂埋**門／打盲佬　Shut the door, and thrash a blind man — that is very easy; said of what is excessively easy and sure

　　例（6-9）是同一個意思的不同講法，「埋」表示聚合到一起的意思，所以跟together、unite相關。例（10-13）是積蓄的意思，故與lay up相應，如例（11）勸戒人平時就要多所積攢準備，以防不時之需。例（14）指縫合起來，例（15）摔在一塊兒，例（16）表示「跟……一起」，例（17）握緊拳頭，例（18）把門關上，這些都跟聚集、整合義密切關聯。「揸埋」使手指縮合在一起；「閂埋門」其實就是使門跟門框相接合，「閂」是關，「埋」就是閉合，也就等於關門了。上述都是做補語，說明動作結果是使某些東西聚合到一起。例（4-5）要特別解釋，兩例都是航海術語，例（4）「埋繚」to haul aft the Sheets即拉扯船尾處繫連船帆的繩索[24]；例（5）「埋夾」to set up the backstays意指用纜繩把船桅和甲板繫緊，以便航行時穩定船桅[25]。這都跟聚合義相同。兩例都是謂語動詞，帶賓語，可見聚合義也是實詞「埋」的一個義項，而同時用作補語。

（19）埋岸　to lay a boat along shore[26]

（20）**埋風便**　wind-ward

（21）指手**埋灣**　(I can) point with the hand **to** the landing place — all my goods are ready whenever called for.

---

[23] 收於「Fist拳頭」一條下。fist原誤作first，今改。

[24] Sheets就是「繚」，《土話字彙》的解釋是ropes attacked to a sail（attacked 應是 attached 之誤），也就是繫緊船帆的繩索。

[25] backstay在《土話字彙》中稱作「桅夾」，是連接桅杆頂部和船尾甲板的繩索，用以固定船桅和抗衡強風。

[26] along原作a long，殆誤，今改。

（22）火著**柴埋**／賺唔徹當拂　The fire being lit and fuel **supplied**, profits will be made incessantly as if they were shovelled in.

（23）白鴿眼／高處**埋**　Pigeon eyed-man nestles **in** high places; he pays court **to** the rich and powerful.

（24）推埋　push near

（25）明知蠔売墻／佢偏要撼**埋去**　Clearly knowing that it is an oyster shell wall, he determines to rush **against** it.—Though he knows that a thing is bad and injurious still he will do it.

（26）行雷你就好行**埋**囉　When it thunders, you had better walk **aside**—said of an undutiful child when his Father is angry.[27]

　　例（19-23）「埋」是動詞，義為接近、靠近。例（19）即靠岸，「岸」是表處所的賓語，是接近的對象。例（20）「便」是一面、一邊的意思，windward即當風的方向，整個詞組是定中結構，「埋風」修飾「便」，而「埋風」是動賓結構，即靠近風、向著風。例（21）是兼語句，「指手」而「手埋灣」，即用手指向海灣，手因而靠近海灣的方向。例（22）「柴埋」是主謂結構，點著了火然後把木柴丟到火裡燒，亦即木柴靠近火堆。例（23）「高處埋」是狀中結構，向高處靠近，即要求偏高。例（24-26）「埋」做補語[28]，分別指「推、撼撞、行走」的動作使施事或對象接近某個方向或地方。

　　上述最早的粵語語料可以歸納為三個主要義項，即：❶埋葬、隱藏；❷聚合；❸接近。三個義項是否有所關聯？我們認為答案是肯定的。埋藏往往是物件的整體，即使是零散的東西也會集中到一起然後埋藏，故可引申出聚集的意思。而且埋藏多用覆蓋物做掩蔽，通常都把被藏物全部遮蓋起來，不留縫隙，故也能引出完全、封閉的意思，如「聯埋」、「閂埋」、「合埋」，與聚合義相通。因為聚合涉及具體或抽象的事物向某個中心或方向移動，以達致集合、收攏的狀態，而從個別事物的角度看就是朝著集合的目標位置或方向移動，是一個逐漸接近的過

---

[27] aside原作a side，殆誤，今改。

[28] 例（25）是「埋去靠近去」做「撼撞」的補語，義為「撞過去」。

程，所以產生了靠近的義項，並往往用作趨向補語。

　　那麼，從《土話字彙》歸納所得的三個義項能否管得住其他的用例呢？我們往下繼續分析。

（二）《中文讀本》（1841）

（27）英雄**埋沒**　A hero **buried** in obscurity.

（28）黃金久**埋**不生衣／百陶不輕　Gold, if **laid by** for a long time, will not gather rust, nor will a hundred fusings lessen it

例（27-28）「埋」屬義項❶埋藏，都是動詞用法。

（29）**埋板架**／**埋字成板**／而後印之　A chase embraces the characters as they are formed into pages, so that afterwards they may be printed.

（30）字板檯／**埋書板**　An imposing table is used for arranging pages.

（31）天暖車厘唔**埋**　Jellies will not acquire consistence in warm weather.

（32）總簿／即收支截數／**埋總**存貯過數之簿　Leger (or general book) is that into which the accounts of receipts and expenditures, being summed up and **brought together**, are transferred and preserved.

（33）截數／數目日久必多／恐錯亂難計／故以即截止其數而**埋總**　Trial balance; in length of time accounts must become complicated, therefore, in order to prevent mistakes and confusions, they ought to be summed up and **balanced** at short intervals.

（34）炕焙／將各金湊成／放微熱火內／待其和**埋**／軟熟而未鎔之際／拿出以作物　Fritting; take several kinds of metallic substances, and, mixing them together, place them in a dull red heat; wait till they become **blended together**, then while they are yet soft, but not in a state of fusion, take them out, and they are ready for use.

（35）睇／都唔曉得嘅嘅／我教你呵／頭指挨身向外／二指中指挨外向身／咁樣執住個枝筆／使無名指尾指叠**埋**／伸一半入裏頭／指住自己／咁樣執住／好似半開嘅拳一樣／總要

拳空指密／為好　I have done so, and yet I do not at all understand how it is to be held. Then I will teach you: let the thumb be placed with the back towards the body, facing outwards; let the fore and middle fingers, with the back turned outwards, be brought near it, facing the body; thus holding fast the pencil: let the fourth and little fingers, **placed close together**, be brought part way in [beyond the pencil] pointing towards you, so holding the pencil, with the fist half open and hollow within, and with the fingers close together: this is the best way to hold the pencil.

（36）三個合埋點呢／人於初生離母胎時／咁解咯　What is the meaning of the three when **joined together**? They mean man at his birth, when first separated from his mother's womb.

（37）塞埋兩耳　Stop both ears.

（38）塞埋兩耳／當作唔聽見　He closed his ears as if he heard nothing.

（39）捻埋兩隻耳　Close both ears.

（40）縮埋手　Draw back the hand.

（41）閉埋口　Close the mouth.

（42）掩埋個書櫃門　Shut the doors of that book-case.

（43）閂埋碗碟櫃門　Shut the doors of the cupboard.

（44）閂埋板簾窗門　Shut the venetian blinds.

（45）扭埋寫字箱話　turn the key in the writing desk.

（46）鎖埋個度房門　Lock that door.

（47）鎖埋衣服櫃桶　Lock that case of drawers.

（48）繩索／或蔴或草攪埋曰繩索　Ropes; these are made either of hemp or grass, by being **twisted together**.

　　例（29-33）表義項❷聚合，動詞用法，帶賓語。例（29-30）把字母聚集成書頁的文字。例（31）指果凍因為氣溫過高而不能凝固，也是取聚合成形之意。例（32-33）「埋總」就是把所有賬目放到一起結

算，據此而言，今天流行的「埋單」一詞應該原指把各項賬單聚集起來算出總數，繼而直接用來表示結賬[29]。例（34-48）都是聚合義的「埋」用作補語的例子。

（49）假如有人想租屋／**向邊處埋**呢／業主將租帖標起／承賃者或自行問到議租／或托來人來問　Suppose a person wishes to hire a house, **where** must he **go to** find one? The landlord having pasted up a card giving notice that he has a house to rent, the lessee either goes in person and makes inquiries and agrees on the terms, or employs another person to go and do this for him.

（50）擰張交椅**埋嚟**　Bring an elbow-chair and place it **near** me.

（51）拈罇酸菓**埋嚟**　Bring a bottle of pickles.

（52）請寬衣**埋位**坐　Pray unrobe and sit down.

（53）既入了山水口／或寄泊鷄頸頭／或沙瀝／或伶仃／船已灣泊／即僱艇**埋澳**／或自駕三板到澳呌帶水請牌　The ship, having passed in through the islands, is anchored, perhaps off cabreta point, or beyond the shallows (off macao roads,) or off lintin. The captain, having brought his ship to an anchor, procures a native boat, or perhaps employing his own gig, and **goes to macao**, in order to obtain a passport.

（54）若到虎門／必須寄泊／帶水**埋虎門炮台**／呈驗船牌／驗明何國／船隻裝何貨物來粵／俟帶水回船／方能進虎門　When the ship reaches the bogue, she must anchor, while the pilot **goes on shore to the fort**, where he presents the passport for examination; and, after it has been clearly ascertained that the ship and cargo correspond to those named in the passport, the pilot returns again

---

[29] 如《廣州話俗語詞典》對「埋單」的解釋：「埋：合攏，歸總，合計。把各樣東西的價錢合在一起，即結賬。普通話吸收了這個用語，但有時有人寫作『買單』，與廣州話原來的意思有差別。」歐陽覺亞、周無忌、饒秉才編著：《廣州話俗語詞典》（香港：商務印書館，2009年），頁134-135。如今北方寫成「買單」，大概是由於粵語「埋」讀mai[11]，聲調屬於低調，進入北方話時根據相似原則歸入唯一的低調上聲，讀成mai[214]，故寫作「買單」。

on board ship, and she is allowed to pass the bogue.

（55）向邊處**埋**手呢／向上四聲先**埋**手咯　Where shall I commence?
Commence with the four high tones.

（56）三板駁貨開**埋**　A pinnace (or gig) carries goods off and on.

　　例（49-56）是接近義的「埋」，動詞，可以受介賓短語修飾，充
當謂語，如例（49）；可以帶趨向補語，如（50-51）；可以帶多數表
示處所的賓語，如（52-54）。例（55）「埋手」指下手，即從某個方
面開始接近某個問題並試圖解決。例（56）「開埋」分別指遠離和接近
說話者，即小艇來回穿梭，時而到那邊去，時而又向這邊靠過來。這些
都可以理解為現代漢語的到某個地方去。

　　（57）咁話／點樣使呢／**同埋**古錢撈勻／照常使咯　This being
the way it is made, how is it passed? The newly made coin always
passes current **with** the old money.

　　例（57）較特別，其實應該歸入聚合義，主要是指新鑄硬幣與舊有
硬幣一起均可流通的共同關係。但值得注意的是，此例中的「埋」跟本
來就表共同義的「同」連用，在聚合這個意義上是重疊的。如果著眼於
被連接的「新幣」與「古錢」的關係，則推出新幣後的古錢理應停用，
而「同埋」既可理解為兩者一併使用，亦可理解成得以流通的資格從新
幣擴展至古錢，使古錢連帶取得合法使用的地位。由於「埋」做補語，
位置與一般的動詞後綴相同，這個連帶涉及的義項很可能會隨著「埋」
的進一步虛化而產生，並且專門作為動詞後綴的用法。可是，直至1841
年的《中文讀本》，仍沒有明確的類似用例，其中的證據包括：（1）
「埋」所補充說明的動詞都是帶有聚集、閉合或接近義的動詞；（2）
「V埋」如表示連帶、擴充義，必定指向後面的賓語，而且往往隱含之
前有一個已完成的情況，但實際用例並非如此。所以，我們認為1841年
的材料仍反映了跟《土話字彙》相同的三個義項和用法。

（三）《英華分韻撮要》（1856）

　　《英華分韻撮要》是按韻母編排的一部粵語字典，把讀音相同的字收在一起，例詞均用拼音形式，附有聲調符號，然後逐一以英文解釋[30]。「埋」在該書中分列二音，即例（58）及（59），但最常用的讀音（即例（59））跟現代粵語相同，而且大多數解釋都見於此音，故在此不展開討論讀音的問題。

（58）₌Mai埋　To bury, to inter. Usually pronounced ₌mái.

　　（a）₌mai tsong⌐ to bury a corpse;（埋葬）

　　（b）₌mai ₌ts'ong, to hoard or lay up.（埋藏）

（59）₌Mái埋　To secret, to cover, to conceal; to lay by, to hoard; to harbor; to come near, to approach to; to lay hold, to annex, to connect with; to hide away to crouch; to concrete; following other verbs, it often means up, in, to, with, at, or merely a past or completed action, according to the context;

　　（a）₌mái mút₌ to conceal, sub rosâ;（埋沒）

　　（b）₌mái ün⌐ to harbor ill-will;（埋怨）

　　（c）ts'üt₌ ₌mái, to condense, to make small;（撮埋）

　　（d）⌐tá tak₌ ₌mái, accordant with, agreeable, fit;（打得埋）

　　（e）₌t'in ⌐nün ₌'m ₌mái, it won't harden in warm weather;（天暖唔埋）

　　（f）₌mái ngon⌐ to go ashore;（埋岸）

　　（g）₌mái ₌t'au, up to the wharf;（埋頭）

　　（h）₌mái ₌lai, come near;（埋嚟）

　　（i）₌hang ₌mái yat₌ ₌pín, step aside a little;（行埋一邊）

---

[30] 括號中相應的漢字為筆者所加。

（j）‿hang ‿mái kòm‾ noi‾ long been good friends;（行埋咁耐）

（k）‿tiú ‿mái yat‿ i‾ kok‿ thrown into a bye-corner, indifferent to;（丟埋一二角）

（l）‿mái ⸀shau to lay hold of, to begin a job;（埋手）

（m）‿mái ‿shün ‿fung, the wind has brought us almost there – to quickly avail of;（埋船風）

（n）‿mò tik‿ ‿hoi ‿mái, nothing at all to give;（冇啲開埋）

（o）‿'m t'ai‾ ‿mái, not quite shaven;（唔剃埋）

（p）ch'ut‿ ‿mái, to pay out, to furnish;（出埋）

（q）⸀séung ‿mái, to prepare one's words beforehand;（想埋）

（r）‿'m ‿ts'ang ⸀kong ‿mái, you've not told it all;（唔曾講埋）

例（58a-b）和（59a-b）表埋藏義，（59b）即心藏惡意。例（59c-e）是聚合義，（59c）指壓縮，或由散的狀態聚集到一起故變小，（59d）是對應、合適，亦即能合在一起，（59e）同例（31）。例（59f-n）都是接近義，（59f）與（59g）只是靠近海岸或是碼頭的差別，（59m）是吹向船的風，故有助推動前行，引申為可加以利用，（59n）跟例（56）意思相關，由靠近、遠離引申為可調整的空間，而「冇啲開埋」即沒有退讓的可能。其餘已見前述。

《英華分韻撮要》的特別之處，在於比前兩種材料多出了例（59o-r）的類型，亦即我們今天作為詞綴用法的「埋」。四例帶「埋」的詞就是例（59）解釋中所說的表示過去或完成的動作merely a past or completed action。但這個帶有「完成」義的「埋」其實並非一個獨立的詞，它是由聚合義和接近義抽象化而成的。如（59o）中除去否定詞「唔」後「剃埋」隱含把剩下的鬍子也一併刮完，從而帶出完成刮鬍的行為。（59p）指付錢或提供這個行為是一系列動作中的最後一個。（59q）是把要說的話想好，是預先準備的其中一個環節。（59r）的「講埋」之所以有全部講完的意思，是因為把最後要講的都連帶說了，所以才表示完結。可見這四例「埋」應該還是通過聚合、接近義虛化而

成的結果。不論聚合還是接近，都涉及移動的路向，客觀可見的事物從某個出發點循某種路徑向另一個目標行進，繼而帶出使某種事物的性質狀態向另一種事物靠攏或跟其他事物取得一致，如例（59r），其語境是已經說了很多事情，但對於整體內容而言，還沒有把剩下的部分一併說完。因此，「連帶」正是這個專用作動詞後綴的語義核心，屬於後起的義項，應作為「埋」的第❹個義項，與前述三義區分開來。

（四）《CME》

《CME》一書比較特別，共有四個版本，分別刊於1883、1888、1907和1924年。一般來說，四版前後相距40年，如有變化修訂，可以看出語言的演變趨勢。但「埋」的用例基本相同。1883年時有以下四例：

（60）掩**埋**門，咪閂吖。　　Close the door, don't fasten it.

（61）你同**埋**我去做。　　Go **with** me, and do it.

（62）大車，噲二車**埋**砦呢？　　Is it the Chief, or Second Engineer who has gone on shore?

（63）你幾時開身，幾時到or**埋**頭呢？　　When do you start; and when do you arrive?

例（60-61）是聚合義的「埋」，例（62-63）是靠近義的「埋」。

1888年少了例（63），多了下面三例，而且原來的例（62）在「大車」前增加「係」，相當於「是」。

（64）埋　　to hide away

（65）坐**埋**檯嘅係狀師咯。　　Those are the lawyers at the table.

（66）上船面喇，咪行**埋**烟通個處呀。　　Come up on deck. Do not **go near** the funnel.

例（64）是埋藏義，例（65-66）都是靠近義。

1907年所收最全，包含了1883和1888的例子，原例（62）也是前加「係」的。1924年除不收原例（60）外，與1907相同。

（五）《英語不求人》（1888）

《英語不求人》中的四例「埋」都是用作補語，跟在另一個動詞後。

> （67）我要你**續埋**呢兩条水喉嚨　I want you to **connect** this pipe with the other.
>
> （68）我的衣裳，**連埋**兩百銀，一概失唰　I lost all my clothes **and** two hundred dollars.
>
> （69）**同埋**豬油一齊送兩罐來囉　Yes, send me two cans along **with** the lard.
>
> （70）**坐埋去**，炙吓火嚹　Take a seat **by** the fire and warm yourself.

例（70）「埋去」做「坐」的補語，坐得靠近火堆，是接近義的「埋」。例（67）「續埋」是連接起來的意思，即聚合義的「埋」。例（68）「連埋」、（69）「同埋」跟前面提到的例（57）、（61）一樣，都是聚合義的「埋」做共同義的「同、連」的補語，「兩百銀」跟著「衣裳」同樣被丟失了，「兩罐（×）」跟著「豬油」一起都被送來。如前所述，連帶義的虛詞「埋」的用法，很可能源於這種組合，頻繁使用以後令意義本來就接近的「埋」和「同、連」趨同。

換言之，「同埋、連埋」可以視為起始形式，「埋」之所以產生「連帶」義，是從「同、連」感染而得。因為「埋」常出現在補語位置，一旦脫離帶有連帶義的動詞（如「同、連」），而附著到其他類型的動詞（不表「連帶」義）後，「埋」表示連帶義的功能及用法就會逐漸突顯和成熟，一如例（59o-r）。也正因為其意義虛化，所以只能用作詞綴。

（六）《漢英字典》（1910）

> （71）埋葬　to bury; to inter.

（72）埋藏　or收埋to store; to stow away secretly.

（73）埋沒　to conceal; to hide.

（74）埋身　to hide oneself; to retire.

（75）埋密　to conceal.

（76）埋怨　to harbour ill-will; to nourish a grudge against; to blame one for.

例（71-76）是埋葬、埋藏義。例（76）的英文解釋是心懷惡意、怨恨、責備他人之意，故「埋」有隱藏義，即暗地裡對別人存有怨恨，與例（59b）相同。

（77）天煖不**埋**　it will not **harden** in warm weather.

（78）唔歸得埋　inadmissible.

（79）唔打得埋　incompatible.

（80）撮埋　to abridge.

（81）想埋　to cogitate.

例（77）的「埋」是凝固，同例（59e）。例（78）是不能歸到一起，引申為不許可或不能接受。例（79）不能混合在一起，意即不相容，同例（59d）。例（80）是節略的意思，也就是把原有的文字濃縮在一起，同例（59c）。這些都是聚合義的「埋」。例（81）仔細考慮，是因為想的方向集中到一起。這與例（59q）預先想好的意思有差別，（81）可能記錄了早期的理解，用聚合義的「埋」，也可能是當時就有兩種用法。

（82）埋來　to come close.

（83）埋席　to draw near the table.

（84）埋岸or埋街　to go ashore.

（85）埋頭　to moor alongside.

（86）埋手　to begin.

（87）埋手嚟打　he began to beat him.

（88）冇定埋手　baffled.

（89）埋船風　quickly avail of.

（90）企埋啲　stand by a little

（91）行埋一邊　to step aside a little.

（92）行埋咁耐　had long been good friends

（93）就埋耳邊講　to whisper in one's ears

（94）丟埋一角　throw it aside.

（95）無啲開埋　cannot come to a bargain.

　　例（82-94）都屬於靠近義的「埋」。例（86-88）「埋手」指以手接近對象，意指開始從事、下手，同例（55）、（59l）。例（88）無處下手，因而感到困惑。例（89）是靠近船的風，也就是能夠使船快速前進，同例（59m）。例（90-94）是充當補語的「埋」，都表接近的意思。例（95）與例（59n）相同，「埋」與「開」組成並列結構再做「無」的賓語，整句表示沒有一些商量餘地、不能達成共識，這是因為「開埋」表示到那邊去和靠這邊來，形容有游刃空間。

（96）出埋　to furnish means.

（97）做埋　finished.

（98）剃唔埋　not quite shaven.

（99）唔曾講埋　you have not told it all.

　　例（96）是連帶、順便提供方法的意思。例（97）是把某個事情也連帶做了，從而引導出完成的之意。例（98）刮鬍子沒有完全刮乾淨，例（99）還沒有全講完。例（96）、（98-99）分別跟例（59p）、（59o）、（59r）相同。值得注意的是，這些不是連帶義第一次出現的用例，跟1856年《英華分韻撮要》的例子基本相同，「埋」都是動詞後綴，而且跟1828年《土話字彙》和1841年《中文讀本》所不同的，是這裡的「埋」前的動詞已經不具有聚合或連同意義，而是普通行為動作。

可以說，1856年《英華分韻撮要》及其後的材料裡的「埋」才獨立自主地具備連帶意義。所以，我們認為「埋」表連帶義的用法並非早就如此，而是經過一個逐漸形成的階段，根據語料來看，大約發生在19世紀中期至20世紀初期之間。故此，詹伯慧（1958）、陸鏡光（2005）等認為「埋」做動詞後綴表連帶義來自壯侗語的說法難以成立，因為在有關用法產生的時間，粵語區的主體居民跟少數民族大概沒有接觸，也無從借用。

三、現代粵語「埋」的義項歸納

通過上一節對早期粵語文獻「埋」用例的探討，我們可以概括出「埋」的四個主要義項：❶埋藏，❷聚合，❸接近，❹連帶。如下表所示：

	❶埋藏	❷聚合	❸接近	❹連帶	
《土話字彙》（1828）	✓	✓	✓	-	
《中文讀本》（1841）	✓	✓	✓	-	「同埋」
《英華分韻撮要》（1856）	✓	✓	✓	✓	
《CME》（1883/1888/1907/1924）	✓	✓	✓	-	
《英語不求人》（1888）	-	✓	✓	-	「連埋、同埋」
《漢英字典》（1910）	✓			✓	

我們認為「埋」在《中文讀本》（1841）、《英語不求人》（1888）均沒有獨立地表連帶義的詞綴用法，但兩書有「埋」與「同、連」等表示連帶意義的動詞連用的情況。「同埋、連埋」可以視為「埋」產生「連帶」義的起始形式，即「埋」從「同、連」感染而得。當「同、連」後的「埋」附著到其他不表「連帶」義的動詞後，就成為現今詞綴的用法，專表連帶意義。

現代粵語中「埋」的用法是否都能夠歸納到上述四項呢？我們也認為是可以的。埋藏義的用法已於文章開首介紹了，故不再重複，以下把

一般詞典都收錄以及日常所用的例子，按餘下三個義項進行分類。

❷聚合（收攏、接合）

- ●奶粉埋棌奶粉結成塊兒、埋堆聚在一起、埋口傷口癒合（舊時指商店倒閉，今不用）、埋閘店鋪晚上關門休息、埋祫縫合上衣兩側的接縫、埋纜合得來，多用於否定、埋紋合乎情理、匹配、埋腍食物使人感到滿足、可口、話唔埋說不定、傾得埋談得來（以上動賓結構）
- ●閂埋門把門關上、眯埋眼、合埋嘴閉起嘴巴、眉頭皺埋眉頭深鎖、縮埋角落頭蜷縮在角落裡、黐埋／圍埋／擺埋／集埋／倚埋粘合／圍／擺／集合／站在一起[31]、疊埋心水專心一致（以上用作補語）
- ●埋班舊指組織戲班子、埋欄成事、相投合、合夥、埋行同行業者組織起來，加入同行業的隊伍、埋會若干人組織錢會（以上動賓結構，有組織義）
- ●埋數商店晚上結賬、埋櫃1店鋪每晚結算賬目、埋單結賬（以上動賓結構，有總結義）

「埋腍」指菜的款式、味道與人的口味相合。「埋堆、埋行」等詞從聚集義演變為合群，組成這個群體的個體相對於整體來說就是接近，故引申出靠近義。「話唔埋、傾唔埋、走埋、行埋」等用語就有由聚集義向靠近義過渡的可能，所談所講的不相合、走到一起既可以指多個個體而言，也可以指兩個個體的相互關係。陳慧英（1990）認為「閂（關）、合、眯、壅（蒙）等後面可以加『埋』表示持續態」[32]，判斷並不準確。此處的「埋」其實表示「聚合」，因為意義與前面表示「關閉合攏意義」的動詞（「閂／合／眯／壅」）相同或接近，好像是延續了動詞所得的狀態，才會得到像陳慧英的判斷。根據我們的分析，陳文所舉的「V＋埋」仍屬動詞補語的用法，即「聚合」義下第二類的例子。

❸接近、靠近

- ●埋去到×去（以上動補結構）

31　「倚埋」有歧義，另一義為站得靠近。
32　陳惠英：〈廣州方言表示動態的方式〉，《方言》第2期（1990年3月），頁127。

- 唔埋得鼻_{形容臭不可聞}、埋牙_{初指鬥蟋蟀時開始互相咬打，後指打架時交手；洽談事情有望成功}、埋身_{靠近身體}、埋櫃_{2賊匪搶劫店鋪}、埋年_{接近年底}、埋手_{下手}、埋籠_{家禽進籠}、埋位_{就座}、埋席_{入席}、埋棧_{舊指下榻旅店}、埋尾_{結束}、埋岸_{靠岸}、埋頭_{靠岸}、埋站_{到站}、埋街_{靠岸；舊指船家女嫁到岸上去；妓女從良}（以上動詞帶賓語）
- 咁埋_{那麼近}、行得好埋_{接觸很密切}、太埋啦_{太近了}（以上狀中結構，「埋」做形容詞）
- 埋便_{裡面}、埋低_{裡面}、埋底便_{裡面}（以上定中結構）
- 行埋／坐埋啲_{走／坐得近一些}、徛埋一便_{靠一邊站}、挨埋牆_{靠在牆上}、行開行埋_{走來走去}（以上動補結構）

上述各例都是表示客觀的距離短或向某地方接近的位移動作。「埋便、埋低、埋底便」從靠近說話主體的角度引申出向裡的意思。

❹連帶

- 等埋、帶埋、洗埋、食埋、做埋、畀_給埋、睇_看埋、叫埋、攞_拿埋、送埋、搵_找埋、去埋、打埋、執_{收拾}埋[33]、冇_{沒有}埋（以上「埋」做補語）

上述表連帶義的「埋」只用作補語，說明動作涉及的範圍延伸到某個主體或對象。有時根據動詞的性質可以再插入補語成分，如「打死埋_{連×也打死了}、整污糟埋_{連×也弄髒了}、曬黑埋_{連×也曬黑了}」。

「埋」除了單用，也有跟其他詞綴連用或重疊的用法，如：

買埋晒／買埋買埋／買買埋埋
食_吃埋晒／食埋食埋／食食埋埋

---

[33] 「執埋」有歧義，另一義表收拾並安放好，用隱藏義。

　　上述三種說法語義相同，其中的「埋」都是源於聚合義，是指買或吃的動作不斷積累。這樣的用法多帶否定或負面語氣，但並非由於「埋」的連用，而是來自充當賓語的名詞性成分，如「收埋晒啲唔等使嘅嘢」收集的全是一些沒用的東西、「收埋收埋啲值錢嘅嘢」把值錢的東西一點一點地收集起來、「計計埋埋要幾多錢呢」全部都算到一起要多少錢呢，都是從聚集義引出積累、全部的意思，但後兩例就不是負面的說法。動詞用法的「埋」跟後綴的「埋」也可同時出現，如「埋埋張單」把賬單也一併結了，前一個「埋」是聚集、結算的「埋」，後一個「埋」是連帶義的「埋」。

四、餘論

　　綜上所述，我們認為粵語的「埋」的核心義項是收藏，並經歷了「❶收藏 ➔ ❷聚合 ➔ ❸接近 ➔ ❹連帶」這一個語義的引申過程，形成了今天粵語的四個主要義項。這四個義項可以統轄早期及現代粵語中的用法。前三個義項可以充當多種句法功能，而最後一義（即連帶義）只有虛詞的用法，充當補語。但根據歷史語料，「埋」表連帶義並非一早如此，而是經過一個逐漸形成的階段，大約在19世紀中期至20世紀初期產生。故此，陸鏡光推測「粵方言的埋跟通用的埋的關係是同音假借，粵語的埋可能來源於古百越語」似乎不能成立[34]，因為在「埋」做動詞後綴表連帶義這一用法產生的時間，粵語區的主體居民跟少數民族大概已沒有接觸，也無從借用。

　　我們在歸納方言詞的義項時，不能只根據翻譯成普通話的相應成分來分類，否則就會產生許多不必要的義項。如「啲紙黐埋一齊」這些紙粘在一塊兒，「埋」好像就是介詞「在」的意思，但其實際內涵是聚合，粘的行為使紙聚合到一起。類似的問題在一般的方言詞典是很常見的，如《廣州話方言詞典》[35]「埋」字下列五個義項：

---

[34]　陸鏡光：〈廣州話「埋」字的語義分析〉，頁300-301。

[35]　饒秉才，歐陽覺亞，周無忌：《廣州話方言詞典》（香港：商務印書館，2009年），頁147-148。

項目	釋義	用例
1	靠近：	車～站／船～岸／叫佢～嚟
2	閉；合：	瘡～口喇
3	用在動詞後面作補語，表示趨向或成了某種樣子：	推～去／掃～嚟／個盒唔合得～／放～啲／縮～一笪／縮～一嚿
4	用在動詞後面，表示擴充範圍，有「連……也」、「連」「再」、「全」等意思：	攞～呢個盆入去／鼻哥都紅～／玩～呢兩日先翻去／咁多行李，你一個人搦得～咩？
5	用在動詞後面，表示原來已具有相當程度了，沒有必要再增加的意思：	要～咁多做乜吖？

根據我們的結論，其實可以重新整理如下：

項目	釋義	用例
1	聚合：	瘡～口喇（以上動詞） 個盒唔合得～／縮～一笪／縮～一嚿／要～咁多做乜吖？（以上做補語）
2	接近：	車～站／船～岸／叫佢～嚟（以上動詞） 推～去／掃～嚟／放～啲（以上做補語，表示趨向）
3	連帶，用在動詞後面，表示擴充範圍，有「連……也」、「連」、「再」、「全」等意思：	攞～呢個盆入去／鼻哥都紅～／玩～呢兩日先翻去／咁多行李，你一個人搦得～咩？

這樣會顯得比較簡明清晰，易於把握，也有助跨方言以及跟現代漢語做共時或歷時比較。

第十四章
農場類遊戲：
消費社會中的鄉村懷舊與都市焦慮

孫靜
社會科學文獻出版社與吉林大學聯合培養博士後

一、前言

　　中國大眾媒體中的「鄉村」意象往往是一種想像性的敘述。簡單地說，當前（21世紀以來）有以下幾種想像鄉村的方式，它們分別將「鄉村」庸俗化、精英化、政治化、卡通化。第一種方式聚焦農村人的日常瑣事，將人物的某些缺點作為主要敘事動力和戲劇性矛盾衝突的來源，如《鄉村愛情故事7》。第二種方式基於「經濟至上」的原則，突顯中國鄉村蒙昧、落後的一面，用精英的視角（即在都市〔發達〕／鄉村〔落後〕的二元對立結構中）看待鄉村，如湖南臺綜藝節目《變形記》。第三種方式是隱去經濟因素，拔高道德品質或愛國情懷，按照「獻禮片」的模式想像鄉村，為政治話語服務，如《舌尖上的中國‧第二部》。第四種方式是用都市或城鎮符號改寫鄉村形象，通過「可愛」的符號系統表達消費話語，如《卡通農場》（*Hay Day*）等農場養成類遊戲。農場養成類遊戲一直都廣受玩家追捧，有《陽光農場》、《虛擬人生》、《模擬農場2013》等單機版遊戲，還有《開心農場》、

《QQ農場》、《QQ牧場》和《卡通農場》等網路遊戲。其中的《開心農場》自2008年末上市以來，受到眾多玩家的熱烈歡迎，甚至不少玩家都有過半夜爬起來偷菜的經歷。本文以受全球玩家歡迎的農場類遊戲《卡通農場》（*Hay Day*）為個案，首先對遊戲進行了形式分析，指出以《卡通農場》為代表的農場類遊戲實質上是在用都市符號改寫鄉村。而後，筆者提出之所以農場類遊戲受玩家歡迎，是源於玩家對「黃金時代」的懷舊式想像。這一回望與城鎮化進程有著緊密的關係，同時也反映在其他媒體中。最後，筆者指出了農場類遊戲的悖論所在，即玩家本想通過虛擬的田園生活來治癒現代都市焦慮，但此類遊戲實則構造了一個受到資本邏輯支配的消費社會，使得玩家在遊戲過程中得到了更深層次的異化。

二、《卡通農場》：用都市符號改寫鄉村

《卡通農場》來自於芬蘭一家名為「超級細胞」（Supercell）的遊戲公司，該公司憑藉旗下研發的策略對戰類遊戲《部落戰爭》（*Clash of Clans*）聞名全球，之後推出的《卡通農場》更是在全球玩家中掀起了又一股「農場熱」。玩家登入遊戲介面後，馬上就可以開始經營自己的虛擬農場，從耕種到收割，從餵雞羊、養牛養到收穫雞蛋、牛奶和羊毛，從挖礦到捕魚，從榨果汁到做披薩，幾乎包羅了在鄉村農場中獲得的所有體驗。

作為想像鄉村的一種方式，《卡通農場》採用綠色和黃色作為遊戲的主色調，前者是大自然的顏色，而後者則是秋季豐收的顏色。此外，遊戲還將動植物和建築進行了卡通化處理。就聲音而言，遊戲的背景音是鳥叫聲和較為悠閒的音樂，烘托出一種自由、靜謐的氛圍，讓人瞬間擺脫煩惱和城市中的喧囂。最初，遊戲介面中間是一座房子，最左邊是一條小河，河邊是常年失修的碼頭和漁船。房子右邊則是一塊塊不規則的荒地，需要地契、標樁等道具才能開墾。其餘的空間則布滿了樹木、水坑和大小石塊，玩家只有在清理了以上障礙物後，才能使用這些空間耕種土地或擺放生產設備。因此，生產與開發農場的過程實質上就是自

然景觀被人工景觀代替的過程，也就是鄉村向城鎮轉型的過程。野生樹木被人造園林所替代，大小的水坑被精緻的池塘替代，天然形成的石塊被炸掉，土地被田地替代。總之，經過玩家的整理，農場變得乾淨、整潔，具有「工具性」。整個玩家的遊戲過程似乎傳達出這樣一種理念，即只要努力工作就會變得富裕。換句話說，只要線上時間夠長，那麼就會逐步升級，成為更為成功的農場主。

　　然而，這類農場中卻存在著三種缺失，也就是勞動的缺失、人的缺失和時間的缺失。首先，在整潔、漂亮又可愛的農場中，玩家只需要點擊螢幕或滑動手指，便可以輕鬆播種收割、採礦煉金、織網捕魚了。在這一過程中，勞動者的勞動過程是缺失的。其次，遊戲採用了第一人稱視角，突顯了玩家體驗的真實性。因此，農場主人（玩家）從未在遊戲介面中出現過，而是被一種全景視角所取代。主人是缺失的。不管是遊戲固定角色還是其他玩家，都是以顧客的身分出現，因此鄰居也是缺失的。在遊戲中，每個人都不曾發出聲音，所有的交流和指令都是通過文字進行的，因此人是沉默的。在《卡通農場》中，人們的種族、性別、文化等生理和社會的特質都消失了，只保留了「流動世界中的流動身分」[1]，即技術輕而易舉得將任何一個異質性的人轉化為同質的人的符號。就時間而言，在農場類遊戲中，自然時節被平庸時間（線上時間）所取代。一年四季的變化被簡單粗暴的數字倒計時取代，玩家撒下種子後，田地上馬上出現小苗，幾分鐘後長出莖葉，再過幾分鐘就成熟了。即便如此，玩家往往會存在「等待的麻煩」。在《卡通農場》中，計時器右側往往會有一個特殊的按鈕，上面有一個鑽石形圖示。當玩家想要快速完成相應的任務時，可以點擊這個按鈕，通過消費鑽石實現加速。如同維利里奧（Paul Virilio）所說的那樣，我們處在一個「現實加速」[2]的時代，而玩家在遊戲中獲得了這一體驗。

　　農場中勞動、人與時間的缺失讓所有一切成為了一種可供交換的符

1　蕭恩・庫比特著，趙文書、王玉括譯：《數字美學》（北京：商務印書館，2007年），頁140-141。
2　保羅・維利里奧著，張新木、李露露譯：《無邊的藝術》（南京：南京大學出版社，2014年），頁4。

號。農場也成為了現代人生存狀況的隱喻式表達，成為交換價值和消費文化主導的社會寓言。雖然玩家能夠通過完成各種任務而獲取少量鑽石，但其數量是相當有限的。如果遊戲者想要擁有足夠的鑽石從而隨心所欲地支配農場中的時間，就不可避免地成為半人民幣玩家或人民幣玩家。

進一步而言，《卡通農場》在全球範圍內的流行還隱含著一種同質化表達。不管玩家的種族和性別，所有人都面對著同樣的一個介面。遊戲實質上推銷的還是歐美文化，東方文化處於失語狀態。例如，農場中飼養著豬和牛，穆斯林玩家會面臨豬肉製品的問題，印度玩家也存在著牛肉製品的問題。

三、農場類養成遊戲：守望黃金時代與鄉村懷舊

從英語的角度分析，「Hay Day」具有雙重含義。首先，「hay」意味著「乾草」，讓人們很容易聯想到鄉村。其次，「hey day」作為一種慣用表達，有「全盛時期」的意思。就像幾乎所有農場類養成遊戲一樣，似乎遊戲設計者和遊戲玩家們都將此類遊戲視作一個可供自己體驗「全盛時期」的空間。從某種程度上說，雖然所有的遊戲都能讓玩家逃避殘酷現實並獲得想像性的滿足，但是農場養成類遊戲與個體所在社會的政治經濟因素有著更為緊密的聯繫，甚至可以說，此類遊戲是一種政治無意識的寓言式表達。而這種寓言式表達恰恰源於文化形態發生了斷裂，從而造成社會體驗發生了巨變。

當我們將遊戲的文本放入不同的歷史文化語境中，結合不同國家具體的社會經濟發展歷史去考察這些文本，我們就會發現雖然同為農場養成類遊戲，但這種互動式文化文本隱喻著不同的內容。或者也可以說，即便是同樣的一款農場養成類遊戲，對於中外遊戲玩家來說，它也不是完全相同的寓言式表達。以《卡通農場》為例，就美國的受眾而言，這款遊戲是玩家們對美國19世紀的「小鎮經濟」的回望與想像。貝爾（Daniel Bell）曾指出美國文化發生了斷裂和轉型。早期的美國精神可以歸結為新教倫理和清教精神，即「農夫、小鎮、商人和工匠的

世界觀和生活方式」[3]，這就是美國典型的「小鎮生活」。接著，貝爾引用了布魯克斯（Van Wyck Brooks）的分析，並贊同後者在《美國的成年》（America's Coming-of-Age）中的觀點。布魯克斯認為，20世紀初，「新」、「性」和「解放」成為美國人所面對的新的社會現實。在這一時期，「青年知識份子」小組開始強調消費倫理，宣導人們盡情享樂和遊戲。美國的小鎮生活方式終結了：

> 人口分布的持續變化導致了都市中心的發展和政治力量的轉移。但更為廣泛的變化是一個消費社會正在出現，它強調花費和物質擁有，這毀壞了強調節約、簡樸、自制和自我克制衝動的傳統價值體系。跟社會變化融合在一起的是技術革命，汽車、電影、收音機打破了鄉村的與世隔絕，將國家第一次融入一個共同文化和民族社會中。[4]

　　由此可見，20世紀的美國經歷了這樣一種變化：消費倫理取代了傳統的清教價值觀，於此同時，小鎮生活也被新的資本主義生活方式所替代。就像貝爾所說的那樣，在此時期，新的文化體系出現並逐步居於主導地位，而這一文化體系的基礎是「都市中產階級和新興激進群體」[5]，大眾消費也隨之普及。享樂、銷售、消費、揮霍、炫耀成為美國社會文化的關鍵字，並且這一趨勢愈演愈烈，成為束縛當代美國人的枷鎖。因此，人們總是免不了回望之前的生活方式，而《卡通農場》等農場養成類遊戲就給美國玩家提供了這樣一個契機，得以讓他們在虛擬的世界中治療現實中集體無意識層面的創傷。

　　而對於中國玩家來說，《卡通農場》雖然不是本土遊戲，但是之所以它能在中國掀起一股熱潮，與其說是因為這款來自芬蘭的遊戲是《開心農場》的升級版，並在遊戲介面和遊戲體驗等各方面均超越了這款國

---

[3] 丹尼爾・貝爾著，嚴蓓雯譯：《資本主義文化矛盾》（北京：人民文學出版社，2010年），頁57。

[4] 同前註，頁68。

[5] 同前註。

產遊戲，毋寧說是因為中國玩家對於「純真年代」的回望和想像。所謂的「純真年代」，是指中國沒有實現城鎮轉型之前的社會主義時期。往往人更願意相信，在農村向城鎮轉型之前，人們耕作於大地之上，生活地純樸簡單，擁有信仰，其樂融融。據國家統計局發布的《中國城市化率歷年統計資料（1949-2011）》資料顯示，1949年中國城市化率為10.64%，1961年這一數字幾乎翻了一番，達到了19.29%，1999年達到了30.89%，到了2011年，這一數字則達到了51.27%。根據最新統計資料顯示，2013年，中國的城鎮化率為53.37%。同樣是在2013年，某些地區的城鎮化率還要高於全國的平均水準，如濟南城鎮化率為66%[6]，長沙的城鎮化率更是高達70%[7]。甚至有人預測，到了2020年，中國的城鎮化率將會突破60%[8]。從這些資料中，我們不難看出中國經歷的經濟轉型。更為重要的是，經濟轉型必然會帶來生活方式和文化形態的變化。從某種程度上說，拋開宗教的因素，我們正在體驗的城鎮化轉型與上文中提到的美國社會及文化轉型是相似的，即都進入到一種都市文化和消費文化佔主導的社會中。因此，對「純真年代」的回望造成了《卡通農場》等農場類遊戲在中國的熱潮，這種回望也促成了中國玩家對以往「黃金時代」的想像性生產。

　　事實上，中國玩家的這種懷舊並不限於農場養成類遊戲，當前網友在網路上創作的「種田文」[9]也是類似的症候式表達。所謂「種田文」，是指近幾年由網友原創並連載的一種網路文學類型。顧名思義，種田文往往與鄉村有關，其故事背景有時設定在農業社會，融合了「穿越」和

6　數據引用自〈濟南城鎮化率達66%　中心城區面積355平方公里〉，《濟南日報》2014年5月19日，網址為：http://www.ce.cn/cysc/newmain/yc/jsxw/201405/19/t20140519_2838139.shtml，瀏覽日期為2018年7月3日。

7　數據引用自〈長沙城鎮化率突破70%　比上年提高1.22個百分點〉，《長沙晚報》2014年5月23日，網址為：http://news.dichan.sina.com.cn/2014/05/23/1113200.html，瀏覽日期為2018年7月3日。

8　數據引用自〈到2020年中國城鎮化率將達到60%〉，《中研網》，2014年5月15日，網址為：http://www.chinairn.com/news/20140515/162143147.shtml，瀏覽日期為2018年7月3日。

9　遊戲小說或遊戲同人小說往往是遊戲公司旗下的重要業務，旨在實現這種網路文學與遊戲之間互相推進，加強玩家的粘性。比較著名的種田文《重生小地主》就連載於中國著名遊戲文學網站「起點網」上，該網站隸屬中國著名遊戲公司「盛大遊戲」。這家遊戲公司曾發行過多款深受中國玩家歡迎的遊戲，如《傳奇》、《泡泡堂》、《劍俠世界》等。

「宅鬥」等元素，如《重生小地主》；有時設定在國外甚至外星球，具有異域風情或科幻元素，如《空間之美利堅女土豪》和《星際花匠生活》等。在第一類中，主人公通常會從現代社會穿越到古代，並依靠現代技術在古代開疆擴土，最終獲得成功。在第二類種田文中，主人公則會體驗空間穿越。在起點中文網上，筆者以「種田」為關鍵字搜索，找到了1,163部種田文小說，比較受歡迎的有《長白山下好種田》、《悠然農家女》、《重生小地主》等等。不管是哪一類的種田文，小說中都蘊含著渴望回歸鄉村的烏托邦式想像，表現出主人公試圖用鄉村的成功來治癒都市焦慮。舉個例子說，作為一部典型的種田文，《重生小地主》洋洋灑灑3,197,629字，點擊率達到11,819,486。在小說中，主人公不僅要抓雞撿雞蛋，還可以挖野菜、拾穀穗，儼然一部農家樂。可以說，種田文和農場養成類遊戲發揮的作用類似，實質上都是對鄉村的想像性建構，只不過前者是傳統的文字敘述，而後者則是一種互動式的聲像文本，通過遊戲這一超文字帶給玩家更「真實」的沉浸式體驗。

　　對玩家而言，不管用以上何種方式想像「鄉村」，對於「鄉村」這一形象的生產都是源於一種集體懷舊情結。周志強教授指出「懷舊」兼具時間和空間兩個維度的指向，是「一種蘊含了批判性的政治美學，想像一個不同的『時空』，創造對於當下的否定性」[10]。就電子遊戲中的懷舊而言，玩家將自己的遊戲體驗編碼為屬於自己的遊戲記憶符號，並憑藉這些符號構建出一個虛擬的烏托邦空間。紅白機和瑪麗奧兄弟對八十後玩家就具有這樣的意義，因為二者都在20世紀八十年代頗為流行，前者是玩家愛不釋手的遊戲裝置，後者是經典遊戲《超級瑪麗》的主要角色。當前，八十後玩家用其推崇的兒時遊戲裝置和經典遊戲角色等符號，生產出「童年」這一空間[11]，同樣，農場遊戲中的鄉村懷舊玩家通過金黃的乾草、家畜的叫聲和綠色的有機農生活進行卡通塗鴉，生產出「鄉村」這一空間。然而，「懷舊」本身是一種想像性的生產，這一夢

10　周志強：〈青春片的新懷舊美學〉，《南京社會科學》2015年第4期，頁122。

11　這一情結與當前的九十後對「辣條」的執著極為相似。辣條是一種由富含添加劑的麵食製品，是九十後甚至八十後在童年時期頗為流行的零食。雖然品質監督部門曾指出辣條存在著嚴重的衛生問題，但目前已經成為八十、九十後記憶中一個重要的文化符號。

想就是拉康筆下主體的慾望，是匱乏，永遠不可能得到滿足。沒有到過鄉村的人將鄉村等同於自然，通過間接的體驗想像「桃花源式」的鄉村，將鄉村視作自己最為原初的母體式的樂園。以前曾有過鄉村體驗的人進入了都市，從而將鄉村從記憶中提取出來，摻雜著自己意識層面或無意識層面的想像來生產著鄉村，夢想回到自給自足的過去。這種集體懷舊與工業革命是孿生子，至今依然存在，並將持續下去。

四、農場養成遊戲的悖論

　　通過上文的分析，我們不難發現農場遊戲中所隱含的悖論，即玩家希望通過「自己動手」實現「豐衣足食」的樸素願望，然而農場類遊戲卻赤裸裸地表達了資本邏輯和消費邏輯，通過都市符號把鄉村改成一個虛擬的消費社會。

　　從某種程度上說，玩家在「勤勞地耕作著」。他們播種收割，擴建農場和倉庫，購買生產設備，接受各種訂單，並根據訂單的內容精心籌畫，選擇生產程式。例如，想要在燒烤架上生產一個鹹魚漢堡，玩家需要準備2份魚肉、1份辣椒和2份麵包。生產一份麵包需要3份小麥，使用麵包房烤製五分鐘。就辣椒而言，從播種到收穫需要三個小時。準備魚肉最為繁瑣。為了獲得魚肉，玩家就需要花大約一個半小時製作魚鉤去釣魚，每個魚鉤可以釣上來一條魚。如果想要一次捕撈幾條魚，那麼玩家就要使用漁網，用兩小時織好一個網，再花將近20個小時布網，才能完成捕撈。所有材料備齊後，玩家要確認燒烤架有閒置空位，花2小時的時間才能成功製作出一個鮮魚漢堡。由此可見，生產的環節環環相扣，複雜費時，但也為遊戲增加了更高的粘性。值得注意的是，有時候，玩家可以利用遊戲規則獲利。例如，當玩家不願生產訂單中的產品但卻又想完成該任務時，他們可以從其他玩家的攤位上低價購買相應的產品，然後高價賣出，從中賺取差價。有時某些玩家基本不種小麥，因為他們可以輕易得花1金幣買到10個單位的小麥。再如，有時玩家需要花費鑽石才能打開偶爾隨機散落在地上的寶物箱，打開後卻發現裡面沒有什麼需要的東西。此時玩家可以馬上退出遊戲，系統就會恢復到開啟

寶箱之前的狀態，鑽石還會返回到玩家賬戶中。

隨著遊戲的進程，玩家遠離了充滿綠樹青草和亂石的土地，最大程度地開採和利用自然資源，並無休止地生產及出售產品，形成了各自的產業鏈條，以完成來自海陸空的源源不斷的訂單。農場遊戲玩家成了忙碌的生產者，農業活動變質為工業生產，農場變成了玩家取得利潤的資本。更為重要的是，農場遊戲還將試圖體驗田園生活的玩家們變為消費社會中的消費大眾。至於遊戲道具，只要有足夠的鑽石和金幣，玩家可以改變遊戲世界中的時間，可以從其他玩家的農場中直接購買成品，再賣給訂單需求者，甚至還可以購買勞動力（遊戲中的幫手）以協助自己尋找頗為費時費力的產品。在農場中，就連農場中的寵物，也是為了增加玩家的遊戲值而設置的道具。為了鼓勵玩家消費，遊戲中會定期開展促銷活動，花更少的錢購買更多的鑽石。

因此，農場遊戲創造了一個兼具生產和消費的工業體系，它不僅包括個體玩家各自的小型產業體系，還包括整個遊戲為全世界的玩家們構建出的整體工業框架。按照波德里亞（Jean Baudrillard）的說法，「工業體系已經對大眾進行了社會化並使他們成為生產力，這一體系可能還會走得更遠，直到實現自我完善，並對大眾進行社會化（也就是說控制），是他們成為消費力」[12]。就農場遊戲而言，一方面，遊戲中的工業體系使得遊戲玩家成為虛擬層面的生產者；另一方面，它又讓玩家成為真實意義上的消費者。自此，波德里亞的預言在農場遊戲中成為了現實，讓生產與消費兩種角色在玩家身上合二為一。這樣的後果是，農場遊戲具有了一種對「生產力進行擴大再生產並對其進行控制」[13]的邏輯，將玩家牢牢控制住，讓玩家不知不覺地沉浸在消費、享受、豐盛中，距離儲蓄、節制、勞動漸行漸遠。

不難看出，與其說玩家在遊戲中獲得了意識層面和無意識層面的想像性補償，不如說玩家在遊戲中受到了更深層次的異化。即便將玩家利用遊戲漏洞獲利視作某種形式的「遊擊戰」式的抵抗，但是這種抵擋的效力也是微乎其微的。庫比特（Sean Cubitt）指出，在遊戲世界中，

---

[12] 波德里亞著，劉成富等譯：《消費社會》（南京：南京大學出版社，2000年），頁74。
[13] 同前註。

「你一門心思想通過魔法控制別人、控制遊戲世界、進而贏得勝利，同時也在這個過程中控制了自我」[14]。因為在接受遊戲規則並進入到遊戲介面的那一刻，玩家就被遊戲「詢喚」為一個無力的、阿Q式的木偶人，在資本邏輯和消費文化主導的虛擬世界中漫無目的遊走，把自己的生命自動化為平庸的時間，任其在滴滴答答的數字變化中毫無目的地消耗。

---

[14] 蕭恩‧庫比特著，趙文書、王玉括譯：《數字美學》，頁36。

第十五章
應用景觀資源分類理論於魚路古道人文地理資訊系統之建置[1]

吳佩玲
東海大學景觀學系
助理教授

孫劍秋
國立臺北教育大學語文
與創作學系教授

陳國淨
漢鑫技術顧問
有限公司總監

一、前言

在臺灣有眾多古道保存了臺灣本土文化與先住民生活之遺跡史料。從其分布及使用頻度、狀態等，可了解先住民各族群及社群間關係，進而了解臺灣早期社會發展史。早期古道發展或因人民生活需要（獵徑、部落間聯絡、生活必需品運送等），或為戰爭討伐（撫番、理番）而修建，或為伐採林木（林道）而修建。在社會形態及生活環境已逐漸改變的今天，除了自然生態與保育的觀念不斷在加強外，人文史蹟方面的巡禮也將成為旅遊的重點項目，而嚮往山林體驗的旅行者，更會將古道視為旅遊重點。

回顧臺灣歷史雖不及諸多國家有悠遠歷史，但短短四百年間也歷經荷蘭、西班牙、明鄭、大清國、日本國、中華民國至少六個不同政治

1 本論文發表由科技部計畫編號MOST 102-2420-H-152 -005 -MY3「臺灣故事2.0：多元文化匯流與地方文創的跨域實踐」提供部分經費贊助，特此致謝。本文有部分圖文是節錄自陳國淨：《古道景觀資源資訊系統之建置》碩士論文（臺中：東海大學景觀學系，2010年）。

體，相繼在這個小島行使統治權，在這歷史框架中，不難看出臺灣歷史步道在不同民族之間因拓墾、掠奪、征伐、交易等事件形成特有文化性質。可是，隨著時空改變，許多古道因失去功能乏人行走，淪沒於荒煙蔓草中。

　　研究臺灣本土學的部分文史工作者、生態保育團體與學者，近年來紛紛投入臺灣歷史道路的路線踏勘與文獻資料整理。不僅如此，如林務局、國家公園等政府單位，或因政策、民眾休閒、學術研究等因素考量之下，研究規劃及設計施工等案件雖不斷進行中，可是常因法令限制、盜採盜獵無法禁絕、天然災害頻繁發生，造成古道上景觀資源流失等問題發生。因此，如何因應實際規劃上的突破與精進，借重電腦輔助工具，讓規劃人員能更有效的完成理想之方案；同時，利用較接近人性體驗的圖形介面，以方便專業者與使用者之間的溝通和協調。本研究利用地理資訊系統來結合古道景觀資源的開發和規劃，並以金包里大路為例，期能得到研究預期成果。

　　臺灣古道的開發營運仍仰賴公部門少數人力去執行與維護，過去資料蒐集都是利用紙本來紀錄資料的內容，在資料的保存與更新上，常會遇到資料是否已經建置過，或者資料在不同人員，不同時間上蒐集後，是否保持一致性。圖紙資料，如航照圖、都市計畫圖、施工圖等傳統圖紙保存通常有佔用空間大，圖紙伸縮變形、易碎、受污染、保管不易等問題，容易造成資料流失。此外，傳統的地圖很難進行分析，所有的分析都需要透過套圖的方式才能建立。而表格的資料也很難圖形化呈現在地圖上。傳統資料表示為文、數字、圖和表，無法與空間資料完善結合，使決策者無法充分掌握資訊與空間的關聯性。因此，本研究的主要目的如下：

1. 蒐集與整理古道的人文景觀與人文史蹟等資料，並數位化處理後典藏。
2. 使用資訊化方式掌握古道動態資訊，有效提升管理效益。
3. 建立古道的路線、人文史蹟、生態、文化發展等數位資料庫，作為日後網際網路與觀光導覽應用之依據。

二、文獻評析

臺灣因高山峻嶺連綿，阻隔了各地區的交通往來，自古以來居民即開闢了各種形式的道路，用來穿越這些險阻，這其中有部分已消失、許多成為現今公路的基礎，其中部分則成為登山者所喜好的遊覽路線，這些道路保存了大量的古蹟以及前人生活的印記，統稱為古道。臺灣戰後早期，除利用已有道路作為現代公路及產業道路的基礎之外，對於古道的價值缺乏重視，許多古道隨著時間而逐漸湮滅，到了1980年代以後，才開始有較多登山愛好者及地理歷史學者逐漸開始重視古道，開始實地探查研究古道的路線、歷史和遺跡，也出現了較多的研究著作和介紹書籍出現，政府也開始整理各地古道作為觀光健行道路，使得臺灣的古道開始得以被更多地認識。

（一）古道的定義

現在臺灣稱之為「古道」者超過千百條，其中的古道定義龐雜，沒有一個準則。有些古道長度不到百餘公尺，也沒百年的歷史；有些古道則因為附近有土地公廟，或先前只是條產業的土路。這些近年來常被泛稱為古道。在取名上也端賴好惡，多以當地特色或地名取之，誇張者則興之所至，用自己名字替走過的古道命名。甚至還有些商家為了招攬遊客，就把附近景點的某條路命名做「古道」，濫用情形時常可見。綜觀國內外政府與學者對古道定義有不同之見解，敘述如下。

美國自從「國家步道系統法案」公告推行以來，從1978到1980年，美國由總統及國務卿親自出面協調國防部、內政部、農業部及土地管理機構，就現有資源，發展國家步道系統。其將國家步道依照使用機能、步道長度等，分為四大類型，而其中對於史蹟古道（National History Trails）上的設立原則及要求，更有多項申請上的條件限制，規定一旦指定為國家古道必須儘量忠實於歷史的路線，並儘量與附近的古蹟相連。美國國家步道系統法案（1968）指出步道本身即具有歷史意義或遊憩價值，須加以保存及管理者。新設置之步道系統除須與其串聯外，並

盡可能鄰近或利用古道。但遇較脆弱或困難之路段須加以保護時，則應繞道新闢步道，但以利用國有地為首要原則。

木下良指出，古代日本道路仿唐代完成了驛傳制，依照驛路設有五畿七道，古時諸侯分封國家也大多在各道上。日本的自然公園，也針對步道依照其使用目的及機能，分為自然觀察路、探勝步道、登山道、長距離自然步道四系統；其中「探勝步道」定義為以自然風景觀賞、史蹟、文化資源探訪為步道整備之主要目的，路線位置選定應考量家庭旅遊者需求，注重休憩設施、展望設施之設置、路線距離長短。步道出入口位置應有大眾運輸工具。但自1970年代開始，就有日本學者如藤岡謙一郎等針對古代日本道路做研究與調查，並於1993年成立「古代道路研究會」。木下良指出古代道路是由中央集權制下的古代國家有計畫地建設，並由國家來維護、管理的道路[2]。

楊南郡提出古道「是遺留在地表的歷史陳跡，沿線有許多族群文化的遺跡，並非單純的舊道而已，它是臺灣重要的開拓史，可說是臺灣史的縮影」[3]。李瑞宗認為將古道稱之為「歷史道路」會更為貼切，古道是一種「具特殊歷史或文化意義的交通路線」，與古蹟或歷史建築不同之處，在於古道是一種交通路線，是一種獨特的線性空間，甚至是數條路線構成的交通系統，而非僅限於一小塊地面或數棟建築物。古道與遺址不同之處，在於許多交通路線不僅具有考古學研究的價值，且現今仍在使用，是一種活的文化資產。無論是就戰爭、政治或產業的歷史意義進行的古道研究，均可包容在此一「歷史道路」的概念中[4]。鄭安晞認為所謂古道者，為對臺灣歷史發展、具國防功能、經濟、原住民遷移、文化發展等，較有特殊貢獻的，才堪稱真正的古道[5]。劉克襄認為古道必須是現今依舊在使用的才可以稱為「活著」的古道，「活著的古道」指的是曾經存在兩地，或現今仍還在使用，或是該道路修復後對兩地有

2　木下良：〈古代日本の計画道路 —世界の古代道路とも比較して—〉，《地學雜誌》1989年第110卷第1期，頁115-120。
3　楊南郡：《臺灣百年前的足跡》（臺北：玉山社，1996年）。
4　李瑞宗：《金包里大路南向路段人文史蹟資源調查》（臺北：陽明山國家公園管理處，1999年）。
5　鄭安晞：〈追尋人與古道的互動〉，《臺灣山岳》2003年第45期，頁52-53。

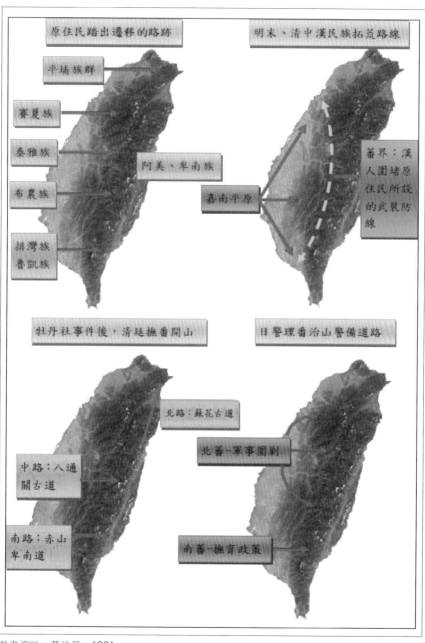

參考資料：黃炫星，1991

◎ 圖1 臺灣古道形成圖（本研究整理繪製）

很大貢獻的路線[6]。

（二）臺灣古道形成背景

　　黃炫星於《臺灣的古道》一書所述古道的形成及演化，探究其來龍去脈，歸納起來有四種原因：原住民踏出遷移的路跡、漢民族踏明拓荒路線、清廷撫番開山、日警理番治山[7]。

　　劉克襄在《臺灣舊路踏查記》一書中，首先指出了經濟性質古道的重要歷史地位。所謂的經濟性質的歷史道路，可以包括清代以來的圳道，例如坪頂古圳步道，以及日本殖民初期建立的天母水管路；日本殖民時期的電業保線路與施工路段，例如為興建霧溪電廠所開鑿的沙卡噹步道，以及清末的樟腦採伐與日本殖民時期的山林開發所遺留下來的林道等等。以年代來看，這些無疑就是古道。[8]

　　楊南郡將古道區分為：（1）社路：指的是原住民各社間通婚往來的道路。（2）隘路：也就是漢人圍堵原住民所設的武裝防線。（3）清代官道或開山撫蕃道路。主力多建於同治十三年（1874）牡丹社事件之後。（4）理番道路（警備道路）。日本殖民時期以武力開通或為經濟開發所建之道路[9]。

（三）地理資訊系統

　　所謂的地理資訊系統（Geographic Information System, GIS）是由地理學、資訊、系統三大部分組合而成，地理學描述了實體空間對象，資訊則為空間對象之相關屬性資料，至於系統乃是利用資訊技術作為分析處理工具。廣義而言，一般對地理空間資料加以分析、應用、處理的各種系統皆可稱為地理資訊系統。

　　地理資訊系統具有多種分析功能，例如儲存、擷取、分析、顯示

---

[6]　劉克襄：《臺灣舊路踏查記》（臺北：玉山社，1995年）。
[7]　黃炫星：《臺灣的古道》（臺北：臺灣省政府新聞處，1991年）。
[8]　劉克襄：《臺灣舊路踏查記》（臺北：玉山社，1995年）。
[9]　楊南郡：〈臺灣歷史步道（古道）與歷史文化──兼論保存方法〉，收入行政院農委會林務局主編：《國家步道系統建置發展研討會論文集》（臺北：行政院農委會林務局，2003年），頁5-1 ── 5-10。

等。地理資訊系統乃藉由各種分析功能及資料庫的配合，來對資料進行處理分析與查詢等作業，以達到提供資訊以輔助使用者規劃、管理、決策等目的。資料庫是由一群相關聯資料檔案所組成的整合性集合，周天穎認為，簡單地說就是儲存相關聯資料的地方。資料庫中的每一個檔案（file）或表格（table）都是若干筆資料紀錄（data record）所組成，這每一筆資料紀錄則是由一些資料項（data item）組成。而儲存於資料項的可變資訊或原始資料，我們稱作資料值（data value）。資料項負責定義資料值的形態（如文字、數字、日期、貨幣等）與存放長度。資料紀錄就是一些被定義名稱的資料項之集合。檔案就是一些格式相同的資料紀錄所組成的，而一個資料庫則是由一個或數個檔案集合組成的。一個完整豐富的資料庫是GIS的核心[10]。

1.依儲存類型區分

資料庫依資料儲存的架構，可以分類許多類型，較常見的有階層式資料庫、網路式資料庫、關聯式資料庫與對象導向式資料庫。

（1）**階層式資料庫（Hierarchical Database）**

階層式資料庫是採用樹枝狀結構（Tree）在儲存資料，將資料分門別類地儲存在不同階層之下。其優點是資料結構類似金字塔，不同層次的資料關聯性直接而簡單，對於資料的建立、修改、搜尋均十分容易。不過，資料是屬於縱向發展，橫向關聯難以建立，資料將會重複出現，造成管理維護上的不便，當某一筆資料變動時，整個樹狀結構裡的那筆資料都要跟著變動，否則將出現資料不一致的情況。

（2）**網路式資料庫（Network Database）**

網路式資料庫是將每一筆紀錄當成一個節點，節點與節點之間可以建立關聯，形成一個複雜的網狀結構，此儲存結構優點是可以避免資料的重複性，多對多存取關係，彈性較大。不過當資料庫的內容愈來愈多，資料之間的關聯勢必愈來愈複雜，關聯的維護會變得相當麻煩。

---

[10] 周天穎：《地理資訊系統理論與實務》（臺北：儒林圖書有限公司，2001年）。

（3）關聯式資料庫（Relational Database）

關聯式資料庫是將資料分類儲存在多個二維的表格中，這些表格通稱為（Table），然後利用表格與表格之間的關聯性來管理資料。這種架構的資料庫優點是資料表之間可以獨立運作，進行資料的新增、修改、刪除，不會影響到其他資料表。查詢資料時，亦可利用表格之間的關聯性，萃取出相關的資訊。

（4）對象導向式資料庫（Object-Oriented Database）

對象導向資料庫為一個支持以對象導向為基礎模式的資料庫管理系統，利用綱概（Schema）提供對對象的描述，持續儲存對象的能力以及定義與處理的語言。它包含了一般資料庫所有的查詢語言、索引、叢集、同步控制、多使用者存取及復原等技術，亦必須提供版本管理（Version management）及綱概演進（Schema evolution）的管理能力。因此，對象導向資料庫可視為對象導向技術與資料庫管理功能的結合體，結合了資料庫的管理功能及對象導向的對象認證、抽象資料形態及繼承特色，是屬於比較新的一種資料庫架構。

2.依GIS架構區分

GIS所處理的資料不同於一般管理資訊系統（Management Information System, MIS）的資料。一般資料可能僅包含屬性及彼此間的關聯，而地理現象資料則包含了圖形（graphic）及屬性（attribute）等二部分。目前GIS資料庫架構可大略分為以下兩種：

（1）複合式資料庫（Hybrid Database）

可分為兩種檔案模式與資料庫模式，檔案模式主要將空間資料與屬性資料以檔案方式存在，而以一個空間索引檔將這兩種資料形態加以關聯，利用特定軟體或使用者自行設計的介面，將資料進行鏈結。如ArcView與MapInfo等軟體可作為代表。

（2）整合式資料庫（Integrated Database）

就是將空間資料與屬性資料皆匯集於資料庫中，不須透過索引介面進行存取，在使用者發出請求時，都可以在合理時間內得到回應，這對於提供資料服務的單位是非常有用的，如Oracle企業版就提供空間資料

儲存管理功能，支持高端的地理資訊系統和LBS解決方案。

（四）景觀資源分類理論

　　景觀資源是指可以滿足視域所看到的自然、人為環境及生活文化景觀，而景觀資源種類繁多，為有效利用、管理及保育，依景觀的特性，使用適當的準則加以分門別類。換句話說，就是將同一性質的景觀資源歸於一類，以便經營管理時能維護其特性，並充分滿足規劃者與遊憩者的需求。同時，亦可藉此分類來分析何種現象較具備使用的潛力，以及作為景觀、遊憩規劃管理的基本參考。

1.景觀資源之定義

　　對於景觀資源之定義，國內外學者各有不同之說明。Sauer認為景觀資源分為自然景觀如地形、植生等，另一為人文景觀如人為活動等[11]。Linton則將景觀資源基本元素分為土地形態景觀及土地使用景觀，景觀資源實質包含了實質景觀、社會景觀、經濟景觀、文化景觀等四個向度，「景觀資源一方面是指有形的自然實質景觀，另一方面也是指人們之社會、文化、經濟等活動與自然景觀交互影響所造成之人文景物」[12]。內政部營建署提出景觀資源類型分為三類：自然生態景觀、人為環境景觀及生活文化景觀。[13]

2.景觀資源之特性

　　景觀資源的特性可分為不可再生性、不可移動性、不可復原性及稀有珍貴性等四種。以下對上述特性稍加說明：

---

[11] Carl O. Sauer, "The Morphology of Landscape," in *Land and Life: A Selection from the Writings of Carl Ortwin Sauer* (Berkeley: University of California Press, 1963), pp. 315-350.

[12] D. L. Linton, "The Assessment of Scenery as a Natural Resource," *Sottish Geographical Magazine* 84 (1968): 219-238.

[13] 林文和：《玉山國家公園新中橫公路景觀資源之調查與分析》（臺北：內政部營建署玉山國家公園管理處，1993年）。

（1）不可再生性

景觀資源演化速率時間快慢不同，如山岳、河谷的形成需要長久的時間。當人類超限及不當地使用時，將因環境快速改變而造成破壞。恢復被破壞的景觀資源，常需要龐大的經費或長久的時間。因此，如果以資源永續生產的觀點而言，它具有不可再生的特性。

（2）不可移動性

景觀資源使用時，必須在景觀資源所在性或是特殊觀賞據點方能使用，而不能任意移動至人們的消費中心，如熱帶珊瑚礁、濕地等。

（3）不可復原性

當景觀資源因某種原因做某種改變時，此資源便因受到干預而永久改變，即使再利用任何人為方式並付出極大代價，都無法再回復以往形貌，如水壩興建，新市鎮開發。

（4）稀有珍貴性

景觀資源常因獨特、稀有或瀕臨滅絕而愈顯珍貴，即使能複製或培育其花費也相當可觀，如瀕臨滅絕動物四川大熊貓、臺灣雲豹等。

3.景觀資源之分類

綜觀前述景觀資源分為實體或非實體資源，自然或人文屬性，固有或象徵意義，不同學者依觀點不同將資源做分類，然不管所持理論為何，其分類元素仍非常相似。

依照Linton所做的景觀資源分類，本研究依古道上的自然、人文景觀資源加以分類判別，初擬出不同資源元素，如下表1所示。

三、系統分析與設計

（一）系統目標

結合包含地界、航照圖、影像、地籍圖、施工圖與表格等資料，為一整合有關資料之古道景觀資源資訊系統，以有效輔助政府行政人員或研究人員，達成監測古道開發營運之作業便利功能，並提供查詢及分析事項。

表1　古道景觀資源分析表

資源分類	景觀資源	古道景觀資源
路線	全景景觀	古道路線：依開闢時期不同古道路線也會有所變動。
自然	主題景觀	特殊山勢：如遠眺山脈群。
		水文：古道鄰近水系走向。
	封閉景觀	群落式植物：如造林地、竹林。
		特殊山勢：如溪谷地貌。
	焦點景觀	特殊山勢：如崩塌地（斷崖、乾溝、崩壁等）、山脈造型、地質（顏色、外觀）、火山地貌等。
		水文：如瀑布、水源地、海岸、河流、湖泊、溫泉。
		群落式植物：如白茅、高山杜鵑、玉山圓柏等。
	頂蓋景觀	古道進入茂密森林後之路線。
	小景觀	特殊植物：如枯立木、特殊性植物（稀有、原生、顯著）
	短暫景觀	古道氤霧、雲海、雪景、動物出沒、地熱冒煙。
人文	主題景觀	產業遺跡：如樟腦、茶葉、伐木、牧牛、硫磺等人為產業遺跡。
		建築物遺跡：如營盤遺址、碉堡戰壕遺址、砲臺遺址、木造華表遺址、隘寮、郵遞鋪站、駐在所、武器彈藥庫、番童教育所、衛生所、養蠶室、湯屋、酒保、蓄水槽、炭窯、神社、先民聚落群等。
	封閉景觀	人工標的物：如隧道。
	焦點景觀	人工標的物：如土地公廟、合葬義塚（淡蘭古道上）、碑碣、紀念碑（殉職者之碑、開路碑、忠魂碑、紀念木標等）、佛像、戰壕、雙重鐵絲網、墓葬群、吊橋、道路駁坎、階梯、橋等。
	小景觀	具史料意義物品：先民所使用的食具、用具、電線桿等。

資料來源：本研究整理

（二）使用者介面與資料庫之選擇

1.使用者介面選擇

　　在設計系統介面前，因系統資料庫有包含工程發包資料，而現行法規並不允許相關資料外洩，所以本研究採用內部網路版，使用者指定為公務機關相關業務人員。但為使本系統利用得到最大效益，可在未來後續系統開發將部分工程發包資料拿除，其餘資料仍可在日後以網際網路地理資訊系統（WebGIS）方式呈現，讓更多民眾與學者查詢、了解古道。

2.資料庫選擇

　　本次資料庫儲存類型將採取「階層式資料庫」，此資料庫是採用樹枝狀結構將資料分門別類的儲存在不同階層之下，資料關聯性直接而簡單，對於資料的建立、修改、搜尋均十分容易。資料管理類型採取「集中式資料庫」，設定資料統一負責管理，其他單位不須維護。GIS資料庫架構則採用「複合式（Hybrid）資料庫」，主要是將空間資料與屬性資料以檔案的方式存在，而以一個空間索引檔（Spatial Index）將這兩種資料形態加以關聯，利用特定軟體或使用者自行設計之介面間圖形資料與屬性資料進行鏈結。

（三）系統環境說明

　　本資料庫以處理大量圖形、屬性及影像資料作為日後查詢與分析統計之基礎，其預測環境需求可以概述為以下數項：

> 1.匯集大量圖形與屬性資料，並在系統中互相關聯。
> 2.資料蒐集後必須整合數位化並納入資料庫，訂定資料格式。
> 3.資料庫結構模組的設計，必須與相關使用者工作程序與需求相結合。
> 4.資料庫相關規格之座標系統採1997臺灣大地基準（ TWD97 ）之坐標系統。
> 5.系統執行軟硬體環境更新為最新版。
> 6.系統資料空間架構將在一個 GIS 應用系統中所需的資料整合儲存在一起。

（四）資料庫結構設計

　　依照本研究分類與作業需求，古道景觀資源資訊系統分為四個模組，並依模組的細項向下分割，如下圖2和圖3所示。

1.路線據點分布模組

　　古道依開闢時期的不同而有不同路線，本研究僅分清朝、日治時期、現代時期判別古道路線，無信史時期不做考量，並點出各重要據點分布位置。

2.人文景觀資源資料模組

　　前述所言古道上有先民遺留之陳跡，無論是產業遺址、建築物遺跡、人工標的物及具史料意義之物品，都需要有系統之記錄保存。

3.自然景觀資源資料模組

　　古道上自然景觀資源甚為豐富，但常因天災或是人為破壞，使物種靜靜消失在古道上，因此有必要分門別類記載，以供日後復育之用。

4.發包工程資料模組

　　當公務機關針對古道進行維護與復舊工程時，常因颱風與地震的發生而損毀，可能因災修工程金額太少，委外設計監造時常常流標，因此有必要將歷年發包工程之圖檔與預算有系統歸檔，以利日後維修。

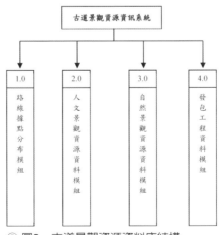

◎ 圖2　古道景觀資源資料庫結構

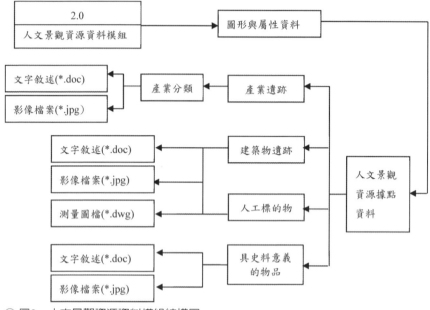

◎ 圖3　人文景觀資源資料模組結構圖

四、結果與分析

　　本研究採用中文視窗作業環境，系統為單機作業架構以ESRI ArcView10為主體，搭配Engine及Visual Basic語言之開發設計，整體設計採用子母視窗切換的方式，建構資料之空間查詢、展示、成果圖製作及資料編輯等功能。檔案統一儲存至「古道景觀資源系統」資料夾中，之後系統會自動跳轉至古道資料庫選取畫面，功能選取方式以下拉式表單方式呈現，並佐以動態地圖展現選取之效果。

　　一條道路的開闢與營運都離不開人為活動，有人的地方必定會留下痕跡。古道也是一樣。它是漢人往山地開發的縮影，起自西部海岸，穿越漢人移民初墾的田野，和平埔族後期辛勤耕獵的山麓地帶。數百年見證漢人步步進逼山野的歷程。它也是百年前學術探險家沿線深入山區各族群居地，進行民族學、自然科學探險的途徑。因此，古道沿線與周邊的部落文化，早已出現在最初的探險報告與日誌中。例如許多著名的學者，包括斯文豪、伊能嘉矩、森丑之助、佐佐木舜一、移川子之、清水

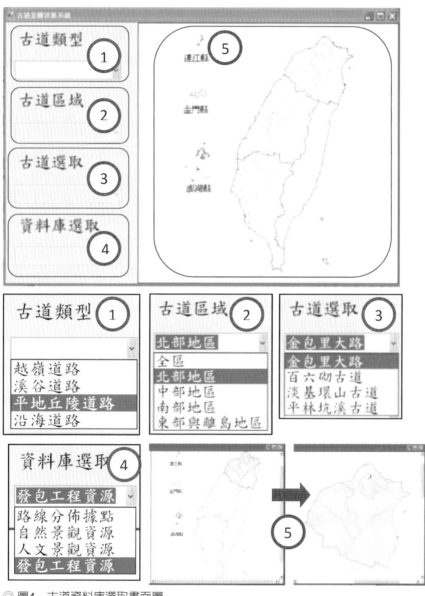

◎ 圖4　古道資料庫選取畫面圖

英夫、鹿野忠雄、國分直一等，都曾在古道中漫步與探勘。

古道上也曾經發生無數的戰爭，留下碉堡、陣亡紀念碑等遺跡，斑斑可考。所以，古道也是一個帶狀的戰跡地。例如，北部的北坑溪古道、東部合歡越嶺古道，也見證不同族群的流血衝突、日軍的鎮壓行動。古道也見證不同族群合作的歷史，例如，清代八通關古道的開闢，獲得楠仔腳萬社與東埔社布農族頭目率壯丁的協助；崑崙坳古道的開闢，西部有來義社、古樓社排灣族的協助，東部則由卑南王陳安生率眾協助開路。而浸水營古道，由卑南族、排灣族、馬卡道族、漢人所共同使用，成為不同族群和諧相處的佳話。走在古道上，更可以緬懷先民的生活情境，例如交易、進貢、戰爭、傳教、行軍、警備、郵遞、採硫、藍染、茶葉、樟腦、販魚、販牛、燒炭等等，行走其上，懷想當年行旅絡繹於途的盛況，令人發思古之幽情。

（一）產業遺跡數位資料庫製作

過去魚路古道上有不同產業在此生產、販售，直至七十年代陽明山國家公園正式成立，因法令限制與土地收歸國有後，其產業活動已逐漸沒落，這些產業主要包括硫磺、牧牛、藍染、茶業、木炭窯業、瓷土礦業等。本研究僅針對硫磺一項產業作為實證研究項目，其餘項目應做後續研究之用。

1.採硫史的研究

硫磺，無論是陽明山開發史，甚至臺灣開發史都佔極重要的地位。硫磺開採的歷史極早，在荷西時期與明清時代的史料皆有記載。明萬曆年間，慎懋賞的《四夷廣記》曾記載：硫磺：「雞籠國、淡水國俱出硫黃，杭人販舊破衣服換之，俱硫土載至福建海澄縣，掘一坑，加牛油做成。」但對於早期的生產設施與技術細節依然不甚明瞭，較為詳實記述可說由郁永河的《裨海紀遊》開始。[14]

---

[14] 李明宗：《陽明山地區產業遺址調查與保存規劃研究（一）》（臺北：陽明山國家公園管理處，2008年），p. 28。

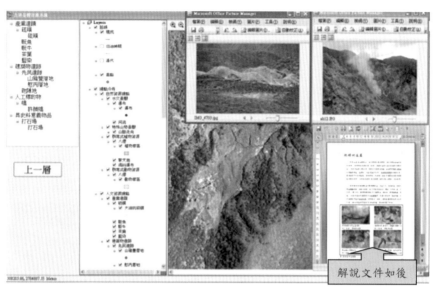

◎ 圖5　產業遺跡畫面展示圖

2.產業遺跡系統展示

　　自動定位至該處，並彈跳出解說文件。

（二）建築物遺跡數位資料庫製作

　　古道是見證歷史活動重要的證據，與古道關聯的建築物遺跡：如營盤遺址、碉堡戰壕遺址、砲臺遺址、木造華表遺址、隘寮、郵遞鋪站、駐在所、武器彈藥庫、番童教育所、衛生所、養蠶室、湯屋、酒保、蓄水槽、炭窯、神社、先民聚落群等。雖然建築物量體會隨著時間流逝而逐漸頹敗，但往往經過時會成主題景觀，不僅僅是視覺的驚喜，更重要的是代表對先民努力的一種肯定。本研究僅就金包里大路單一建築量體做實證研究範例。

（三）人工標的物數位資料庫製作

　　在古道上常常會有先人遺留下來人工標的物：如土地公廟、合葬義塚（淡蘭古道上）、碑碣、紀念碑（殉職者之碑、開路碑、忠魂碑、紀念木標等）、佛像、戰壕、雙重鐵絲網、墓葬群、吊橋、道路駁坎、階

◎ 圖6　建築物遺跡畫面展示圖

◎ 圖7　人工標的物畫面展示圖

梯、橋等。這些往往成為旅途上視覺的焦點，本研究僅就金包里大路許顏橋做實證範例。

（四）具史料意義物品數位資料庫製作

當我們在古道行走時常會發現具史料意義物品：如先民所使用的食具（陶瓷碗盤、陶甕、茶壺等）、用具（搗製火藥石臼、槍頭、刀、銅錢、槍彈、磨刀石等）、酒瓶（不同品牌的啤酒瓶、清酒瓶）、醬油瓶、醋瓶、藥瓶、化妝保養品瓶、煤油燈、罐頭（八通關越嶺道上，曾發現大量罐頭儲藏在地道內）、熱水爐、電線桿等。這些被主人遺忘的物品，不但有使人為之一亮的感覺，也能使我們了解當時先民生活習性與態度。本研究僅就金包里大路打石場石版做案例。

◎ 圖8　具史料意義物品畫面展示圖

五、結論與建議

本研究透過景觀資源分類理論與地理資訊系統相互結合下，對魚路古道進行田野調查、文獻蒐集及資料分析等，並依照Linton所提出的景

觀資源分類理論，對魚路古道歸納分析出特有資源元素，且針對資源特性分門別類，建立數位化資料庫。本系統擁有豐富的古道資源資訊，並具備進階圖文交叉查詢功能，使用者經由網路即可於龐大資料庫中，快速獲得所需資訊。

　　本研究將衛星定位與衛星航照圖，納入到地理資訊系統架構下，期能更精準、更科學化判別古道路線。此外本研究以資料庫形態儲存及管理空間資料，提升資料之管理性及共用性，來輔助經常性業務，提升行政效率，並落實地理資訊系統技術之應用與推廣。而本系統已將古道上大部分景觀資源詳加調查並分類數位化，可作為解說系統如解說摺頁、解說牌、自導式解說等參考之依據。

　　然而，一個GIS資料庫的建立必須投入相當的人力、物力與時間，本研究所開發之資訊系統只能算是雛形系統，系統需要將各大方向整合起來。然而，在大方向裡的小細節有待各領域之學者互相討論，才能規劃擴充出更實用、更專業的架構。臺灣古道景觀資料庫的建立還有一大段路要走，各古道路線資料的建立、相關單位資料的統合、民眾與公部門的互相配合等，這都要仰賴專業團隊與政府部門通力完成。未來，如基本資料庫已建妥之後，古道資源資訊系統也應朝向利用網際網路以達到古道圖資之廣泛傳播與交流，讓民眾深入體驗臺灣古道環境之美，激發自然保育理念，進而實踐自然永續利用山林資源。

第十六章
從香港文學改編建立的
「華語科幻片」類型：
以《秦俑》、《餃子》、《枕妖》為例

吳子瑜

香港公開大學人文社會科學院講師

一、引言

　　香港電影自1940年代發展至今，都有不同的電影類型興起，如通俗劇、武俠片、喜劇片，甚至經由其他文化的影響下，發展出富香港特色的電影類型，如歌舞片、賭片、功夫片。不過，在眾多電影類型之中，香港的科幻片發展從來都被研究者忽略，甚至認為香港從來都沒有百分之百的科幻片[1]。

　　雖然，傳統的科幻片的確先源自西方國家對未知世界的探索[2]，包含著現今世界主流的西方科學觀念。可是，當某些電影類型轉移到華語地區，其類型蘊含的價值觀和表現方式也理應隨文化地域差異而修改，不宜只照樣搬弄西方的價值觀來觀看香港的科幻片。尤其，中西兩方在

1　紀陶：〈香港點解冇科幻？──序〉，《香港電影評論學會季刊》《HKinema》第2號（2008年3月），頁1；佚名：〈陳果訪問：香港人消失晒　皆因氣氛有古怪？〉，《蘋果動新聞》，2014年4月7日。https://hk.video.appledaily.com/actionnews/local/20140407/18682065/20039561。

2　廖金鳳：《電影指南》（臺北：遠流出版事業股份有限公司，2001年），頁793-796。

醫學觀念的差異更是明顯，中醫重視人和自然的平衡為先，與西醫看重人和醫藥技術的投入有所分別。

　　就此，為了可以從傳統科幻片中，另闢一種屬於華語地區的科幻片種，本論文將會以中西兩方的醫藥科幻片為例，從電影類型理論出發，解構傳統科幻片的類型特色及其代表的科學觀念，並以之比較香港文學改編而成的華語科幻片，希望藉此可以得出屬於華語地區的科幻片特色。

二、電影類型及類型越界

　　類型片是一種社會文化的表現。因為類型片是累積過程的成果，經過片廠制度探索觀眾需要，發展出持之有效的敘事慣例，繼而大量生產同類型的電影。所以，類形片的形成既來自觀眾，也來自社會的需求。例如曾經因為經濟大蕭條和二戰氛圍而興起的歌舞片，最後在1968年的民運、學運、反越戰的影響下失去大量觀眾，間接讓歌舞片衰落。

　　歌舞片只是其中一種類型片，其實類型片的分類方法可以分成兩種：「形式」（form）或「內容」（context）。形式即是電影的表現方式，如有歌有舞的便屬歌舞片。內容即是電影的敘事元素，如描述西部牛仔的故事就是西部片。

　　這些類型片不論是哪一種分類，都是民族文化的產物，如果要將某一種類型片轉移到另一個文化環境之下生產，就是類型的越界（travel）。不是每一種類型片都能夠越界，例如西部片就與美國歷史的拓疆精神（frontier spirit）和空間美學有關，所以不是每一個國家都能夠拍攝。相反，如果只是一些形式分類的片種，如歌舞片，就可以輕易轉移到其他國家[3]。

　　由此，科幻片作為其中一種源自西方國家的類型片，也可以依據以上的分類和越界，將科幻片放到華語地區的語境再加深分析。

---

[3]　鄭樹森：《電影類型與類型電影》（臺北：漢範書店有限公司，2005年），頁4-31。

三、科幻片的全球化特色──對科學的想像

電影類型理論認為某些類型片會因為與特定語境的民族文化有關，以致較難有類型越界的情況。不過，由於科幻片是一種全球化的電影類型，所以也有可能吸納了某種本土化的類型片成為新一種的科幻片，例如佐治・盧卡斯（George Lucas）便將黑澤明的《戰國英豪》（1958）轉化成《星球大戰》（*Star Wars*，1977）[4]。當中，類型的移植只是敘事模式，重點還是要有科幻片的敘事元素，才能稱為科幻片。

根據Warren Buckland的分析，自美國五十年代開始，美國的科幻片特徵都是以科技來思考社會性的問題或當代社會對人性的思考。Buckland認為因為美國五十年代正值二戰之後的冷戰時期，對未來的不穩定感和對共產主義思想的敏感，都造就了不同的科幻片誕生。例如《天外奪命花》（*Invasion of The Body Snatchers*，1956）就講述城鎮受到外星生物的入侵，使群眾變成無感情的外星生物，寓意共產思想正漸漸奪去讓人自由表達的美國思想[5]。

所以，相較於其他電影類型，科幻片的定義較為廣泛，沒有特定的表現方式，只需要內容涉及到對科學的想像就可以，而且也沒有特定的文化地域限制，可以容許討論各種社會文化的問題，包括探討不同地區對醫學觀念的想像。

四、醫學觀念在中西兩地的電影呈現──唯物觀與唯心觀

科幻片的類型之下，其實仍然有很多次類型（sub-genre）以區分不同特色的科幻片，例如時空旅行（time travel）、怪物（monster）、烏托邦（utopia）。當中，生物科技（biological technology）類型經常都會涉及到對西方醫學觀念的想像。Bill Pomidor 與 Alice K Pomidor就認為科幻片是醫療科學的重要基石，除提供了醫學發明的參考，還預視了可能

---

[4] 同前註。
[5] Warren Buckland, *Film Studies* (London: Teach Yourself, 2008), pp. 130-133.

出現的風險和社會變化，如機械人醫生超越了人類醫生水平的科技只會有利上流社會的圖利，同時如《蜘蛛俠》（*Spider-Man*）的故事，主角因為醫藥技術變成英雄，愈有能力的人就愈有責任[6]。Bill Pomidor 的想法，正正就是西方的醫學觀念，他認為科幻片中醫學與人的關係，就是醫藥技術對人的控制，醫藥技術改變了人的生活水平，以唯物觀（Materialism）的角度了解醫學。

　　然而，以上的醫學觀並未可以完全套用到華語地區的語境之中，因為西方的醫學觀念只著重外在物質的表象，忽略了人的內在精神，但中國醫學觀念就講求人與自然環境的平衡，要理解生命有其自然的生命規律，才能達到「天人合一」的養生之道，強身健體，延年益壽。正如黃明就曾以古人強求長命百歲為例，指明不理解生命規律的醫學方法，並非明智，人應先理解自然，才能健康，以唯心觀出發了解醫學：

> 古代君子無視人體作為自然界的一員，符合生老病死之規律。為求長命百歲以鞏固其江山地位，不斷地尋求能夠延年益壽的「靈丹妙藥」，當然這是無法實現的，因此這種養生方式慢慢被淘汰。中醫也漸漸從這些尋求「妙藥」來進行養生之愚昧想法中脫離出來。以「天人合一」這一中醫基本理論之精隨作為養生之主題，尋求人體與自然界和諧統一、共生共長之道。[7]

　　以上漠視自然的醫學觀念，其實也是西方科幻片經常提及的議題，不過西方科幻片就較注重醫藥技術超越人的控制，多過探討人在精神上的過分貪婪。華語地區涉及醫藥的科幻片，則多是從人的內在精神出發，表達人應該要有合乎自然規律的生活，不應依靠醫藥技術違反常理。

---

[6] Bill Pomidor and Alice K Pomidor, "'With Great Power ...' The Relevance of Science Fiction to the Practice and Progress of Medicine," *The Lancet* ,Vol.368 (Dec.2006): S13.

[7] 黃明：《解讀中醫》（北京：中國醫藥科技出版社，2009年），頁88。

五、從香港文學改編建立的「華語科幻片」類型

　　既然，西方科幻片的醫學觀念都源自西方國家對社會的觀察和想像，那麼要探討華語地區的科幻片特色，也應該擷取於華語社會的文化特色。香港電影由1940年代發展至今都出現了不同的電影類型，有些是從其他國家移植到香港，但有些則是根據本地的文化特色而成，例如武俠片。二十年代中國電影業開始萌芽，適逢同時期武俠小說風潮興起，使原創及改編小說的武俠片出現。此風氣更蔓延至香港，令香港早在三十年代已有武俠片，由文學作品成為香港特色的電影類型[8]。

　　然而，香港大部分的科幻片多從西方國家借鑑，使香港的科幻片缺乏了一種適合華語地區語境的科學觀。不過，如果參考一些從香港文學作品改編的科幻片，就能夠從中建立出一種屬於華語地區的「華語科幻片」類型。

（一）《秦俑》、《餃子》、《枕妖》對中醫藥的想像——違反自然規律的技術

　　李碧華的小說作品《秦俑》、《餃子》、《枕妖》都有涉及人們對中醫藥的想像，並被改編成各同名的電影。《秦俑》提及秦始皇煉成了長生不老的丹藥、《三更2之餃子》則有讓人回春的人胎餃子及《奇幻夜之枕妖》又有讓人安眠的藥枕，都是利用了中醫藥作為故事母題，表達人性貪婪，破壞自然規律的後果。

　　《秦俑》的主角蒙天放對秦皇忠心耿耿，替秦皇吃了長生不老藥之後，也代替秦皇承受了破壞自然規律的後果，永劫經歷與愛人離別的傷痛；《三更2之餃子》的艾菁菁為了表現人前幸福的模樣，渴望回復青春而吃人胎餃子，違反生老病死的定律，最後變成嗜血的妖怪；《奇幻夜之枕妖》的鄒靜怡懷疑男友外遇，疑心太大令失眠嚴重，要藥枕安眠，卻沉溺在藥枕，難以自拔。以上三者的愚忠、虛榮、猜忌都是人性

8　蒲鋒：《電光影裡斬春風——剖析武俠片的肌理脈絡》（香港：香港電影評論學會，2010年），頁1-35。

問題，也是主角的問題，但主角往往都不會面對自己，反而借用醫藥以求違反常理，滿足自己過分的慾望。

蒙天放長生不老，始終對秦皇一片忠心，就算時代變遷也未有改變，到了現代仍然擔任皇陵的保養員。蒙天放一成不變，顯現了他的愚忠。因為電影中的秦皇並非一個重視人才的明君，只會為了實現自己的野心而草菅人命，縱使秦皇曾處死蒙天放，蒙天放依然盲目效忠，長生不老完全實現了蒙天放忠心的願望。艾菁菁婚前曾是當紅女明星，習慣聲色犬馬的生活，下嫁商人之後，年老色衰的艾菁菁開始被丈夫冷落。艾菁菁為了保持美好的形象，不惜吃下亂倫的孽種，重獲青春，成功得到丈夫寵幸和朋友的讚美，也沒有察覺到自己貪慕虛榮的問題。鄒靜怡因為懷疑男友外遇，錯手殺了男友，終日變得神經兮兮及失眠。為了安神，鄒靜怡酗酒又濫用安眠藥都不果，最後利用藥枕卻能安睡，夢到與男友重燃愛火，逃避了自身過度猜忌的問題。

以上電影的主角，結尾之時都會因為違反常理得到懲罰，這正反映了中醫觀要求的「天人合一」。從中醫的理論來說，人的生命基本可以有百歲之多，只是人在生活的過程中，受到很多傷害而早衰，令死亡提早到來[9]。所以，為求身體健康，中醫都講求養身之道，即是自然和人體、肉體和精神的平衡[10]。由此，以上電影的例子，那些主角都是不乎合養身之道的人，他們都違反了與自然的合一，也做出與肉體相違背的行為，令他們最終受到懲罰。

以上的電影同樣利用中藥為母題，表現出人類渴望濫用醫藥技術來達到目的的結果。然而，這樣的華語科幻片要關注的並不只是像西方科幻片一樣只看醫藥技術對人的外在影響，而是以醫藥技術的角度，來探討人內心的問題。

（二）《秦俑》、《餃子》、《枕妖》的電影手法——「華語科幻片」批評人物內心的貪婪

「華語科幻片」除了表達人違反自然規律之外，還會批評人妄求超

---

[9]　吳彌漫、鄧鐵濤編：《中醫基本理論》，（北京：科學出版社，2015年），頁327-340。
[10]　黃明：《解讀中醫》，頁89。

越肉體限制的內在精神。為了在電影中可以呈現人的內心活動，「華語科幻片」也有特定的電影手法運用。首先，以上的電影都是醫藥類的科幻片，會特別強調醫藥的呈現。《秦俑》、《餃子》、《枕妖》都是以醫藥為電影的母題，整套電影會經常出現丹藥、餃子和藥枕，而且每每出現的時候，都會運用特寫（close up）鏡頭強化醫藥對人物的影響。如《秦俑》在冬兒以親吻來傳遞長生不老丹藥給蒙天放時，就利用了特寫鏡頭放大二人的互動；《三更2之餃子》的艾菁菁每次吃人胎餃子都一樣有特寫鏡頭放大艾菁菁的表情；《奇幻夜之枕妖》鄒靜怡每次用藥枕時也一樣有特寫鏡頭的運用，放大鄒靜怡享受的表情。

　　以上主角在使用中國醫藥時，表情都是相當享受的，看似他們都能夠從中得到表面上的好處。可是，「華語科幻片」都總是要提出他們尋求好處的背後，其實都是充滿貪婪的慾望。所以，電影在放大主角的表情和醫藥之同時，也有強化背景的聲效以提示這些好處都是心懷不軌。如《秦俑》冬兒與蒙天放接吻時，背景一直播放火燒的聲效，預示蒙天放將會因為丹藥而得到懲罰；《三更2之餃子》就在每次艾菁菁吃人胎餃子時，都會強調咀嚼聲，意指艾菁菁為求美麗，立心不良；《奇幻夜之枕妖》鄒靜怡每次倚在藥枕之時，都會強調鄒靜怡與藥枕的磨擦聲，表示鄒靜怡過分依賴藥枕來傷害自己。

　　從以上的分析，「華語科幻片類型」的特徵都是以醫藥技術為主題，表現人違背了自然規律，與人性自然的本質背道而馳。而且，以上的電影例子，都同樣運用醫藥作為母題，通過相似的鏡頭和音效設計，展現人為了追求過度慾望，而不顧後果的貪婪，對現世提起警示作用。

　　「華語科幻片類型」與傳統西方科幻片的角度各有不同，傳統西方科幻片重視科學技術對人的外在影響，但「華語科幻片類型」就以科學技術來觀看人的內在問題，可見由於文化地域的差異，造就了兩種不同價值觀的科幻片類型。然而，由於本文只以醫藥技術作為切入點來檢視「華語科幻片類型」，仍然有其他科學的範疇可以繼續開拓「華語科幻片類型」的可能性，希望將來再能加以發掘。

語言文學類　PF0228　文學視界94

數碼時代的中國人文學科研究

主　　編/譚國根、梁慕靈、黃自鴻
責任編輯/洪仕翰
圖文排版/楊家齊
封面設計/王嵩賀

發 行 人/宋政坤
法律顧問/毛國樑　律師
出版發行/秀威資訊科技股份有限公司
　　　　　114台北市內湖區瑞光路76巷65號1樓
　　　　　電話：+886-2-2796-3638　傳真：+886-2-2796-1377
　　　　　http://www.showwe.com.tw
劃撥帳號/19563868　戶名：秀威資訊科技股份有限公司
　　　　　讀者服務信箱：service@showwe.com.tw
展售門市/國家書店（松江門市）
　　　　　104台北市中山區松江路209號1樓
　　　　　電話：+886-2-2518-0207　傳真：+886-2-2518-0778
網路訂購/秀威網路書店：https://store.showwe.tw
　　　　　國家網路書店：https://www.govbooks.com.tw

2018年8月　BOD一版
定價：550元
版權所有　翻印必究
本書如有缺頁、破損或裝訂錯誤，請寄回更換

國家圖書館出版品預行編目

數碼時代的中國人文學科研究
　譚國根, 梁慕靈, 黃自鴻主編.
　　一版. -- 臺北市：秀威資訊科技, 2018.08
　(語言文學類 ; PF0228)(文學視界 ; 94)
　BOD版
　ISBN 978-986-326-578-8(精裝)
　ISBN 978-986-326-589-4(平裝)

　1. 中國文學　2. 文學評論

820.7　　　　　　　　　　　　107011188

讀者回函卡

感謝您購買本書，為提升服務品質，請填妥以下資料，將讀者回函卡直接寄
回或傳真本公司，收到您的寶貴意見後，我們會收藏記錄及檢討，謝謝！
如您需要了解本公司最新出版書目、購書優惠或企劃活動，歡迎您上網查詢
或下載相關資料：http:// www.showwe.com.tw

您購買的書名：＿＿＿＿＿＿＿＿＿＿＿＿＿＿＿＿＿＿＿＿＿＿＿＿＿＿＿

出生日期：＿＿＿＿＿＿年＿＿＿＿＿月＿＿＿＿＿日

學歷：□高中 (含) 以下　　□大專　　□研究所 (含) 以上

職業：□製造業　□金融業　□資訊業　□軍警　□傳播業　□自由業
　　　□服務業　□公務員　□教職　　□學生　□家管　　□其它＿＿＿＿

購書地點：□網路書店　□實體書店　□書展　□郵購　□贈閱　□其他

您從何得知本書的消息？

　□網路書店　□實體書店　□網路搜尋　□電子報　□書訊　□雜誌

　□傳播媒體　□親友推薦　□網站推薦　□部落格　□其他＿＿＿＿＿＿

您對本書的評價：（請填代號　1.非常滿意　2.滿意　3.尚可　4.再改進）

　封面設計＿＿＿　版面編排＿＿＿　內容＿＿＿　文／譯筆＿＿＿　價格＿＿＿

讀完書後您覺得：

　□很有收穫　□有收穫　□收穫不多　□沒收穫

對我們的建議：＿＿＿＿＿＿＿＿＿＿＿＿＿＿＿＿＿＿＿＿＿＿＿＿＿＿

＿＿＿＿＿＿＿＿＿＿＿＿＿＿＿＿＿＿＿＿＿＿＿＿＿＿＿＿＿＿＿＿＿＿

＿＿＿＿＿＿＿＿＿＿＿＿＿＿＿＿＿＿＿＿＿＿＿＿＿＿＿＿＿＿＿＿＿＿

＿＿＿＿＿＿＿＿＿＿＿＿＿＿＿＿＿＿＿＿＿＿＿＿＿＿＿＿＿＿＿＿＿＿

11466
台北市內湖區瑞光路 76 巷 65 號 1 樓

秀威資訊科技股份有限公司　　　收

BOD 數位出版事業部

....

（請沿線對折寄回，謝謝！）

姓　　名：＿＿＿＿＿＿＿＿＿　年齡：＿＿＿＿　性別：□女　□男

郵遞區號：□□□□□

地　　址：＿＿＿＿＿＿＿＿＿＿＿＿＿＿＿＿＿＿＿＿＿

聯絡電話：(日) ＿＿＿＿＿＿＿＿＿　(夜) ＿＿＿＿＿＿＿＿＿

E-mail：＿＿＿＿＿＿＿＿＿＿＿＿＿＿＿＿＿＿＿